U0517391

世界名著新读点100本名书

刘乐土◎编著

华夏出版社
HUAXIA PUBLISHING HOUSE

图书在版编目（CIP）数据

世界名著新读点——100本名书/刘乐土编著. –北京：华夏出版社，2012.1
（完美人生读书计划）
ISBN 978-7-5080-6534-2

Ⅰ.①世… Ⅱ.①刘… Ⅲ.①文学欣赏－世界－通俗读物 Ⅳ.① I106-49

中国版本图书馆 CIP 数据核字（2011）第 111323 号

世界名著新读点—— 100 本名书

编　　著：	刘乐土
策　　划：	景　立　浩典图书
责任编辑：	赵　楠　刘晓冰　李春燕
责任印制：	刘　洋
装帧设计：	浩　典／道·光
出版发行：	华夏出版社
社　　址：	北京市东直门外香河园北里 4 号
邮政编码：	100028
经　　销：	新华书店
印　　刷：	三河市李旗庄少明印装厂
装　　订：	三河市李旗庄少明印装厂
开　　本：	720 × 1030　1/16 开
印　　张：	23.5
字　　数：	415 千字
版　　次：	2012 年 1 月北京第 1 版
印　　次：	2012 年 1 月北京第 1 次印刷
书　　号：	ISBN 978-7-5080-6534-2
定　　价：	30.00 元

本版图书凡印刷、装订错误，可及时向我社发行部调换

C 目 录
ONTENTS

公元前450年

公元前11世纪

公元 1299 年

公元 1387 年

公元 1543 年

公元 1899 年

公元 1804 年

公元 1905 年

公元 1955 年

公元 1967 年

P 前言
REFACE

　　安静的阅读能带来头脑的充实、心境的平和以及性格的完美，但在现代社会匆忙的生活节奏中，你每天可以有多少时间去阅读？很少？甚至没有？让我们在匆忙的物质生活中抬起头来，去精神的世界里遨游一番。阅读能带来心灵的洗涤和精神的震撼，用知识装满头脑，你的人生才能够逐步完美。去安静地阅读吧！你获得的将不只是知识，还有受益匪浅的完美人生！

　　在悠悠的历史长河中，我们的先辈给我们留下了丰厚的文化遗产。在历史进程中，数以万计的灵魂人物涌现出来。他们是历史这辆火车的轨道铺路人，也是这辆火车的操纵者。可能这些在厚重的历史面前只能算沧海一粟，但我们却可以借助它们去了解历史，了解世界。卷帙浩繁，完美人生的阅读从何处开始呢？

　　《完美人生读书计划》丛书将人类历史中最具有代表性的名书、名人、名址、名文、建筑、学说、大事、战争一一分类收录，各自成册，方便读者阅读。本套丛书内容丰富，种类齐全，使读者可以全面而精简得当地了解完备的知识，进而完成完美人生的读书计划。

　　古往今来，无数前人深入社会、科学或精神领域进行探索，写下了一部部或推动社会前进、或打动人心的著作。也许面对满满的图书架，你无从下手。在这里，我们的100名书从高大的书山中为你开辟出一条攀登的小径，让你跟随历史的脚步来一览那些影响了整个时代的著作，透过它们了解人类的进步与发展历史。

类型	成书时间	推荐理由
诗歌	公元前6世纪出现文学定本	有史以来最伟大的长篇叙事史诗，欧洲的"文学圣经"。

英雄的传说
——《荷马史诗》

背景搜索

公元前8世纪左右，一位失明的吟游诗人，在古希腊的各个城邦之间，背着希腊古代的乐器——七弦竖琴，用优美的语言、动听的歌声吟唱着世代传说的英雄故事。他的诗在七弦竖琴的伴奏下，美妙动听，情节精彩，吸引了一批又一批的听众。他述说的故事包括希腊的历史事迹、神话和传说。虽然他没有用笔写下这些传奇，但是他的伟大的诗篇却一代又一代地流传下来。他活着时，穷困潦倒，以乞讨为生；他死时，却有九座城市争着说他诞生在自己的城里。他就是荷马，古希腊最著名和最伟大的诗人。关于他的生平，现在已经不可考证，仅知道他生于爱奥尼亚。和他的名字一起流传下来的，是人类有史以来最伟大的史诗——《伊利亚特》和《奥德赛》。

古希腊伟大的吟游诗人荷马头像。

荷马吟诗图，图中荷马正吟唱着传说中的故事，周围的听众听得津津有味。

推荐阅读版本：《伊利亚特》，傅东华译，人民文学出版社出版；《奥德修记》，杨宪益译，上海译文出版社出版。

内容精要

根据神话传说，特洛伊战争是这样引起的：阿喀琉斯的父母举行了盛大的婚礼，邀请了所有的神，但是偏偏遗漏了不和女神厄里斯。厄里斯来到婚宴上留下了一个不和的金苹果，上面写着"给最美的女神"。天后赫拉、智慧女神雅典娜和爱神阿弗洛狄特果然为谁是最美的女神而争吵起来，她们争执不休，为此来到天神宙斯那里。宙斯让她们去找特洛伊国王普里阿摩斯之子帕里斯评判。三位女神找到帕里斯，都许诺给他不同的好处。赫拉许诺让他成为最伟大的君主，雅典娜许诺他成为最伟大的英雄，阿弗洛狄特则许诺他娶最美丽的女人为妻。帕里斯将金苹果判给了阿弗洛狄特。

帕里斯远游到希腊的斯巴达，受到国王墨奈劳斯的热情款待，当他见到国王美丽的妻子海伦时，他知道是爱神帮他实现愿望的时候了。在阿弗洛狄特的帮助下，他引诱了海伦

深夜，希腊士兵钻出木马，与城外的大军里应外合，攻陷特洛伊城。

并把她带回特洛伊城。蒙受奇耻大辱的墨奈劳斯向哥哥——迈锡尼国王阿伽门农求救。于是在阿伽门农的统帅下，10万希腊联军乘坐1013艘战船，越过爱琴海，兵临特洛伊城。希腊的英雄们纷纷出征，主将阿喀琉斯骁勇善战，伊萨卡岛的国王奥德修斯也告别了妻子和孩子加入了战争。为了海伦，希腊人和特洛伊人展开了持续10年之久的战争。奥林匹亚山上的众神也分成了两派，各自为阵。

战争到了第十年，阿伽门农和阿喀琉斯为了争夺一个女俘发生了争执，阿伽门农从后者那里夺走了女俘，受辱的阿喀琉斯愤而退出战斗。《伊利亚特》就以阿喀琉斯的愤怒为开端，描写了战争最后一年中最后 51 天的故事。主将的退出使希腊联军节节败退，阿伽门农、奥德修斯等将领都受了伤。特洛伊主将赫克托尔在宙斯和阿波罗的鼓动下，发起了凌厉的进攻，企图烧毁希腊战船。阿伽门农向阿喀琉斯请求和解，但遭到拒绝。阿喀琉斯的密友帕特罗克洛斯在紧要关头借了阿喀琉斯的盔甲去战斗，打退了特洛伊人的进攻，但自己却被赫克托尔所杀。悲痛欲绝的阿喀琉斯重新参战，他终于杀死了赫克托尔，并将尸首带走。特洛伊国王普里阿摩斯到阿喀琉斯的营帐去赎取儿子赫克托尔的尸首。双方分别为帕特罗克洛斯和赫克托尔举行了隆重的葬礼，并约定休战 12 天。《伊利亚特》这部围绕特洛伊城之战的史诗，便在这里结束。

　　然而战争并未结束，特洛伊人发誓要报仇，帕里斯掌握了阿喀琉斯脚跟上的致命弱点，用暗箭射死了英雄，之后他也被希腊神箭手射死。最后奥德修斯献计造了一只大木马，内藏伏兵。希腊军队佯败退走，特洛伊人把木马拖进城，结果希腊联军里应外合，攻陷特洛伊城，结束了战争。离开故土很久的希腊将领们纷纷回国，奥德修斯也带着他的伙伴，乘船向他的故乡伊萨卡出发了。从这里就开始了以奥德修斯在海上的历险为中心的另一部史诗《奥德赛》的故事。

　　希腊联军在特洛伊城内大肆屠杀和掠夺后，回国途中触怒了海神波塞冬。他掀起了一阵大风暴，大多数战船都沉没了，剩下的少数人，由奥德修斯带领，在大海上漂泊了 10 年。这期间，奥德修斯经历了许多艰难险阻。一些同伴被独眼巨人吃掉了，一些同伴被女神喀尔刻用巫术变成了猪。他曾经漂流到环绕大地的瀛海边缘，看到许多过去的鬼魂。他听过女妖塞壬那夺人心魄的歌声，逃脱过怪物卡律布狄斯和斯库拉的追捕，在被多情的女神卡吕普索挽留数年之后，终于在菲埃克斯国王阿尔基诺斯的帮助下回到了故乡。这时他的儿子忒勒马科斯已经长大成人，出去打听长期失踪的父亲的消息；妻子佩内洛普则被一群贵族追求，苦苦守候他的归来。奥德修斯装作乞丐，进入王宫，同儿子一起杀死了那些无耻的求婚者，和妻子重新团聚。

类型	成书时间	推荐理由
寓言	公元前6世纪	一部让你重温所有熟悉的经典寓言的书。

小故事，大智慧
——《伊索寓言》

背景搜索

伊索出生在希腊，小时候不能说话，嘴里只能发出奇怪的声音，他用手势表达他的意思。伊索长得又矮又丑，邻居都认为他是个疯子。但是他的母亲非常爱他，时常讲故事给他听。他的舅舅认为这个又矮又丑的外甥丢了他的脸，常常强迫伊索在田里做最艰苦的工作。

母亲去世后，伊索跟着一个牧羊人离家到各地去漫游，听到了许多有关鸟类、昆虫和动物的故事，他默默地记在心里。他们在一起过了好多年快活的日子。后来，伊索被牧羊人卖了，从此以后伊索就变成雅德蒙家族的一个奴隶。

有一天，伊索梦见了幸运之神和气地向他微笑，并把自己的手指放进他的嘴里，碰触他的舌头。醒来后，他意外地发现自己已经可以说话了。好像为了弥补以前不能表达的遗憾，伊索开始滔滔不绝地讲述他听到的各种故事。大家都喜欢听伊索说故事，也都敬佩他过人的记忆力和聪明才智。

当主人家遇到困难时，伊索靠着机智救主人于危难之中，避免了敌人的伤害。主人感谢他，让他成为了一个自由人，从此解除了奴隶的桎梏。

后来伊索来到吕底亚，受到国王克洛索斯的赏识，在出使特耳菲时，不小心得罪了当地人而被杀害。

推荐阅读版本：罗念生译，人民文学出版社出版。

内容精要

《狼和小羊》的故事是《伊索寓言》中的名篇。一只狼来到河边，它看小羊在河边喝水，就想吃了它。但狼又想找个冠冕堂皇的理由来掩饰自己的欲望。于是狼责怪小羊把水弄脏了，害他不能喝水。小羊回答说："我在下游，你在上游，我怎么会把上游的水弄脏呢？"狼一计不成，又生一计，便恶狠狠地说："你去年骂过我的父亲。"小羊大为吃惊，忙辩解道："那时我还没出生呢。"狼理屈词穷，终于凶相毕露地说："即使你辩解得再好，我也不放过你。"说着便猛扑过去把小羊吃掉了。这个故事说的是坏人存心要做坏事，总是可以找到借口的。如果把狼和羊的对立关系比作奴隶主和奴隶、贵族和平民的关系，那贵族和奴隶主不就有着和狼一样的吃人的本性吗？

《鹰和蜣螂》：鹰是一种凶猛的飞禽，是强者。而蜣螂是一种小虫，是弱者。一次兔子被鹰追逐，在走投无路的时候碰到了蜣螂，便向它求救。用这个短小精悍的故事来启示一个一般的处世准则，其特点是形象生动，讽喻逼真，寓意深刻，含而不露。

寓言的角色可以是自然界中各种各样的事物，尤以动物居多。寓言和逸事相比，其虚构性重于历史性；和比喻相比，更富有寓意；和神话或民间传说相比，其神幻或冒险色彩更强调世俗的练达。

从古到今，最有名的寓言就是《伊索寓言》。伊索这个曾经是奴隶的聪明人，给我们留下了这么多生动有趣而含义颇深的小故事。这本书并不是伊索一个人创作的，其中有他同时代人的作品，也有后人的创作。伊索在世时，他的寓言就在人民中间以口头文学的形式广为流传，但伊索完全凭记忆讲述，并没有写下他的寓言，这些故事当时也并未编成书。公元前3世纪左右，伊索死后的二三百年，一个希腊人把当时流行的200多个故事汇编成书，题为《伊索故事集成》，可惜没有流传到今天。公元前1世纪初，一个获释的希腊奴隶，以上书为材料，用拉丁韵文写下寓言100余篇；同时，有一个人用希腊文写下了寓言122篇。到公元4世纪，又有一个罗马人用拉丁韵文写下了42篇寓言。以上三种韵文体都被保存下来。后来，有人把韵文改为散文，加进印度、阿拉伯和基督教的故事，并多次汇

《伊索寓言》在明朝时传入中国，第一个来中国的西方传教士利玛窦曾在自己的作品中介绍过伊索，中国第一个《伊索寓言》译本是1625年西安刊印的《况义》之后出现了众多译本，图为一版《伊索寓言》的书影。

集、编纂和改写，这就是今天我们看到的《伊索寓言》，共360篇。其中有的可能是伊索本人的创作，也有的是当时民间流传的作品，还有一些则是后人补充的。因此《伊索寓言》实际上是古希腊寓言的汇编。

《伊索寓言》中大多以动物为主角，有的用豺狼、狮子等比喻人间权贵，揭露其残暴、肆虐的一面；有的则总结人们的生活经验，教给人处世的原则。其形式简洁精练，内容隽永深奥，含义于浅显生动的语言中，颇耐人寻味。《伊索寓言》通过简短的小寓言故事，来体现日常生活中那些不为我们察觉的真理，这些小故事各具魅力，言简意赅，平易近人。《打破神像的人》是说要打破人们对神明的迷信；《龟兔赛跑》中劝诫人们不要骄傲自大；《乌鸦和狐狸》中讽刺了一些人的虚荣心；《狐狸和葡萄》则嘲笑了无能者的自我安慰心理；《初次看见的骆驼》告诉我们实践出真知的道理……在伊索创作的寓言故事中把奴隶主贵族常比为狮子、毒蛇、狐狸等，揭露他们的贪婪残暴，同时又歌颂了广大奴隶和下层平民顽强的斗争精神，鼓励人民团结起来，向贵族奴隶主做斗争。

《伊索寓言》不但受到读者的喜爱，在文学史上也具有重大影响。作家、诗人、哲学家、平常百姓都从中得到过启发和乐趣。许多故事真可以说是家喻户晓：龟兔赛跑、狼来了、狐狸吃不着葡萄说葡萄酸的故事等等。到几千年后的今天，《伊索寓言》已成为西方寓言文学的范本，亦是世界上流传最广的经典作品之一。人们将永远记住伊索的寓言，并从他的寓言中得到启迪和教育。

类型	成书时间	推荐理由
宗教典集	公元前5世纪	佛教是世界三大宗教之一，对世界文明尤其是亚洲文化产生了重要的影响。《佛经》是佛教的经典典集。

聆听佛音
——《佛经》

背景搜索

作为佛教的创始人，悉达多被他的弟子称为释迦牟尼，意思是释迦族的圣人。

公元前6世纪，他出生于北印度的释迦国（今尼泊尔境内），那是喜马拉雅山山麓和恒河之间的一个小国，风景优美、宁静祥和。他的父亲净饭王是国王，母亲摩耶夫人在他出生7天后就去世了，他是由姨母抚养大的。

从小悉达多就特别聪明，无论什么事情一学就会，而且对任何事情都愿意问一个为什么，非要得出答案不可。净饭王非常喜欢小王子，希望有一天小王子能成为一个统一天下的大王。但是老国王总为这个小王子担心，因为他总愿意思考一些在老国王看来十分荒唐的事情。比如他问，同样是人，为什么有的人是婆罗门，有的人却是首陀罗？而且，婆罗门的子子孙孙都是婆罗门，首陀罗的子子孙孙永远是首陀罗，这又是为什么？老国王回答不出来，只好说这是上天安排的，但悉达多说，他不相信，又说他要找到一个人人平等的办法。

根据当时的习俗，悉达多在16岁的时候，和美丽的公主耶输陀罗结了婚。青年的太子在皇宫里享受着随心所欲的豪奢生活。可是，当他看到越来越多的人生苦难后，就开始反思自己的生活，寻求人生的真相。他下定决心要找出一个方法，来解决这遍及世间的苦恼。在他29岁那年，他的独子罗侯罗刚出世不久，他就毅然离开王城，成为一个苦行者，去寻求他的答案。

悉达多在恒河流域行脚6年，四处周游，寻访有名的学者学习哲学，研习他们的理论与方法，修炼最严格的苦行。但这一切都不能使他满意。于是他放弃了所有传统的宗教和它们修炼的方法，自己另辟蹊径。

有一天晚上，他来到尼连禅河边佛陀伽耶（今比哈尔邦内伽耶地方）的一棵树下，盘膝而坐，在那里闭目沉思，就这样静修了7年。他终于想通了解脱人间痛苦的道理，创立了佛教。悉达多证了正觉，之后人家就都叫他佛陀觉者。这棵树从那时起就被叫作菩提树——智慧之树。

此后他开始传播自己的教义，长达45年之久。他教导了各种阶层的男女——国王、佃农、婆罗门、贱民、巨富、乞丐、圣徒、盗贼，对他们一视同仁，不存丝毫分别之心。他不认同社会上的阶级区分。他所讲的道，对准备了解并实行它的一切男女，全部公开。

公元前485年2月15日，释迦牟尼80岁，他在一条河边给几个弟子讲道，然后到河里洗了澡。洗完澡后，弟子们在几棵婆罗树之间架起了一张绳床，释迦牟尼侧身而卧，枕着右手，对弟子们说，我老了，马上就要死了，我死之后你们不要因为失去导师而自暴自弃，而要大力弘扬佛法，拯救世人。说完，他就逝世了。

他的弟子们将他生前讲过的话都集结起来，编成了《佛经》，流传后世。

推荐阅读版本：《佛经妙语选》，赵景来编，天津百花文艺出版社出版。

内容精要

佛教的传播、延续和发展主要靠佛经，其基本教义包括"四谛"、"八正道"、"十二因缘"等。佛经包括经、律、论三部分内容。

释迦牟尼把佛教解释为"四谛"，"谛"的意思是真理，四谛也就是四个"真理"：苦谛、集谛、灭谛、道谛。"苦谛"是说人

的一生到处都是苦，生老病死、喜怒哀乐其实都是苦。"集谛"指人受苦的原因。因为人有各种各样的欲望，将欲望付诸行动，就会出现相应的结果，那么在来世就要为今世的行为付出代价，即所谓的善有善报、恶有恶报。"灭谛"是说如何消灭致苦的原因。要摆脱苦就要消灭欲望。个人的自私欲望可以解除，当一切欲望和欲念解除后，他所处的状态叫作涅槃(字面意思是"吹熄"或"熄灭")。"道谛"是说如何消灭苦因，消灭苦因就得修道。从自私欲望中解脱出来的方法是所谓的"八重经"：正观、正思、正语、正行、正坐、正求、正心和正省。

佛教不分种族和阶级（与印度教不同），人人都可以修行。释迦牟尼还为教徒制定了"戒律"。所有的教徒都必须遵守"五戒"：不杀生、不偷盗、不邪淫、不妄语、不饮酒。出家的教徒，男的叫僧（和尚），女的叫尼（尼姑）。他们必须剃光头，穿僧袍，完全脱离家庭生活，另外他们还要遵守一些出家人的戒律。佛教主张人人生而平等，宣扬因果报应、轮回转世，主张只要今世做了善事，来世就有好报；今世做了坏事，来世就有恶报。

佛教在经文中经常通过讲故事来阐明道理，因此佛经中有不少故事，情节生动。例如尸毗王的故事。

阎浮提这个地方有个大国王，名叫尸毗。他的都城叫作提婆底，土地肥沃，人口众多，人民安居乐业。尸毗国王统领着8.4万个小国，后妃大约有2万人，光王子就有500人，辅佐的大臣成千上万。国王仁慈宽容，爱好和平，对普通百姓的爱护有如对待自己的孩子。

当时的天帝帝释天，已经开始衰老，他非常担心自己衰逝之后，佛法后继无人，他的愁容每天挂在脸上。他身边的一位近臣，叫作毗首天，就问天帝："为什么您的尊容忽然显现愁色？"帝释天叹着气说："我马上就要逝去了，但是想到世间佛法已灭，各个大菩萨不复出现，我的心里就空落落的，不知何所归趋。"当时，毗首天回答说："听说现在阎浮提有个尸毗王，精进向学，乐求佛道，如果真的是这样，那么您就没什么可担心的了。"天帝听了之后，就决定去试探一下。于是他派毗首天变成一只鸽子，自己则变成一只老鹰。

于是毗首天变的鸽子一路逃跑，帝释天变的老鹰一路追赶，马上就要捕捉到了。鸽子十分惶恐，飞到了尸毗王的腋下，寻求保护。老鹰立在尸毗王的面前，口中说出人语："今天这只鸽子，是我的食物，我现在非常饥饿，希望国王能够还给我。"尸毗王回答说："我曾经发愿要普度一切，现在这只鸽子来寻求我的保护，我怎么能把它送到你的口中？"老鹰说："国王您爱护一切生命，可是现在断了我的食物，我的性命也不保啊。"尸毗王表示愿意把一些剩的肉给老鹰吃，但是老鹰表示自己不吃死肉，只吃新鲜的肉。

全世界佛教徒向往的地方——印度摩诃菩提寺。

　　尸毗王想到自己害了一个救了一个，从道理上来说并不通，只有将自己的身体捐献出来，代替鸽子。于是他割下了自己大腿上的一块肉，让老鹰吃，以此来抵鸽子的命。老鹰说这样也行，但是必须用同等重量的肉来换取鸽子的性命。于是尸毗王将鸽子放在秤的一端，另一端放自己的肉，可是他割尽了大腿上的肉，秤砣还是向鸽子一边倾斜。

　　于是尸毗王继续割肉，直到手臂、肋骨以及身上的肉都割尽了，两边还是不能相等。尸毗王站起身来，想要站到秤盘上，然而气力不足，失足摔在地上。胸口发闷，很久才恢复意识，他用很大的力气捶自己的胸，痛恨自己诚心不够。帝释天和毗首天看到这个情形，心里非常高兴。尸毗王这时领悟到世间生命无论大小，都是均等的，鸽子的生命值得尊重，老鹰的生命也值得尊重。当他这样想的时候，勉强站起身来，重新回到秤盘上，心里生出从未有过的喜悦。

　　帝释天和毗首天显现了自己的原形，尸毗王才知道是天帝在考验自己。帝释天问他："国王现在的身体，一定痛彻骨髓，心里没有丝毫的后悔吗？"尸毗王说："一点也没有。"帝释天说："我看你的身体，经受了极大的苦难，但你一点也不后悔，你用什么来证明呢？"尸毗王发誓说："我从产生这样的想法到现在，连毛发那样细小的后悔之心都没有，我一心向佛，遵从佛法，没有一点虚假，如果能得偿所愿，那么我的身体四肢就会恢复完好。"

　　当他发完誓后，他的身体果然恢复了原状。天下的人看到这样的情形，都欢欣鼓舞，十分高兴。

类型	成书时间	推荐理由
哲学论著	不详	被列宁称赞为"对辩证唯物主义原则的绝妙说明",后世辩证法思想的源泉。

辩证法的源泉
——《论自然》

背景搜索

　　赫拉克利特生于小亚细亚爱菲斯城,他的家族世袭祀奉农业女神的祭司职位,属于王室贵族家庭。关于他的生平事迹,流传下来的非常少,我们所知的仅有波斯国王大流士曾邀请赫拉克利特到他那里去,让他分享希腊的智慧。由此可见赫拉克利特在他所处的时代已经声名远播。他最著名的作品是《论自然》,迄今所存的他的格言都出自这个作品。由于其思想的独特深刻,以及语言论述的艰深,他被后世称为"晦涩哲人"。

　　推荐阅读版本:《西方哲学原著选读》,北大哲学系外国哲学史教研室编译,商务印书馆出版。

内容精要

　　《论自然》分为"宇宙论"、"政治论"、"神学论"三部分,大都失传了,现存130多个残篇。这本书以散文形式写成。赫拉克利特仿佛是信手拈来,记录下了自己一又一个的思想火花。

古希腊哲学家赫拉克利特正伏在桌前，记录下自己对世界、对自然界、对万物的看法。

"这个世界对一切存在物都是同一的，它不是任何神所创造的，也不是任何人所创造的，它的过去、现在和未来永远是一团永恒的活火，在一定的分寸上燃烧、在一定的分寸上熄灭。"

"这个逻各斯虽然永恒地存在着，但是人们在听见人说到它以前，以及在初次听见人说到它以后，都不能了解它。虽然万物都根据这个逻各斯而产生，但是我在分辨每一件事物的本性并表明其实质时所说出的那些话语和事实，人们在加以体会时却显得毫无经验；另外一些人则不知道他们醒时所做的事，就像忘了自己在睡梦中所做的事一样。"

"最优秀的人宁愿取一件东西，而不要其他的一切，也就是：宁取永恒的光荣而不要变灭的食物。可是多数人却在那里像牲畜一样狼吞虎咽。"

"智慧只在于一件事，那就是认识那善于驾驭一切的思想。"

"清醒的人们有着一个共同的世界，然而在睡梦中，每个人各有自己的世界。"

最完美的悲剧
——《俄狄浦斯王》

背景搜索

　　索福克勒斯，古希腊三大悲剧作家之一，出身于兵器制造厂厂主家庭，生活于雅典极盛时期。他是雅典民主派领袖伯里克利的朋友，曾任雅典税务委员会主席，被选为雅典十将军之一，但他在艺术上的成就远远胜过其在政治上的业绩。他从事戏剧创作60多年，写了120多部剧本，获奖24次，但是流传完整的剧本只有7部悲剧，其中最著名的是《俄狄浦斯王》。

　　索福克勒斯既相信神和命运的无上威力，又要求人们具有独立自主的精神，并对自己的行为负责，这是雅典民主政治繁荣时期思想意识的特征。和另一位戏剧家埃斯库罗斯不同，他认为命运不再是具体的神，而是一种抽象的概念。他以自己的理想来塑造人物形象，即使在命运的掌握之中，也不丧失其独立自主的坚强性格。

　　当罗马人马蒂乌斯征服了雅典后，索福克勒斯就如同他戏剧中的英雄一样坦然面对自己的命运，作为被俘者，他和妻子保持了自己的尊严，坦然赴死。

　　对大多数人来说，他们所知道的索福克勒斯，是和一个谜语联系在一起的。这个著名的谜语就是斯芬克斯之谜。一头人面狮身的怪物斯芬克斯，向过往的行人提出谜语："什

 埃及哈夫拉金字塔前的人面狮身像，即斯芬克斯。

么东西早晨用四条腿走路，中午用两条腿走路，晚上却用三条腿走路。"谜底是人。因为人在幼年用四肢爬行，青年则用两腿行走，老年就要拄着拐杖。索福克勒斯的作品，其中心就和这个谜底一样——最重要的是人。

推荐阅读版本：罗念生译，人民文学出版社出版。

内容精要

瘟疫肆虐下的忒拜城郊，走投无路的人们把求生的希望寄托在国王俄狄浦斯身上，聚集到王宫前向他乞援。俄狄浦斯娶了先王拉伊俄斯的寡妻伊俄卡斯忒，成了忒拜人心目中的救星。俄狄浦斯为了挽救濒于毁灭的忒拜城，派出妻舅克瑞翁亲王到阿波罗神庙祈神示，如何才能拯救黎民。

克瑞翁风尘仆仆飞赶回来，带回了阿波罗的神示——把藏在城里的污垢清除出去，严惩杀害先王的凶手，瘟疫方会消除。克瑞翁还请来了忒拜城的先知。俄狄浦斯怀疑先王的被害与克瑞翁有关，而先知可能与克瑞翁共谋。先知却说俄狄浦斯就是他要寻找的杀人凶手。于是两人发生了激烈的冲突。

王后伊俄卡斯忒闻声而出，她责怪两人不合时宜的私人纠纷，遣走了兄弟，又以亲身经

俄狄浦斯王与斯芬克斯。

历为例来劝慰丈夫。原来，当年先王曾经得到一个神示，说他命中注定将死在他与她亲生的儿子手中，可现在先王是在三岔路口被一伙强盗所杀，他们的儿子早在出生的第三天就被钉住脚跟丢弃了，可见先知的话不可相信。俄狄浦斯闻言大惊失色。他详细询问了先王的相貌、被杀的地点和出行的人数，浑身战栗，悸惧不安。他请求王后务必找到那唯一活着回来的侍从。王后不明白俄狄浦斯何以如此，于是俄狄浦斯披露了自己离家出走的一段经历。

俄狄浦斯是科任托斯国王的儿子，在一次宴会上，由于一个醉酒的人骂他是冒名的王子，他便瞒着父母到阿波罗神庙去祈神示。神没有回答他的问题，却预言他将有杀父娶母的可怕而悲惨的命运。为了避祸，他流落飘零，浪迹天涯，旅途中曾来到众人所说的国王遇害的地方，杀过路人。现在唯一要证实的是杀王者的人数，如果是一伙强盗，他就是清白的。王后伊俄卡斯忒并没有派人召唤那侍从，而是亲自去祭求阿波罗指点迷津。

科任托斯城的报信人来到忒拜，给伊俄卡斯忒带来了科任托斯国王死亡的消息。王后高兴极了。她欣喜地叫出俄狄浦斯，告诉他所害怕的事永远不会应验的好消息。报信人为安慰俄狄浦斯，说出了他并非科任托斯国王亲生，而是自己从一个牧人手中得到并转送给科任托斯国王的孩子。这孩子当时两只脚跟被铁钉钉在一起。

伊俄卡斯忒突然面容惨白，她已经一切都明白了，绝望地冲出宫去。她发了疯，穿过门廊，双手抓着头发，直向她的卧房奔去。她悲叹自己的不幸：给丈夫生丈夫，给儿子生儿女。牧人被带来与报信人对质。在俄狄浦斯把他反绑起来的情况下，被迫说出实情：俄狄浦斯就是拉伊俄斯和伊俄卡斯忒为逃避命运，让他抛到山里的那个孩子。

一切都应验了。俄狄浦斯疯狂叫着冲进卧房，找他和他儿女共有的母亲，却发现伊俄卡斯忒已经悬梁自尽了。他从她的尸体上摘下两支金别针，刺瞎了自己的双眼。他托克瑞翁照看儿女，并按自己的诅咒，请求克瑞翁将他驱逐出忒拜。后来据雅典的传统说法，认为俄狄浦斯晚年居留和死亡之地是雅典郊区的科罗诺斯。

类型	成书时间	推荐理由
散文	不详	西方史学上的第一座丰碑，为西方历史编纂学开辟了一个新时代。

亚欧文明碰撞的声音
——《历史》

背景搜索

公元前400多年，意大利南部塔林敦海湾岸边的高地上，一座新坟面向着大海。经过的人，都会在坟前默默地站立致敬。墓前的石碑上刻着这样的铭文："这座坟墓里埋葬着吕克瑟司的儿子希罗多德的骸骨。他是那些用伊奥尼亚方言写作的历史学家中最优秀的。他在多里亚人的国度里长大，但为了逃避无法忍受的流言蜚语，他来到图里，把这里变成了自己的故乡。"

这位客死异乡的人，就是伟大的古希腊历史学家、《历史》一书的作者希罗多德。他因《历史》一书得到了人们无比的崇敬。从古罗马时代开始，希罗多德就被尊称为"历史之父"，这个名称也一直沿用到今天。

大约公元前484年，希罗多德诞生在小亚细亚西南海滨的哈利卡纳苏斯城。这是古希腊人早年向海外开拓时建立的一座殖民城市。希罗多德的父亲是一个富有的奴隶主，他的叔父是本地一位著名诗人。希罗多德从小学习勤奋，酷爱史诗。长大后他与叔父积极参与推翻僭主政权，失败后，叔父被杀，他被放逐到萨摩斯岛。当篡位统治者被推翻时，他一度返回故乡。不久，又再度被迫出走，从此再也没有回去过。

被尊称"历史学之父"的希罗多德的雕塑。

大约从 30 岁开始，希罗多德在地中海地区游历，向北走到黑海北岸，向南到达埃及最南端，向东至两河流域下游一带，向西抵达意大利半岛和西西里。小亚细亚、爱琴海诸岛、埃及、叙利亚、巴比伦、波斯帝国、色雷斯和黑海北岸的西徐亚都留下了他的踪迹。为了维持生活，他还长途行商贩卖物品。每到一地，希罗多德就到历史古迹名胜处浏览凭吊，考察地理环境，了解风土人情，他还喜爱听当地人讲述民间传说和历史故事，他把这一切都记下来，并一直随身带着。

公元前 447 年，希罗多德来到了希腊的政治、经济和文化中心雅典。在此期间，他与伯里克利、苏福克利等人交往甚密，热心于雅典的奴隶主民主制。公元前 443 年，雅典在意大利南部建立图里城作为新的殖民据点。次年，希罗多德随着雅典的移民队伍来到这里，成为了这个城邦的公民，此后一直住在图里，安度晚年，直至逝世。

推荐阅读版本：王以铸译，商务印书馆出版。

内容精要

"这时，他们大多数人的枪已经折断了，于是他们便用刀来杀波斯人。在这次苦战当中，英勇奋战的列欧尼达司倒下去了，和他一同倒下去的还有其他知名的斯巴达人。由于他们杰出的德行功勋，我打听了他们的名字，此外我还打听到了所有他们 300 人的名字。"希罗多德在写到温泉关战役时，写下了关于斯巴达 300 勇士的故事。

公元前 480 年，希腊和波斯之间进行了力量悬殊、极其壮烈的温泉关战役。这是继马拉松战役十年后，波斯和希腊的又一次交锋。

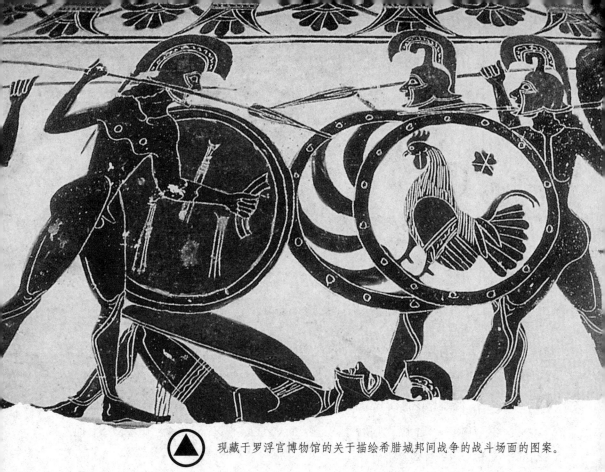

　　波斯王大流士一世死了以后，他的儿子薛西斯登上王位。薛西斯为实现父亲的遗愿，发誓要踏平雅典，征服希腊。为此，他精心准备了4年，动员了整个波斯帝国的军力。参加远征的士兵来自臣服波斯的46个国家，100多个民族。在公元前480年的春天，薛西斯带领50万人左右的军队，向希腊进发。这个队伍的人数是如此之多，以至于他们在通过达达尼尔海峡时用了整整7天时间。一个目睹这一切的当地人惊恐地说："天神宙斯，为什么你化身为一个波斯人的样子，改名为薛西斯，来灭亡希腊呢？"

　　当时的希腊，虽然内部各个城邦之间互有矛盾，但是面对强敌，他们团结一心，组成了希腊同盟，斯巴达国王列欧尼达司担任了同盟军主帅。

　　希腊的德摩比勒隘口的关口极为狭窄，仅能通过一辆战车，是从希腊北部南下的唯一通道，堪称中希腊的"门户"。这里依山傍海，关前有两个硫磺温泉，所以又叫"温泉关"。波斯大军一路来到温泉关。希腊的形势十分危急。当时正是七八月间，希腊人正在举行奥林匹克运动会。在希腊，奥林匹克高于一切，运动会期间是禁止打仗的。因此，他们在温泉关布置的兵力只有几千人。当波斯人临近的时候，斯巴达国王列欧尼达司仅带了300人来增援。

战争就在这里进行，斯巴达人面对数量远远超过自己的敌人，抱着必死的决心，拼命守卫温泉关。这里易守难攻，斯巴达人利用温泉关"一夫当关，万夫莫开"的地形优势，居高临下，用锋利的长矛凶狠地刺向手持波斯刀的敌人。因此波斯人倒下了一批又一批，攻打了一天又一天，却没能前进一步。

正当薛西斯无计可施的时候，一个名叫埃彼阿提斯的当地农民来报告说，有条小路可以通到关口的背后。在这个希腊叛徒的带领下，波斯军队沿着荆棘丛生的小道直插后山。他们穿峡谷，渡溪流，攀山崖。黎明的时候，越过一片橡树林，接近了山顶。本来，列欧尼达司在小路旁的山岭上早已布置下1000余名来自佛西斯城邦的守兵。但是这些守兵凭借关口险要，心理松懈，被敌人轻易地打败了。

列欧尼达司得知波斯军迂回到背后，知道大势已去。为保存实力，他把已无斗志的其他城邦的军队调到后方去，只留下他带来的300士兵迎战。因为按照斯巴达的传统，士兵永远不能放弃自己的阵地。700名塞斯比亚城邦的战士自愿留下同斯巴达人并肩作战。

一段狭窄的山谷，对比悬殊的两支军队正在进行激烈的战斗。力量上的悬殊并没有使希腊军队退却，反而于死地中迸发了更大的勇气。战斗的惨烈是无法用语言来形容的。列欧尼达司，这个斯巴达的国王，壮烈牺牲。为了争夺他的遗体，希腊人以无比的勇气四次击退了敌军的围攻。敌人是那样的多，密集而锋利的箭如急雨一样射向希腊人，以致把天上的太阳都遮蔽起来。可是无畏的希腊人却说出了这样的话："那又有什么呢，如果他们将天地日月都遮蔽了，我们就可以在日阴下，而不是暴晒的毒日下与他们交战。"

前后夹攻的波斯人如潮水般扑向关口，腹背受敌的斯巴达人奋勇迎战。他们的人数越来越少，直到最后一个人倒下。至此，温泉关才最终被攻占。对于波斯人来说，这场战役的代价实在是太大了，薛西斯以两万士兵的生命换来了温泉关战役的胜利，斯巴达人留给他的是噩梦，以至于让他不止一次地问："斯巴达人难道都是这样的吗？"

这是多么勇敢的希腊人，他们为了保卫自己的家园，与敌人浴血奋战。他们长眠在这里，但是他们的故事却永远地流传下来了。为了纪念他们，后人在温泉

正在厮杀的希腊和波斯士兵。

关口树立了一块狮子状的纪念碑，上面刻着的铭文说："过客啊，请带话给斯巴达人，说我们踏实地履行了诺言，长眠在这里。"

这就是希罗多德《历史》中记载的斯巴达300勇士的故事。

希罗多德的《历史》在希腊史学史上是第一部堪称为历史的著作。全书共九卷，按内容基本上分为两大部分。开首到第五卷28章叙述了黑海北岸的西亚、北非、希腊城邦及波斯帝国的历史、地理、民族和风俗习惯等，并记述了希腊与波斯战争爆发的原因。第二部分，主要记述了希（腊）波（斯）战争的经过和结果，从小亚细亚各希腊城邦举行反对波斯的起义，一直到公元前478年希腊人占领塞斯托斯城为止。后来有人还根据当时的惯例，用古希腊神话中掌管文学和艺术的九位缪斯女神的名字，给各卷命名，所以这部书又被称作《缪斯书》。

全书资料丰富，记载了古代世界20多个国家和地区的概况，非常生动地叙述了西亚、北非以及希腊等地区的地理环境、民族分布、经济生活、政治制度、历史往事、风土人情、宗教信仰、名胜古迹等，宛如古代社会的一部小型"百科全书"。虽然冠以希波战争史之名，但实际上是当时希腊人所知的世界范围的历史。

类型	成书时间	推荐理由
历史著作	公元前 5 世纪后期	再现了雅典由盛而衰的历史过程及原因。

雅典世纪的没落之战
——《伯罗奔尼撒战争史》

背景搜索

"如果那些想要清楚地了解过去所发生的事件和将来也会发生的类似事件（因为人性总是人性）的人认为我的书作还有一点益处的话，那么，我就心满意足了。我的著作不是只想迎合群众一时的喜好，而是想垂诸永远的。"（见《伯罗奔尼撒战争史》第18页。）

修昔底德，在他的著作《伯罗奔尼撒战争史》中写下了这样一段话，而他也确实因为这本书而名垂青史。

修昔底德是古希腊继希罗多德之后的又一位著名历史学家。他出身于雅典一个贵族家庭，自幼受到良好教育。他目睹了伯里克利改革后繁荣的雅典，并为捍

两个冲向敌阵的希腊重武装步兵。

卫它加入了军队。公元前431年，雅典和斯巴达为争夺希腊霸权，爆发了著名的伯罗奔尼撒战争。修昔底德此时应征入伍，并参加了一些陆军和海军的战役。公元前424年，他被推选为雅典十将军之一，在塔索斯负责指挥一支由7艘战舰组成的舰队。不久，安菲玻里城遭到围攻，修昔底德率舰队前往援救，但未能成功。安菲玻里城失陷后，雅典当局认为修昔底德贻误战机，遂以叛逆的罪名将其革职放逐。此后，修昔底德流亡国外20年。在流放期间，他游历了伯罗奔尼撒各地和西西里，广泛搜集有关伯罗奔尼撒战争的材料，并着手写作。公元前404年伯罗奔尼撒战争结束后他返回雅典，并终老于此。当他去世时，《伯罗奔尼撒战争史》全书尚未完成。

推荐阅读版本：谢德风译，商务印书馆出版。

▲ 雅典卫城遗址。从这个遗址中，我们可以窥见雅典当时政治、经济以及文化的灿烂与辉煌。

内容精要

以雅典为首的提洛同盟，和以斯巴达为首的伯罗奔尼撒同盟之间爆发了战争。各个同盟中的联合城邦也加入到这场持续30年的战争中。密提林原是雅典同盟中一个贵族政体的独立属国，后来倒向伯罗奔尼撒同盟。据密提林人说，他们倒戈的理由是因为雅典人建立提洛同盟后，越来越忽视波斯的威胁，反而加重了对同盟者的奴役。于是他们感

24

到恐惧，对雅典的领导不再信任。他们发表了陈词，声明了自己的观点，同时表示，同盟的基础第一在于相互之间诚实的信念和友谊，要有共同的心理状态，这样行动才会一致；第二是在平等的基础上互相有所畏惧，保持某种力量的均势才有安全。

后来雅典人攻打密提林人，密提林人粮食吃完了，于是他们反对贵族当局，主张向雅典投降，生死任由雅典人处置。于是，在雅典就发生了一场关于如何处置他们的辩论。开始，雅典人充满了愤怒的情绪，认为密提林人是背叛者，在戴奥多都斯的极力主张下，决定把密提林全体成年男子都判处死刑，而妇女和未成年人都将成为奴隶。于是执行杀戮命令的战舰当晚就出发了。

但是第二天，雅典人的情绪突然发生了变化。他们开始理智地思考这个问题，想到这样的一个决议是多么残酷和史无前例——不仅杀戮有罪的人，而且制裁一个国家的全部人民，于是便重新辩论处置方法。举手表决时，戴奥多都斯的建议只以微弱的优势得到通过。

于是雅典人马上派另一条战舰去追赶昨晚出发去传达杀戮命令的战舰。第二条船上的水手拼命划桨，没有休息，而负有那项可怕使命的第一条战舰则一直从容地航行。结果，在第一条战舰刚刚到达密提林，那里的雅典司令官刚准备执行命令的时候，第二条战舰驶进了港口，及时地阻止了这次屠杀。

这是真实地发生在历史上的事件，修昔底德用他的语言记录下了这关键的时刻。密提林人的陈词、雅典辩论双方的辩论原稿，都能在《伯罗奔尼撒战争史》中读到。那些铿锵激昂的话语，在今天读来，依然是那样激情四射，充满着希腊式的智慧。

在《伯罗奔尼撒战争史》中，修昔底德把长达27年之久的伯罗奔尼撒战争作为一个整体来叙述。他不仅严格按照时间顺序描述了战争的进程，而且以理性主义的精神对待历史，其主要内容包括：分析战争发生的原因，认为"使战争不可避免的真正原因是雅典势力的增长和斯巴达的恐惧"，因为斯巴达和雅典是分裂的希腊社会的两大霸主，它们都有各自的同盟国，一个在陆地上称雄，一个在海上争霸；其次强调经济对战争的决定作用，说明长期战争完全依靠经济的支持，金钱的缺乏不仅会使军队在战争中处于不利地位，而且会使军队丧失战机，拖延战争时间；三则强调政治因素对战争的进程与结局有着重大的影响。

类型	成书时间	推荐理由
法学著作	约公元前 451 年~公元前 450 年	古代罗马共和时代制定的最早的成文法典，是后世罗马法以及欧洲法学的渊源。

欧洲法学的渊源
——《十二铜表法》

背景搜索

　　随着罗马国家的扩张和发展，罗马法律的内容和形式也在不断变化。共和国中期，公民法占据了统治地位，法律规定只有享受公民权的人才能享受法律规定的各项权利和义务。到了公元前 3 世纪又兴起了万民法，即所有民众，不分罗马人或非罗马人，都为法律适用对象。从公元前 1 世纪后期屋大维建立罗马帝国到公元 3 世纪，罗马法学的研究十分兴盛，出现了许多著名的法学家，兴起了各种法律学派和学说。公元 212 年卡拉卡拉帝王颁布敕令，将公民权授予全国所有的自由民。公元 216 年市民法并入万民法。帝国后期，许多皇帝都进行过法典的汇编工作。到了东罗马帝国查士丁尼大帝时，开始了系统的罗马法典编纂工作，先后成书《法典》、《法学总论》、《学说汇编》、《新律》，统称《查士丁尼民法大全》，这是历史上第一部最为完备的奴隶制成文法典，标志着罗马法本身已经达到了最高阶段，对后世欧洲各国的法律和法学产生了较大的影响。罗马法的内容涉及家庭、婚姻、继承、所有权、债务、法院组织与诉讼等，体现了古罗马社会生活的本质。罗马法所确定的概念和原则，成为后来许多西方国家制订法律的参考依据，西方国家的法律体系无不受到罗马法的影响。

查士丁尼与他的众大臣。

推荐阅读版本：《世界著名法典汉译丛书》，江平主编，法律出版社出版。

内容精要

第一表 传唤

一、传被告出庭，如被告拒绝，原告可邀请第三者作证，强制前往。

二、如被告托词不去或企图逃避，原告有权拘捕。

三、如被告因疾病或年老不能出庭，原告应提供乘骑的牲口或车子；但除自愿外，不必用有篷盖的车辆。

四、诉讼当事人为有财产者，则担保他按时出庭的保证人，应为具有同级财力者；如为贫民，则任何人都可以充任。

五、当事人双方能自行和解的，则讼争即认为解决。

六、当事人双方不能和解，则双方应于午前到广场或会议厅进行诉讼，由长官审理。

七、诉讼当事人一方过了午时仍不到庭的，承审员应即判到庭的一方胜诉。

八、日落为诉讼程序休止的时限。

九、证人应担保诉讼当事人于受审时按时出庭。

类型	成书时间	推荐理由
自然科学论著	公元前 386 年	西方哲学思想的源泉，首次提出了乌托邦的理想之国，为西方知识界必读之书。

最早的乌托邦
——《理想国》

背景搜索

当人们提起"精神恋爱"时，一定会想到它的同义词"柏拉图式的爱情"。柏拉图，这位沉浸在精神世界中的智者，将他的一生都奉献给了哲学。

公元前 427 年，他出生在雅典一个贵族家庭里，原名阿里斯托克勒，因为前额宽广、身材敦实才改称柏拉图。他的生日据说与太阳王阿波罗一样，是 5 月 21 日。他的父亲阿里斯东的谱系可以上溯至古雅典历史上最后一个君主，母亲佩里克提妮是著名改革家梭伦的后裔。柏拉图从小接受了贵族家庭的良好教育，很早就在文学和数学方面显露出才华，但他最感兴趣的还是政治。

20 岁时，柏拉图师从正直善辩的哲学家苏格拉底。苏格拉底的思想深深地影响了柏拉图，他是柏拉图的良师益友，柏拉图对他怀着深厚的敬意。公元前 399 年，苏格拉底以不敬神和蛊惑青年的罪名被当局处死，柏拉图受到了极大的打击。不久，柏拉图离开雅典，周游地中海地区，包括小亚细亚沿岸的伊奥尼亚一带，及意大利南部的若干希腊殖民地城邦，他访问过毕达哥拉斯门徒所组成的学派，期间也可能到过北非洲、埃及、西西里岛，以及别的地方。他在长达10余年的海外漫游中广泛地接触了各地的社会风俗、各派的哲学及政治思想。

公元前387年，雅典签订了耻辱的安太尔西达和约，将小亚细亚地区割让给波斯。雅典与斯巴达关系继续恶化，整个希腊世界日薄西山，奄奄一息。

柏拉图看到了当时政治体制的弊端，对当局极其失望。随着年岁和阅历的增长，他对当时的政客、法典和习俗越来越厌恶，决心继承苏格拉底的哲学思想，并从事于缔造理想国家的理论研究。他回到雅典创办学园，免费授徒，通过数学、哲学、天文学、音乐等训练，为当时的希腊城邦培养治理国家的人才。他的宗旨是培养具有哲学头脑的优秀政治人才，直至造就出一个能够胜任治国重任的哲学王。这所学园不仅成为雅典的最高学府，而且蔚为整个希腊的学术中心。

此后柏拉图放弃政治，讲学著书，孜孜不倦。

公元前347年，80岁高龄的柏拉图在雅典逝世。

推荐阅读版本：郭斌和、张竹明译，商务印书馆出版。

内容精要

所谓"理想国"，是柏拉图推理出的一个"正义、美德"的国家。柏拉图在《理想国》中以苏格拉底和学生对话的形式，集中阐述了理想的政治制度。中心思想是"哲学家应该为政治家，政治家应该为哲学家。哲学家不应该是躲在象牙塔里死读书而百无一用的书呆子，应该学以致用，去努力实践，去夺取政权。政治家应该对哲学充满向往，并不断地追求自己在哲学上的进步，并利用哲学思想来管理民众"。

《理想国》大体上包括三个部分：

柏拉图作为苏格拉底的学生、亚里士多德的老师，在哲学上起着承前启后的作用。

德国安泽尔姆·费尔巴哈的画作《柏拉图的宴会》。

第一部分概括了一个理想国家的组织，这是历史上最早的乌托邦。这个国家规模适中，站在高处就可以将全城尽收眼底，国人彼此之间都认识。柏拉图把国家的公民分成统治者、军人、劳动者三种等级，分别代表智慧、勇敢、欲望三种品性。而奴隶则只是一种活的财富。劳动者，用神话的形式来表达，他们是神用铁所造的，为城邦提供物质需要，得到统治者的保护和领导。军人，是神用银子造的，为保卫城邦而执行军事任务。统治者就是哲学王，他们是神用金子造的。只有他们才有政治权力，虽然人数比另外两个阶级要少得多，但是具备最高的知识、绝对的至善。三个等级在哲学王的治理下，遵守各自的道德，履行各自的义务，使整个国家井井有条，"不但为生产者而存在，同时也为统治者而存在，其目标在为所有人尽可能提供最大的快乐"。

第二部分围绕着"哲学家"的定义展开。他针对人们容易把诡辩家当成哲学家的情况，提出什么样的人才是真正的哲学家："那些专心致力于每样东西的存在本身的人——爱智者——真正的哲学家——哲学家是能把握永恒不变事物的人，而那些做不到这一点，被千差万别事物的多样性搞得迷失了方向的人就不是哲学家。"要建立理想国，一定要有优秀的哲学家不可，并由此引出了对教育的论述。柏拉图在这里为那些将来要成为哲学王的好苗子们，列出了一张从初等到高等教育的课程表：初等的文艺教育和体育教育——代数——平面几何——立体几何——天文学——音乐——辩证法。

第三部分包括对各种实际存在的体制以及其优缺点的讨论。比较了五种政体的优劣得失：贵族制、荣誉制、寡头制、民主制和暴君制。他指出这五种政体是依次退化的，由最正义依次退化为最不正义；应对于这五种政体的人也是依次退化的，由最正义依次退化为

最不正义，由最幸福依次退化为最不幸福。最后柏拉图得出了正义的定义："每个人都必须在国家里执行一种最适合他天性的职务。正确的分工乃是正义的影子。心灵的各个部分（理智、激情、欲望）各起各的作用，领导的（理智）领导着，被领导的（激情、欲望）被领导着。"

以理想国为中心、以三个部分为框架，柏拉图讨论了优生学问题、节育问题、家庭解体问题、婚姻自由问题、独身问题、专政问题、独裁问题、共产问题、民主问题、宗教问题、道德问题、文艺问题、教育问题以及男女平等、男女参政、男女参军等等问题，向世人描绘出虚幻的、理想的世界，以对抗现实世界中丑恶的现象和不合理的制度。

人与社会
——《政治学》

背景搜索

　　亚里士多德于公元前384年出生在爱琴海西北岸色雷斯地方马其顿统治下的希腊殖民城邦斯塔吉拉。他的父亲是马其顿王阿明塔的御医和朋友。双亲去世后，亚里士多德在亲属的抚养下长大。公元前367年亚里士多德来到了雅典，先在一所演说家学校就读，后来转入柏拉图的学园从事学习和研究，前后达20年之久。在雅典的柏拉图学园中，亚里士多德表现得很出色，柏拉图称他是"学园之灵"。柏拉图死后，亚里士多德和学园继承人意见不合，离开了雅典，游学小亚细亚。也许是受父亲的影响，亚里士多德对生物学和实证科学饶有兴趣；而在柏拉图的影响下，他又对哲学推理发生了兴趣。公元前342年，他应马其顿王腓力二世的邀请，担任王子亚历山大的老师，备受腓力二世的尊重。腓力二世遇刺身亡后，亚历山大继承王位。第二年，亚里士多德返回雅典，此后的12年中，他建立了自己的吕克昂学院，并写下了许多著作。由于他讲课时经常在游廊漫步，人们称他为"逍遥学派"。公元前323年亚历山大在巴比伦突然病逝，亚里士多德失去了强有力的靠山。雅典反马其顿派力量兴起，人们开始攻击亚历山大的朋友。祭司长借机以不敬神罪名控告

亚里士多德接受马其顿国王腓力二世的邀请，担任了亚历山大王子的老师。图为他在给亚历山大讲课。

亚里士多德。亚里士多德迫逃往欧卑亚岛的加尔西斯，并于次年去世。

亚里士多德一生写下了大量的著作，其中包括许多讲义、讲稿和材料，但他生前并没有公开发表。直到公元前40年，才由学院的第11代继承人整理成书。

推荐阅读版本：吴寿彭译，商务印书馆出版。

内容精要

"人天生是政治的动物"，亚里士多德和弟子对158篇希腊城邦宪法研究总结，做出了这样的结论。《政治学》是西方历史上第一部成体系的政治理论著作，它探讨了国家的起源、本质和理想的社会政治制度等重要的政治理论问题。

所谓政治学Politics，源自希腊文，是指希腊当时的城邦国家，在亚里士多德看来，人类社会是从简单向复杂、从不完善向完善发展的。人类最初由两性的结合组成家庭，若干家庭组合成村落，然后再发展成为城邦。人是生活在社会中的，而非单个独立的，因此，人是社会的动物。

他认为，只要成为一个社会，就一定有统治者和被统治者的区别。人类所以高于其他动物，就在于人有理性，能够分辨善恶。就个人而言，就是灵魂统治肉体，理性统治情欲。就社会组织而言，有理性的、懂治国之道的人担任统治者，缺乏理性只会体力劳动的人是被统治者。理性是衡量一切的标准。

类型	成书时间	推荐理由
数学著作	公元前4世纪	古代西方第一部完整的数学专著,是使用了2000多年、最成功的数学教科书,它使几何成为独立的学科。

沿用千年的教科书

——《几何原本》

背景搜索

欧几里得是古希腊数学家,以其所著的《几何原本》闻名于世。欧凡里得早年大概就学于雅典,非常熟悉柏拉图的学说。虽然欧几里得大名鼎鼎,但是有关他生活的详细情况我们都几乎一无所知。我们只知道他在公元前300年左右,在托勒密王(公元前364年~公元前283年)的邀请下来到亚历山大,并长期在那里工作,是积极活跃在埃及亚历山大省的一位教师。

作为一个教育家,他秉承了这个职业所特有的温良敦厚的品行,对好学之士,总是循循善诱。他反对不刻苦钻研、投机取巧的作风。据普罗克洛斯(约公元410年~公元485年)

几何学之父——欧几里得像。

记载，托勒密王曾经问欧几里得，除了他的《几何原本》之外，还有没有其他学习几何的捷径。欧几里得回答说："在几何里，没有专为国王铺设的大道。"这句话后来成为传诵千古的学习箴言。还有另一则故事说，一个学生才开始学第一个命题，就问欧几里得学了几何学之后将得到些什么。欧几里得说："给他三个钱币，因为他想在学习中获取实利。"

　　推荐阅读版本：兰纪正、朱恩宽译，陕西科学技术出版社出版。

内容精要

　　全书共13卷。欧几里得创造了一种巧妙的陈述方式。一开头，他介绍了所有的定义，让大家一翻开书，就知道书中的每个概念是什么意思。例如，什么叫作点？书中说："点是没有部分的。"什么叫作线？书中说："线有长度但没有宽度。"这样一来，大家就不会对书中的概述产生歧义了。

　　接下来，欧几里得提出了5个公理和5个公设：

　　公理1：与同一件东西相等的一些东西，它们彼此也是相等的。

　　公理2：等量加等量，总量仍相等。

　　公理3：等量减等量，总量仍相等。

　　公理4：彼此重合的东西彼此是相等的。

公理 5：整体大于部分。

公设 1：从任意的一个点到另外一个点作一条直线是可能的。

公设 2：把有限的直线不断循直线延长是可能的。

公设 3：以任一点为圆心和任一距离为半径作一圆是可能的。

公设 4：所有的直角都相等。

公设 5：如果一直线与两直线相交，且同侧所交两内角之和小于两直角，则两直线无限延长后必相交于该侧的一点。

他以此为基础，证明了 467 个数学定理。

《几何原本》中，几乎所有的定理和证法在欧几里得以前就为人所知晓，而欧几里得则先挑选出了经过长期实践的反复检验、确认了其正确性的 5 条公理和定理作为基础，接着认真地编排那些其余的定理和公理，一个定理被证明以后，又可以用它作为理论依据，去推导出新的数学定理来。这样，就可以用一根逻辑的链条，把所有的定理都串联起来，让每一个环节都衔接得丝丝入扣，循序渐进，无懈可击。他在必要的地方补充了缺少的步骤，提出了缺少的证据。用上面区区的 5 个公理和 5 个公设推导出那么多的数学定理，使得古希腊丰富的几何知识形成了一个逻辑严谨的科学体系。而且，这些公理和公设，多一个显得累赘，少一个则基础不稳固，其中自有很深的奥秘。

《几何原本》的内容虽主要是平面几何和立体几何，但其中也包含着大量的代数和数论内容，被作为教科书使用了 2000 多年。它最初用希腊文写成，后来被译成许多种其他文字。该书的首次印刷版出现在公元 1482 年，从那时起已经出版了 1000 多种不同的版本。而在此之前，它的手抄本统御几何学达 1800 年之久，以至于欧几里得和几何学变成了同义词。

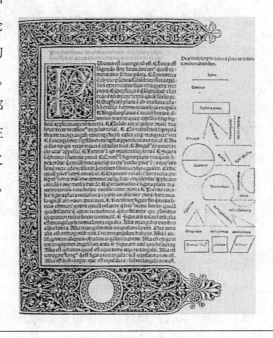

《几何原本》书影。

英雄的战争日记
——《高卢战记》

背景搜索

    恺撒，古罗马统帅，政治家、军事家。他出身于罗马一个古老而家道中落的贵族家庭，少年时期受过良好的教育。由于他和老一辈的民主派领袖马略和钦奈有亲戚关系，青年时代的恺撒受到贵族共和派的排挤，被迫站在了民主派一边，成为代表罗马平民阶级利益并与元老院"贵族派"对立的"平民派"。公元前 73 年被选为军事护民官，公元前 68 年任度支官，公元前 65 年当选为市政官，公元前 62 年出任大法官，后担任罗马西班牙行省总督之职，在同当地部族的作战中多次获胜。为加强其政治地位和能当选为公元前 59 年的执政官，恺撒于公元前 60 年，同当时最有势力的政治家和军事家庞培和克拉苏秘密结盟，史称"前三头同盟"。

    恺撒于公元前 59 年出任执政官，在执政官任期届满后，他又设法争得山南高卢（内高卢）总督的职位，并利用山北高卢（外高卢）各部落间的矛盾，采取分化瓦解和武力征服的策略，通过高卢战争，最后征服山北高卢。其间，恺撒曾于公元前 55 年率军渡过莱茵河侵入日耳曼，两次渡海侵入不列颠。战争中，他造就了一支训练有素、能征善战和忠诚于他的军队，并积累了巨额财富，为其日后夺权打下了基础。公元前 53 年克拉苏在帕

图为恺撒头像。

提亚（安息）战争中战败身亡后，三头政治随之解体。恺撒与庞培及元老院的矛盾激化。庞培充当了元老院共和国拥护者的首领，恺撒则成为共和国反对派的领袖。他拒绝执行元老院要他遣散军队的要求，于公元前49年1月进兵罗马（当时庞培任罗马统帅），通过伊莱尔塔、法萨罗、塔普苏斯和蒙达等地的交战，恺撒战胜了庞培，终于成为罗马国家元首。

经过连年征战，恺撒获得了终身独裁官、执政官、保民官等职，兼领大将军、大祭司长荣衔，并被尊为"祖国之父"，成为无冕之王。公元前44年3月15日，他在元老院议事厅被贵族共和国的残余分子布鲁图、喀西约等人阴谋刺杀。恺撒从统一罗马到死去，还不到4年，但就在这样短的时间内，他打破了旧的贵族共和体制，把军政大权集于一身，基本上完成了向君主独裁制的过渡，他把执政官、统查官、保民官、大祭司长等重要职务兼于一身，把元老院降为咨询机构、把公民大会当作可有可无的装饰品，这为他后来的继承人把罗马变成披着共和制外衣的帝国开创了道路。

恺撒死后，其嗣子奥古斯都在恺撒奠立的基础上，彻底完成了把奴隶制的罗马共和国改建成帝国的任务。

推荐阅读版本：任炳湘译，商务印书馆出版。

内容精要

恺撒所写的《高卢战记》，共七卷，记述了他在高卢作战的经过，从公元前58年至公元前52年，每年的事迹为一卷。关于它的写作过程，历来有两种说法，有人认为这是他每年向元老院和人民会议做的书面汇报，因此每年写成一卷；有人认为这是他在公元前52年至公元前51年间的冬天一次写成的。这两种说法，其实并不矛盾，可能他先是每年撰写一卷，作为书面汇报，后来因为需要，又再次加工，成为现在的形式。第一卷（公元前58年）介绍了高卢的概况，日耳曼人对高卢的进攻，恺撒的反击以及日耳曼人在维松提奥战败的经过；第二至第六卷分别叙述了恺撒同高卢诸部族的冲突以及对不列颠的两次远征；第七卷（公元前52年）记述了高卢人利用意大利的内乱发动大规模骚乱，恺撒自意大利重赴高卢，加以平定，最后攻克阿莱西亚并俘获其领袖维尔琴革托里克斯的经过。

在高卢的多次战役中，尤其以恺撒与日耳曼人中的一支部落的战斗最为精彩。

克耐犹斯·庞培和马古斯·克拉苏任执政官的那一年冬天，日耳曼人中的乌西彼得斯族和登克德里族的大批人渡过了莱茵河。渡河的地方离莱茵河所流入的那个海不远。他们受到了日耳曼人中最强大的苏威皮人的威胁和侵略，被逐出了自己的领土，并在日耳曼的许多地区流浪了三年之后，到达了莱茵河。这块地方原来是门奈比人居住的，在杀掉这些人之后，日耳曼人占有了他们的船只，并占据了他们的全部房舍。

恺撒非常了解高卢人的习惯，他们浮躁、轻率、反复无常，对于日耳曼人的侵占一定不会善罢甘休。为了避免这场战争变得更加严重，他便比平常提早一些出发到军中去。当他到达那里时，便知道先前担心的事情真的已经成为事实了。有些高卢国家已经派使者到日耳曼人那边去，请求他们离开莱茵河到自己这里来，所有需要的东西，都可以由他们代为预备。有这些希望在引诱他们，日耳曼人出没的范围更为广泛，他们已经侵

罗马共和国末期杰出的军事统帅恺撒的雕塑。

犯到德来维里人的属邦——厄勃隆尼斯人和孔特鲁西人的边境地区了。因此，恺撒把高卢各邦的领袖们召来，但他认为最好把他已经掌握的消息隐瞒着，所以在对他们鼓励和安慰了一番之后，便吩咐征集骑兵，决定对日耳曼人作战。

准备好粮食，选好骑兵之后，恺撒率领军队进入日耳曼人出没的地区。在战争还没有开始之前，日耳曼人的使者就来了，他们诉说了自己来这里的原因，表示唯一害怕的就是苏威皮人，如果罗马人愿意和他们保持和平状态，要么分给他们一些土地，要么同意他们保留已经占领的土地。日耳曼人绝不先动手攻击罗马人，但在遭到攻击时，他也一定会奋起迎战。

恺撒对这些话做了一番他自认为恰如其分的答复，他这番话的结论是这样的：如果日耳曼人仍旧留在高卢，他跟他们就不会有友谊。一方面，不能守卫自己疆土的人，反而侵占别人的疆土，道理上说不过去；另一方面，高卢现在根本没有一块闲着的土地，可以随便送人而不致受到损害。恺撒建议他们住到同样被苏威皮人威胁的乌皮人那里。

使者愿意把恺撒的意见带回总部去，希望恺撒能够给他们三天的答复时间，在这三天里恺撒不要再移营前去靠近他们。恺撒拒绝了他们的这个要求，实际上他知道，日耳曼人在几天以前已经派出大批骑兵，渡过莫塞河，到安皮瓦里几人的领域中去掠夺战利品和粮食了。他断定他们正在等候那支骑兵回来，所以才设法拖延时日。于是恺撒说为了取得饮水，他这一天还是要前进的，但不超出四罗里路。同时，他派人传令给那些率领全部骑兵走在前面的骑兵指挥官们，不要向敌人挑战，若自身受到攻击，也只坚守阵地，等他自己和大军走近了再说。

日耳曼人因为渡过莫塞河去抢劫粮食的那批骑兵还没回来，目前所有的骑兵不到800人，但当他们一看到恺撒军队中人数多达5000左右的骑兵时，却立刻发动了进攻。而恺撒的军队因为求和的使者刚刚离开，并且恰逢对方要求休战的时刻，对突如其来的变化来不及应变，很快就陷入混乱。等到军队重新转过身来进行抵抗时，敌人依照他们的习惯，跳下马来，刺击恺撒军队的马，使军团的许多士兵摔下马来，其余的也都被弄得四散奔逃，直到看见恺撒军团的行列方才止步。在这场战斗中，恺撒军骑兵被杀死74人。

这场战斗以后，恺撒认为他不该再接待这些使者，也不该再接受这些一面玩弄阴谋、假作求和，一面却又发动攻击的人提出来的条件。恺撒叮嘱自己的副官和士兵，如果遇到战斗的机会，一天都不可以轻易错过。这时幸运女神来到了恺撒的身边。第二天早晨，一大批日耳曼人，包括他们的首领们和长老们在内，赶到他的营里来见他，仍旧假惺惺地玩弄着那套诡计和阴谋。他们此来，一则是想为自己洗刷一下，说明他们与昨天违反了约定

 公元前 44 年 3 月 15 日，恺撒在元老议事厅被谋杀。

和请求而进行的战斗无关；再则，如果这次的欺诈能得逞的话，他们还想再获得一次休战的机会。恺撒看到他们居然落到自己手里来，大为高兴，下令把他们全都扣下来，然后亲自率领他的全部军队赶出营寨。

恺撒的军队行军神速，在日耳曼人丝毫没想到会发生什么事情之前，就赶到了敌人的营寨。失去首领的敌人完全没有想到事情会变成这样，连武器都来不及拿起就已经失败了。那些活命的人开始四散奔逃，恺撒派出骑兵去追赶他们。

日耳曼人听到后面的嘈杂声，又看到自己人被杀，便抛掉武器，丢下旗帜，一拥逃出营寨。当他们奔到莫塞河与莱茵河交汇处的时候，许多人已被杀掉，余下的人觉得逃生已完全无望，便跳进河流，由于恐怖、疲乏，以及河水的冲击，全都淹死在水中。罗马人没损失一个，甚至连受伤的都极少。

这是一场成功的战斗，因为敌人人数多达 43 万，在力量不均衡的条件下，恺撒以其果断英明取得了胜利。那些被扣留在营中的日耳曼人，恺撒允许他们可以自由离去，但他们因为自己曾经蹂躏过高卢人的土地，怕遭到报复和酷刑，声称愿意留在这里，恺撒也答应了他们的选择。日耳曼之战就此结束。

类型	成书时间	推荐理由
诗歌	公元前1世纪上半叶	最完整、最系统地叙述古希腊原子论学说的哲学长诗。

唯物的哲学长诗
——《物性论》

背景搜索

卢克莱修，古罗马诗人、哲学家、思想家，原子唯物论的完成者。他生于罗马共和国末年，与恺撒是同时代人。历史上没有留下关于他生平的详细记载。据公元4世纪的基督教作家圣·杰洛姆引证古代传记资料，说他因间隔发作的精神病而服毒自杀。《物性论》是他的代表作品，在他死后发表。

推荐阅读版本：方书春译，商务印书馆出版。

内容精要

全书是长达7000多行的诗歌，在长诗中，卢克莱修对古希腊的原子论学说做了最完整、最系统的叙述。全书分为六卷，分别论述了物体和虚空，自然及其规律，灵魂、感觉和情欲，天体的生灭和人类的起源以及其他一些异常现象的由来。

卢克莱修首先从"无不能变有，有也不能变无"的命题出发，论述了物质的永恒性和

古希腊的德谟克里特提出了原子构成论的假说，19世纪初，英国科学家约翰·道尔顿证明了原子的存在，20世纪初，新西兰科学家E·卢瑟福（左图）发现了原子核。

无限性。他说，如果从无中能够生出物来，那么任何东西的产生都可以不要种子，任何东西就可以从任何东西中产生。"人能从大海中升起，鱼类从陆地上来，羽毛丰满的鸟类从天空中骤然爆出，牛羊牲畜，就会满山遍野到处都是；同样的果子也不会老守住它的老树，而是能从任何枝干随便地换来换去长出来。"另一方面，也没有任何东西会变无。如果物能够变无，那么一切东西都会立刻被毁灭，世界也不会再被充满。事实上，一个事物的损失等于另一个或另一些事物的增加，它不是变成无，而是变成了另一种形态、另一种事物。自然本身是没有产生、也没有消灭的，因而是永恒存在的，有着自身的规律。

正因为如此，人们才能春种秋收，种瓜得瓜，种豆得豆。初生的婴儿不会和大人一样行走，土地上不会一下子大树成荫。卢克莱修对自然规律的描述朴素而富有诗意，清楚地表达了自然规律是不以人的意志为转移的真理。

由此，他进一步阐述了原子唯物论。卢克莱修认为，一切物质都由微粒组成，这种微粒被称为"原子"，"原子"这个词本身就是不可再分割的意思。无数的原子在无限的空间或称之为"虚空"中运行，世界上只存在原子和虚空，它们都是看不见的。原子无限小，世上没有比它再小的东西。原子一直存在于宇宙之中，它们不能从无中创生，也不能被消灭，任何变化都是它们引起的结合和分离，相互间只有形状、排列、位置和大小之区别。即便原子的微粒是人无法看见的，人类还是能证明原子和虚空的存在。比如说人们看不见风，但是从狂风的巨大威力中可以知道它的存在。又如衣服挂在海边就会慢慢变湿，被太阳一晒，又会慢慢变干，人们没有看见湿气如何进入衣服又如何出来，但是这个过程确实发生了。

　　原子具有一定的形状、重量，永远处于运动之中。一切原子从根本上说是相同的，原子结合的多样性构成物质的多样性，例如水的原子是圆而光滑的，它们相互间不能"勾住"，因而只能像小球那样相互滚来滚去；而铁的原子则粗糙不平，因而可以互相粘附在一起成为"固体"。由于原子是永恒的，因此从这意义上来说，没有任何事物在产生和消灭。物质的消失不是物质的消灭，而只是构成物质的原子的分离。由原子构成的化合物的增加和减少，决定了一件事物的出现与消失，或"生"与"死"。从这个意义上来说，宇宙是无限的，是变化和发展着的。人的灵魂是物质的，由原子组成，随着人体的死亡而死亡，不必对死后的生活怀有恐惧。

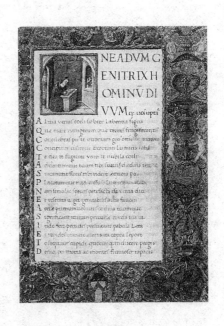

基督教版本的《物性论》，图中是第一章开首，是卢克莱修献给爱神维纳斯的赞歌。

　　虚空是一种其中无物而且不可触的空间，也是真的存在的，它是原子运动的场所，物体就是由原子和虚空组成的。原子在虚空中的运动，就像太阳的光线斜穿过屋内黑暗的厅堂，人们可以看到许许多多的微粒在阳光所照亮的空间里，不停地互相撞击，一团团地融合，永无休止，就像山坡上的绵羊，低头吃草，缓缓地移向那缀满新鲜露珠的大片草地。

　　他在诗中努力用原子论和其他物理知识来解释自然现象，对问题的解释比较深刻，有些理解到现在仍然使人感到惊叹。

永远流传的罗马荣耀
——《埃涅阿斯记》

背景搜索

　　维吉尔，古罗马诗人，出生于阿尔卑斯山以南高卢境内的曼图亚附近的农村，这一带地方农业兴旺，文化发达，出现过卡图卢斯、科尔涅利乌斯和奈波斯等许多重要文人。维吉尔的先世务农，但家境比较富裕。幼年曾去克雷莫纳、罗马和意大利南部学习修辞和哲学，受到了良好的教育。因体弱多病，维吉尔在内战期间未服兵役，一直专心写作。他一生都过着平静的生活，除了在罗马求学的时期，其余大部分时间都住在曼图亚农场和坎帕尼亚，冥思与创作是他生活的重心。公元前42年，屋大维（奥古斯都）为给复员的兵士分配土地，曾没收了维吉尔父亲的家园，迫使他们离家去意大利南部。不久，由于朋友的帮助，屋大维又把土地归还给他家，从此以后，在政治方面，维吉尔便属于屋大维一派。维吉尔死于公元前19年，只活了51岁，在他将死时，他的史诗只基本上只完成了初稿，还没有定稿。他的创作态度十分认真，一篇诗往往做多次修改，不肯轻易发表。据说他遗命将这部稿子烧掉，幸而奥古斯都非常重视这部史诗，维吉尔的朋友们也没有照他的意思去做，《埃涅阿斯记》才得以保存下来。

　　推荐阅读版本：杨周翰译，人民文学出版社出版。

内容精要

"那个埃涅阿斯将在意大利发动一场大战争，击败一些好斗的民族，将为他的人民制定法规，建立城池，他将活到他统治拉丁姆的第三年，也就是在击败鲁图利亚人之后，还要过三个冬天的军旅生活。不过他的儿子阿斯卡纽斯，即伊利乌姆王朝鼎盛时期的伊路斯，将从拉维尼乌姆迁都到阿尔巴隆加，并把它建造得固若金汤。在这里，赫克托尔的后代将整整统治300年，直到王族出生的女祭司伊丽雅同战神玛尔斯结合怀孕，生下一对孪生兄弟。后来，罗慕洛骄傲地披着喂养他的母狼的褐色狼皮延续了宗族，并建立了玛尔斯的城堡，用他自己的名字命名他的人民为'罗马人'。"

根据当时的罗马神话传说，罗马人最早的祖先是来自特洛伊的英雄埃涅阿斯。在伊利昂城被阿凯亚人攻陷后，埃涅阿斯在天神的护卫下逃了出来，同他的父亲安基塞斯和他的小儿子尤利乌斯一起，辗转到了意大利，并娶了当地的公主为妻，建立了王都，开始了尤莉娅家族的统治。这个传说就成为史诗内容的根据。《埃涅阿斯记》共12卷，可以分成前后两个部分，各6卷。前半部讲述英雄埃涅阿斯的流浪生活，后半部讲述他和图尔努斯的战争。

按照《荷马史诗》的范式，故事从中间开始，史诗一开始，特洛伊人已经经过了7年的海上漂流生活，他们向北面的意大利前进，但大风将他们吹到了南边的迦太基。埃涅阿斯等人受到当地女王狄多的接待，狄多请他讲述多年来的流浪经历；第二卷叙述了他回忆伊利昂城被攻陷时的情景，希腊人用木马计攻陷了城堡；第三卷叙述了他如何从伊利昂到达西西里岛，7年来，他处处想安家立业，但他几乎到处都能遇到特洛伊战争的幸存者，总勾起他痛苦的回忆；第四卷叙述了埃涅阿斯与女王狄多相恋，但他得到天神的警告，让他不要忘记建立家国的使命。他决定服从天意，牺牲个人的情感，继续前行去完成命中注定的使命，女王狄多挽留不住，在悲恨中自杀；第五卷叙述了他父亲的葬礼；第六卷叙述了他前往阴间询问他父亲的鬼魂，关于罗马未来的命运的故事；第七卷叙述了他的船到达意大利，当地各族准备抵抗的经过；第八卷叙述了他沿河而上，到达未来的都城罗马的所在地，他第一夜休息的地点就是后来奥古斯都的家里；天神给了他一个神异的盾牌，上面的图画预告了罗马未来的日子；第九至十二卷叙述了特洛伊人和当地拉丁部族战斗的情景，并以拉丁部族的领袖图尔努斯的死结束了全诗。

诗人维吉尔。

征服世界的行程
——《亚历山大远征记》

背景搜索

　　阿里安，罗马统治时期的希腊军事家、文学家和历史学家，约公元 96 年出生于尼考米地亚，自幼受过良好的教育，年轻时曾赴罗马学习哲学。公元 131 年至 137 年，他被罗马政权委任为驻希腊代表官员，曾担任监督官、驻卡帕多西亚总督等职。公元 147 年，他在雅典当选为执政官。退出政坛后，阿里安回到故乡，潜心著述。他写作的范围十分广泛，涉及历史、哲学、军事、地理等等，例如《师闻述录》、《俾斯尼亚史》、《印度》、《论狩猎》、《游记》等等，但只有《亚历山大远征记》被较完整地保存下来，这本书既是他一生著述中最著名的一部，也是古代流传下来的几种有关亚历山大的著作中比较好的一种。

　　推荐阅读版本：李活译，商务印书馆出版。

内容精要

　　全书一共分八卷，依次叙述了马其顿国王亚历山大从公元前 334 年至公元前 323 年，率

亚历山大大帝在耶路撒冷神殿。

军亲征波斯帝国，先沿地中海东岸南下直抵埃及（当时这一带皆属波斯），后回兵小亚细亚，东征波斯本土，直至印度西北部（相当于今巴基斯坦全境），建立强大的马其顿帝国的过程。

亚历山大大帝是西方历史上一位极具魅力的传奇人物，关于他的记载，大部分是通过阿里安的这本书流传下来的。书中所记录的亚历山大在战前鼓舞士兵的演说富有很强的感染力。

"马其顿同胞们，联军同事们，我发觉你们现在不再愿意以你们当初的那股热情跟我去冒险了。我把你们召集到这里来，是为了说服你们继续前进；不然就是我被你们说服，那咱们就向后转。假如在你们迄今为止所经受的劳累中确实可以找到什么差错，或者在带着你们忍受这些劳累的人、即我自己身上真的可以发现什么问题的话，那我再多说也无益。

"我认为，一个有志之士的奋斗是不应当划出一条什么界线的，只是那些导致崇高业绩的奋斗本身可能有自己的极限。不过，如果想知道我们目前正在进行的这场战争的界线究竟在哪里，我倒可以这样回答：在我们到达恒河和东海以前，剩下的地方已经不太大了。我向你们保证，你们将会发现这个东海是和赫卡尼亚海相连的，因为伟大的海洋是包围着整个大地的。是的，我还要向马其顿部队和联军讲清楚，印度湾和波斯湾也都是连成一片的海水，赫卡尼亚海和印度湾也是这样。我们的舰队将从波斯湾起航绕到利比亚，直至赫丘力士石柱，而且从石柱往里的整个利比亚地区也都将是我们的。甚至全

亚历山大大大帝的青铜雕像。

亚洲和在亚洲的帝国边界（那些边界都是上帝给全世界划的）也都是这样。但是，如果你们现在就退缩，那么，在希发西斯河彼岸直至东海之间，将留下很多好战的部族；从这一带地方一直伸展到赫卡尼亚海以北的地区也将有许多这类部族；离这些地方不远还有许多西徐亚部族。因此，如果我们现在就向后转，那就会有理由担心，即便是现在已被我们占领但还未巩固的地区，也会被那些还未被占领的地区鼓动起来造反。这样，我们大量的劳苦果实可就要千真万确地付诸东流了；或者我们就得再从头开始，承受更多的劳累，冒更多的险。马其顿同胞们，联军同事们，大家最好坚持到底。只有不怕艰苦，敢于冒险的人才能完成光辉的业绩。生时勇往直前，死后流芳千古，岂非美事？难道大家不知道，我们的先辈如果在但任斯或阿戈斯停下来不再前进（甚至在到达伯罗奔尼撒或底比斯时停下来），就不可能得到如此至高无上的荣誉，也不会从过去的人变成今天人们都承认的神。即使是比赫丘力士还高一级的神狄俄尼索斯，也曾经历尽了千辛万苦。而我们实际上已经越过了奈萨和阿尔诺斯山，连赫丘力士都未能拿下来的这个阿尔诺斯山，我们都已经拿下来了。现在，再把亚洲剩下的地方加到你们已经占领了的地方上边，这只不过是把小数加到大数上而已。确实，假如我们当初只是坐在马其顿，认为只要不费

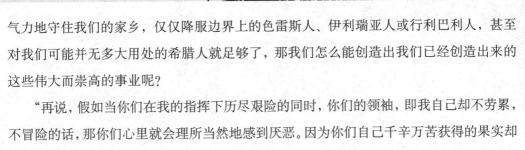

气力地守住我们的家乡，仅仅降服边界上的色雷斯人、伊利瑞亚人或行利巴利人，甚至对我们可能并无多大用处的希腊人就足够了，那我们怎么能创造出我们已经创造出来的这些伟大而崇高的事业呢？

"再说，假如当你们在我的指挥下历尽艰险的同时，你们的领袖，即我自己却不劳累，不冒险的话，那你们心里就会理所当然地感到厌恶。因为你们自己千辛万苦获得的果实却都给了别人。但事实并非如此。我和你们是苦累同受、祸患同当、福禄同享的。因为所占的土地都是你们的，是你们在各处当总督或督办；大部分财宝也是到了你们手里。而且，当我们得到亚洲之后，到那时候，我向老天起誓，我绝不会只是满足你们，你们那时得到的将要远远超过你们每个人对好处最高的要求。我将把所有愿意回家的人都送回老家，也许由我自己带着他们回去。那些愿意留下的，我会让他们受到那些回去的人们的歆羡。"

类型	成书时间	推荐理由
宗教典籍	约公元 400 年前后	精神性自传的古典名著，基督教历史轴心的关键之一。

心灵的祷告

——《忏悔录》

背景搜索

奥古斯丁是古代基督教主要作家之一，与中世纪的托马斯·阿奎那同为基督教神学的两位大师。奥古斯丁于公元 354 年 11 月 13 日生于北非的塔加斯特城，即今阿尔及利亚的苏克阿赫拉斯。当时北非已并入罗马帝国版图，完全在罗马文化的笼罩之下。因此，奥古斯丁是一名罗马市民。他的父亲巴特利西乌斯，是当地的一个普通市民，母亲叫莫尼嘉，是一位虔诚的基督徒，对奥古斯丁有着极其深刻的影响。

奥古斯丁幼年在当地读书，长大后先后到马都拉和迦太基攻读文法和雄辩术，学习诗歌、历史、修辞、哲学等等。后来因其爱好哲学，皈依了摩尼教。毕业后，奥古斯丁回到塔加斯特城当老师，后来到迦太基担任雄辩术教授长达 8 年。因不满迦太基的学风，他于公元 383 年离开北非，渡海至罗马，在米兰任雄辩术教授。

在米兰逗留的时间虽短暂，然而对奥古斯丁来说，这也许是他一生中最重要的一段时间。奥古斯丁在迦太基时，对摩尼教教义已感觉不满。在米兰，他遇到了灵性与学问同样卓越的安波罗修主教。受他的影响，奥古斯丁正式脱离了摩尼教。此后他曾一度醉心于新柏拉图派的著作，对一切事物持怀疑态度。经过多次心理交战，公元386年秋天，奥古斯丁决定信奉基督教。

公元387年复活节，奥古斯丁由安波罗修施洗，正式加入教会。不久后，奥古斯丁回到家乡塔加斯特城附近，宣称按当地修道院的习俗隐居三年。公元391年，他在希波升为神甫。公元395年该城主教病卒，奥氏便受任为希波主教，从此开始了他在教会中的一系列活动。与教内各宗派展开的剧烈论战，使他成为了当时基督教学术界的中心人物。

公元430年5月，日耳曼族汪达尔人包围了希波城，8月奥古斯丁在城中去世，终年76岁。几个月后，汪达尔人攻克了希波城，几乎把全城都焚为灰烬，然而奥古斯丁图书馆和大教堂却安然无恙。

推荐阅读版本：周士良译，商务印书馆出版。

内容精要

第一部分：卷一，歌颂天主之后，记述出生至15岁的事迹。卷二、三，记述他的青年时期和在迦太基求学时的生活。卷四、五，记述他赴米兰前的教书生涯。卷六、七，记述他思想转变的过程。卷八则记述他一次思想斗争的起因、经过与结果。卷九是他皈依基督教后至母亲病逝的一段事迹。

第二部分：卷十是分析他著书时的思想情况。卷十一至十三诠释了《旧约创世纪》的第一章，瞻仰天主六日创世的工程，在歌颂天主中结束全书。

在书中，每一个读者都可以感受到极其强烈的爱，奥古斯丁对天主的爱，他的书其实是一篇极长的祷文，他的祷告对象就是天主。他表达了自己内心的所有感情，一切感情的最终归结点就是对天主的爱。

中世纪的基督教神学大师托马斯·阿奎那。

制作于 4 世纪中叶的绘有圣经故事场景浮雕的大理石圣物箱。

"我内心的良医，请你向我清楚说明我撰写此书有何益处。

"忏悔我已往的罪过——你已加以赦免而掩盖，并用信仰和'圣事'变化我的灵魂，使我在你那里获得幸福——能激励读者和听者的心，使他们不再酣睡于失望之中，而叹息说：'没有办法。'能促使他们在你的慈爱和你甘饴的恩宠中苏醒过来，这恩宠将使弱者意识到自己的懦弱，而转弱为强。对于心地良好的人们，听一个改过自新者自述过去的罪恶是一件乐事，他们的喜乐不是由于这人的罪恶，而是因为这人能改过向善。

"我的天主，我的良心每天向你忏悔，我更信赖你的慈爱，过于依靠我的纯洁。但现在我在你面前，用这些文字向人们忏悔现在的我，而不是忏悔过去的我，请问这有什么用处？忏悔已往的好处，我已经看到，已经提出，但许多人想知道现在的我，想知道写这本《忏悔录》的时候，我是怎样一个人。有些人认识我，有些人不认识我，有些人听过我的谈话，或听别人谈到过我，但他们的双耳并没有对准我的心，而这方寸之心才是真正的我。为此他们愿意听我的忏悔，要知道耳目思想所不能接触的我的内心究竟如何。他们会相信我，因为若不如此，他们就不可能认识我。爱告诉他们我所忏悔的一切并非诳语，爱也使我信任他们。

"主，我爱你并非是犹豫不决的，而是确切意识到的。你用言语打开了我的心，我爱上了你。天、地以及复载的一切，各方面都教我爱你，而且不断地教每一人爱你，'以致没有一人能推诿'。你对将受哀怜的人更加垂怜，对于已得你哀怜的人也将加以垂怜。

"但我爱你，究竟爱你什么？不是爱形貌的秀丽、暂时的声势，不是爱肉眼所好的光明灿烂，不是爱各种歌曲的优美旋律，不是爱花卉膏沐的芬芳，不是爱甘露乳蜜，不是爱双手所能拥抱的躯体。我爱我的天主,并非爱以上种种。我爱天主,是爱另一种光明、音乐、芬芳、饮食、拥抱,在我内心的光明、音乐、芬芳、饮食、拥抱:他的光明照耀我心灵而不受空间的限制,他的音乐不随时间而消逝,他的芬芳不随气息而散失,他的饮食不因吞咽而减少,他的拥抱不因久长而松弛。我爱我的天主,就是爱这一切。

"这究竟是什么呢?

"我问大地,大地说:'我不是你的天主。'地面上的一切都做同样的答复。我问海洋、大壑以及波臣鳞介,它们都回答说:'我们不是你的天主,到我们上面去寻找。'我问飘忽的空气、大气以及一切飞禽,它们回答说:'安那克西美尼斯说错了,我不是天主。'我问苍天、日月星辰,它们回答说:'我们不是你所追求的天主。'我问身外的一切:'你们不是天主,但请你们谈谈天主,告诉我有关天主的一些情况。'它们大声叫喊说:'是他创造了我们。'我静观万物,便是我的咨询,而万物的美好即是它们的答复。

奥古斯丁的另一本伟大著作《上帝之城》在基督教世界产生了深远的影响,图为《上帝之城》古英语手稿中的插图,图中的人物都是奥古斯丁的门徒。

"我扪心自问:'你是谁?'我自己答道:'我是人。'有灵魂肉体,听我驱使,一显于外、一藏于内。二者之中,我问哪一个是用我肉体、尽我目力之所及,找遍上天下地而追求的天主。当然,藏于形骸之内的我,品位更高;我肉体所做出的一切访问,和所得自天地万物的答复:'我们不是天主,是他创造了我们。'必须向内在的我回报,听他定夺。人的心灵通过形体的动作而认识到以上种种;我,内在的我,我的灵魂,通过形体的知觉认识这一切。关于我的天主,我问遍了整个宇宙。答复是:'不是我,是他创造了我。'"

类型	成书时间	推荐理由
宗教典籍	最后成于公元 4 世纪	基督教文化的源头，从宗教、文学、艺术、社会生活等各方面都深刻地影响了世界历史。

上帝的声音
——《圣经》

背景搜索

　　《圣经·旧约》成书于公元前 2 世纪。

　　《圣经·旧约》简称《旧约》，是古代希伯来人的神话传说、历史故事和文学作品的汇编，为犹太教的经典。《新约》是耶稣与世人重新订立的。《旧约》翻译成希腊文以后，和基督教的经典《新约》组成了《新旧约全书》，即《圣经》。它对欧洲社会生活和文学产生了深远的影响，是欧洲文学的两大源流之一（另一源流是希腊罗马文学）。《圣经》中的许多人

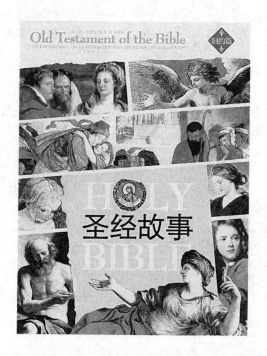

京华版《圣经故事·旧约篇》封面。

耶稣被门徒犹大出卖，在"最后的晚餐"的当天晚上被捕，次日，耶稣被罗马士兵钉死在十字架上。

物形象都成为了日常生活中通用的语言，如"大卫"是勇敢人的代名词，"所罗门"是聪明人的代名词，"参孙"是大力士的代名词，"犹大"是叛徒的代名词，"撒旦"则是魔鬼的代名词等等。在文学创作中，很多作家都引用了《圣经》中的人物。如：但丁的《神曲》把《圣经》中的神话形象与古代历史人物以及意大利的政界人物形象混合在一起，描绘出新旧交替时期意大利的社会生活。莎士比亚的剧作中也多次引用了《圣经》中的经典语句。弥尔顿的《失乐园》、《复乐园》和《力士参孙》都取材于《旧约》，还有其他许多作家都引用了《圣经》中的典故进行创作。

推荐阅读版本：《圣经故事：名画彩版》，洪佩奇、洪叶编著，译林出版社出版。

内容精要

旧约·出埃及记：

以色列的后代在埃及歌珊至少生活了400年。他们在那里的日子过得很红火，人丁兴旺，子孙绵绵。到了大约公元前15世纪，埃及有一位新法老登上了王位。这位法老不承认约瑟对埃及曾经有过的功绩，并且极端厌恶以色列人，他派以色列人去干最苦最累的活，并且命令以色列人所生的男孩都必须丢在河里，只留下女孩。

摩西就是在这样的时代出生的，他的父母偷偷地将他养到三个月，再也藏不住了。他们打听到法老的女儿十分善良，于是就把孩子放在一个抹了石漆的蒲草箱里，搁在王宫附近河边的芦苇中，希望每天去那里洗澡的公主能发现孩子。

公主果然看到了装婴儿的箱子，她非常怜悯他，于是决定收养这个希伯来人的孩子为义子。一直偷偷跟随在角落里的孩子的姐姐这才放下心来，并且向公主推荐自己的母亲做孩子的奶妈。公主给孩子起名为摩西，意思是"水里的孩子"，以此纪念是她把他从水中捡来的。

摩西从此就生活在王宫里，享受了富贵的生活，接受了良好的教育。在他长大后，奶妈告诉了他一切真相，教导他别忘记自己的希伯来血统。摩西明白了事情的经过后，经常去工地上看望自己的同胞，给予他们力所能及的帮助。他同情他们的不幸遭遇，也为他们的麻木忍耐而气愤。一天，他在激动的情绪下打死了一个蛮横的埃及监工。第二天，法老就发现了这件事情，并派人捉拿他。摩西仓皇地逃出都城，跑到了东方的米甸。

在那里，他遇到了亚伯拉罕的后代，并且结了婚。他在米甸一住就是40年，帮助岳父经营家业，放牧牲畜。当他孤独地在露天中放牧羊群时，他经常登上山冈，举目四望。在西方，摩西看到一片沙漠，沙漠那边就是埃及，他的族人正在那里受苦受难；在东方，在那群山后面很远的地方是迦南，那里是他祖先的故乡，是以色列人的乐土。他心中酝酿着一个伟大的计划：他决心把自己的同胞从埃及的奴役中解救出来，把他们领到富饶的迦南故土去。

在他80岁那年的一天，摩西得到了神的神谕。上帝耶和华托付给他神圣的使命，将以色列人从埃及领出来，并且赋予他三个神迹：第一个神迹，他手里的手杖扔到地上就会变成蛇在地上爬行，伸出手来拿住它的尾巴，蛇又会在摩西手里变为手杖；第二个神迹，摩西的手放入怀中，满是麻风，等再放一次时，又会完好如初；第三个神迹，当摩西从河里取出水，浇到干旱的土地上时，水就会变成血。

摩西带着上帝的使命回到了埃及，谁也没有认出来他就是当年公主的义子。摩西当众显示了上帝传授给他的神迹，他的哥哥亚伦又进行了宣传动员，所有的以色列人都相信离开埃及去迦南是上帝的意旨。他们同意尽快离开这块以色列人的屈辱和苦难之地。

但是法老并不同意以色列人离开，他坚决地进行了阻挠。摩西和亚伦就决定按照上帝的神谕行事，他们要连降十大灾难给埃及，迫使法老屈服。

第一回，摩西和亚伦按照上帝的旨意，给埃及降下血灾。他们去见法老，亚伦在法老和他的臣仆眼前举杖击打河里的水，河里的水都变作了血。河里的鱼死了，河水也腥臭难

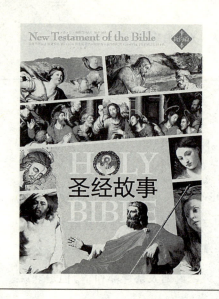

色。法老又一次许下诺言，同意妇女和孩子离开埃及，当上帝用西风将蝗虫吹到红海淹死后，法老的诺言立刻又失效了。

第九回，摩西向天上伸杖，给埃及降下黑暗之灾。黑暗笼罩了埃及三天，这三天中，埃及人伸手不见五指，不能干任何一件事。只有以色列人家中有光亮。

第十回，上帝给埃及人降下头生子之灾。这是最后一个，也是最致命的惩罚。在灾难降临之前，上帝预先告诫以色列人，每一家都准备一只无残疾的公羊羔，将羊羔宰杀后把羊血涂在自家门上，到了半夜，上帝看见谁家门上没有羊血，就走进去把那家的长子杀死，不管是法老的长子还是奴隶的长子，统统杀掉，就连一切头生的牲畜也都杀了。哭声遍及全国，没有一个埃及家庭不死人的。

这一次，法老才答应让摩西带着以色列人离开埃及。以色列人在埃及居住了430年，来时只有70人，现在光步行的男子就有60万之多。在行进途中，耶和华为他们指路，让他们日夜兼程地赶路。

但是法老带领600辆战车，来追赶以色列人。当以色列人快到红海边时，只见尘土滚滚，在这危难的时刻，摩西按照上帝的旨意，伸出手杖把海水分开，劈出一条道路，水在旱道两边像围墙一样高高耸立。以色列人于是便匆匆地顺着这条道路走到了彼岸。法老指挥军队也踏上了这条道路。这时，摩西向海里伸杖，海水便开始合拢。所有的埃及人都被海水吞没了。以色列人看到埃及人的尸体黑压压一片漂在海面上，心里充满了对上帝的敬畏，他们更加信服上帝的使者摩西了。

类型	成书时间	推荐理由
宗教典籍	公元7世纪中叶	伊斯兰教的经典，阿拉伯世界的真理之书。

真主的话语
——《古兰经》

背景搜索

穆罕默德，名字的含义是"受到高度赞扬"，他于公元570年出生在麦加城古莱西部落哈希姆氏族的一个没落的商人贵族家庭里。当时的麦加是半原始状态的阿拉伯半岛的商业中心，也是宗教中心，以信奉多神为主。麦加的统治者是古来氏人。穆罕默德的父亲出身于哈希姆家族，以前是强盛的古来氏部落的望族，所以穆罕默德是这支贵族旁系的后裔。穆罕默德的父亲在穆罕默德出生前就去世了，穆罕默德的母亲也在他6岁时死去，他由伯父和祖父抚养长大。

穆罕默德少年时当过牧童，是一个半文盲。后来他受雇佣于一个富商寡妇卡狄加，25岁时和她结婚，生有6个子女。穆罕默德在为卡狄加服务期间和结婚后的一个时期里，曾到过巴勒斯坦、叙利亚、美索不达米亚等许多地方，使他有机会接触各阶层人物，看到过犹太教和基督教的传教士关于救世济民的宣传，从而启迪他致力于新宗教的研究。

公元610年，40岁的穆罕默德，决定到深山和沙漠中去修行。相传，当他在麦加城郊希拉山的山洞时，安拉派天使向他传达"启示"使之"受命为圣"。此后，他宣称接受了

真主给予的"使命"，开始了历时23年的传播伊斯兰教的活动。

穆罕默德在施教早年并不顺利，头三年只有30多个人皈依他宣传的宗教，同时还受到麦加的统治者古来氏人的迫害。

公元622年，穆罕默德及信徒全部迁往雅兹里布，后改名为"麦地那"。

在麦地那，穆罕默德可以自由地、公开地传道，从此他的信徒越来越多，不久他成为当地的法官、法律制订者、集团领袖和军事统帅。在此，穆罕默德也制定了"伊斯兰教不仅是宗教权威而且是世俗权威，管理人们事务的统一力量应是信仰而不是部落"这一流传至今的法则。

公元624年3月，穆罕默德率领一支300人的军队袭击了一支去麦加的商队，并打败了麦加的一支上千人的军队，这就是有名的白德尔之战。对当时的穆斯林来说，这更加证明了安拉站在穆罕默德一边，也加强了穆罕默德自称为真正的先知的说服力和他的统治地位。

公元628年，穆罕默德的实力已超过麦加的古来氏人，但他并没有发动战争，而是和古来氏人签署了一个条约，条约规定了伊斯兰教的合法地位。据说，这一年加入伊斯兰教的人数超过了历年的总和。

公元630年1月，穆罕默德以一个麦加人害死一个穆斯林为原由，集合了一支一万人的大军开向麦加，不费多大力气就占领了这个宗教中心。他捣毁了麦加的多神教偶像，树立了伊斯兰教，宽恕了他的大多数敌人，收复了各个部落，把非穆斯林赶出圣地。自此，确立了穆罕默德在阿拉伯半岛的伊斯兰教的统治地位。

公元632年6月8日，穆罕默德去世。

推荐阅读版本：马坚译，中国社会科学出版社出版。

内容精要

《古兰经》规定了伊斯兰教的基本教义，例如五大信仰，分别是信仰安拉：信仰安拉是伊斯兰教的核心与基础，穆斯林应坚定不移地相信安拉是宇宙万物的创造者和主宰；信仰天仙：伊斯兰教认为宇宙是由人的世界和神的世界组成的，天仙是安拉用光创造的神，是执行安拉各项命令的神体，他们管理天园并向人类传达安拉的旨意；信仰经典：经典是安拉降示给使者们的天经，是安拉的言词；信仰使者：使者是安拉派遣到人类的男人，引导人们"皈依正道"；信仰末日：伊斯兰教认为，宇宙及一切生命终将全部毁灭，此后安拉使一切生命复活，并对复生的灵魂与肉体进行判决，行善者入天堂，作恶者入地狱。

在具体的日常生活方面，详细规定了饮食起居、婚姻继承、宗教仪式等等。

▼ 阅读《古兰经》。

类型	成书时间	推荐理由
游记	公元 1299 年	中世纪最畅销、对欧洲人影响最大的游记，为欧洲人开启了介绍东方文明的大门。

启示哥伦布远航的书
——《马可·波罗游记》

背景搜索

公元 1324 年，威尼斯的一个监狱中，躺着一位气息奄奄的老人，旁边站着一个表情严肃的教士。教士以一种劝诱的口气对老人说："只要你承认你写的游记完全是一派胡言，那么教会就会宽恕你的罪，你的灵魂将会升入天堂。"老人摇摇头，说："我在书中所有有关东方的叙述，完全是真实的，童叟无欺。"教士叹了口气，仍然不死心地说："你到现在还这么固执己见。"老人脸上带着微笑："你们不相信，只是因为我还没有把我另一半所见所闻讲出来。"他的眼中突然闪出异样的光芒，好像他又回到了曾经亲身感受过的东方繁华中，而这种繁华，在他的同乡看来，完全是"魔鬼的谎言"。

威尼斯人马可·波罗去世了。这位享年 70 岁的旅行家临终时仍然坚持，他讲述了一个真实的东方。

马可·波罗的父亲与叔父都是当地富商，因为生意的需要经常出外经商，游历了不少地方。公元 1271 年，父亲和叔父开始他们第二回的东方之旅。17 岁的马可·波罗对欧洲以外的世界充满好奇，他跟随长辈们一起踏上了东方之旅。三人在地中海东岸阿迦城登陆

马可·波罗像,《马可·波罗游记》中对东方文明的介绍,
直接导致了后来哥伦布航海探险事业的发展。

后,沿着古代丝绸之路先到以色列,再穿过叙利亚、伊朗、阿富汗,翻过帕米尔高原,走过塔克拉玛干沙漠进入新疆,然后是甘肃……公元1275年5月到达中国元朝的上都(今内蒙古多伦县境内)。此后又到了大都,见到了元世祖忽必烈。旅途中,马可·波罗曾因高原缺氧而病了一年多。其他必须克服的凶险包括沙暴、雪崩、干旱以及土匪等。他们也多次在瘟疫区,以及十字军和伊斯兰教徒的冲突地带死里逃生。

忽必烈很钦佩三人的毅力,他特别注意到了年轻的马可·波罗。马可·波罗生性好学、性格坚毅,很快学会了蒙古人的一切礼仪,同时精通四种文字,并能够熟练地读书和写作。忽必烈想通过实际的工作来试验他的才华,便于公元1287年,特派他到离京城很远的地方"哈拉刺"(今大理)处理中缅战事。马可·波罗开始了出访云南的旅程。由于忽必烈喜好了解各地的风土人情和异国他邦的奇闻轶事,马可·波罗每到一处,都注意收集访问的资料并做好详细的记录,以备向皇帝讲述。这也为他将来写游记积累了不少素材。

此后忽必烈对他十分信任和宠爱,常命他出使各地,足迹远至中国的西南及邻国缅甸、暹罗、越南、印度,并曾巡游中国南方各省,最高官职曾任扬州总督。

马可·波罗父子前后在中国住了17年。公元1291年,伊利汗国(今伊朗境内)国王阿鲁浑遣使求婚,马可·波罗奉命送公主阔阔真出嫁。从福建泉州乘船离开中国,沿印度洋航行18个月后,到达波斯,公元1295年回到威尼斯。

带回许多东方珍宝的马可·波罗成了富豪,人称"百万君",但同时他也得了"百万谎言的人"的称号,因为很多威尼斯人认为他讲述的东方经历就像"天方夜谭"般不可尽信。

公元1298年,威尼斯和热那亚这两个意大利城邦发生海战,马可·波罗参加的威尼斯舰队败北,不幸被俘入狱。在狱中,马可·波罗结识了作家鲁斯蒂凯罗,并向他口述了自己在东方和中国的所见所闻,作家根据记录,整理成书,就是这本轰动全球的《马可·波罗游记》。

推荐阅读版本:冯承钧译,上海书店出版社出版。

内容精要

"凡世界上最为稀奇珍贵的东西,都能在这座城市找到,特别是印度的商品,如宝石、珍珠、药材和香料。契丹各省和帝国其他各省,凡有贵重值钱的东西都运到这里,以供应那些因被这个国家吸引而居住在朝廷附近的大批群众的需要。这里出售的商品数量,比其他任何地方的都要多。根据登记表明,用马车和驮马运载生丝到京城的,每日不下一千辆次。"这就是马可·波罗笔下的北京城,一个东方国家的京城,充满着繁华和奢侈的气息。

《马可·波罗游记》共分四个部分:第一部分《从小亚美尼亚到大汗上都沿途各地的见闻录》,介绍了向东来到中国时途经的国家和地区;第二部分《忽必烈大汗和他的宫廷西南行程中各省区的见闻录》,描述了中国元朝的政治情况以及各地风俗人情,盛赞中国物产丰富,文化繁荣;第三部分《印度及居民的礼仪、风俗和许多特别奇异的事件,航海用的船舶种类》,记载了中国周边的一些地区,如缅甸、越南等;第四部分《鞑靼诸王之间的战争和北方各国的概况》,讲述了蒙古各个汗国之间的战争纠纷。游记中提到的亚洲城市超过100个,其中南宋首都杭州,更是一个奢华的商业城市。马可·波罗这样描写他见到的杭州:

"杭州的街道和运河都相当广阔,船舶和马车载着生活用品,不停地来往于街道上和运河上。估计杭州所有的桥有1.2万座之多。连接运河两岸的主要街道所架的桥,都具有高级的建筑技术,桥身高拱,可以使竖有很高桅杆的船只从下面顺利通过。高拱的桥身并不妨碍马车通行,因为桥面在很远的地方,就开始垫高。它的坡度逐渐上升,一直升到拱桥的顶点。

"杭州城内有10个巨大的广场和市场,街道两旁的商店不计其数。每一个广场的长度都在一公里左右,广场对面则是主要街道,宽40步,从城的这一端直通到城的那一端。运河跟一条主要街道平行,河岸上有庞大的用巨石建筑的货栈,存放着从印度或者其他地方来的商人们所带的货物。这些外国商人们,可以很方便地到就近的市场上交易,一星期中有三天是交易的日子,每一个市场在这三天交易的日子里,都会有4万到5万人。

"杭州街道全铺着石板或者方砖,主要道路的两侧各有十步宽的距离,用石板或方砖铺成,但中间却铺着小鹅卵石。阴沟纵横,使雨水得以流入运河。街道上始终非常清洁干燥,在这些小鹅卵石铺成的道路上,车如流水马如龙。马车是长方形的,上面有篷盖,更有丝织的窗帘和丝织的坐垫,可以容纳6个人。

"从26公里外的内海所捕获的鱼虾,每天被送到杭州。当你看到那庞大的鱼虾数量,你会想到怎么能卖完。可是不到几小时的光景,就被抢购一空了,因为杭州的居民实在太多了。

在马可·波罗的笔下，当时中国物产丰富、商业贸易发达，图中正展示了古时中国街市上热闹的一角。

　　"通往市场的街道都很繁华，有些市场还设有相当多的冷水浴室，有男女侍者分别担任招待。杭州人不管是男是女，终年都用冷水沐浴。他们从小就养成了这个习惯，认为冷水对身体有益。当然，也有热水浴室，不过专供外国人使用。因为外国人不能忍受那冰一样的冷水。杭州市民每天都要沐浴，沐浴的时间，大都在晚饭之前。

　　"杭州主要街道的两旁，矗立着高楼大厦，男人跟女人一样，皮肤很细，外貌很潇洒。不过女人尤其漂亮，眉清目秀，弱不胜衣。她们的服装都很讲究，衣服是绸缎做的，还佩戴着珠宝，这些珠宝价值连城。"

　　这样的语言娓娓道来，叫人怎能不为那些奇妙的东方城市所吸引？马可·波罗称赞："行在城（指杭州）所供给之快乐，世界诸城无有及之者，人处其中自信为置身天堂。"由于他对杭州特别赞赏，所以几次来到这里游览。对杭州的描写只是马可·波罗作品中的极小一部分，但这里悠闲富足的生活对当时傲慢的欧洲人来说简直是无法想象的。叫欧洲人吃惊的描述还有很多，例如他说看到了喷油的泉（巴库的油田）、可燃烧的石头（煤）、用轻巧的纸张来做货币（钞票）……铁匠奇劳洛说，打死他也不信，"大家卖命工作，都为了铜币或银币，给一张纸，谁肯收呢？"但自称看过马可·波罗拿出珠宝的船主佐罗说："如果不是鞑靼的国王，谁能给他这么多财富？"游记由于内容的丰富与趣味性，受到了成千上万的读者的欢迎，各种文字版本达百余种，它给西方人民打开了一个新天地，走进了东方的神奇世界。

中世纪的史诗
——《神曲》

背景搜索

但丁出身于佛罗伦萨一个没落的贵族之家,从小受过良好教育。他广泛涉猎各种知识,尤其喜欢读诗,曾经拜著名的学者为师,学习拉丁文和古代文学。他特别崇拜古罗马诗人维吉尔,维吉尔写的史诗《埃涅阿斯记》歌颂了罗马祖先建国创业的丰功伟绩,被誉为文人创作的史诗中最好的作品。但丁一直把维吉尔当作自己的精神导师。

但丁年轻时偏爱写情诗,被称为"温柔的新体诗人"。年少的风花雪月之后,但丁进入了哲理思考的成熟期,他积极参加城邦的政治活动,一度担任过佛罗伦萨的执政官。

当时的意大利正处于分裂状态,佛罗伦萨则是斗争最激烈的地点。代表新兴市民阶级利益的贵尔夫党经过激烈斗争,战胜了代表封建贵族势力的基伯林党。但贵尔夫党很快分裂为黑党和白党两派,二者又展开了激烈的斗争。但丁属于白党,反对教皇干涉城邦内政。公元 1302 年,黑党在教皇的帮助下胜出,但丁被加上莫须有的罪名,赶出佛罗伦萨,开始了近 20 年的流放生活。

长期的流放生活加深了他对意大利面临的重大社会政治问题的认识,在流亡生活最痛苦的时候，他开始创作《神曲》，这是他长期酝酿和构思的一部巨著。但丁说过，他写《神曲》的目的是"要使生活在这一世界的人们摆脱悲惨的遭遇，把他们引到幸福的境地"。但丁在诗歌中寻找意大利民族的出路，渴求祖国和平统一，人民安居乐业，在作品中他表现了他的理想和愿望。他批判神权说和封建等级观念，从理论上阐发了他的政治、文化主张。

作品完成不久，但丁就客死他乡。

推荐阅读版本：朱维基译，上海新文艺出版社出版。

内容精要

《神曲》是一首政治抒情诗。分为《地狱》、《炼狱》、《天堂》三部，每部共33歌，加上序曲，共100歌，总计14232行。长诗采用中古文学特有的幻游形式，以但丁自己为主人公，采用自叙体描述了1300年迷途于黑暗森林的故事，这迷途其实就是作者在人生路途中所做的一个梦。

在梦中，但丁在一个黑暗的森林中迷路了。黎明时分，他在阳光的沐浴下朝山顶攀登。突然，在他的面前出现了三头猛兽——豹、狮、狼，诗人惊慌呼救，危急之中，古罗马诗人维吉尔出现在他面前，维吉尔遵从圣女贝尔德丽采的命令，表示愿意引导他通过地狱、炼狱，然后到达极乐的天堂。

在维吉尔的带领下，但丁首先来到了地狱。地狱共九层，上面宽下面窄，像一个大漏斗。地狱阴森恐怖，凄惨万分，凡生前做过坏事的人的灵魂都被罚在地狱中受刑。罪人的灵魂根据罪孽的轻重被分配在不同的层次中，受到相应的惩罚。罪孽越重，层次越低，所受的刑罚也越重。但丁在这里遇到了异教徒荷马、埃及艳后、犹大等人。例如，在地狱的第八层，诗人看到了已死的教皇尼古拉三世，以及当时还活在世上

手持《神曲》的但丁。

法国欧仁·德拉克洛瓦所绘的《但丁之舟》。

的、迫害过诗人的教皇卜尼法斯八世。他们的身体头朝下地被埋在地洞中，两条腿在外面剧烈地扭动着、挣扎着。诗人见后高兴地说道："真是罪有应得！他们在世上把善良的人踩在脚下，而把凶恶的人捧在头上。让他们永远受罪吧！"在第九层见到了魔鬼撒旦后，但丁终于脱离了丑恶的地狱。

炼狱是一座浮在海上的山，四周有美丽的海滩，山顶是地上乐园。维吉尔和但丁走进山门时，守护天使用剑在但丁的前额上刻了7个"P"字，表示骄、妒、怒、惰、贪、食、色人生七大罪过。以后每上升一层。天使便拭去一个"P"字。炼狱也分为七层，这里灵魂的罪孽比地狱中灵魂的罪孽轻些，可以得到宽恕。经过烈火的焚烧，断除孽根后，他们可以升入天堂。

地上乐园里充满着吉祥的云朵和花瓣般的雨珠，维吉尔隐退。一列游行队伍护卫着一辆象征教堂的凯旋的车子。拉车子的是一只半鹰半狮的怪物，象征耶稣。象征各种美德的一群女子，载歌载舞，簇拥着一位高雅的女子。她就是但丁年轻时爱慕的贝尔德丽采，她接替维吉尔，引导但丁游历天堂。天堂庄严光辉，充满欢乐和爱，住着生前正直行善的人，他们享受着永远的幸福。天堂分为九重。

贝尔德丽采带着但丁来到第九重天。在那里，但丁被允许观看神的本质，并聆听天使们的合唱。她接着领他到天府，从这里，他能目睹天使们和在天国享福的灵魂们的喜悦。他被这种景象弄得如此眩惑而入迷，以致并未发觉贝尔德丽采已离他而去。当他清醒过来，发现身边来了一位老人。老人告诉他，贝尔德丽采已回到御座。他又告诉但丁，假如愿意看到更多天堂里的幻象，他必须和老人一起为圣母玛丽亚祈祷。但丁接受了这个恩赐，沉思冥想上帝的荣耀，并在那一刹那间瞥见了最伟大的秘迹，即圣父、圣母和圣子"三位一体"，人与神结合的奥秘。诗人觉得，在那天府里才真正见到了人类最理想的境界。

类型	成书时间	推荐理由
小说	公元 1351 年	欧洲文学史上第一部现实主义巨著，对欧洲短篇小说的发展做出了开拓性的贡献。

世俗生活图
——《十日谈》

背景搜索

卜伽丘，意大利作家。父亲是佛罗伦萨金融业商人，母亲是法国人，出生于巴黎。童年时期，卜伽丘就表现出桀骜不驯的性格，是个爱惹是生非的"孩子王"。少年时曾遵从父命在那不勒斯学习经商，也学过法律。后来经常出入那不勒斯王罗伯特的宫廷，同王公贵族和人文主义者有所接触，对古典文化的研究和文学创作情有独钟，并研读了大量的古代文化典籍。他是意大利第一个通晓希腊文的学者，对拉丁文和当时流行的俗语也掌握得炉火纯青。

公元 1340 年前后，卜伽丘回到佛罗伦萨。在尖锐的政治斗争中，他站在共和政权一边，反对贵族势力。他参加了行会，多次代表共和政权出使其他城邦。但他不相信下层群众。卜伽丘于公元 1350 年同彼特拉克相识，并建立了亲密的友谊。

在商贾云集、世风开放的佛罗伦萨、那不勒斯等地，青年卜伽丘也曾一度放荡不羁，追求声色犬马的享乐生活，直到父亲的商行破产，不久老父又撒手人寰，卜伽丘才如梦初醒，浪子回头，节衣缩食地赡养家人。后来的卜伽丘回忆起早年的荒唐经历,常有不堪回首之感。

才华过人的卜伽丘用俗语和拉丁语写了不少作品，又对古典文化颇有研究，这使他声望日增。公元1373年，他受聘于圣斯德望修道院，主持面向公众的但丁讲座，这在当时可是一件极为荣耀的事情。公元1374年，彼特拉克病逝，卜伽丘失去了最好的朋友和知音，精神上遭到了沉重打击，翌年便在病痛和贫困中辞世了。

推荐阅读版本：方平、王科一译，上海译文出版社出版。

内容精要

公元1348年，一场可怕的瘟疫在欧洲爆发了。丧钟乱鸣，尸体遍野，十室九空，人心惶惶，黑死病让繁华的佛罗伦萨到处呈现着触目惊心的恐怖景象，仿佛世界末日已经来到了……卜伽丘在他的巨著《十日谈》里，一开头就通过许多真实的细节，描绘出一幅幅阴暗的画面。小说就在这样一片悲惨的气氛中开始。

《十日谈》插图。

在这场浩劫中，有十个青年男女侥幸活了下来，他们相约一起逃出城外，来到小山上的一个别墅。这里宛如世外桃源，周围尽是一片青葱的草木，流水淙淙，花团锦簇，鸟鸣啁啾。别墅也修建得非常漂亮，室内各处都收拾得洁静雅致。10个青年男女就在这赏心悦目的园林里住了下来。他们从一座触目凄凉的死城，忽然来到阳光灿烂、歌声欢畅的人间乐园，欢乐总与青春相伴，于是终日游玩、欢宴。除了唱歌跳舞之外，他们每人每天轮着讲一个故事，作为消遣，用笑声将死神的阴影远远抛诸脑后。他们在这里住了10多天，讲了100个故事，故名《十日谈》，其中最有名的是绮思梦达和纪斯卡多的爱情故事。

古代萨莱诺有一位亲王叫作唐克莱，他只有一个独养女儿名叫绮思梦达，天性活泼，容貌长得十分俏丽，而且才思敏捷。亲王非常疼爱这个女儿，所以也不管耽误了女儿的青春，竟一直舍不得把她嫁出去。直到后来，再也藏不住了。这才把她嫁给了卡普亚公爵的儿子，不幸的是，绮思梦达婚后不久，丈夫就去世了，她成了一个寡妇，重又回到了父亲身边。

绮思梦达住在父亲的宫里，养尊处优，过着豪华的生活。亲王非常高兴女儿又回到了自己身边，根本就没有考虑她的再嫁问题。绮思梦达正当青春年华，不想虚度光阴，可是自己又不好意思开口，就私下打算找一个中意的男子做她的情人。

她注意到父亲跟前有一个年轻的侍从，名叫纪斯卡多，虽说出身微贱，但是品德高尚，气宇轩昂，确是比众人高出一筹，她非常中意，竟暗中爱上了他，而且朝夕相见，越看越爱。那小伙子并非傻瓜，不久也就觉察了她的心意，也不由得动了情，整天只想念着她，把什么都抛在脑后了。两人这样眉目传情，已非一日，郡主只想找个机会和他幽会，可又不敢把心事托付别人。绮思梦达写了一封信，藏在一根空心的竹竿里，交给了自己的意中人。

纪斯卡多找到了藏在里面的信，按照信上说的，来到王宫花园的山上。那里有一个许多年代前开凿的石室，洞口极其隐蔽。石室直通郡主楼下的一间屋子。两个相亲相爱的人借着这条秘密通道开始了甜蜜的幽会。

一天，亲王来到女儿的房间，看见她正在花园和宫女游玩，就独自进了房间，他看见窗户紧闭、帐帷低垂，就在床脚边的一张软凳上坐了下来，头靠在床边，拉过帐子来遮掩了自己，不知不觉就睡着了。

然而约定了幽会时间的恋人并没有发现屋里还有别人，绮思梦达独自回到卧室，像往常一样打开了暗门，迎接了自己的情人。正当他们沉浸在爱情的甜蜜中时，窗帘后面的亲王发现了一切，尽管当时他恼怒万分，但是为了家丑不外扬，他忍住了怒火，偷偷地从窗口跳到花园里，趁着没有人看见，赶回宫去，命令侍从去堵截纪斯卡多。

纪斯卡多在结束了幽会后，刚一出石洞门就被卫兵抓住了。他被悄悄押到亲王跟前，在面对亲王的愤怒时，纪斯卡多非常镇定，爱情的巨大力量让他蔑视一切，包括亲王的权威和他所掌控的生杀大权。纪斯卡多没有任何解释，只是说爱情的力量是巨大的，不是你我能管束得了的，然后他就被关押在密室里。

 15世纪时，克利威利所绘的《十日谈》插图。

　　亲王对女儿的行为既痛心又生气，他来到女儿的房间，喝退所有的侍女，把一切都说了出来。他痛心地指责了女儿的堕落，又极其鄙夷地指出了纪斯卡多的侍从身份。亲王要求绮思梦达放弃自己的爱情，否则定将重重惩罚。面对突如其来的变故，绮思梦达知道她的纪斯卡多必死无疑，可是崇高的爱情战胜了那脆弱的感情，她凭着惊人的意志力，努力镇定，并且打定主意，宁可一死也决不说半句求饶的话。她坦诚地表明了自己的爱情，就好像花朵一定会在春天绽放一样，爱情来了，她就不会拒绝，这是人性自然而然发生的。对自己的行为她并不后悔。

　　亲王看见女儿的态度坚决，打算用惩罚女儿的情人来打击她的热情，叫她死了心。当天晚上，他命令士兵绞死了纪斯卡多，并取出了他的心脏。第二天，亲王将纪斯卡多的心脏放在一个精致的金杯中，送给了女儿，说："你的父王因为你用他最心爱的东西来安慰他，所以现在他也把你最心爱的东西送来慰问你。"

　　绮思梦达明白了所有的事情，她长时间地吻着那颗心，泪水都流尽了。她将眼泪和毒药都混合在金杯中，一饮而尽。这对苦命的情人就这样结束了他们忠贞的爱情。

类型	成书时间	推荐理由
小说	公元 1387 年～1400 年	描写公元 14 世纪英国世俗生活的人间喜剧。

英国第一部印刷的书
——《坎特伯雷故事集》

背景搜索

乔叟，英国诗人。出身于伦敦一家富裕的中产阶级家庭，父亲是酒商兼皮革商。乔叟可能上过牛津大学或剑桥大学。公元 1357 年进入宫廷，任英王爱德华三世的儿媳阿尔斯特伯爵夫人身边的少年侍从。公元 1359 年，他随爱德华三世出征法国，被法军俘虏，后被爱德华三世赎回。

公元 1366 年，乔叟和菲莉帕结婚。菲莉帕的妹妹后来嫁给爱德华三世的次子兰开斯特公爵，乔叟因而受到兰开斯特公爵的保护。同时，乔叟也是爱德华三世的侍从骑士。公元 1369 年，兰开斯特公爵夫人逝世，乔叟写了悼亡诗《公爵夫人的书》来安慰他的保护人。

公元 1370 年至 1378 年之间，乔叟经常出国访问欧洲大陆，执行外交谈判任务。他曾两度访问意大利，这对他的文学创作起了极为重要的作用。他发现了但丁、卜伽丘和彼特拉克的作品，这些作品深刻地影响了他的创作，使他从接受法国文学传统转向接受意大利文学传统。

 乔叟在爱德华三世的宫廷里。

从公元1374年开始，乔叟担任了一些公职。他先被任命为伦敦港口羊毛、皮革关税总管，后来被英王理查二世任命为皇室修建大臣，主管维修公共建筑、公园、桥梁等。乔叟还担任过肯特郡的治安官，并当选为代表肯特郡的国会议员。后来乔叟还担任过管理萨默塞特郡皇家森林的森林官。

乔叟于公元1400年10月25日在伦敦逝世，葬于威斯敏斯特教堂里的"诗人之角"。英国人把威斯敏斯特教堂称为"荣誉的宝塔尖"，这里不仅举行过英王的婚礼和加冕典礼，也是许多英国名人的最后归宿。乔叟在这里享受了极高的待遇，他既有葬身的坟墓，还有一扇专门的"纪念窗"，上面绘着他的名作《坎特伯雷故事集》里的一些情景，伴他长眠的有诗人丁尼生和布朗宁。

推荐阅读版本：方重译，上海译文出版社出版。

内容精要

公元1387年4月中旬，在伦敦泰晤士河南岸的一家小旅店里，有29个朝圣者偶然聚在一起，他们都准备去离伦敦70英里外的坎特伯雷朝拜圣徒托马斯·阿·贝克特的圣祠。

旅店主人哈里·贝利聪明文雅、豪爽热情，建议大家轮流讲故事作为沿途的消遣。每人在去的路上讲两个，回来的路上讲两个，先后次序由抽签决定。这些故事有宫闱轶事、骑士传奇、教会圣徒传、劝善布道文、动物寓言、寓言叙事诗等等。

29 位朝圣者加上旅店主人和诗人乔叟，一共是 31 位。他们代表了中世纪英国社会的各个阶层。

骑士和他的儿子见习骑士代表贵族阶级和骑士精神，骑士是个充满荣誉感和具有高尚德行的人物，曾到过巴勒斯坦和俄罗斯。伴随他们的是一名自耕农身份的仆人，自耕农是诚实和热爱劳动的汉子。接着是一群教会人物，为首的是一位女修道院长，修女院长对上流社会的迷恋比对宗教的虔诚更热烈。侍候她的人有一名尼姑和三名教士，这些修道教士贪吃、好色又爱财。其他的教会人物有一位和尚和一名托钵僧，化斋僧用一切手段从教徒身上攫取钱财。其他社会阶层的代表有一名衣帽商，威风凛凛的商人办事狡猾，谁也不知道他有债务在身；一个消瘦的学者，尊崇亚里士多德，他唯一的财产是 20 卷书；一个律师，熟知所有的法令和法案判例；一位医生，博学多才，精于星象，能推测任何病痛的发展；一个经营织布生意而发了大财的巴斯城妇女，她代表了新女性，有过五个丈夫；另外还有一名木匠、一名纺织匠、一名染坊工人、一名制挂毯的工人等五位来自伦敦的手工业者，他们属于同一个名声赫赫的互助协会，都是好市民；他们还带着一名厨师，这人身手灵巧，不亚于饱经风浪的水手；一位牛津大学学生，在毕业后也将成为教会的僧侣，对未来的生活充满了天真的幻想，正在经受教会禁欲和俗世快乐的激烈斗争；一位拥有小磨坊的磨坊主，他是个农村富农，满口脏话；一位粮食采购员，虽然极其粗俗，但心眼颇多，居然能从 30 位法学家那里占到便宜；一位田产经纪人，他巧取豪夺的事情干得多了；一位地位低下的农村牧师，只有他是真正虔诚的教徒，任何事情都以身作则；另外还有教会法庭的差人和教会售卖赎罪券者，他们两个都是骗子，利用老百姓的愚昧骗钱等等。

于是这些朝圣者开始讲故事，由此展开了一幅幅朝气勃勃、乐观欢愉的生活图画。下列的故事一般被公认为是《坎特伯雷故事集》里最好的：

骑士讲的故事——关于派拉蒙和阿色提爱上艾米里亚的爱情悲剧故事。

卖赎罪券者讲的故事——关于死神降临在贪财者身上的劝世寓言故事。

女修道院长的教士讲的故事——关于狡猾的狐狸和虚荣的公鸡的动物寓言故事。这是乔叟的杰作，他把一个陈旧的寓言故事转化成一出现实主义的喜剧，内容丰富多彩，语言生动活泼，雅俗共赏。

商人讲的故事——关于老夫少妻的家庭纠纷的故事。

自由农民讲的故事——关于忠诚爱情和慷慨行为的故事。

类型	成书时间	推荐理由
政治论著	公元 1513 年	资产阶级国家学说的代表作，一部毁誉参半的作品。

君主的治国之道
——《君主论》

背景搜索

　　尼科罗·马基雅维利是文艺复兴时期意大利著名的政治思想家、历史学家和文学家。生于意大利半岛上的佛罗伦萨。父亲是一名律师，母亲有一定的文学功底。马基雅维利是佛罗伦萨的名门望族，但是尼科罗·马基雅维利却出生于家族中贫寒的一支，这使他无法接受系统的教育。在父母严格的教育和家庭的熏陶下，马基雅维利从少年时代起就阅读了大量的书籍，养成了独立思考的学习习惯和崇尚自由的精神品格。成年以后，他投身于政治。公元1494年，他在佛罗伦萨共和国担任公职，公元1498年升任共和国领导中心"十人委员会"的秘书，任职长达14年，并积极参与军事、外交活动，曾以使节身份多次出使外国。公元1512年梅迪契家族在佛罗伦萨复辟，马基雅维利被解职，次年遭放逐。之后，他回到佛罗伦萨自己的庄园中过着隐居的生活，专门从事创作。在此期间，他写下了《君主论》，以表达他对君王的忠诚与崇拜，旨在赢得君王的宠幸。但是，《君主论》还没来得及发表，佛罗伦萨便发生起义，共和国再次推翻了君主统治。马基雅维利又向共和国新政府谋求职位，在遭到拒绝后，马基雅维利在极度失望与痛苦中忧病而逝。

1513年出版的《君主论》的封面。

马基雅维利一生著述甚丰，作品涉及了历史、军事、文学艺术、政治的各个方面。其政治思想的代表作是《君主论》（公元1513年），其他重要著作有《论提图斯·李维（罗马史）前十卷》（公元1513年）、《论战争的艺术》（公元1520年）、《佛罗伦萨史》（公元1525年）等。

推荐阅读版本：潘汉典译，商务印书馆出版。

内容精要

《君主论》全书有26章。前11章论述了君主国应该怎样进行统治和维持下去，君主应靠残暴和讹诈取胜；12至14章阐明军队是一切国家的主要基础，君主要拥有自己的军队，战争、军事制度和训练是君主唯一的专业；后12章是全书的重点，全面论证了马基雅维利的术治理论。

《君主论》对不同类型的君主国做了明确的区分：如世袭君主国、混合君主国、依靠自己的武力和能力获得的新君主国、依靠他人的武力或者由于幸运而获得的新君主国、世民君主国和宗教君主国等等。该书介绍了实行统治的君主们如何参照别国的历史经验，并结合本国实际情况，因地制宜地建立适合自己的君主政体。这无疑是一个君主在立国之初首先考虑的原则。君主立国要依靠自己的能力，要把基点放在自身的力量上，凡是这样做的，日后保持自己的地位，就没有多少困难。这是马基雅维利对君主巩固自己的权力地位提出的第二条原则。

任何一位君主或政治家要想在事业上获得成功，必须学会政治统治的方法，这就是《君主论》的基本行为原则，既是书中的重点，也是后世争论的焦点。

《君主论》赤裸裸地将君王的政治行为和伦理行为截然分开，直言不讳地否定了一般公认的道德。它认为，人们必须承认世界上有两种斗争方法，一种是运用法律，一种是运用武力。前种方法是人类特有的理性行为，而后者则是兽性行为。在当时的社会现实面前，前者常常使人力不从心，迫使人们必须诉诸后者。这就要求君王必须懂得如何善于运用野兽的行为进行斗争，做君王的如果总是善良，就肯定会灭亡，他必须狡猾如狐狸，凶猛如狮子。狮子不能防御陷阱，狐狸不能抗拒豺狼，所以，君主做狐狸是要发现陷阱，做狮子是要吓走豺狼。

《君主论》主张一个君主为了达到自己的事业或统治目的，不要怕留下恶名，应该大刀阔斧，使用暴力手段解决那些非用暴力解决不了的事，不必要守信义，伦理道德可以抛弃不管，因为目的高于手段。在守信义有好处时，君王应当守信义。当遵守信义反而对自己不利时，或者原来自己守信义的理由不复存在的时候，任何一位英明的统治者绝对不能、也不应当遵守信义。它还告诉君王："必须学会将这种品格掩饰好。"必须习惯于混充善者，做口是心非的伪君子。

《君主论》还主张君主应当显得虔信宗教。使宗教在国家中占有显要的地位，这并不是因为宗教的真实性，而在于它是联系社会的纽带。《君主论》中关于教会王国的论述中指出："教会王国在取得政权以后，便受到宗教习惯的保护，这种君王不需要有军队，因为他们有人心所不能企及的崇高大义所支持。"他们显然是由上帝所树立，也是由上帝所把守着，如果轻易地对它加以评论，那就是狂妄无知的行为。

在政治手段的问题上，马基雅维利认为，用注定要失败的方法去追求某个政治目标是徒劳的，即使为了一个很好的目的，也必须要选择能够实现它的手段。手段问题不要去管目的的善与恶，而要按照纯粹的科学方式去处理。成功的意义在于达到目的，不管这个目的是什么。假若世界上有一门"成功学"，专门研究恶人的成功，肯定会和研究善人的成功做得同样好。因为恶人成功的事例并不比圣贤成功的事例少，有时反而更多。如果这门学科成立，对圣贤和恶人同样有用，因为圣贤一旦涉及政治，必定同恶人一样，希望自己成功。

▼ 18世纪的《君主论》素描。

类型	成书时间	推荐理由
自然科学论著	公元 1543 年	人类在宇宙认识论上的一次革命，被称为"自然科学的独立宣言"。

自然科学的独立宣言
——《天体运行论》

背景搜索

尼古拉·哥白尼出生在波兰维斯杜拉河畔托兰市的一个富裕家庭里，父亲是一个商人。公元1483年父亲去世后，哥白尼由舅舅抚养长大。公元1491年哥白尼就读于克莱考大学，当时，这所学校是闻名全欧洲的学术中心，尤以数学和天文学著称。学习期间哥白尼对天文学产生了兴趣。

公元1496年，当时已任埃尔梅兰城大主教的舅舅，派他去意大利学教会法规。此后他在博洛尼亚大学和帕迪尔大学攻读法律和医学，后来在费拉拉大学获宗教法博士学位。在意大利时，除教会法规外，哥白尼还同时研究多种学科，尤其是数学和天文学。对他最有影响的老师是文艺复兴运动的领导人之一——天文学教授诺法腊。

公元1500年哥白尼作为埃尔梅兰教区的代表，前往罗马参加天主教会百年纪念的盛典。他在罗马足足住了一年，在这一年中，他进行了一系列的天文观测，做了多次有关数学和天文学的讲演，还同那里的天文学家们交换了不少意见。后来哥白尼在撰写《天体运行论》的时候，采用了公元1500年11月6日在罗马观测的月食记录。

在欧洲黑暗的中世纪末期，哥白尼通过长期的天文观测以及对数据的分析总结，创立了科学的"日心说"，打开了自然科学的大门。图为哥白尼画像。

公元1503年，哥白尼回到波兰，在里庇贝格给担任大主教的舅舅当秘书和私人医生。公元1512年舅父死后，他便在弗龙堡定居。作为教堂职员的哥白尼，工作十分轻松。他把大部分精力都用在天文学的研究上。哥白尼从护卫大教堂的城墙上选了一座箭楼做宿舍，并选择顶上的平台作为天文台。这地方后来被称为"哥白尼塔"，自公元17世纪以来被人们作为天文学的圣地保存下来。哥白尼在这里坚持不懈地观察天象，记录数据长达30年，并对自己的学说不断修改补充，公元1535年，哥白尼完成了《天体运行论》。当时迫于教会的压力，哥白尼并没有出版自己的著作。

公元1542年秋，哥白尼因中风已陷入半身不遂的状况。公元1543年5月24日，在他去世前一小时，哥白尼终于见到了出版商给他寄来的书，脸上带着满足的微笑离开了人世。

推荐阅读版本：叶式辉译，武汉出版社出版。

内容精要

《天体运行论》是一部长达6卷的巨著。第一卷论太阳居宇宙的中心，地球和其他行星都绕太阳运行。第二卷论地球的自转，指出地球是绕太阳运转的一颗普通行星，它一方面以地轴为中心自转，一方面又循着它自己的轨道绕太阳公转。第三卷论岁差，即地球自转轴的运行使春分点沿黄道向西缓慢运行，其速度每年为50.2角秒。第四卷论月球的运行和日月食。第五、六卷论水星、金星、火星、木星和土星五大行星。

从内容来说，主要有4个要点：

 哥白尼的星系图，从图中可以很明了地看出地球与太阳、月亮以及水、金、火、木、土等行星的关系。

一、地球是运动的。它并非是一个静止的天体，也并非在宇宙中心。它只是个普通的行星，一面自西向东自转，一面又围绕着太阳这个中心天体做公转运动，因此地球上才有每日昼夜以及一年四季的更替。

二、月亮是地球的卫星。哥白尼认为月亮离地球最近，并且是不可分开的，有如侍卫一样。地球带着月亮，沿着固定轨道绕着太阳运行。

三、太阳是宇宙的中心。也就是此书中的"太阳中心说"。哥白尼认为太阳是宇宙之灯、宇宙之心。地球连同水、金、火、木、土等行星都是绕着太阳运转的。

四、天体的排列有一定的顺序，天体的运动也有一定规律。按照哥白尼的结论，在已发现的五大行星中，水星离太阳最近，土星离太阳最远，而比这个更要远的就是恒星天球，这个恒星天球在所有行星最外边的"天层"中。这"天层"包罗一切，只有它才是不动的。

这就完整地提出了太阳结构的理论——太阳中心学说：太阳居于宇宙的中心，静止不动，而包括地球在内的行星都绕太阳转动。离太阳最近的是水星，其次是金星、地球、火星、木星和土星。只有月球绕地球转动。恒星则在离太阳很远的一个天球上静止不动。

不存在的理想之国
——《乌托邦》

背景搜索

  托马斯·莫尔，英国政治家、作家。出身于伦敦的一个富裕家庭。自祖父起世代以法律为业，父亲曾任英国皇家高等法院的法官，并取得爵士称号。

  莫尔幼年在伦敦的圣安东尼学校求学，学习当时思想界的国际语言——拉丁语。12岁左右进入著名的政治家约翰·摩顿的邸宅充当侍从。公元1492年入牛津大学深造时，莫尔对拉丁语的掌握已相当娴熟，这时他又向知名学者威廉·格罗辛学习希腊语。莫尔精通哲学，爱好音乐，对数学及天文学等也很有研究。

  莫尔在牛津学习不到两年，又回伦敦学习法律，公元1494年成为律师。公元1504年被选为议员，进入议会。不久，莫尔因为在国会中反对英国国王亨利七世借公主婚礼索取巨额补助，而遭受政治迫害，并重返律师行业。

  公元1509年亨利八世即位。公元1510年，莫尔被任命为伦敦市副执行官，掌管司法。公元1515年，他受伦敦商人同业公会的委托，出使佛兰德（在今比利时）谈判贸易问题。公元1517年，他被任命为上诉法院院长、枢密院顾问官。公元1523年当选为众议院议长，曾发表演说，主张每一个议员为了国家的利益应该有权申述自己的观点，抵抗专制主义。公元1529年任大法官。公元1532年，莫尔因反对亨利八世扩充王权的宗教改革，辞去大法官之职，并拒不参加国王的婚礼。

公元1534年，亨利八世强迫议会以法令形式宣告自己是英国教会首领，莫尔拒不宣誓承认。国王遂下令逮捕莫尔，处以叛逆罪，并于公元1535年7月6日把他送上了断头台。

推荐阅读版本：戴镏龄译，三联书店出版。

内容精要

莫尔的《乌托邦》以游记的形式写成，假托一个神秘旅行家拉斐尔·希斯拉德之口，叙述他曾随航海家维斯普契到美洲，又继续独自旅行，终于发现了完全不同于当时欧洲的另一种社会。书分上下两部。主要内容分为两点：对封建制度和资本主义原始积累的批判，和对未来乌托邦理想社会制度的描绘。

在本书上部中，莫尔以亲身的见闻，揭露了当时英国君主统治下社会的黑暗，对资本主义原始积累时期英国农民的悲惨境遇做了极其深刻的描绘，以激起读者的愤慨和同情。成批的农民在以暴力进行的大规模圈地运动中被驱逐，耕地变成牧场，商人和农业资本家从经营羊毛中扩大收入，而农民却流离失所，或饥饿而死，或沦为乞丐、盗贼被处以严刑。

在书的下部，希斯拉德以一个历经风险、航行异国的老水手的身份，畅谈了一个外人所不知的乌托邦国家。那里没有贫穷，人民安居乐业，丰衣足食，城市中居屋舒适，道路宽阔，有令人心旷神怡的花草果木，有便利大众的食堂及医院。乌托邦最大的特点是一切财产公有。

乌托邦在一个叫作阿布拉可萨的新月形小岛上。全岛分布着54个城市，规模都差不多，个个宏伟壮观，设备完善。首府亚马乌罗提位于岛的中心，便于四方代表集会。在首府有元老院，由每个城市每年选派的三名年长且富有阅历的人组成。元老院最重要的职责是，讨论全岛事务的分工和调配各城市物质供应的平衡。各个城市在国家的统一领导和安排下，进行生产和分配，互通有无。乌托邦的法律非常简单，只有几条基本的法律。在这里，人人精通法律，法律是全体公民意志和愿望的反映，它的目的在于维护人民的福利和民主权利。

乌托邦彻底地废除了私有制，建立了以公有制为基础的共产主义社会。土地、房屋、生产工具、个人消费品等一切都是全民所有。人们主要从事手工劳动，每人必须学会一种手艺。另外每人轮流到农村从事两年农业劳动，以完成自己的义务。凡是具有劳动能力的人都

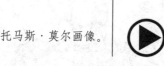

托马斯·莫尔画像。

必须参加劳动。乌托邦人每天工作6个小时，就可以生产出极为丰富的产品，满足社会成员的需要。在工作之外，乌托邦人有充分的时间进行学习和科学研究，他们学习文学、哲学、音乐、医药等等，政府对于那些在学习和科研方面卓有成就的公民给予奖励。如果一个工人在闲暇时间热心做学问，成绩显著，那么他就可以脱离自己的手艺，专门从事学问工作。这样就消灭了脑力劳动和体力劳动的差别以及城乡间的对立。

乌托邦重视公共设施的建设，每30户就有一所宽大的公共食堂，居民基本上都在食堂里用餐。如果有人不愿意在食堂吃饭，也可以从公共仓库领取所需的食品，回家单独开伙。公共食堂的重大意义是，使妇女从家务劳动中解放出来，积极参加社会生产，同时还通过共同用餐，增进了人们的联系、团结。学校和娱乐设施也是不可缺少的。儿童部分在学校接受理论教育，部分到田地接受实习锻炼，将教育与生产劳动相结合。娱乐设施则保障了人们的精神生活。

由于乌托邦实行生产资料和消费资料的公有制，因此，除了对外贸易还保留商品交换和货币流通之外，岛上不存在商品和货币。乌托邦人极其鄙视金银珠宝，他们用金银做卫浴用具，以及罪犯的锁链镣铐。

乌托邦建立了崭新的政治制度和经济制度，那里的居民和私有制社会的人们完全不同。在乌托邦，人人关心集体，大家热心公事，注重把公家的仓库充实起来。乌托邦人追求人们的普遍幸福，提倡公共利益高于个人利益。

由于乌托邦消灭了私有制，因此就根除了国内战争的根源。乌托邦人热爱和平，厌恶战争。如果他们参加了一场战争，那么一定是出于正义的目的，或者为保卫领土而战，或者为友邦人民而战，或者出于博爱思想，同情受暴政压迫的其他国家的居民，必要时才出兵帮助他们从虐政和奴役的桎梏中解放出来。

点燃革命的思想火花
——《九十五条论纲》

背景搜索

马丁·路德是公元16世纪德国宗教改革运动的发起者，新教路德宗的奠基人。

公元1483年11月3日，他出生在德意志东部的一个小山村，父亲是当地的一个小企业主。

公元1505年大学毕业以后，他进入雷尔福特圣奥古斯丁修道院当修士，他在那里学习神学，并且洁身自律。公元1508年，他成为维登堡大学的神学教授，在大学的钟楼书斋中潜心研究。公元1512年，成为维登堡修道院副院长，领受神学博士学位。公元1515年，升任图林吉亚地区11座修道院的区监督。教皇和天主教会的腐败奢侈，日益坚定了他进行宗教改革的决心。他开始着手创建自己的宗教学说——"因信称义"说。他认为一个人灵魂的获救只需靠个人虔诚的信仰，根本不需要什么教会的繁琐仪式。这就从根本上否定了教会和僧侣阶层的特权。

1517年11月1日，为反对教皇利奥十世借颁发赎罪券盘剥百姓，路德在维登堡大教堂门前贴出了《关于赎罪券效能的辩论》（即九十五条论纲）。《论纲》所引起的强烈反响，

马丁·路德的宗教学说为新兴资产阶级提供了革命的思想武器，他本人也被赞誉为"德意志民族的导师"、"促使欧洲觉醒的改革家"、"时代的巨人"等。图为马丁·路德像。

甚至出乎路德自己的预料。社会各阶层都对《论纲》表现出浓厚的兴趣。可以说《论纲》点燃了第一次德国资产阶级革命——宗教改革的火焰。路德一下子成为了德国全民族的代言人，各阶层的热烈支持，使路德走上了同罗马教廷彻底决裂的道路。

公元1519年，罗马教会的神学家约翰·艾克同马丁·路德在莱比锡展开了大论战。在路德唇枪舌剑、咄咄逼人的攻势之下，约翰·艾克狼狈不堪地败下阵来，这场大辩论无疑成为路德宗教改革生涯中的一次重大转机。公元1520年是宣扬路德学说最火的一年。那一年共出版德文书籍、文章208册，其中路德的著作有133册之多。被称作宗教改革三大论著的《致德意志贵族公开书》、《教会被囚于巴比伦》、《基督徒的自由》都发表在那一年。在这些著作中，路德的攻击矛头并非指向某一教皇或教廷的奢侈腐败，他矛头所指是整个封建神权政治。他的学说从根本上否定了中世纪的宗教组织，否定了奴役人们的圣礼制度和教会法规，提出建立与资本主义发展相适应的资产阶级廉俭教会，并在宗教理论上以资产阶级自律的宗教取代了封建主义他律的宗教。

公元1520年10月，教皇下诏书，勒令路德在60天之内悔过自新，否则将开除他的教籍，路德毫不退却，将教皇的诏书付之一炬。路德这种坚决态度更是极大地鼓舞了拥护者和支持者的信心，他们更加崇敬路德，也更加向往宗教改革。可以说由路德点燃的宗教改革之火在西欧各国已成燎原之势。

教皇一再敦促德皇查理五世为路德定罪。德皇终于决定于公元1521年4月17日至26日，在沃尔姆斯召开帝国会议，为路德定罪，给这样一个离经叛道的叛逆者以惩戒，同时也要给路德的拥护者们表演一次杀鸡儆猴的把戏。路德并没有被教皇的淫威吓倒，他昂首挺胸地到达沃尔姆斯，在帝国会议上据理力争，毫不让步。他声称："我坚持己见，决无反悔！"这掷地有声的话语，充分表达了当时德意志人民要求摆脱罗马教廷控制的强烈愿望和坚定信心。

查理五世、教皇等一帮人无计可施，只好蛮横地对路德进行人身迫害，宣布路德为不受法律保护的人。路德无法立足，只好隐居到瓦特堡，从事圣经翻译的工作。

公元1546年2月，路德死于出生地艾斯勒本，享年63岁。

推荐阅读版本：《改变人类命运的八大宣言》，中国社会出版社出版。

内容精要

路德在《九十五条论纲》中提出了基督教改革的思路，矛头直指罗马天主教会颁布的赎罪券，其核心论点是"因信称义"说。

"因信称义"理论否定宗教的形式主义，强调宗教信仰的个人内在基础决定一切。其目的在于揭露基督教表里不一的虚伪性，宣扬信仰的自主性，以摆脱罗马天主教的束缚。路德认为对上帝的信仰应该建立在个人心灵的基础上，真正的基督徒首先应该在内心信仰上帝，靠这种内心的虔诚的信仰直接与上帝交流，只有这样，才会有真正的爱心，才能有善行，从而得到上帝的拯救，也就是所谓的"爱是信的明证"。如果内心没有真正的信仰，那么任何外在的手段都是无用的。例如圣职、祈祷、施舍、捐献、忏悔，包括购买赎罪券等等，靠这些手段是无法获得自由、圣洁、真理与和平的。尽管外表是虔诚的，可是缺乏了内心的信仰，所做的一切不过是自欺欺人而已。路德并没有否定从真正的信仰所产生的善行，只是反对单纯依靠外在手段作为判断善恶的标准，得救的唯一条件是全心全意地信仰上帝。

上帝教导人们应当悔改，并不指神甫所执行的认罪和忏悔，也不仅仅指内心的悔改，是说信徒一生都应当长久地意识到这个问题。内心的悔改如果不产生肉体外表的各种刻苦的努力修行，就是虚空的。罪恶的惩罚是与自我的认识和悔改同样重要的。这个过程将一直持续到信徒进入天国。赦免人的罪责是上帝的权力，而不是教皇的事情。教皇只能宣布或肯定罪责已经得到上帝的赦免，而不能自己赦免任何罪责。

教皇通过颁发赎罪券来赦免上帝对人的惩罚，完全是错误和骗人的。教皇所

在16世纪40年代，克拉纳赫创作的《宗教改革者》油画。

谓的全部免除一切惩罚，并不是免除购买者的，而是免除他们自己因为违背上帝意志强加给人们所遭受的惩罚。每一个真正悔改的基督徒，即使没有赎罪券，也完全脱离了惩罚和罪责。真诚的悔改是要去主动寻找并通过爱补赎的。而教皇滥发赎罪券，只能使人们疏忽并厌恶补赎，反而得到上帝的愤怒。每一个真正的教徒都应该清楚地知道，即使他们有很多余款，也应当用于家庭开支而非购买赎罪券。即使购买赎罪券，也应当出于自主选择而非命令。教皇期待赎罪券所带来的巨大经济利益，更胜于期待人们的虔诚悔改。

路德批判了教会的虚伪、教士的贪婪，主张国家至上，支持德国诸侯没收教会财产，取消向罗马教廷进贡，简化宗教仪式，在祈祷时使用本民族语言。他指出，国家政权是神授的，国家权力是唯一合法的政权，教会没有立法权和行政权，只是国家政权的工具。如果说有宗教权威，那么绝不是教皇，而是《圣经》。信徒应当直接读《圣经》，对其含义和解释也可以完全以个人的理解和判断为基础。每个人都可以通过阅读《圣经》来取得自己的信仰，并直接与上帝打交道，根本不需要教士或教会作为人和上帝的中介。每个信徒对《圣经》和宗教的信仰是自主的、自由的，任何人都无权强迫他人信教。

路德强调信仰自由，反映了文艺复兴时期注重个人作用和个性解放的社会思潮，对于反封建、反神学的思想解放运动有很大的推动作用。

类型	成书时间	推荐理由
小说	正篇公元 1605 年 续篇公元 1615 年	西班牙文学中最具影响力的作品,反骑士小说的骑士小说。

反骑士小说的骑士小说
——《堂吉诃德》

背景搜索

塞万提斯出身贫寒,父亲是个外科医生,经常带着幼小的塞万提斯四处行医,直到1566年才定居马德里。因此塞万提斯并没有接受过良好的教育,只念了中学就踏入社会。

1569 年,塞万提斯来到意大利,担任红衣主教胡利奥的随从,先后到过罗马、威尼斯、那不勒斯和米兰等地。他热衷于建功立业以创造辉煌的人生,主教家中的生活并不能帮助他实现自己的理想。第二年他参加了西班牙驻意大利的军队,准备对抗来犯的土耳其人。1571 年他参加了威尼斯对土耳其的海战,在战斗中他勇往直前,受重伤失去了左臂,此后即有"勒班多的独臂人"之称。经过了 4 年出生入死的军旅生涯后,他带着基督教联军统帅胡安与西西里总督给西班牙国王的推荐信踏上了返国的归途。

归国途中,塞万提斯不幸遭遇到了土耳其海盗,由于这两封推荐信的关系,土耳其人把他当成重要人物,准备勒索巨额赎金。他在阿尔及利亚做了 5 年囚徒,曾经多次试图逃跑,但均未成功。直至 1580 年被亲友赎回国。

此后他曾经担任西班牙无敌舰队的军需官,也曾做过税吏,还被派到美洲公干。在担任税吏期间，他按规定征收了厄西哈教堂讲经师囤积的麦子，得罪了教会和权贵，因而后来多次遭受陷害入狱。晚年的塞万提斯贫困潦倒，衰弱不堪，到处受人冷眼。但他并不消沉，他毅然拿起笔来，进行文学创作，并以坚强的毅力写出了《堂吉诃德》。小说为塞万提斯赢得了极高的声誉，但并未改变他的贫困状况。

1616年，塞万提斯在马德里默默地死去，甚至没有人知道他的坟墓在哪里。

推荐阅读版本：杨绛译，人民文学出版社出版。

内容精要

在西班牙的拉曼却村庄住着一个50多岁的穷绅士，名叫吉哈诺。他闲来无事，整天沉迷在骑士小说里，读得满脑子尽是些魔术呀、比武呀、打仗呀、恋爱呀、痛苦呀等荒诞无稽的故事，他又十分迂腐，认为书上所写的都是千真万确的。于是，他想入非非，要去做个游侠骑士，消灭世上的一切暴行，承担种种艰险，以期将来功成业就，名传千古。

他找出祖上传下的一套古龙盔甲，面甲坏了，他便用硬纸补上一块，又牵出家中一匹瘦得皮包骨头的马，取名"驽骑难得"。意思是，原来是一匹驽马，现在当上骑士的坐骑却是世上少有而难得之事。他还给自己取名为堂吉诃德·台·拉曼却，意思是，自己是拉曼却地方鼎鼎有名的堂吉诃德骑士。他又想起，游侠骑士都应该有个意中人，她必定是个美貌无双的公主，于是他把自己偷偷地爱恋着的邻村一个养猪女子当作意中人，并给她取了一个颇有公主意味的名字：杜尔西内娅·台尔·托波索。一切准备就绪，他骑上"驽骑难得"，戴上头盔，挎上盾牌，提起长枪离开了家。

堂吉诃德到了郊外，忽然想起了他并没有被受封为骑士，此事非同小可。晚上来到一家客店，他把客店想象成一

塞万提斯像。

骑在瘦马上的堂吉诃德。

座城堡，把那个流氓骗子店主当作城堡主人，把门口站着的两个迎客的妓女当作贵妇人。他把店主叫到马房，双膝跪下，乞求店主封他为骑士。店主看他是个疯子，怕他胡来闹出乱子，便在马房里为他举行了受封仪式。店主用登记骡夫草料的账簿当《圣经》，口中念念有词，接着在堂吉诃德的颈窝上狠狠打了一掌，还用剑在他肩膀上使劲拍一下，最后叫两个妓女给堂吉诃德挂剑。仪式完毕，堂吉诃德就骑马去猎奇冒险了。

他的第一次冒险是解救被地主绑在树上痛打的放羊孩子。他命令地主给孩子松绑，并如数付给孩子工钱，地主被吓得一一照办。堂吉诃德离开之后，地主把小孩重新绑在树上，这回打得更狠，把小孩打得死去活来。此后，堂吉诃德向一队过路的商人挑战，结果被商人的骡夫打得遍体鳞伤，动弹不得，一个好心的老乡把他送回家里。家人看到他被骑士小说害成这样，就一把火烧了所有的骑士小说。

堂吉诃德虽然在家养伤，但是他坚信：世上最迫切需要的是游侠骑士，而游侠骑士的复兴全靠他一人，他去游说了贫苦的农民桑丘·潘沙当他的侍从，并许诺他征服一个海岛后，就让桑丘当海岛总督。

一天夜里，堂吉诃德带着桑丘悄悄地离开村子，又开始了他的冒险。他们来到郊野，远远看见几架高高耸立的风车，堂吉诃德认定它们是凶恶的巨人，便挺着长矛冲上前去，桑丘哪里拦得住他。转动的风车把堂吉诃德连人带马抛到空中，堂吉诃德滚翻在地，长枪也迸作了几段。事后，堂吉诃德始终不信他刺的是风车，硬说是魔法师与他作对，把巨人变成了风车。

桑丘扶起堂吉诃德，他重又骑上了跌歪了肩膀的"驽骍难得"，心里老大不痛快。当夜，他们在树林里过了一宿。堂吉诃德折了一根可充枪柄的枯枝，把枪头移上。他曾经读到骑士们在穷林荒野里过夜，想念自己的意中人，好几夜都不睡觉。他想着自己应当经历所有骑士都经历过的事情，于是整晚不眠，只顾想念他的意中人杜尔西内娅。

一天晚上，主仆二人来到一家客店。店主安排他们在顶楼与一个骡夫同住。客店一个女仆和骡夫约好当晚幽会，女仆在黑暗中摸错了地方，到了堂吉诃德的床前。堂吉诃德以为女仆是一个垂青于他的公主，他抓住女仆，紧紧抱在怀里，幻想着骑士在这个时候应该说的话，缠绵不断地扯了一大通情话。满腔邪念而没有人睡的骡夫听到这里，醋意大发，大打出手。店主闻声赶来，看见大家恶狠狠地扭打成一团，一时也无法劝解。后来等到神圣友爱团的巡逻队长闻讯赶来干涉时，大伙才撒手溜走，倒霉的堂吉诃德已被打得动弹不得。

主仆二人离开客店后继续前进。一天，主仆二人遇见两队羊群在远处扬起尘土。堂吉诃德认为那是两支交战的大军，便冲上去攻打邪恶的一方，桑丘阻拦不住，主人已杀进羊群。牧羊人拿起石块，雨点般地向他打来，砸破了他的头，打掉了他几颗牙齿，牧羊人见自己闯了祸，便集合羊群，把七八只死羊扛在肩上，急忙跑了。

堂吉诃德吃了亏，还不悔悟，总说是魔术师和他作对。接着，主仆二人遇见了一队被押到海船上做苦工的犯人。堂吉诃德说，人生来是自由的，不应该强迫他们做苦工，而除强救苦正是游侠骑士的责任。于是，他打倒了押送的士兵，解放了犯人，命令他们去拜见杜尔西内娅，报告堂吉诃德立下的功绩。犯人们不但不听从，反而恩将仇报，夺走了主仆二人的衣物，还把他们痛打了一顿。为躲避官兵追捕，堂吉诃德和桑丘进了黑山。堂吉诃德决定留在山里修炼，他写了一封信，派桑丘送给杜尔西内娅。途中，桑丘遇到了神父和理发师。他们设计找来一位少女，装扮成一位落难的公主，把堂吉诃德骗下山来，装进袋子，放在牛车上押回家去。家人决不让他再出门。

堂吉诃德听说萨拉果萨城要举行比武，不顾家人反对，带着桑丘，又一次出了门。大学生加尔拉斯果应堂吉诃德家人的请求，想把堂吉诃德骗回家，便化装成"镜子"骑士，赶上主仆二人，向堂吉诃德挑战，却被堂吉诃德一枪扎下了马，只得认输而去。接着，堂吉诃德和桑丘又见到一辆装着两头凶猛狮子的大车，堂吉诃德硬要赶车人打开狮笼，自己要和狮子决一雌雄，笼门打开，凶猛的狮子只打了个呵欠，就转身卧倒，把屁股对着堂吉诃德，不肯应战。

路上，主仆二人遇见一伙人，他们打听到当地的一个财主硬要拆散一对相爱的年轻人，逼姑娘嫁给自己，堂吉诃德听了很是同情。次日婚宴上，男青年突然出现，用剑穿透了自己的胸膛，流出了许多血，他要求临终前和姑娘结婚。堂吉诃德认为这样合情合理，财主

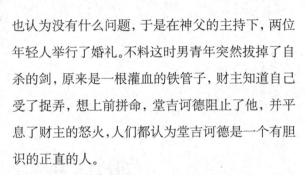

也认为没有什么问题，于是在神父的主持下，两位年轻人举行了婚礼。不料这时男青年突然拔掉了自杀的剑，原来是一根灌血的铁管子，财主知道自己受了捉弄，想上前拼命，堂吉诃德阻止了他，并平息了财主的怒火，人们都认为堂吉诃德是一个有胆识的正直的人。

不久，堂吉诃德实现了自己对桑丘许下的诺言。有位公爵听了堂吉诃德和桑丘的游侠生活，故意拿他们开心。公爵派桑丘到自己属下的一个小镇当"海岛总督"，并布置疑案捉弄他，最后派手下人装着敌人进攻"海岛"，把他打得头破血流，桑丘吃了眼前亏，再也不想当总督了。与此同时，堂吉诃德也在公爵府里被人捉弄。

堂吉诃德主仆决定不再去萨拉果萨，改向巴塞罗那前进。他们在巴塞罗那遇到了大学生加尔拉斯果装扮的"白月"骑士，"白月"骑士要求和堂吉诃德决斗。堂吉诃德败北后，只得服从命令，从此停止游侠活动。

堂吉诃德回家之后，开始向往宁静的田园生活，想当一个牧羊人，但由于骑士小说的困扰，他很快忧郁成疾，卧床不起。弥留之际，他意识到骑士小说都是胡说八道，便立下遗嘱，将财产留给侄女，条件是侄女必须嫁给一个没有读过骑士小说的人。三天后，奇思异想的吉哈诺在亲友们的悲悼中与世长辞。

类型	成书时间	推荐理由
自然科学论著	公元 1620 年	近代自然科学方法的先驱。奠定了近代归纳逻辑的基础，开近代唯物主义经验论之先河。

知识就是力量
——《新工具》

背景搜索

  培根，英国哲学家、作家，出身于伦敦的官僚家庭，父亲是伊丽莎白女王手下的一位高级政府官员。培根 12 岁时进入剑桥大学三一学院，但是三年后中途辍学，未获得学位。16 岁时担任英国驻巴黎大使馆的辅助官员。两年后，他的父亲猝死，未能给他留下什么钱财。因此他开始攻读法律，1582 年开始从事律师职业，走上了政治仕途。1584 年他被选为下议院议员。虽然培根才华横溢，亲族中也不乏高官显贵，但是伊丽莎白女王拒绝委任他任何要职或有利可图之职。其理由之一是他在议会中果敢地反对女王所坚决支持的某项税务法案。后来培根结识了青年贵族埃塞克斯伯爵，两人成为朋友。生活奢侈、挥霍无度的培根经常得到伯爵的慷慨捐助。作为好友，培根曾经劝诫埃塞克斯伯爵要忠实于女王。后来野心膨胀的伯爵发动政变未遂，培根在起诉伯爵犯有叛国罪中起到了积极的作用，埃塞克斯被斩首。这个事件使许多人都对培根产生了恶感。

  1603 年女王去世后，继承人詹姆斯一世十分欣赏培根的才华，虽然他并未采纳培根的建议，但却给了培根高官厚禄。1607 年，培根成为法务次长；1618 年，被任为英国大法

英国哲学家、作家弗兰
西斯·培根像。

官；同年被封为男爵；1621 年，被封为子爵。

1621年培根因受贿被国会弹劾，关押在伦敦塔中，终身不得担任任何公职。詹姆斯一世不久就将培根从狱中释放出来，但是他的政治生涯从此结束。此后培根潜心著述。1626年冬，培根因在野外试验雪的防腐作用而受寒致死。

推荐阅读版本：许宝骙译，商务印书馆出版。

内容精要

《新工具》包括序言和两卷正文。在序言中，培根说明其写作的目的是给人类的理解开辟一条新的途径。指出人在解释自然、认识自然时，既不能妄自尊大，也不能悲观失望，要借助真正归纳的方法，以便在行动中征服自然。

上卷有箴言130条，着重分析批判经院哲学，提出了著名的四假相说。经院哲学是欧

洲中世纪流行的一种脱离实际、专门为宗教神学辩护的繁琐哲学。它反对人们研究自然，把哲学的研究目标与宗教体系结合起来，利用哲学来论证上帝的存在，极大地阻碍了人类的进步。四假相说是妨碍人们正确认识的错误观念。第一种假相是"种族假相"，指的是人类总喜欢以自身为尺度，而不按照思维的本来面目去认识事物，结果歪曲了事物的真相；第二种是"洞穴假相"，这是指为个人所特有，而非人类所共有的一种偏见，每个人由于其生长环境、教育、性格、职业方面的不同，在观察事物时往往把自己的个性、偏爱渗入到事物中，就好像每个人都有自己的洞穴一样，使自然事物发生扭曲，歪曲了事物的真相；第三种是"市场假相"，指的是人们在交往中，由于所使用的词语含义混乱或者语言使用不当而造成的思想混乱和偏见，正如市场上进行交易时常常以次充好、鱼目混珠，人们由于语词选择的不恰当，容易造成理解的歧义；第四种是"剧场假相"，这是指由于盲目崇拜权威，迷信传统的哲学体系所造成的错误思想和偏见，在培根看来，一切流行的学说就像是舞台上的戏剧，根据不真实的布景来表现它们所创造的世界。

下卷有箴言52条，阐述了培根的唯物主义自然观，特别是关于简单性质和形式的理论，论证了归纳法得以进行的基础。在运用归纳法时，首先要广泛收集事实材料作为基础；其次是要合理整理事实材料，列出存在表、差异表和程度表，以便分析比较，这就是他的"三表法"；最后，归纳出一个肯定、真实、定义明确的结果。

类型	成书时间	推荐理由
自然科学论著	公元 1629 年	近代科学史上的伟大著作，极大地宣传和推进了哥白尼的学说，对经典力学的发展也产生了重大的影响。

运动着的地球
——《关于托勒密和哥白尼两种世界体系的对话》

背景搜索

伽利略，1564 年出生在意大利比萨市一个没落的贵族家庭里，1581 年考入比萨大学，遵从父命学医。在大学里，伽利略深深地爱上了数学，在宫廷数学家里奇的悉心辅导下，他把阿基米德的浮力原理和杠杆原理结合起来，获得了精密的测量方法，发明了用以测定合金成分的"液体静力天平"，引起了学术界的注意。1589 年夏天，他受聘为比萨大学数学教授，年仅 25 岁。后来，他发现了"自由落体定律"，从而否定了亚里士多德的观点，为此遭到了大学里保守派的攻击。离开比萨大学后，伽利略来到学术空气自由的帕图拉大学。每逢他上课时，大厅里便挤得水泄不通，远至瑞典和苏格兰的学生也慕名远道而来，他们中间的许多人，后来都成了著名的学者。伽利略给学生们讲宇宙，并告诉他们，宇宙中没有任何东西是一成不变的，这与亚里士多德的学说正好相反。他还告诉学生，所有东西、所有原子、所有星球都在运动。

1609 年，伽利略听说荷兰人发明了望远镜，他通过别人的一点描述，凭着自己独特的天赋，经过刻苦钻研和实验，成功地研制了世界上第一架放大倍数为 33 倍的天文望远镜。在这架天文望远镜的帮助下，伽利略探索了深邃、神秘的天空，他将自己的研究发

《关于托勒密和哥白尼两种世界体系的对话》插图，图中描绘了托勒密（中）和哥白尼（右）辩论的场景，此画由斯特费纳·德拉·贝勒制版，放在这本书的卷首页之前。

现都写进了第二年出版的《星际使者》中。人们惊讶地说："哥伦布发现了新大陆，伽利略发现了新宇宙。"

1611年，伽利略在《关于太阳黑子的通信》中，肯定了太阳是宇宙的中心，从而维护了哥白尼的"日心说"。然而，当时势力强大的教会反对哥白尼的"日心说"。他们认为地球是宇宙的中心，太阳围绕着地球转动，而地球是不动的。因此教会在1616年给伽利略下了一道禁令，命令他不准讲授哥白尼的学说。伽利略为此烦恼不已。

1623年，伽利略冒险开始他最有名的著作——《关于两种世界体系之间的对话》的写作工作。同时他六次请求教皇乌尔班接见他。他小心翼翼地向教皇介绍哥白尼学说的书籍，教皇同意他把对"日心说"赞成和反对的论点一起写出来，但不允许他得出地球是绕着太阳旋转的结论。

随后的6年时间里，伽利略完成了他的杰作。在书中他巧妙地阐明了自己支持哥白尼学说的证据，而反对哥白尼"日心说"的人的辩解却愚蠢而无力。伽利略把哥白尼的学说当作"一种纯数学假说来叙述"。1632年，这本书得到了教会监察吏的许可后出版发行。但是，教会的权威人士很快就发现了伽利略仍在支持哥白尼的"日心说"，于是便一次又一次地把他押上宗教法庭。当时的伽利略已年近七旬，身患重病，体质虚弱。在宗教法庭上，他的精神和肉体受尽了折磨。1633年6月22日，他被迫双膝跪地发誓，哥白尼的理论纯粹是一派胡言乱语。他要"放弃、诅咒、痛恨"过去的种种错误，并保证以后永不宣传和谈到它，违犯了便甘愿受死。伽利略刚宣布完他的誓言，就大声喊道："不管怎么说，地球毕竟是在运动着的。"这说明伽利略并没有放弃自己所坚持的学说。伽利略被判处终身监禁，监外执行。

但他没有放弃科学，经过三年的顽强拼搏，他又完成了一部巨著《关于力学和位置运动的两种新科学的对话和数学证明》。在书中，他大胆叙述了物体的各种运动和动力学有关的一些问题，为近代实验科学的发展开辟了广阔的道路。当这部书被偷运到荷兰出版时，伽利略已双目失明。伽利略的晚年境遇极为凄凉，只有他的女儿在身边照料他。1634年他的女儿先他而死，他更加孤独和痛苦。1642年1月8日，这位终身为科学真理而斗争的伟大巨人含冤离开了人世。

1983年，罗马教会终于为伽利略冤案公开平反，为此在罗马成立了一个由不同宗教信仰的著名科学家组成的委员会，它的宗旨是："研究科学同宗教信仰的关系、伽利略学说的科学性以及伽利略学说对现代科学的贡献。"

推荐阅读版本：上海外国自然科学哲学著作编译组，上海人民出版社出版。

托勒密是世界上第一个系统研究日月星辰的构成和运动方式并作出成就的科学家，创立了地心说，他认为地球是宇宙的中心且静止不动，其它星体都围绕地球运动。图为托勒密肖像。

内容精要

这本书采用三人对话的方式，以散文的形式表达了科学的观点。书共分四个部分，分别记录了四天的谈话，围绕地动说的真伪是非展开讨论，其中萨尔唯阿蒂代表伽利略自己的观点，沙格罗多代表作者朋友的观点，辛普利邱则代表亚里士多德和托勒密的观点。

在第一天的对话中，伽利略批判了以前许多错误的理论，提出了自己的观点。他的观点完全是建立在科学的实验和研究的基础上，通过自己观测月球和研究太阳黑子的资料来证明，月球表面并不像亚里士多德所说的那样平滑，而是呈现不规则的凹凸起伏；银河也不是人们所说的银白的云彩，而是由千千万万颗暗淡的星星所组成的；木星旁边有四颗运转着的卫星；地球并不是各个天体旋转的唯一中心；太阳上面有黑子；土星周围有光环……所有这些结果，都有力地支持了哥白尼的太阳中心说——地球和所有行星都围绕太阳运行。

在第二天的对话中，伽利略科学地论证了地球的自转运动，提出和阐述了他在力学方面的许多研究成果。其中提到了著名的比萨斜塔实验，即自由落体定律。驳斥了亚里士多德凭着"自信的直觉"，做出了"重物体比轻物体下落速度要快些"的观点，这种观点统治了西方学术界将近2000年。

在第三天的对话中，伽利略运用自己和他人的观测资料证明了地球的公转运动。

在第四天的对话中，伽利略用潮汐现象来证明地球的运动。虽然这个理论在今天看来并不是正确的，但瑕不掩瑜。

▼ 19世纪的油画《审判伽利略》。

类型	成书时间	推荐理由
戏剧	公元 1601 年	文艺复兴时期的文学艺术，以及莎士比亚戏剧的最高峰。

生存还是毁灭
——《哈姆雷特》

背景搜索

  1564 年 4 月 23 日，莎士比亚出生在英国沃里克郡斯特拉福镇的一个富裕的市民家庭里，祖辈务农，父亲经营手套生意兼营农业，担任过当地的议员和镇长。

  在莎士比亚的幼年时期，伦敦城里的一些著名剧团每年都会来做巡回演出，这引起了他对戏剧的兴趣。他少年时代曾在当地的一所主要教授拉丁文的"文学学校"里学习，接触了古罗马的诗歌和戏剧，掌握了写作的基本技巧与较丰富的知识。但因他的父亲破产，莎士比亚未能毕业就走上了独自谋生之路。

  他当过肉店学徒，也曾在乡村学校教过书，还干过其他各种职业，这使他增长了许多社会阅历。18 岁时，他和一个比自己大 8 岁的农场主女儿结了婚，几年后就做了三个孩子的父亲。

  1585 年前后，莎士比亚离开家乡独自来到伦敦。最初他在剧院打杂，给那些到剧院看戏的绅士们照料马匹，后来他才当上了一名雇佣演员，演一些小配角。这段生活经历给了他接触各个阶层人士的机会，增长了生活经验。

  1588 年前后，他成了剧团的股东，并且开始写作，先是改编前人的剧本，不久即开始

 莎士比亚故居，位于曼彻斯特东九十里的斯特拉夫德镇。

独立创作。当时的剧坛为具有牛津、剑桥背景的"大学才子"们所把持，一个成名的剧作家曾以轻蔑的语气写文章嘲笑莎士比亚这样一个"粗俗的平民"、"暴发户式的乌鸦"竟敢同"高尚的天才"一比高低！但莎士比亚后来却赢得了包括大学生团体在内的广大观众的拥护和爱戴，学生们曾在学校业余演出过莎士比亚的一些剧本，如《哈姆雷特》、《错误的喜剧》等。

写作的成功，使莎士比亚赢得了萨桑普顿勋爵的眷顾，勋爵成了他的保护人。莎士比亚在90年代初曾把他写的两首长诗《维纳斯与阿都尼》、《鲁克丽丝受辱记》献给勋爵，也曾为勋爵写过一些十四行诗。借助勋爵的关系，莎士比亚走进了贵族的文化沙龙，使他对上流社会有了观察和了解的机会，扩大了他的生活视野，为他日后的创作提供了丰富的资源。

从1594年起，他所属的剧团受到王公大臣的庇护，称为"宫内大臣剧团"；后来又得到了詹姆斯一世的关注，改称为"国王的供奉剧团"，因此剧团除了经常的巡回演出外，也常常在宫廷中演出，莎士比亚创作的剧本进而蜚声社会各界。1599年，莎士比亚加入了伦敦著名的环球剧院，并成为股东兼演员。莎士比亚逐渐富裕起来，并为他的家庭取得了世袭贵族的称号。1612年，他作为一个有钱的绅士衣锦还乡，四年后与世长辞。

推荐阅读版本：朱生豪译，人民文学出版社出版。

内容精要

《哈姆雷特》与《奥瑟罗》、《李尔王》、《麦克白》并称为莎士比亚的四大悲剧，是莎士比亚最重要的戏剧代表作，讲的是丹麦王子哈姆雷特为父复仇的故事。悲剧虽然取材于丹麦历史，但是深刻地揭露了封建社会宫廷内部的腐化和堕落。

年轻的主人公丹麦王子哈姆雷特是一个有理想、有魄力、好思索的人文主义者，是个诚实、坦率、正派、道德高尚的人。他在德国威登堡大学接受人文主义教育，因为父亲突然死亡，不得不怀着沉痛的心情回到祖国。不久他的母亲又和他的叔父，也就是新王结婚。父亲去世，叔父篡位，母亲改嫁，这一切都使他痛苦不已。他觉得自己的祖国已变成了黑暗的牢狱。

叔父告诉哈姆雷特，他的父亲是在花园里被毒蛇咬死的。当哈姆雷特正为此疑惑时，一日，父亲的鬼魂来到他面前，向他诉说了发生的一切。原来是叔父下毒手，将父亲推下了痛苦的深渊。鬼魂要求哈姆雷特一定要为自己报仇。哈姆雷特认为复仇不仅是他的个人问题，还是整个社会、国家的问题。自己肩负着重整乾坤、力挽狂澜的巨大责任。他既担心泄漏心事，又怕鬼魂是假的，还要提防落入坏人的圈套。他心烦意乱，忧心忡忡，只好装疯卖傻。

叔父怀疑哈姆雷特已经知道了事情的真相，于是四处派人监视他，甚至利用他的老同学和情人奥菲丽亚来试探他。哈姆雷特为了进一步弄清事实，于是故意安排戏班来宫廷演出了一个新国王杀兄娶嫂的故

戏剧之王莎士比亚。

伦敦的环球剧院十分著名,莎翁是其股东之一,有许多作品在这里首演,它于 1613 年毁于一场大火,图为重建后的剧院。

事,他的叔父看到这个戏剧时浑身颤抖、坐立不安,中途便退场了,于是这更坚定了哈姆雷特为父报仇的决心。

新王明白哈姆雷特的戏外之意,苦苦思索对策。媚上的御前大臣波洛涅斯是哈姆雷特恋人奥菲丽亚的父亲,他向新王献计,让哈姆雷特到王后的房间谈话,趁机偷听,以弄清楚哈姆雷特的真正意向。波洛涅斯躲在了王后房间的帏幕后面,却被哈姆雷特发现,以为是叔父,将其一剑刺死。

叔父派他去英国,并让随从带上密信,在哈姆雷特一上岸就杀人灭口。不料这个诡计被哈姆雷特察觉,途中偷换了密信,并且跳上了海盗船脱险回国。当他回国后,发现奥菲丽亚因为父亲的死去、爱人的远离而发疯,已溺水身亡。

奥菲丽亚的哥哥雷欧提斯,从法国赶回丹麦,要为父亲和妹妹报仇。奸王在阴谋安排的决斗中用涂了毒药的剑刺中了哈姆雷特,自己也中了剑毒。王后误饮了奸王为哈姆雷特准备的毒酒而毙命。哈姆雷特在临死前奋力刺死了奸王,但他改变现实的宏伟理想却没能实现。他将王国交给了好友挪威王子,叮嘱他一定要帮助自己实现心愿。

教育学的诞生
——《大教学论》

背景搜索

　　夸美纽斯1592年出生在捷克一个磨坊主家庭里，他的父母是虔诚的新教"捷克兄弟会"教徒，夸美纽斯从小在家庭的熏陶下，接受了新教思想，这在他的作品中也得到了明显的反映。12岁时，他父母双亡。16岁时，在"兄弟会"的资助下他进入拉丁学校学习。中学毕业后进入德国赫尔朋大学神学系学习，后来又转到海德堡大学听课。1614年回到祖国。

　　夸美纽斯投身于教育事业，毕生从事学校教育的改革和教育科学的研究工作。他曾经先后主持三所"兄弟会"创办的拉丁学校，并应邀前往英国伦敦研究教学，替瑞典政府编写一整套拉丁文教科书，帮助匈牙利进行教育改革。在长期的教学实践中，他积累了丰富的教学经验。同时，他又深入研究了古代希腊、罗马和文艺复兴时期人文主义思想家的教育理论，探讨了当代先进教育家的研究成果，并结合自己的体会经验，写出了大量的教育理论著作和教科书。1657年，他在阿姆斯特丹汇集出版了《教育论全集》。

　　推荐阅读版本：傅任敢译，人民教育出版社出版。

内容精要

夸美纽斯在作品中提出了普及教育、教育要适应人的自然特性、分班教育制度等一系列基本原则，并集中论述了教学原则，系统地表述了他的教育思想。

夸美纽斯热情地赞美了教育这一事业，认为这是世上最具自豪感的。"我们对于国家的贡献哪里还有比教导青年和教育青年更好、更伟大的呢？"他号召每一个教育者都应当热情饱满地投入到这项事业中去。"啊，青年人的教导者，你们的工作是种植并灌溉天国中娇嫩的接穗，你们也应认真祷告，祈求你们为之辛劳的事得以完成，尽快发挥作用。因为你们既然叫作'能够栽定诸天，立定地基'，还有什么比你们的劳动产生价值更使你们快乐的呢？所以，你们应使你们的神圣职业和把儿女托付给你们的父母的信任变成你们身内的一团火焰，使你们和受到你们影响的人都自强不息，直到你们的祖国全被这个热情的火炬所照亮。"

同时教育者本身也应当不断地学习、充实自己，以便更好地教育别人。"你们不要以为自己有知识就够了，你们要用你们的全力，去充实别人所得的教导。"

他主张教师应当主动激发孩子们的求学欲望，并且运用温和的、循循善诱的方法，用仁慈的情操与生动的言语吸引孩子们，而不是用粗鲁的办法使学生疏远教师。教师和学生的融洽关系对增进教学质量有很大的帮助。假如教师时常夸奖用功的学生，给予幼小的孩子他们喜爱的苹果、坚果和糖等等，假如教师把他们应学的事物的图像给他们看，或向他们讲解光学或几何器械、天球仪以及诸如此类可以激起他们兴趣的东西，以及其他一些方法来和善地对待学生，教师就容易得到学生的好感，学生就愿意进学校而不愿意待在家里了。

他特别主张所有的年轻人，无论男女，不分尊卑贫富，都应该进学校接受教育。

因为所有的人在生而成人的时候，都有一个平等的权利，他们都应当成为一个"人"，一个有理性的人。人不仅是其他生物的主宰，同时也忠实地反映着造物主的形象。所有的人都应当经过智慧、德行和虔敬的适当滋润，可以有效益地从事现世的生活并准备未来的生活。教育是人具备理性精神的必经之路。如果教育者使一部分人受到智慧的修养而排斥另一部分人，那么这就是偏私的、不公平的行为。

其次，虽然某些人似乎天生迟钝、笨拙，但这不能说明他们没有受教育的权利；相反，这种智力的人，更需要普及教育。越是迟钝、软弱的人，教育者就越应该帮助他们，使他们摆脱粗鄙的迟钝和笨拙。智力低能到了不能教化的程度的人，在世界上是不存在的。就

古希腊有良好的教育体系，孩子们在六七岁时便进入
学校接受正式教育，教学内容十分全面。

好像他是一个不能盛住智慧的水的筛子，尽管留不住几滴水珠，但是在教育的润泽下，会
越来越清洁。夸美纽斯又举了许多例子来说明这个问题。有的人幼年身体强壮，年纪大了
反而疾病缠身；另一些人小时候身体矮小多病，长大了却魁梧健壮。智力也是这样，有些
人懂事早，但成年后不过如此；有些人原先生得笨，后来却变得灵敏聪慧。所以每一个人
总有他可赞美的优点，不能过早地下结论。在读书习文的领域中，也是如此。

　　对于以往社会所认为的女性不能追求知识的谬论，夸美纽斯进行了批评和纠正。他认
为这样的说法是完全没有道理的。他出于一个虔诚的宗教徒的信仰，认为女性也是上帝按
照自己的形象创造的，在上帝仁慈和平等的世界里，她们也和男性一样占有同样重要的地
位。她们赋有同等敏锐的思想和求知的渴望，有时甚至比男性更强烈。

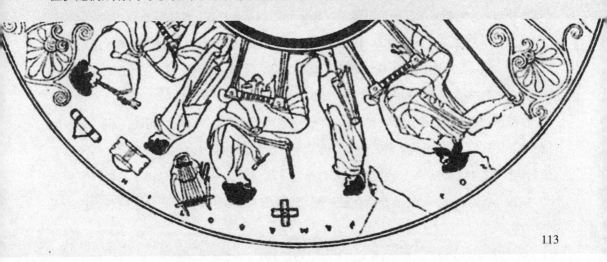

我思故我在
——《哲学原理》

背景搜索

　　著名的法国哲学家、科学家和数学家勒内·笛卡尔于1596年出生在都兰省海乐村。他的父亲是地方议会的会员，家庭环境优裕，从1604年到1612年，笛卡尔在一所环境优雅的耶稣会学校——尖塔中学里接受了大量的宗教和哲学教育，并学习了一些自然科学和数学知识，打下了良好的数学根基。1612年，他来到巴黎，因为厌烦社交生活，于是躲避到郊区圣日耳曼的一个隐僻处所，研究几何学。1616年，他在普瓦提·埃大学获得法律学学位。

　　虽然笛卡尔受过良好的教育，但他却认为除了数学以外，任何其他领域的知识皆是有懈可击的。他决定不再接受正规的教育，他漫游整个欧洲，开阔视野，见悉世面，接触了许多学者，收集各方面的材料，以增长知识。

　　在漫游过程中，笛卡尔还在荷兰、巴伐利亚和匈牙利的军队中短期服役，但并未参加任何战斗。1621年离开军队后，他去了意大利、波兰、丹麦及其他许多国家。后来他于1625年回到巴黎定居，专心致志地研究数学和自然科学，并着手制订自己的哲学体系。

　　1629年，为了选择一个更自由的研究环境，他变卖了所有财产，侨居当时最先进的资

法国莫瑞特在1791年绘的《笛卡尔思考世界体系》。

本主义国家荷兰，此后的 20 年一直生活在那里。他通过法国驻斯德哥尔摩大使，与瑞典女王克里斯蒂娜开始书信往来。女王十分钦慕他的学问，邀请他来自己的皇宫，并且提出将派一艘军舰来接他。

1649 年，笛卡尔接受了瑞典女王的慷慨之邀，来到斯德哥尔摩做她的私人教师。笛卡尔喜欢温暖的卧室，总是习惯晚些起床。可是女王除了早上 5 点以外腾不出空来。于是这位只有身体暖和时脑子才好用的教师只能顶着北欧刺骨的寒风去上课。这对体质孱弱的笛卡尔来说非常不妙。他很快就患了肺炎，1650 年 2 月，在他到达瑞典仅 4 个月后，就被病魔夺去了生命。

笛卡尔从未结婚，但却有一个女儿，在早年不幸夭折。笛卡尔称这是他平生最大的悲伤。

推荐阅读版本：关文运译，商务印书馆出版。

内容精要

《哲学原理》由一个序言和四章正文组成。序言中首先阐明了哲学的任务和功用。他认为哲学思考就是关于获得知识的方法的讨论，获得知识的最好方法是理性演绎法。以往人们获得知识有 4 种途径：直觉经验、感觉经验、传闻知识和书本知识。笛卡尔要创立一种新的哲学体系来认识世界。

要建立这种新的哲学，就必须抱有普遍怀疑的态度，对一切知识做一次总的检查，反对盲从和迷信。我们的知识通常来源于儿时的经验或感觉，因此必须清除其中谬误的部分。怀疑不是目的，而是手段。

在笛卡尔的哲学体系中，包括了三个部分。第一部分是形而上学，它探求世界的根本原理，例如解释超经验的上帝、说明灵魂的非物质性等。第二部分是物理学，探求关于自然界的知识。第三部分是实用科学，主要分为医学、机械学和伦理学。形而上学是所有学科的根基，由此发展出各个分支，人们应当掌握哲学原理去寻求知识。

"我思故我在"是笛卡尔哲学的第一条原则，也是他哲学思想最集中的精炼表述。他从各种感觉的怀疑入手，指出，按照普遍怀疑的原则，我们可以怀疑所有的一切，可以设想没有上帝、没有苍天、没有物质，甚至可能没有我的身体。但是在怀疑这些事物的真实性时，却不能假设我们是不存在的，也就是说，唯一不能怀疑的是"我在怀疑"。因为怀疑怀疑者的存在，是自相矛盾的。我在怀疑时也就是我在思想，因此这个正在思想的自我是存在的。我思故我在，成为一个有逻辑判断的人能体会到的第一个确定的知识。我是一个思想的实体，思想是我的属性。这强调了认识过程中的主体。假使我当真不存在，任何恶魔，不管多么狡猾都无法欺骗我。我可能不具备肉体，这是错觉也难说。然而思维是相同性质的，当我要把一切事物都想成虚假的时候，这个进行思维的我必然是某种东西不可。笛卡尔毫不犹豫地将"我思故我在"认定为其哲学的第一原则。

"上帝的存在"是他哲学的第二条原则，是从"我思故我在"进一步推出来的。他认为，可以把所有的观念分为天赋观念、从外界得来的观念和自我创造的观念。人心中最原本的观念不是从外界得来的，也不是自己创造的，而是上帝天赋的。这个天赋观念是全知、全能、全善的神明观念，一切不完全、值得怀疑的观念都是从它

图为笛卡尔，他是近代哲学的始祖，是第一个禀有高超哲学能力、在见解方面受新物理学和新天文学深刻影响的人。

 图的中间为笛卡尔像，周边则是他一生中发生的大事，其中包含他的私生女去世和成为瑞典女王克里斯蒂娜的私人教师。

而来。由此可知我心之外有个上帝实体存在，他是产生最完满观念的实体，上帝是一切已经存在或将来存在事物的真正原因。

　　根据上述原则，他强调在认识事物过程中精神的重要性。他以一块蜂蜡作为实例。各种感官能够体会到对这块蜂蜡的感受，例如视觉能看清它的形状、颜色、大小，嗅觉能闻到它芬芳的气味，味觉能尝到它甜蜜的味道，触觉能感受到它坚硬冰冷的外表。但这不能代表我们认识了它。如果将蜂蜡放在火旁，尽管蜂蜡照旧是蜂蜡，这些性质却发生了变化。可见方才感官所觉得的并不是蜂蜡本身。蜂蜡本身是由广延性、柔软性和可动性构成的，它均等地蕴含在蜂蜡对各种感官显示的一切现象之中。对蜂蜡的知觉作用"不是看、触或想象，而是精神的洞观"。笛卡尔说："我没有看见蜂蜡，正如我若看见大街上有帽子和外衣上身，不等于我看见街上有行人。"他凭借精神中的判断力，来理解原本用眼睛看见的东西。从混杂的感官认识中剥下了蜂蜡的外衣，凭精神感知它赤裸的本相。所有的认识都是基于"我"的存在，因此通过感官看见蜂蜡，这件事确实断定了"我"存在，但不能断定蜂蜡存在。于是通过这种认识论又回到了"我思故我在"的命题。

117

117

类型	成书时间	推荐理由
民间故事	公元 16 世纪左右	最吸引人的内容，最奇特的想象，最具异域风情的故事。

古波斯王国的最大奇书
——《一千零一夜》

背景搜索

　　《一千零一夜》是著名的古代阿拉伯民间故事集，在西方被称为《阿拉伯之夜》，在中国却有一个独特的称呼：《天方夜谭》。"天方"是中国古代对阿拉伯的称呼，仅凭这名字，就足以把人带到神秘的异域世界中。它是世界上最具生命力，最负盛名，拥有最多读者和影响最大的作品之一；同时，它以民间文学的朴素身份却能跻身于世界古典名著之列，也堪称是世界文学史上的一大奇迹。这本书其实并不是哪一位作家的作品，它是中近东地区广大市井艺人和文人学士在几百年的时间里收集、提炼和加工而成的，是这个地区广大阿拉伯人民、波斯人民聪明才智的结晶。《一千零一夜》的故事，很早就在阿拉伯地区的民间口头流传，约在公元八九世纪之交时出现了早期的手抄本，到 12 世纪，埃及人首先使用了《一千零一夜》的书名，但直到 15 世纪末 16 世纪初才基本定型。《一千零一夜》的故事一经诞生，便广为流传，在十字军东征时期就传到了欧洲。书中的故事来源主要包括三个方面：一、波斯和印度；二、以巴格达为中心的阿拔斯王朝（公元 750 年～公元 1258 年）时期流行的故事；三、埃及麦马立克王朝（公元 1250 年～公元 1517 年）统治时期流传的故事。

《一千零一夜》原版书中，故事"阿里巴巴和四十大盗"中的插图。

内容精要

相传在很久很久以前，在中国和印度之间有个岛国，叫作萨桑国，国王山鲁亚尔在位20年，治国有方，人民安居乐业。

有一天，国王偶然发现王后和奴仆们嬉戏取乐，他勃然大怒，怀疑王后对他不忠诚，就把王后杀了。从此他讨厌妇女，并发誓要对所有的女子进行报复。他决定每天娶一位女子，第二天就杀掉再娶。国王的命令在京城实施了3年之久，青年女子不是成了国王的刀下鬼，就是外出逃命，整个京城充满着恐怖的气氛。百姓惊异于国王的巨变，纷纷离城自保。

负责为国王寻找女子的宰相虽然对国王的暴虐行为不满，但也无可奈何。终于他再也找不到女子能送进宫中了，于是在家里等候国王的处决。他的大女儿山鲁佐德是一个聪明的女人，耳闻目睹了国王的所作所为，决定用聪明才智拯救所有的女子，便自告奋勇要嫁给国王。宰相坚决不同意，他给女儿讲了一个"水牛和毛驴的故事"，警告她固执冒险的后果。山鲁佐德坚持己见，恳请父亲送她进宫。父亲无奈，只好送女儿进宫。

山鲁佐德进宫后，就哀求国王能让她和妹妹见上一面。国王派人接来了山鲁佐德的妹妹。姐妹见面，分外亲热，妹妹就按照姐姐事先的吩咐，要求姐姐给她讲个故事，因为以后也许没有机会听故事了。国王十分好奇，原来姐妹俩见面就是为了讲故事，于是就专心

▲ 《一千零一夜》的故事。

听起来。于是在这一千零一夜的第一夜，山鲁佐德开始讲故事。国王被深深地吸引了，沉浸在山鲁佐德的神奇世界里，当故事讲到紧要关头时，天也亮了。国王意犹未尽，不忍心杀了她，他心想：等你明天讲完了故事，再杀你。

第二夜，山鲁佐德接着讲，又紧紧地抓住了国王的好奇心。从此以后，山鲁佐德凭她的聪明才智，给国王讲了一个又一个动听的故事，例如《阿里巴巴和四十大盗》、《阿拉丁和神灯》等等，山鲁佐德的故事神奇美丽，异彩纷呈，大故事中套小故事，大大小小共二三百个，最长的十夜二十夜才能讲完。有些精彩的故事，情节起伏跌宕，曲折离奇，扣人心弦。这些故事深深地吸引了国王，使国王每天都不舍得杀她。

国王终于被她的故事感动了，不再杀害女子了，并和山鲁佐德白头到老。国王还命令史官记下山鲁佐德所讲的故事，命名为《一千零一夜》。

类型	成书时间	推荐理由
小说	公元 1678 年	集合了宗教文学、民间文学、骑士传奇故事等多种因素的小说。

西方三大宗教文学作品之一
——《天路历程》

背景搜索

　　约翰·班扬，英国散文作家，出生于裴德福郡附近的一个小村庄，父亲是补锅匠。他未受过正规的学校教育，很早就继承了父业。英国内战时期，班扬于 1644 年至 1646 年参加了克伦威尔议会军队，接触到清教徒运动和社会各阶层的人物，对他以后的宗教信仰和文学创作产生了影响。1648 年他和一个贫穷的清教徒的女儿结婚，家里一贫如洗。他的妻子带来的嫁妆是两本宗教书籍：《普通人的天国之路》和《敬虔的生活》。1653 年，班扬加入了非国教的浸礼会，并成为传教士。他的传教活动触怒了正规的传教士，他们说他"企图如同补壶、补锅一样去修补人们的灵魂"。

　　斯图亚特王朝复辟以后，政府禁止不信奉国教的人自由传教，班扬置之不顾，遂于 1660 年被捕，监禁 12 年。1672 年获释。

　　1675 年，班扬以非法传教的罪名再次入狱，6 个月后出狱。之后他担任了浸礼会牧师，外出传教，继续写作，并仍以补锅为业。1688 年，班扬冒雨去一位父亲那里劝说他和被他逐出家门的儿子和好，经过努力，父子俩恢复了关系，班扬却得了重感冒，不久病逝。

推荐阅读版本：苏欲晓译，译林出版社出版。

内容精要

本书是一部讲述基督信仰的宗教寓言，全书共分为两部，第一部描述基督徒一个人前往天国的旅程，第二部描述女基督徒和她的孩子、同伴们同往天国的旅程。按照班扬的本意，他原来是想写下圣徒们在我们这个福音时代中所经历的路程，万万想不到，却写成了一篇讽喻，描述他们的旅程和到达荣耀的道路。作者叙述他在梦中看见一个背着沉重包袱的人、名叫基督徒，在路上徘徊，不知何往。经传福音者的指点，他必须离开故乡"毁灭的城市"，朝着"天国的城市"前进。于是基督徒开始了他的天路历程。班扬生动地描写了路途中的重重艰险，基督徒先从"绝望的泥潭"中挣扎脱身，路经"名利场"、爬过"困难山"，越过"安逸平原"，来到流着黑水的"死亡河畔"，"天国的城市"就在河的彼岸。

"现在，在我搁下我的笔之前，我要让我这本书的好处显现，然后把你和这本书都交在那只手里，那只手把强暴的拉下，把柔弱的扶起。

"这本书在你的眼前描画出一个人，他正在把那永久的赏赐找寻。你会看见他从哪里来，到哪里去。他撇下什么没有做，他做的又是什么？你看见他怎样不停地赶着路，一直到达那荣耀的门；你也会看见那些毕生努力的人们，好像那样做，那永远的冠冕就属于他们。在这里你可以明白为什么，他们的努力白费了，终于像蠢货一样死去。

"这本书会使你成为一个旅人，只要你肯接受它的指引，它就会引领你到那圣地，只要你明白它的指导意义，而且，它会使怠惰的变得有生气，也会使瞎眼的看见可爱的东西。

"你在寻找珍贵有益的东西吗？你要在寓言中看到真理吗？你健忘吗？你能不能记住从元旦到除夕的事物？那么请来读读我这连篇的幻想，它们会粘住像芒刺一样的东西，也许就像粘住那听凭摆布的毛围巾一样。

天主教军队攻克了马格德堡市，并在这里大肆洗劫。

　　"这本书以这样的话语写出，即使是无精打采者的心灵也会被打动：它看上去似乎离奇，然而毕竟它所包含的只是正确而实在的真理之声。

　　"要不要解开郁结的愁肠？要不要心旷神怡，却又远离放荡？要不要阅读隐语和它们的解释，还是愿意在你的冥想中沉没？你喜欢啃骨头吗？或者，你喜欢看见云中一个人，听他跟你交谈？

　　"你喜欢做梦却又不入睡？或者你喜欢有朝一日啼笑皆非？你喜欢失去你自己，同时又不受到损害，然后不使用什么巫术，又把你自己找了回来？

　　"你要自己读吗？读你所不明白的东西，然而念了那些字句，你却可以明白自己有没有受到祝福？啊，那么来吧，让我的书、你的头和你的心靠拢在一处。"

类型	成书时间	推荐理由
自然科学论著	公元 1687 年	标志着牛顿力学三大定律和万有引力定律的诞生。

一个苹果引起的思考
——《自然哲学的数学原理》

背景搜索

牛顿，英国近代著名的物理学家、数学家、自然科学家，经典力学的集大成者。

他出生于英格兰林肯郡的小镇乌尔斯普，他的家庭是一个自耕农家庭。在他未出世前，父亲就去世了。牛顿生而羸弱，过了3年，他的母亲再嫁给一位牧师，把孩子留在他祖母身边抚养。8年之后，牧师病故，牛顿的母亲带着后夫所生的一子二女又回到乌尔斯普。

牛顿自幼沉默寡言，性格倔强，唯一喜欢的是摆弄机械零件。少年时代的牛顿并不聪明，反而十分沉默孤独，唯一的优点就是动手能力比较强。传说他做了一架以小老鼠为动力的磨坊模型；还有一次他在风筝上挂着小灯，放上天去，村里人在晚上看见时，以为是彗星出现了。他喜欢绘画、雕刻，尤喜欢刻日晷，家里的墙角、窗台上到处安放着他刻画的日晷。

12岁时，牛顿进入格兰瑟中学，他酷爱读书，喜欢沉思，对自然现象有好奇心，例如颜色、日影四季的移动，尤好几何学、哥白尼的日心说等等。在中学期间，他曾经寄住在一个药剂师家里，受到了化学实验的熏陶。牛顿的母亲原来希望他成为一个农民，能赡养家庭，但牛顿朝着科学的方向越走越远。

《自然哲学的数学原理》封面，此封面上有皇家学会主席佩波斯的出版许可。

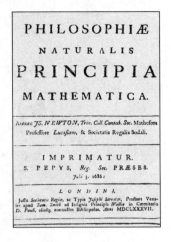

PHILOSOPHIÆ
NATURALIS
PRINCIPIA
MATHEMATICA.

Autore JS. NEWTON, Trin. Coll. Cantab. Soc. Mathefeos
Profeffore Lucafiano, & Societatis Regalis Sodali.

IMPRIMATUR.
S. PEPYS, Reg. Soc. PRÆSES.
Julii 5. 1686.

LONDINI,
Juffu Societatis Regiæ, ac Typis Jofephi Streater. Proftant Vena-
les apud Sam. Smith ad Infignia Principis Walliæ in Cœmiterio
D. Pauli, aliofq; nonnullos Bibliopolas. Anno MDCLXXXVII.

1661年，牛顿以减费生身份进入剑桥大学三一学院，他认真地攻读了欧几里得的《几何原本》、开普勒的光学、笛卡尔的几何学等。他的才华在大学期间开始显露。1664年获得奖学金，1665年以学士学位毕业。不久伦敦发生了严重的瘟疫，剑桥离伦敦不远，学校为此停课。牛顿于当年6月回到故乡乌尔斯普。

在故乡的两年，牛顿在自然科学的领域内思潮奔腾，才华迸发，开始思考前人从未思考过的问题，踏进前人没有涉及的领域，创建了前所未有的惊人业绩。1665年初，他创立了级数近似法以及把任何幂的二项式化为一个级数的规则；同年11月，创立了微积分。牛顿还开始想到研究重力问题，并想把重力理论推广到月球运行的轨道上去。他以旺盛的精力从事科学创造，并关心自然哲学的问题。

1667年，牛顿重返剑桥大学，10月被选为三一学院的仲院侣，次年3月选为正院侣。他的老师巴罗十分赏识牛顿的才华，以致在1669年牛顿尚未满27岁时，巴罗就把自己的教授席位让给了他，牛顿成为了接替巴罗担任卢卡斯讲座的教授，而巴罗当时还不到40岁，远未到退休年龄。

早在1666年，牛顿就有了万有引力的想法，此后20年他不断观测、研究月球绕地球的运动，于1685年至1686年用拉丁文完成了《自然哲学的数学原理》，由朋友哈雷出资，于1687年出版。这为他赢得了极大的学术声誉。

牛顿得到大学时代认识的一位贵族后裔的帮忙，于1696年被任命为伦敦的造币厂总监，不久任厂长，年薪400镑。这种待遇在当时是极其优厚的。1701年，牛顿辞去了剑桥大学的工作，1703年他担任英国皇家学会的主席，一直任职到1727年。1705年，他被安妮女王册封为骑士，从而获得了爵士的称呼。

据说，牛顿在苹果树下思考问题时，一个苹果掉下来砸在他头上，让他发现了万有引力。

牛顿于1727年3月31日在伦敦郊区肯辛顿寓中逝世，以国葬礼葬于伦敦威斯敏斯特教堂。

在科学贡献上，牛顿的一生明显地分成前后两个阶段。前期，牛顿在科学上的创造相当多，除了在经典力学方面的巨大成就之外，他在数学、微积分、光学等领域都有非常显著的成就。牛顿的后30年，科学成就不大，经常陷入神学的思辨之中。

推荐阅读版本：郑太朴译，商务印书馆出版。

内容精要

《自然哲学的数学原理》提出了经典力学的三个基本定律和万有引力定律，这些定律都建立在客观研究的基础上。牛顿十分重视科学研究的方法和态度，他指明了研究自然的四条基本规则，这四条规则的核心问题是强调研究的客观性，即坚持对自然研究的唯物主义的态度。他自身的研究就是建立在长期实际观察的基础上的。

同时，他通过定律对自然现象的解释，是以大量的数学分析为基础的，在本书的第一编第一章中，牛顿讲述了有关微积分及几何学方面的内容。这些内容实际上是全书的数学基础。牛顿本来是微积分的发明人之一，但为了便于读者接受，他在这本书中却尽量避免使用比较困难的微积分的方法，他用的数学工具严格地限于几何。

书的开头部分有很长的"说明"，对书中所运用的一些概念的基本定义，诸如力、天体、力学、运动等进行了必要的解释和说明。

在"说明"之后，牛顿认真、详细地介绍了"运动之基本定理或定律"，即牛顿关于物体运动的三个定律，这就是我们现在所说的经典力学的三个基本定律。

第一定律：每个物体如果没有外界影响使其改变状态，那么该物体仍保持其原来静止的或等速直线运动的状态。牛顿认为这是自然界一个基本的、普遍的事实，也是无可争辩的。由这条定律出发，外力是改变物体运动状态的原因，而不是维持原有状态的原因。例如炮弹会停止和下落，是因为空气的阻力和重力的影响，如果不存在这种外力，那么炮弹将保持它匀速运动的状态。

第二定律：运动的变化与所施加的力成正比，并沿力的作用方向发生。这其实就是今天我们所说的动量问题，动量等于物体的质量与速度的乘积，速度的变化就是加速度。对同一个物体而言，所施加的力与由此产生的加速度成正比。

第三定律：对于每一个作用力，总存在一个与之相等的反作用力和它对抗；或者说，两个物质彼此施加的相互作用力恒等，方向则恰恰相反。根据这个定律，牛顿指出，相互作用的两个物体不管表面上是否产生运动状态的变化，它们之间的作用力和反作用力都是成对出现或同时存在的。例如人用桨划船前进的运动中，船能前进，就在于人用桨划入水中时，对水有作用力，水产生了一个相等的反作用力，推动船的前进。第三定律同样也适用于圆周运动中的向心力和离心力。

《原理》的主要内容是万有引力定律的确立及其应用。《原理》第一编第二章就是"论向心力之法"。从这章开始，牛顿通过对各种涉及向心力的特殊运动形态的认真研究，逐步扩展到第三编——论宇宙系统。他在第三编第一章论宇宙系统之原因的开头部分，用三个定理分别说明"使木星恒离开直线运动而留在其轨道内之力"，"使行星恒离开直线运动而留在其轨道内之力"，和"使月球不能离开其轨道之力"，都是一种向心力（其心分别为木星、太阳和地球），这些向心力均与其心的距离平方成反比。他在区别引力与磁力的不同之后，做出结论：一切物体均有重力（即引力），而且与其所含的物质之量（即质量）成正比。牛顿提出了关于万有引力定律比较完整的也是经典的叙述：

定理：两个球之物质相互间有重量，即相互间有吸引力，假如此物质在其距中心相等处为均匀的，则其一球对于其他球之重量即二者之间的吸引力，与两球中心间距离之平方成反比。

在对万有引力定律进行了经典的表述之后，牛顿立即用它解释大量的实际问题，也就是从大量的自然事实来说明万有引力的存在。他所举的自然事实，包括月球运动的偏差、潮汐的大小变化、岁差的长短不一等等。

类型	成书时间	推荐理由
法学论著	公元 1748 年	奠定资产阶级国家学说的基础，提出"三权分立"说。

"三权分立"学说
——《论法的精神》

背景搜索

　　孟德斯鸠是法国启蒙思想家、法学家。他出身于法国波尔多市附近拉勃烈德城堡的一个达官显贵之家。伯父是波尔多议会的会长。他自幼受过良好教育。1700年在巴黎附近的奥拉托里会学院读书，1708年回到波尔多学习法律，两年后他获法学学士学位，并出任律师。1714年担任波尔多郡议会议员。1716年世袭男爵称号，并继承其伯父的波尔多法院院长（议会议长）的职务。在任职期间，他常常往来于巴黎和波尔多之间，目睹了"太阳王"路易十四统治下的弊端。他不满法国的专制制度，将自己目睹的种种社会现象写进小说中，并于1721年化名"波尔·马多"发表了名著《波斯人信札》。这部书通过两个波斯人漫游法国的故事，揭露和抨击了封建社会的罪恶，用讽刺的笔调，勾画出法国上流社会中形形色色人物的嘴脸，如荒淫无耻的教士、夸夸其谈的沙龙绅士、傲慢无知的名门权贵、在政治舞台上穿针引线的荡妇等。这本书清新明快的散文风格，受到了读者的普遍欢迎，同时也影响了法国文风。

　　1726年，他出卖了世袭的波尔多法院院长职务，迁居巴黎，专心于写作和研究。他漫游了欧洲许多国家，对欧洲各国的政治、法律、国家制度、民情风俗进行了深入的了解和考察。特别是他在1729年到英国呆了两年多，考察了英国的政治制度，认真学习了早期启蒙思想家的著作，还当选为英国皇家学会会员。1731年回到法国后，孟德斯鸠潜心著述。1734年发表了《罗马盛衰原因论》，利用古罗马的历史资料来阐明自己的政治主张，轰动了整个欧洲。1748年，他最重要的著作《论法的精神》发表，这部书受到了极大的欢迎，两年内就发行了22版。

1775年他在旅途中染病，不久在巴黎逝世。

孟德斯鸠博学多才，对法学、史学、哲学和自然科学都有很深的造诣，曾经撰写过许多论文，其中最著名的是《论法的精神》，这是孟德斯鸠20年辛勤探索的成果。

推荐阅读版本：张雁深译，商务印书馆出版。

内容精要

作品主要分为三个部分：第一部分，主要是说明一般法的规定和法、法律的原则与政治体制的关系，以及各种政体的演变。第二部分，着重说明一些法律原则同政治因素、地理、气候、民族风俗、贸易等的关系。第三部分，说明奴隶社会和封建社会的各种法律精神原则的起源和变化。

孟德斯鸠将法分为事物的法（从事物性质中产生出的必然关系）、自然法（文明社会产生以前人类所接受的自然规律）和人为法（人类社会出现后出于实际需要而出现的原则）。

基于这三种法，他分析了各种政体下法律的执行情况。君主政体是一个人依照确定的法律执政的政体；共和政体是全体人民拥有最高权力的政体；专制政体是完全按照一

孟德斯鸠像。

孟德斯鸠提倡资产阶级的自由和平等，法律应保护人民的自由，自由是人民应争取的权利。图为1830年法国欧仁·德拉克洛瓦的油画《自由引导人民》。

己意志和反复无常的性情领导一切的政体。不同的政体对教育、法律、道德都有重大的影响。立法应该与政体的原则相适应。在君主政体里，法律应当维护君主国的财产继承权、贸易权、税务权等；在共和政体里，法律首先要保障的是人的平等；在专制政体里，其原则是恐怖，对人民而言，是没有法律的。孟德斯鸠推崇的是共和政体。

接下来，他提出了自己最重要的思想："三权分立"的学说，即国家权力分为立法、行政、司法三种，分别由议会、君主、法院三家掌管，各自独立，相互牵制，彼此平衡，以维系国家的统一。政治的自由不是想做什么就做什么，在一个有法律的国家里，自由仅仅是一个人能够做他愿意而且应该做的事情，而不是被强迫去做他不愿意做的事情。为了防止滥用权力和保证人民的自由，就必须以权力来约束权力。当行政权和立法权集中在一个人或者同一个机构手中时，自由就不存在了。一切有权力的人都容易滥用权力，这是万古不变的一条经验。如果司法权和行政权合而为一，法官就有压迫的权力，他们就会对公民的生命和自由实行专政。如果同一个人或是由重要人物、贵族或平民组成的同一个机关行使这三种权力，那么一切便都完了。因此三种权力必须分开，立法权、行政权和司法权分属于三个不同的国家机关，三者相互制约，权力均衡。他认为决定法的精神和法的内容是至关重要的，而保证法治的手段是"三权分立"。"三权分立"说对于18世纪末的美国和法国的宪法制定工作产生了重大的影响，成为资产阶级政治制度和立法思想的基本原则。

美国建国后把他的"三权分立"的思想写进了宪法；法国的《人权宣言》也明显地体现了这种思想。孟德斯鸠的思想遗产很丰富，但影响最大的恐怕就是这个三权分立说。

伏尔泰最出色的哲理小说
——《老实人》

背景搜索

伏尔泰本名叫弗鲁索瓦·玛利·阿钱埃，1694年生于巴黎一个富有的公证人家庭。少年时期，他在耶稣会主办的贵族学校读书，但他对经院哲学非常讨厌，却喜欢文学和诗歌。中学毕业之后，父亲一心想让他当法官或律师，并送他去一所法律学校学习，但伏尔泰却立志成为诗人。

伏尔泰的确有诗人的天赋，经常出口成章，即兴写诗，借助诗歌来批判当时的种种社会丑恶现象。1717年，由于他写了一首嘲笑贵族的讽刺诗，结果被关进了巴士底狱。在狱中，他仍然坚持创作，完成了他的第一部悲剧《俄狄浦斯》。1718年，《俄狄浦斯》在巴黎上演，获得成功，他一举成名。伏尔泰成名之后仍然写讽刺诗嘲笑法国贵族，结果遭到贵族子弟的毒打，第二次被关进了巴士底狱。

出狱后他被驱逐出境，不得不流亡到英国，居住了两年多。在伦敦，伏尔泰以新奇的眼光观察了英国的政治制度和经济生活，研究了唯物主义哲学和牛顿的物理学。他还接触到了英国新兴文学，对莎士比亚的戏剧产生了浓厚的兴趣。回国后，伏尔泰积极介绍英国的先进

在费尔奈，伏尔泰与众多的贵族及思想家保持着密切往来，他因此而被称为"欧洲派店主人"。

思想，发表了《哲学通信》，再次引起法国统治者的恐慌，他被迫又一次离开了自己的祖国。

后来伏尔泰来到法国和荷兰边境一个古老偏僻的贵族庄园，隐居在他的女友德·爱特莱侯爵夫人家中，一住就是 15 年，直到侯爵夫人去世。在此期间，他写下了悲剧《恺撒之死》、《穆罕默德》、讽刺长诗《奥尔良的少女》、哲理小说《查第格或命运》、历史著作《路易十四时代》以及科学论著《牛顿哲学原理》。1750 年至 1752 年，伏尔泰应普鲁士国王腓特烈二世的邀请访问柏林。

1760 年，伏尔泰在法国与瑞士边境的费尔奈庄园定居下来，在此度过了他一生中的最后 20 余年。在这期间，他写下了大量的文学、哲学和政治论著，包括哲理小说《老实人或乐观主义》、《天真汉》、哲理诗《自然规律》等，他还把中国元杂剧《赵氏孤儿》改编成《中国孤儿》。

1778 年 2 月，84 岁高龄的伏尔泰在路易十五死后重返阔别 28 年的巴黎，人民群众夹道欢迎这位勇敢的斗士。这年 5 月 30 日，伏尔泰病逝。临终前，神父要他承认基督的神主，他愤然拒绝。由于这个原因，教会不准他的家人把他葬在巴黎。大革命时期，伏尔泰的骨灰被运回巴黎，在法国伟人公墓隆重安葬。

伏尔泰不仅是一位伟大的思想家，而且是一位杰出的文学家。他最有成就的文学作品是哲理小说《老实人》。

推荐阅读版本：傅雷译，人民文学出版社出版。

内容精要

《老实人》的主题是批判盲目乐观主义哲学，小说中的主人公老实人是一个天真淳朴的男青年，他相信乐观主义哲学，在他看来，世界是完美的，一切人和一切事物都尽善尽美，"在这最美好的世界上，一切都走向美好"。然而他一生的遭遇却是对他的"哲学"的一个极大嘲讽。

老实人在德国一个男爵家里长大，他的老师邦葛罗斯是德国哲学家华伯尼茨的信徒，认为这个世界上一切都趋于至善，老实人也接受了这种观点。

他与男爵的女儿居内贡小姐相爱，结果被贵族偏见极深的男爵赶出了家门。从此他四处流浪，历经了一系列无妄之灾和种种意外波折，几次死里逃生。

伏尔泰堪称欧洲知识分子的无冕之王，他的作品成为18世纪欧洲的精神食粮，他是启蒙时代的真正指导者。

他在里斯本时，遇到了大地震。为防止全城毁灭，教会与大学博士相互勾结，宣称只有在庄严的仪式中用文火慢慢烧死几个人，才是阻止地震万试万灵的秘方。为此，教会抓了5个人。其中一个人的罪名是娶了自己的教母，另外两个葡萄牙人是吃鸡的时候把锅里的火腿扔掉，在场旁听的老实人似乎赞同他们的吃法，于是，他便也被一块儿送上了宗教火刑场。结果那三个人被烧死，老实人却奇迹般地脱险。此后他又被卖为奴隶，遭受了磨难。在一系列的事实面前，他终于认识到世界就像一个屠宰场，根本不完善，盲目的乐观主义只会蒙蔽自己的眼睛。唯有"工作可以使我们免除烦闷、纵欲和饥寒三大害处"，因此还是"种我们的园地要紧"。

最后他找到了一个黄金国，国内遍地都是黄金、碧玉和宝石，人人过着自由平等、快乐而富裕的生活。

这部小说是伏尔泰在不到三天的时间内完成的，可以说是一气呵成。小说充满了辛辣的讽刺，整本书诙谐幽默，故事机智有趣。

人类解放的第一个呼声
——《社会契约论》

背景搜索

　　卢梭，出身于瑞士日内瓦的一个钟表匠家庭，从小失去母亲，靠别人抚养长大。虽然生活条件艰苦，但他发奋图强，自学成才。16 岁离家外出流浪，当过学徒、仆役、私人秘书、乐谱抄写员。在巴黎，他展现了自己的才华，1750 年，卢梭以征文《论科学与艺术》获头等奖而出名，得到了许多上流社会贵妇人的爱慕。这些拥金百万的贵妇为他供应舒适的生活，给他介绍所需要认识的人，卢梭很快就进入了完全不同的生活圈子。

　　从 1762 年起，卢梭由于写政论文章，与当局发生了严重的纠纷。他的一些同事开始疏远他，大约就在这个时期，他患上了明显的偏执狂症。虽然有些人对他表示友好，但他却总采取怀疑和敌视的态度。他一生的最后 20 年基本上是在悲惨和痛苦中度过的，1778年他在法国迈农维尔去世。

　　卢梭是18世纪法国启蒙运动杰出的政治思想家、文学家，他的作品主要有《忏悔录》、《爱弥儿》、《社会契约论》、《新爱洛伊丝》，其中《社会契约论》被誉为"人类解放的第一

1762年，卢梭因《爱弥儿》和《社会契约论》被指责与政府和宗教对抗，受到了法院的通缉和教会的声讨，被迫逃亡瑞士。1770年，法国政府宣布赦免卢梭，他才得以返回巴黎。画中卢梭与家人团聚的情景。

个呼声，世界大革命的第一个煽动者"。他的"天赋人权"的思想是法国大革命中雅各宾派的旗帜，对欧美各国的资产阶级革命产生了深刻的影响。

推荐阅读版本：何兆武译，商务印书馆出版。

内容精要

《社会契约论》全书共分4卷，第一卷主要论述了人类是怎样由自然状态过渡到政治状态的，契约的根本条件是什么；第二卷主要讨论国家的立法问题；第三卷论述的是政治法即政府的形成；第四卷在继续讨论政治法的同时，阐述了巩固国家体制的方法，从古罗马历史出发，论述了主权者意志实现的某些细节。

"人是生而自由的，但却无时不在枷锁之中，自以为是其他一切的主人，反而比其他一切更是奴隶。"《社会契约论》的开篇第一句话就提出了这个振聋发聩的观点。卢梭的这一论断是在君主专制制度横行欧洲的时代，针对英国王权专制论代表人物费尔玛关于"没有人是生而自由的"这一绝对君主专制制度赖以依存的理论而提出来的。这本书以反对封建专制、倡言民主共和、主张人民主权为主题和中心内容，提出了富于革命性的宪政理论。

卢梭认为，自由的人们最初生活在自然的状态中，人们的行为受自然法的支配。自然法以理性为基础，赋予人类一系列普遍的、永恒的自然权利，即生存、自由、平等、追求幸福、

获得财产和人身、财产不受侵犯的权利。由于自然状态存在种种弊端，自由的人们便以平等的资格订立契约，从自然状态下摆脱出来，去寻找出一种结合的形式，使它能以全部共同的力量来维护和保障每个结合者的人身安全和个人财富，并且由于这一结合而使每一个与全体相联合的个人又只不过是在服从自己本人，仍然像以往一样的自由，这种结合的形式就是国家。由于国家是自由的人们以平等的资格订立契约产生的，人们只是把自然权利转让给整个社会而并不是奉献给任何个人，因此人民在国家中仍是自由的，国家的主权只能属于人民。

　　然后，卢梭进一步阐述了人民主权的原则：主权是不可转让的，因为国家由主权者构成，只有主权者才能行使主权；主权是不可分割的，因为代表主权的意志是一个整体；主权是不可代表的，因为"主权在本质上是由公意所构成的，而意志又是绝不可以代表的，它只能是同一个意志，或者是另一个意志，而绝不能有什么中间的东西。因此人民的议员就不是、也不可能是人民的代表，他们只不过是人民的办事员罢了，他们并不能做出任何肯定的决定"。同时，主权是绝对的、至高无上和不可侵犯的，因为主权

卢梭提倡天赋人权，可直到19世纪，世界上还有很多人连自由都没有。图为法国画家里昂·杰洛姆的《奴隶拍卖会》，作品真实地再现了19世纪贫困落后的阿拉伯世界的奴隶市场拍卖奴隶的场景。

是公意的体现，是国家的灵魂。基于这样的理论，卢梭反对君主立宪而坚决主张民主共和。

《社会契约论》还论述了一系列法律的基本理论，在其中贯穿着以人民主权为中心内容的资产阶级民主主义精神。卢梭指出，法律是人民公共意志的体现，是人民自己意志的记录和全体人民为自己所做的规定。法律的特点在于意志的普遍性和对象的普遍性，前者指法律是人民公意的体现，后者指法律考虑的对象是全体的行为而非个别人的行为。

同时，他阐述了法律与自由的关系：首先，法律与自由是一致的，人民服从法律就是服从自己的意志，就意味着自由。其次，法律是自由的保障。一方面，人人遵守法律，才能给人们以享受自由权利的安全保障；另一方面，法律可以强迫人们自由。

此外，卢梭还系统地提出了立法理论。他认为要依法治国就要有理想的法律，在制订法律时必须遵循下列原则：立法必须以谋取人民最大的幸福为原则；立法权必须由人民掌握；由贤明者具体承担立法的责任；立法要注意各种自然的社会条件，法律只不过是保障、遵循和矫正自然的关系而已；既要保持法律的稳定性，又要适时修改、废除不好的法律。

"人是生而自由平等的，这是天赋的权利"，《社会契约论》中的这一理论，开创了欧洲及全世界民主平等思想之先河，它的"人权天赋，主权在民"的新学说向"君权神授"的传统观念发起了挑战，它所揭示的"人权自由、权利平等"的原则，至今仍被认为是西方政治的基础。

类型	成书时间	推荐理由
经济学论著	公元 1776 年	经济学经典著作，现代政治经济学研究的起点，西方国家建立市场经济理论的基础。

经济学百科全书
——《国富论》

背景搜索

　　亚当·斯密出生于苏格兰法夫郡的可克卡迪。他的父亲是律师，也是苏格兰的军法官和本地的海关监督，在他出生前几个月就去世了。母亲是当地大地主的女儿。亚当·斯密一生未娶，与母亲相依为命。

　　1723 年至 1740 年间，亚当·斯密在家乡求学，在就读于格拉斯哥大学期间完成了拉丁语、希腊语、数学和伦理学等课程，1740 年至 1746 年，就读于牛津大学，阅读了大量书籍。1748 年他受聘于爱丁堡大学讲授修辞学和文学。1751 年至 1764 年，他在格拉斯哥大学担任逻辑学和道德哲学教授，同时兼负责行政事务。1759 年出版《道德情操论》，获得了学术界极高评价。

　　离开格拉斯哥大学后，他用三年时间考察了欧洲大陆国家的经济发展情况，开始系统研究社会经济问题。1768 年着手《国富论》的写作，1773 年基本完成，接着，他又用三年的时间润色修改，1776 年 3 月正式出版。

　　1778 年至 1790 年，亚当·斯密与母亲及姨母在爱丁堡定居。1787 年他被选为格拉斯哥大学荣誉校长，同年他被任命为苏格兰的海关和盐税专员。亚当·斯密在去世前将自

亚当·斯密的《国富论》被西方经济学界誉为"经济学百科全书"，其本人也因此被世人尊称为"现代经济学之父"和"自由企业的守护神"。图为亚当·斯密像。

己的手稿全数销毁，于 1790 年 7 月 17 日与世长辞，享年 67 岁。他的死亡没有引起多大注意，当时人们正在全神贯注地为法国大革命事变和英国农村方面可能引起的反应困忧。亚当·斯密下葬于坎农门的教堂墓地，坟上的墓碑非常不显眼，上面写着：亚当·斯密，《国富论》作者，长眠于此。

亚当·斯密从小十分瘦弱，四岁时差点被吉普赛人拐走。他孩提时期就养成了自言自语的习惯，长大后喜欢沉思。他在陌生的环境里往往无所适从，会因为紧张而口吃，一旦熟悉后就会恢复辩才无碍的气势，侃侃而谈。他对喜爱的学问研究起来相当专注热情，甚至废寝忘食。

推荐阅读版本：郭大力、王亚南译，商务印书馆出版。

内容精要

《国富论》全名为《国民财富的性质和原因的研究》，主要研究促进或妨碍国民财富发展的原因，论证资本主义制度比封建制度更能促进财富的增长，并建立了资产阶级古典政治经济学的理论体系。全书共分五篇，第一篇，论劳动生产力增长的原因并论劳动生产物自然分配给各个阶级人民的顺序，论述了分工、货币、价值、工资、利润等问题；第二篇，论资财的性质及蓄积和用途；第三篇，论不同国家中财富的不同发展，相当于欧洲各国的经济发展历史；第四篇，论政治经济学体系，评价了重商主义和重农主义；第五篇，论君主或国家的收入，重点在国家财政的问题。

在书中，亚当·斯密驳斥了旧的重商学说，该学说片面强调国家贮备大量金币的重要性。他否决了重农主义者的土地是价值的主要来源的观点，肯定了劳动的基本重要性。亚当·斯密重点强调了劳动分工会引起生产的大量增长，抨击了阻碍工业发展的一整套腐朽的、武断的政治限制。亚当·斯密提出，人类具有趋利避害的本能，即经济自由，他认为经济自由是资本主义发展的要求，是经济行为的动力，并将推动经济发展和财富增长。在自由的市场竞争中，一只"看不见的手"将调节各种经济行为，秩序由此产生。

强调市场调节能力，即"看不见的手"是本书的中心思想。看起来似乎杂乱无章的自由市场实际上具有一种自行调整的机制，自动倾向于生产社会最迫切需要的货品。例如，如果某种需要的产品供应短缺，其价格自然上升，价格上升会使生产商获得较高的利润，由于利润高，其他生产商也想要生产这种产品。生产增加的结果会缓和原来产品的供应短缺，而且随着各个生产商之间的竞争，供应增长会使商品的价格降到"自然价格"即其生产成本。谁都不是有目的地通过消除短缺来帮助社会，但是问题却解决了。用亚当·斯密的话来说，每个人"只想得到自己的利益"，但是又好像"被一只无形的手牵着去实现一种他根本无意要实现的目的……他们促进社会的利益，其效果往往比他们真正想要实现的还要好"。

他还指出，一切财富的本源是劳动，"劳动是价值的普遍尺度和准确尺度，换而言之，只有劳动能在一切时代、一切地方比较各种商品的价值"。商品的价值由生产它所消耗的劳动决定，劳动是商品价值的尺度和财富的源泉，从而奠定了劳动价值论的基础。

他提出，商品的价值最终必由工资、利润和地租三部分组成，这三部分不仅是一切收入的原始源泉，也是一切交换价值的原始源泉。这样他便脱离了劳动价值论而转向生产费用价值论。

17世纪英国资产阶级革命的胜利推进了资本主义经济的发展，圈地运动大规模地加速展开，工场手工业也飞速发展起来。18世纪中叶，正是英国资本主义的成长时期，近代资本主义经济生活一开始就要求回答财富是什么，财富的来源是什么，怎么样才能迅速积累财富等基本问题。面对资本主义经济发展所创造的奇迹和暴露的问题，为自由资本主义的发展铺平理论之路，成为了那个时代经济学的首要任务。《国富论》总结了近代初期各国资本主义发展的经验，就整个国民经济运动过程做了比较明确的描述，从理论上系统地解决了这些问题，因此被西方经济学界誉为"经济学百科全书"。

大萧条时期，在美国芝加哥大街上，
政府向失业者发放食品。

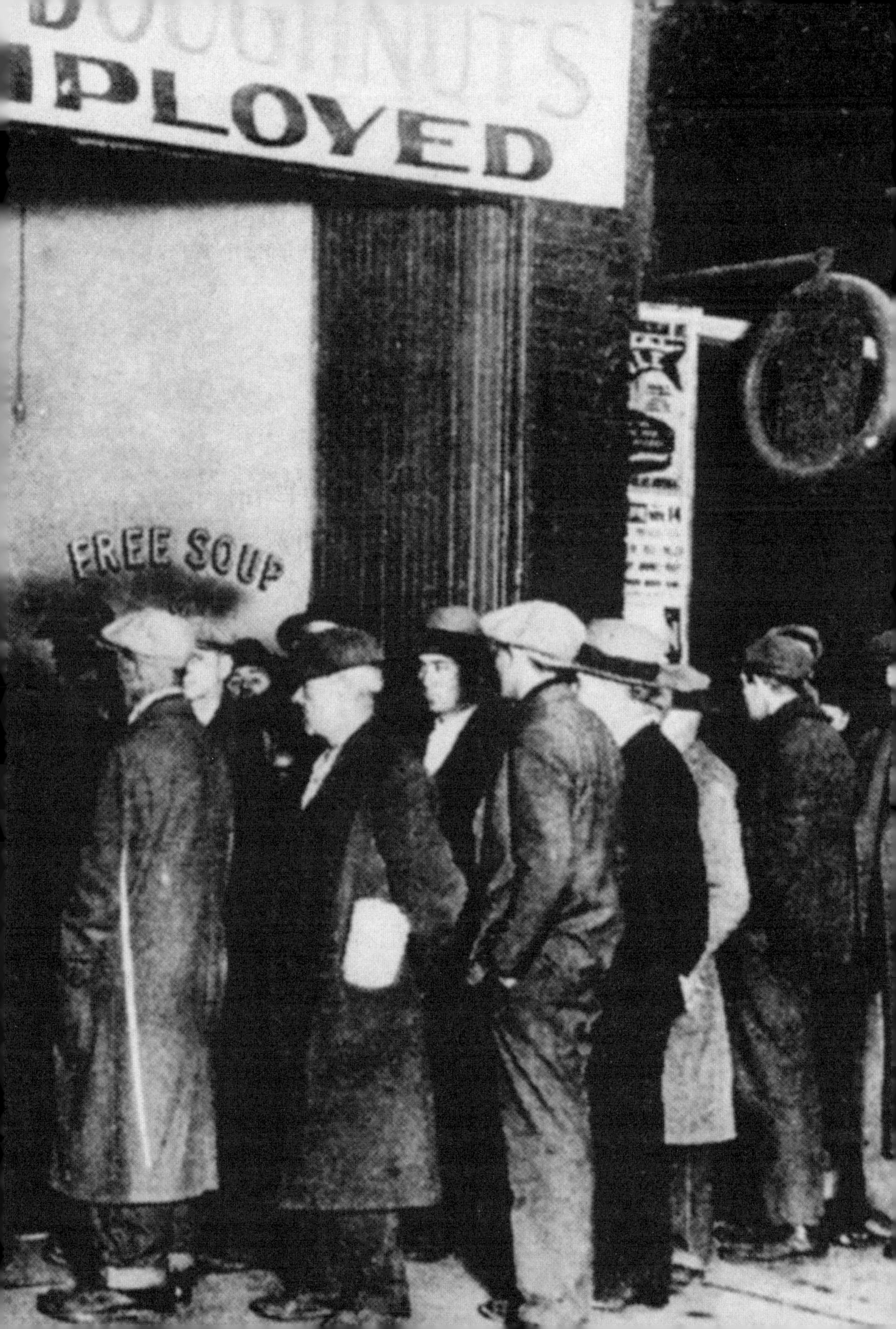
FREE SOUP

哲学中的"哥白尼革命"
——《纯粹理性批判》

背景搜索

    康德是一位有着苏格兰血统的皮匠的儿子，出身于东普鲁士哥尼斯堡一个虔诚的教徒家庭。他在这个天光阴暗、单调乏味的滨海小镇度过了他漫长的一生。康德16岁进入大学读书，由于家庭经济困难，时常被迫停学。在同学的帮助下，他用了7年时间才完成大学学业，获博士学位后成为母校的一名低级教师，还曾经担任过家庭教师。他潜心自然科学的研究，教学著书，声望日隆，1755年发表《自然通史和天体论》，提出不同于牛顿的太阳系起源的星云学说，在自然科学界引起轰动。1770年后，他转向哲学研究，并于同年被委任为哥尼斯堡大学的教授，1786年任校长。他先后被选为柏林科学院、彼得堡科学院院士和终身院士。

    推荐阅读版本：蓝公武译，商务印书馆出版。

内容精要

    "纯粹理性"是指独立于一切经验的理性，"批判"是指对纯粹理性进行考察。康德为

唯理论代表莱布尼茨画像。

本书冠以这一名称，是为弄清人类认识的来
源、范围及其界限。本书分为篇幅很不相称的两
部分："先验原理论"和"先验方法论"，其中"先验原
理论"为全书的关键和主体，同时也是最难阅读的部分。

　18世纪的欧洲哲学界，认识论问题占据了突出的地位，并形成
了以莱布尼茨为代表的唯理论和以休谟为代表的经验论两大认识论派别。康德认为，认识
论问题如不解决，哲学只能在歧途上徘徊。他首先批判了当时欧洲流行的莱布尼茨的形而
上学论，指出莱布尼茨认为不需要感觉经验，仅凭人类的理性思维便可认识事物的普遍性
和必然性就可以得到真理，是"独断"和荒谬的。康德坚决认为人的心灵不具备这种能力，
所以莱布尼茨代表的旧形而上学是虚伪的。康德同意休谟的看法，认为人类的认识开始于
经验。但他也批评了休谟否认理性在认识中的作用，认为这实际上是否定科学知识。康德
意识到了争论双方都有片面性，在批判双方错误的同时，也指出双方的说法都有一部分是
正确的。康德的观点是，人类的认识开始于经验，知识来自于理性。依康德的这一观点，
人类知识的来源有两个：一个是人的感官提供的后天感觉经验，这些经验是混乱零散的东
西；另一个是人类头脑中先天固有的，带有必然性和普遍性的认识能力。人类的认识活动
就是用先天的认识能力对感官提供的后天经验进行整理，从而形成科学知识，因此人们头
脑中任何一个科学知识都是由这两方面组成的，二者缺一不可。

　　那么，人类是如何具有先天的判断的呢，对这个问题的解答及其种种结论，构成了这
本书的主题。康德指出，人类的理性中存在着"时间"和"空间"两种"直观形式"，这
两种形式先于一切经验，并且是经验形成的前提条件。康德认为，即使人的感官没有任何
实际对象，"时间"和"空间"也先天地存在于人的意识中。当人们进行认知活动时，我
们体验到的外部世界就是一连串处于"时间"和"空间"形式中的过程，人们运用"先天
的"思维形式对这一过程中混乱零散的感觉材料进行整理加工，才能获得感性认识。所以

康德引发了德国哲学界的革命，开创了德国古典哲学的先河，图为其侧面像。

只有从人类的立场出发，才能谈到空间与时间，它们不可能离开人类主体而独立存在，它们属于人类的条件，是人类感知的先天方式，并非物质世界的属性。

康德进一步指出，人们通过"时间"与"空间"的形式获得的感性认识并不具有普遍性和必然性，感性只能认识直观材料，不能算科学，它还必须经历更高一级的被称为"知性"的人类思维活动。而"知性"则是运用范畴、概念进行判断推理的思维能力。康德说："思维无内容是空的，直观无概念是盲的。"所以必须将两者联合起来，才能产生严格意义上的知识。他把"知性"自身规定为包括统一性、多数性、必然性、偶然性等12个概念或范畴，"知性"活动把这12个概念或范畴运用到直观形式所提供的感性材料中去，使这些材料具有必然联系和因果关系，才能形成具有必然性和普遍性的科学知识。与"时间"和"空间"相同的是，"知性"也并非从自然界中得出它的规律，而是把自己的规律加于自然界，所以正如康德所说："人是自然界的立法者。"

最后，康德指出，人类通过"知性"获得的科学知识，仅仅是对"现象界"的认识，而"现象界"中的东西是相对的、有条件的，不能满足人类的求知欲望。要超出"现象界"的认识，进一步把"知性"的各种知识再加以"综合"、"统一"，把它们整理成无条件的、绝对完整的知识，这是人最高级的认识活动能力，叫"理性"。康德认为"理性"企图达到最完整、最高的统一体：灵魂、世界和上帝。康德把这三个统一体称为"理性的理念"，这些理念都是"现象界"之外的，康德把它们称为"自在之物"。康德断言说，"自在之物"是超经验的，不属于人的认识范围，因而不能用"知性的概念"去认识。然而，当"理性"去追求"理念"时,却又必须运用"概念"、"范畴"去认识它们,这样就不可避免地陷入了自相矛盾。康德把这一矛盾称为"二律背反"。

康德举出四种这样的二律背反,各由正题和反题组成。第一种二律背反中,正题是,世界在时间上有一个起点,就空间来说,也是有限的;反题是,世界在时间上没有起点,在空间上也没有界限;就时间和空间双方来说,它都是无限的。第二种二律背反证明每一个复合实体既是由单纯部分组成的,又不是由单纯部分组成的。第三种正题主张因果关系有两类,一类是依照自然律的因果关系,另一类是依照自由律的因果关系;反题主张只有依照自然律的因果关系。第四种证明既有,又没有一个绝对必然的存在者。

休谟为经验论的代表,其人类的认识开始于经验的观点为康德所认同,但其否认理性在认识中的作用则受到康德的批判。图为休谟画像。

利用形式逻辑的归谬法来论证"二律背反",即事先肯定命题的反面,然后论断它不可能,以此推翻对立的反命题,来证明正命题是正确的,从而证明理性要求超出"现象界"范畴,去达到最完整、无条件的"自在之物"的认识是不可能的。至此,康德完成了他的认识论学说体系,并骄傲地声称,他在哲学界中完成了一场哥白尼式的革命,即在认识中不是心灵去符合事物,而是事物要符合心灵,人的认识能力是有限的,理性是无能的,"自在之物"是人的认识根本达不到的,是不可知的。在人的认识所达不到的领域,应当留给宗教信仰。正如康德所说:"我发现必须否定知识,才能给信仰保留地盘。"

促使美国独立的小册子
——《常识》

背景搜索

1737年1月29日，是北美独立战争时期负有盛名的宣传鼓动家托马斯·潘恩的生日。这个出生于英国诺福克郡的不列颠帝国的公民，若干年后以他的一本小册子，推动了北美独立的革命风暴。

潘恩的家庭并不富裕，父亲是裁缝，信奉教友派，母亲是英国教教徒。为家庭经济条件所限，潘恩只上了中学。他13岁开始跟父亲干活，此后尝试过教师、店员、税吏等各种职业，但无一成功，屡遭失业和饥饿的威胁。潘恩在当税吏时就关心政治，1772年写了小册子《税吏事件》，描写了英国税吏的苦恼。1774年4月，他因有"反政府"思想被免职。潘恩来到伦敦，结识了本杰明·富兰克林，并于那年末移民到北美殖民地，在费城担任《宾夕法尼亚杂志》的编辑，写了不少涉及时事的文章。

当时英国和殖民地之间的关系十分紧张，北美人民反英斗争风起云涌。潘恩很快就投身到政治斗争中。但是，人们的君主制观念还十分根深蒂固，连华盛顿、富兰克林、亚当斯这些独立战争时期著名的政治家，都没有明确提出独立。

美国独立战争胜利后，华盛顿带领美军进入纽约城。

　　1775年4月19日的莱克星顿和康柯德的战斗之后，潘恩得出结论，这次起义的目的不仅要反对不公正的税制，而且要支持全面独立。1776年1月10日，他发表了一本50页的小册子《常识》，书中对他的论点做了详细解释，并公开提出了美国的独立问题。这本小册子立即引起轰动，三个月内售出十多万册。在一个人口仅250万的殖民地里，可能总共售出了50万册。

　　潘恩为美国独立战争立下了汗马功劳，但作为出身低微的异乡人，他受到了排挤和打击，最终成为了失业者，被迫旅居法国。在法国，他仍然保持着对政治的极大热情，亲身参与了法国大革命，认为攻陷巴士底狱是"世界性的事件"，但是他反对处决路易十六。雅各宾派执政时，潘恩说："共和国死了。"因此，公安委员会以"图谋反抗共和国"的罪名逮捕了他，在美国驻法大使门罗的干预下才获释。1802年，潘恩回到美国，7年后他悄无声息地死去。

　　推荐阅读版本：李东旭译，中国社会出版社出版。

内容精要

　　《常识》告诉北美殖民地人民一个最简单的道理：北美应该独立于英国之外。潘恩在书中第一次明确地提出：英国属于欧洲；北美，属于它自己。

他从各个方面来论证自己的观点，历史、经济、宗教、政治甚至地理——"上帝在英国和北美之间设置这么远的距离，也有力地而且顺理成章地证明，英国对北美行使权力这点绝不是上苍的意图……"

他以铿锵有力的言辞反驳那些向英国妥协的言论：

"可是有人说英国是祖国，是我们的父母。那么她的所作所为就格外丢脸，豺狼尚不食其子，野蛮人也不同亲属作战。因此，那种说法如果是正确的话，那正是对她的谴责；可是那种说法恰恰是不正确的，或者只是部分正确，而英王和他的一伙帮闲阴险地采用'父母之邦'或'母国'这种词，含有卑鄙的天主教意图，想利用我们轻信的弱点让我们相信他那不公正的偏见。欧洲，而不是英国，才是北美的父母之邦。这个新世界曾经成为欧洲各地受迫害的酷爱公民自由与宗教自由的人士的避难所。他们逃到这里来，并不是要逃出母亲温柔的怀抱，而是要躲避魔鬼的暴虐。把第一批移民逐出乡里的那种暴政，还在追逐着他们的后代，这话对英国来说，至今还是千真万确的……

"所有争取和平的温和的方法都没有奏效。我们的历次恳求都被鄙夷地一口回绝；这使我们相信，没有什么比反复请愿更能取悦国王们的虚荣心并证实他们的顽固了——而且只有那种做法最能助长欧洲国王们的专制。丹麦和瑞典就是很好的例子。因此，既然抵抗才有效力，那么为了上帝，让我们达到最后的分离，不要让下一代人，在遭受侮辱的毫无意义的父子关系的名义下趋于灭亡。

"有人说，那么北美的国王在哪儿呢？朋友，我要告诉你，他在天上统治着，不像大不列颠皇家畜生那样残害人类。还是让我们庄严地规定一天来宣布宪章，希望我们哪怕在世俗的德行方面也不要有缺点；让我们发表的宪章以神法和圣经为依据；让我们为宪章加冕、从而使世人知道，就赞成君主制而言，在北美，法律就是国王。因为，正如在专制政府中，国王便是法律一样，在自由国家中，法律便应该成为国王，而且不应该有其他的作用。但为了预防以后发生滥用至高权威的流弊，那就不妨在典礼结束时，取消国王这一称号，把它分散给有权享受这种称号的人民。"

潘恩这篇文章，成了独立战争时期人民大众的教科书。

150

类型	成书时间	推荐理由
政治论著	公元 1776 年	一个从旧欧洲传统中脱离出来的国家的诞生宣言。

第一个人权宣言
——《独立宣言》

背景搜索

杰弗逊1743年出生在弗吉尼亚州的沙德威尔。他的父亲是位检察官，同时也是一位成功的种植园主，临终时给儿子留下了万贯家产。1760年杰弗逊就读于威廉－玛丽学院，接触了欧洲的民主主义思想。两年后辍学，未获得学位。后来他学过几年法律，1767年在弗吉尼亚法院谋到职位。在随后的 7 年中，杰弗逊的身份是一位见习律师兼种植园主。

1769年，杰弗逊成为弗吉尼亚立法机关下议院的议员。在同上层人物的接触中，他了解到英国政府在北美殖民地的统治中是如何轻视移民宪法的。1774年，杰弗逊的第一篇重要论文《不列颠美洲殖民地权力概论》发表，痛斥了英国政府的高压政策。翌年，他被选为弗吉尼亚第二次大陆会议代表。在这次会议上，他接受了起草《独立宣言》的任务。

杰弗逊在1779年到1781年担任弗吉尼亚州州长，随后从政坛上"隐退"。在隐退期间他写出了他唯一的一本书《弗吉尼亚札记》，表达了反对奴隶制的立场。

1784年，杰弗逊前往法国执行外交使命，不久便接替本杰明·富兰克林担任美国驻法国大使。1789年返回美国，后被任命为美国第一任国务卿。

1796年，杰弗逊当选副总统。1800年，他再度参加总统竞选，这次他击败了约翰·亚当斯成为总统，并于1804年再次当选为总统。到了1808年选举时，他以乔治·华盛顿为榜样，没有参加第三次竞选。

离开政坛后，杰弗逊于1819年创立了弗吉尼亚大学。

1826年7月4日，在《独立宣言》发表50周年纪念日之际，杰弗逊溘然长逝，结束了他那83年充实而有意义的一生。

推荐阅读版本：《论"独立宣言"——政治思想史研究》，美国贝克尔著，彭刚译，江苏教育出版社出版。

1776 年 7 月 4 日，北美洲的 13 个英属殖民地宣告独立。

内容精要

《独立宣言》包括三大主要内容：第一，提出建立在自然法基础上的天赋人权主张。第二，列举了英国殖民统治者的 27 条罪状，痛斥英王的残酷殖民政策。第三，宣告了北美 13 州脱离英国的殖民统治，成立自由独立的美利坚合众国。

"在人类历史的进程中，当一个民族必须解除其与另一个民族之间迄今所存在的政治联系，而在世界列国之中取得那'自然法则'和'自然神明'所规定给他们的独立与平等的地位时，就有一种真诚的尊重人类公意的心理，要求他们一定要把那些迫使他们不得已而独立的原因宣布出来。"

"人人生而平等，他们都从他们的造物主那里被赋予了某些不可转让的权利，包括生存权、自由权和追求幸福的权利。"

"当一个政府恶贯满盈、倒行逆施、一贯地奉行着那一个目标，显然是企图把人民压抑在绝对专制主义的淫威之下时，人民就有这种权利，就有这种义务来推翻那样的政府，而为他们未来的安全设立新的保障。"

"我们这些集合在大会中的美利坚合众国的代表们，吁请世界人士的最高裁判来判断我们这些意图的正义性。我们以这些殖民地的善良人民的名义和权利，谨庄严地宣布并昭告：这些联合殖民地从此成为、而且名正言顺地应当成为独立自由的合众国；它们解除对于英王的一切隶属关系，而它们与大不列颠王国之间的一切政治关系亦应从此完全废止。作为自由独立的合众国，它们享有全权去宣战、媾和、缔结同盟、建立商务关系或采取一切其他凡为独立国家所理应采取的行动和事宜。为了拥护此项宣言，怀着深信神明福佑的信心，我们谨以我们的生命、财产和神圣的荣誉相互共同保证，永誓无贰。"

杰斐逊始终都站在美国争取独立和建国斗争的最前列，为资产阶级共和国的建立奋斗了一生。图为其肖像画。

类型	成书时间	推荐理由
史诗	公元 1831 年	将德国文学推向世界高峰的伟大史诗。

启蒙主义文学的压卷之作
——《浮士德》

背景搜索

　　歌德出生在莱茵河畔的法兰克福，家庭环境优越。父亲是一位法学家，曾获得皇家顾问的头衔。母亲是法兰克福终身市长的女儿，性格幽默乐观。在这样的家庭条件下，歌德从小就受到了良好的教育。他从小接受了语言、绘画、音乐、马术、剑术等全方位的教育，10 岁左右开始创作诗歌。

　　歌德16岁进入莱比锡大学攻读法律，同时研习文学、哲学、医学，并开始进行创作，后来又到斯特拉斯堡大学。在斯特拉斯堡大学的时候，他受到启蒙运动的德国支流——"狂飙突进"运动的影响，阅读了卢梭、斯宾诺莎的著作，并以"狂飙突进"运动的领袖赫尔德尔为导师，进入了艺术殿堂，大量阅读了荷马与莎士比亚的作品。

　　1771 年，歌德以法学博士的学位结束了大学生涯，回到法兰克福实习法律业务。但他把主要精力仍然投入到了文学创作之中，先后完成了历史剧《铁手骑士葛兹·封伯利欣根》（1773 年）和书信体小说《少年维特之烦恼》（1774 年），掀起了一股"维特热"，在广大青少年中迅速地蔓延开来，歌德成为了浪漫主义运动的先驱。这两部作

法国画家根据《浮士德》一书内容绘画的《靡非斯特再访浮士德》。

品为歌德赢得了德国和全欧洲的声誉，使他成为"狂飙突进"运动的主将。

1775年，应卡尔·奥古斯特公爵之邀，歌德来到面积不到40平方公里，人口不过10万的封建小邦魏玛公国，历任要职。

1786年他漫游意大利，两年后返回魏玛结婚。

1794年，歌德与席勒共同主办魏玛剧院，主编文艺杂志，共同创作诗歌，开始了两位伟大作家携手合作的光辉的10年。歌德曾不无自豪地说：德国拥有这样两个人，应该感到满足了。

1832年3月22日，歌德于魏玛病逝，终年83岁。

推荐阅读版本：郭沫若译，人民文学出版社出版；钱春绮译，上海译文出版社出版。

内容精要

魔鬼靡非斯特与上帝打赌，认为人类无法满足的追求终必导致其自身的堕落。上帝却认为尽管人类在追求中难免会犯错误，但最终能够认识真理。于是他们约定以浮士德为对象，由魔鬼到人间去诱惑他。

浮士德此时已是一个年过半百的老学者。他毕生都在孜孜不倦地博览群书，钻研各种学问，以求洞解自然奥秘。然而至此垂垂暮年，他才恍然悟到这些知识毫无用处，而自己处身其中的书斋实在形同牢狱，使自己与大自然隔离了。他痛苦得想要自杀，到另一世界去寻求出路。复活节的钟声唤回了他生的意志，把他引到郊外，在万物欣欣向荣的大自然和自由欢乐的人群中，他深受鼓舞。当浮士德回到书斋翻译《圣经》时，竟然与"泰初有道"的思想发生抵触。这时，他从郊外带回的卷毛犬化为书生出现在他面前，浮士德问书生的真实身份，他说自己是"作恶造善的力之一体"，其实他就是魔鬼靡非斯特的化身。魔鬼答应做浮士德的仆人，带他重新开始人生的历程，条件是一旦他感到满足，灵魂便归魔鬼所有。浮士德与魔鬼订立了契约。

魔鬼带浮士德来到魔女之厨，饮下魔汤，使他变成了翩翩少年，恢复了情欲。随后他们来到一个小镇，浮士德与平民少女玛甘泪发生了恋情。玛甘泪对浮士德一往情深，为了幽会，她无意中给母亲服了过量安眠药，致使老人死去。她的哥哥瓦伦丁又死在浮士德的剑下。在慑于社会舆论的重压而亲手溺死了与浮士德所生的孩子后，玛甘泪身陷囹圄，被判死刑。其时浮士德正与魔女幽会，他闻讯后赶来营救，但玛甘泪已精神失常，甘愿受刑而无意逃走，浮士德在悔恨中离去。上帝宽恕了善良的玛甘泪。

▼ 歌德在罗马。

歌德的代表性作品《浮士德》同荷马的《荷马史诗》、但丁的《神曲》和莎士比亚的《哈姆雷特》一起被誉为"名著中的名著",他本人也与其他三人一起成为世界四大诗人。图为其肖像画。

　　浮士德在美丽的大自然中治愈了心灵的创伤,随魔鬼来到了神圣罗马帝国的皇宫。其时王朝一片混乱,上层社会荒淫腐败,百姓啼饥号寒。而浮士德获得皇帝的宠信,以多发行纸币之法缓解了财政危机。皇帝异想天开,要求浮士德召来古希腊美女海伦以供观赏。魔鬼施展法术,于是香烟缭绕之中出现了海伦和特洛伊王子帕里斯的幻影。浮士德对海伦一见倾心,当帕里斯拥抱海伦时,浮士德妒意大发,用魔钥去触帕里斯,幻影立刻消失,浮士德昏倒在地,魔鬼驮起他溜出宫廷。

　　官场黑暗令浮士德对政治大失所望,使他转而追求古典美的宁静与和谐。魔鬼将他带回书斋。浮士德的学生瓦格纳在曲颈瓶里造出了人造小人何蒙古鲁士。何蒙古鲁士领浮士德到希腊寻找海伦。二人结合,生下一子,名为欧福良。欧福良的形象是以英国诗人拜伦为原型的,他生来喜爱高飞,渴望战斗,听到远方自由的呼唤,他便如闻号令,奋不顾身地向高空飞去,却不幸陨落在父母脚下。海伦悲痛欲绝,不顾浮士德的苦留,腾空飞去,只将她的白色长袍和面纱留在了浮士德的怀中。浮士德对古典美的追求,又以幻灭而告终。

　　浮士德在空中看到波涛汹涌的大海,顿时产生了征服大海的雄心,借魔鬼之力,他帮助一个皇帝平定了叛乱,得到了一片海边的封地。按照浮士德的命令,魔鬼驱使百姓为他移山填海,变沧海为桑田。此时,浮士德已是百岁的老人,忧愁使他双目失明。魔鬼命死魂灵为他掘墓,浮士德听到铁锹之声,还以为是群众在为他开沟挖河。想到自己正在从事的伟大事业,他不由得脱口赞道:"你真美啊,请停留一下!"浮士德依约倒地而死。魔鬼正要夺走他的灵魂,这时天降玫瑰花雨,化为火焰,驱走了魔鬼。天使将浮士德接至天上,见到了圣母和玛甘泪。

类型	成书时间	推荐理由
社会科学论著	公元 1798 年	对人类来说，没有什么事情比人口爆炸引起的后果更可怕了。

节育运动的发端
——《人口原理》

背景搜索

1766年，马尔萨斯出生在英国萨里郡多金附近，他的祖父是皇家军队的上校军官，他的父亲曾经在牛津大学学习，但在事业上一事无成，于是在乡间过着绅士的生活，与思想家卢梭、休谟等都有密切的关系。

马尔萨斯早年受教于父亲，接受启蒙思想的熏陶。1784年，他就读于剑桥大学耶稣学院，是一位优秀的学生。他毕业于1788年，同年被委任为英国国教牧师。1791年，他在剑桥大学获得硕士学位，并于1793年成为耶稣学院的一名牧师。

1798年，他匿名发表了《人口论》的小册子，一鸣惊人。1803年，该书用其真名重新出版。

1804年，马尔萨斯结婚了，当时他已经38岁了。1805年，他被任命为海利伯利东印度公司学院历史和政治经济学教授，他在余生中一直担任此职。马尔萨斯还写过几本经济学论著，其中最重要的是《政治经济学原理》（1802年），该书影响了后来的许多经济学家，特别是20世纪的重要人物约翰·梅纳德·凯恩斯。马尔萨斯晚年享有很多荣誉。1834

年他在美国巴斯去世，终年68岁。

推荐阅读版本：朱泱、胡企林、朱和中译，商务印书馆出版。

内容精要

马尔萨斯在书中为人们描绘了一幅贫困、阴沉的未来图景。他告诫人们：人口不能无节制地增长下去，因为生活资料的增长速度往往远远赶不上人口的增长速度。他从两个规律出发，阐明了自己的人口理论。第一个规律是，食物是人类生存所必需的，人要吃饭，没有生活资料不能生存；第二个规律是，两性之间的情欲是必然的，人要延续后代，要生儿育女。从这两个前提开始，他对人口增长和经济增长的关系进行了分析研究。

尽管人类在智力方面远远胜过动物，但在繁殖上却与动物无多大区别。人口在无任何限制的情况下，以几何级数的形式增长，几乎每25年会翻一番；但是，人类依存的生活资料即使在最有利的条件下也仅以算术级数的形式增长，在土地收益递减规律的作用下，实际的增长速度较此尚慢，土地给日益增长的人口提供粮食将越来越困难。粮食的增长远远赶不上人口的增长，人类的两大需要之间存在着严重的矛盾，由此出发，他提出了三个原理：

一、制约原理：人口必然被生活资料所限制。

二、增殖原理：只要生活资料增长，人口一定会增长。

三、均衡原理：由于受到战争、灾荒、贫困等因素的限制以及人类自觉的节制，人口和生活资料必须经常保持在同一水平上。

这三大原理是马尔萨斯人口理论的核心。他不仅告诉我们人口在增长，人口过度增长会带来不幸，而且告诉我们，人口的增长可以控制。

人口的增长给资源带来了巨大的压力，工业的发展、自然资源的供应以及粮食生产日益无法满足人们的需求。

　　由于生活资料为人类生存所必需，因此，必然存在着某些限制人口增长的因素，迫使人口增长同生活资料的增长保持平衡，使人口的数量被迫减少到食物可供养的限度之内。《人口论》的目的即在于指出这些因素的存在、作用和发展趋势。限制人口增长的因素包括预防性限制和积极限制两种。前者是指晚婚、晚育、不结婚、不生育等限制出生的因素；后者是指所有缩短生命的因素，如战争、饥饿、疾病等。如果不是从人们的态度而是从人们的感受出发，这两种限制又可称为痛苦的限制和罪恶的限制。《人口论》初版刊行后曾受到许多批评。为了缓和人们的批评，马尔萨斯在第二版中新增了一条限制——道德限制，即采取节制结婚和生育的措施，降低出生率。各种限制共同作用、相互补充，使某种限制的松动由其他限制的加强而补足。马尔萨斯指出，随着人类文明的发展，人口限制将从积极限制为主向预防性限制过渡，从痛苦和罪恶的限制为主向道德限制为主过渡，因为只有道德限制，才是取得人口和食物平衡的最佳方法。但是马尔萨斯是个现实主义者，他认识到大多数人不会实行这样受限制的方法。他断定人口过剩实际上的确无法避免，因而贫困几乎是大多数人不可摆脱的厄运。这是一个多么悲观的结论！

举世无双的知识大全
——《不列颠百科全书》

背景搜索

17世纪，是对传统知识投以疑问的一个时代。合理的想法被重视，知识的实际价值被追求。17世纪到18世纪，科学的所有领域，都确立了知识体系的基础和方法论，科学取得了飞跃性的进步。

英国国立协会为科学的振兴和普及起到了很大的作用。《不列颠百科全书》就是在这种潮流的推动下产生的。

《不列颠百科全书》又称《大英百科全书》，素以学术性强、权威性高著称；它在世界上已有二百多年的历史，是中国知识界最为熟悉的英文百科全书。1768年，三名苏格兰出版商在爱丁堡开始出版一种综合知识纲要类的出版物——它就是最早的、也是在英语语言国家中最负盛名的百科全书，他们给它命名为《不列颠百科全书》。

1920年，当时美国的一个经营邮购零售业的公司，西尔斯—罗巴克公司，收购了《不列颠百科全书》的所有权，并将它的总部从爱丁堡迁至芝加哥。1941年，《不列颠百科全书》

图为狄德罗像，狄德罗是18世纪法国唯物主义哲学家、文学家、美学家、教育理论家，自1775年至1772年主编了法国的第一部《百科全书》，由此也成为近代百科全书的奠基者。

的所有权又移交至威廉姆·班顿手中。班顿后来在他的遗嘱中将《不列颠百科全书》并入班顿基金。这个成立于20世纪70年代初的班顿基金是一个慈善组织，来自《不列颠百科全书》的所有收入将用于资助芝加哥大学通信方面的项目。在美国人的掌管下，《不列颠百科全书》逐渐成长为一个真正的商业企业，到1990年为止，《不列颠百科全书》多册套装的销售达到有史以来最高值，其销售额高达6.5亿美元。另一方面，这套书仍保持着它作为世界上涵盖面最广、最具权威性的大百科全书的声誉。《不列颠百科全书》的内容每四年到五年修订一次。在此品牌下，又收入了其他商品，例如地图和年鉴。《不列颠百科全书》于1974年经过重新设计，彻底改编，成为所谓"三合一"的第15版。所谓"三合一"，就是内容包括以坚持大条目传统的《百科详编》为主体，另加上一部试图弥补大条目传统的《百科简编》和为加强百科全书教育作用而设的《百科类目》等三个部分。从1974年第15版起，每年修订一次。撰稿的专家学者多达4200位，均为世界130多个国家的学术领域中的权威，其中诺贝尔奖获得者就有70多位。因此它被视为各国共享的人类知识的财富，是当之无愧的。

推荐阅读版本：《不列颠百科全书国际中文版》，美国不列颠百科全书公司编著，中国大百科全书出版社出版。

内容精要

这套百科全书共20卷，字数达到4350万字，条目多达81600余条，图片有15300余幅。内容涵盖政治、经济、哲学、文学、艺术、社会、语言、宗教、民族、音乐、戏剧、美术、数学、物理、化学、历史、地理、地质、天文、生物、医学、卫生、环保、气象、海洋、新闻、出版、电视、广播、广告、军事、电脑、网络、航空、体育、金融等200多个学科。例如对冰川冰的解释："冰川冰是由降落到地面的雪转变而来的。雪的晶体逐步圆化变为粒雪，使积雪的密度逐渐增加。这一过程在温度接近融点和存在液态水时进行得最快。其后，占优势的重结晶作用的平均粒径增大。当集合体的密度达到约0.84克／立方厘米时，颗粒之间便没有空隙，变得不可渗透。这标志着从粒雪到冰川冰的转化。"

图为《狄德罗和达朗贝》版画，这是人们为纪念《百科全书》的作者而创作的。中间两位是狄德罗（上）和达朗贝两位主编，周围则是其他参与编写的人员，如卢梭、伏尔泰等。

百科全书是汇聚人类一切门类知识或某一门知识的完备的工具书，是知识门类广泛的概述性著作。现代百科全书按选收范围的不同，有综合性与专业性之分，前者收容各门类知识，后者选收某一学科或某一知识领域的内容。另有国际性和地域性之分，前者广收各国知识，后者则限于反映一个地区或一个国家、一个民族的情况，如《拉美百科全书》、《南斯拉夫百科全书》。此外，还有适应不同读者对象的百科全书，如与中学生学校课程紧密配合的美国《优等生百科全书》，适应少年儿童需要的英国《牛津少年百科全书》。在编排方式上，多采用字顺编排，也有分类编排或字顺与分类结合编排的形式。

当今世界上较著名的百科全书有《不列颠百科全书》、《美国百科全书》、《苏联大百科全书》、法国《拉鲁斯大百科全书》、德国《布罗克豪斯百科全书》、日本《世界大百科事典》等，其中又以《不列颠百科全书》最受重视。

黑格尔哲学的秘密
——《精神现象学》

背景搜索

黑格尔出身于德国斯图加特一个税务官家庭，中学时代受到古典和启蒙教育，在图宾根神学院学习哲学、神学。大学毕业后先后在瑞士和德国担任家庭教师。1801 年到耶拿大学担任编外教师，1808 年到纽伦堡担任中学校长。1816 年担任海德堡大学教授。1818 年至 1830 年在柏林大学执教，担任教授、校长等职务。1831 年感染霍乱病去世。

推荐阅读版本：贺麟、王玖兴译，商务印书馆出版。

内容精要

《精神现象学》描述了人类意识自身从最初的感性认识向科学发展的历程，也就是哲学知识形成的过程。"现象学"的意义在黑格尔看来，就是由现象去寻求本质。当人们观察事物时，总是由外以求知其内，由表现在外的现象以求把握其内在本质，这就是现象学的研究。黑格尔在规定现象学的性质时，强调意识在其自我发展或提高的过程中，意识使

德国哲学家黑格尔像。

其自身的现象和它的本质同一。他说："作为意识的精神，其目的就是要使得它的这个现象和它的本质同一。"这就是说，意识经过矛盾的发展过程，达到它的现象和本质的同一。而人们研究、描述、分析意识由现象达到与本质同一的过程，亦即由现象到本质的过程的学问就是精神现象学。用中国哲学的术语来说，这就是"由用求体"的方法。"用"指现象，"体"指本质。中国哲学著作中有所谓的"格物穷理"，"物"是现象，"理"是本质，"格物穷理"就有由现象穷究本质的现象学的朴素意义。

现象学另一个说法就是从事物在时间内的表现去认识本质。黑格尔说："精神必然表现在时间内，而且只要精神还没有掌握住它的本质，它就表现在时间内。"很明显黑格尔所了解的精神现象学就是研究表现在时间内的精神现象的科学，亦即研究精神在时间内力图掌握自己的本质，但尚未达到对自己的概念理解的过程的科学。这也就规定了精神现象学具有研究精神或意识在时间中的发展史的性质。

精神现象学可分为五个大阶段：一、意识，二、自我意识，三、理性，以上三者属于主观精神的三个环节；四、精神（即客观精神），五、绝对精神。它们是精神在达到哲学知识前的必经阶段。

黑格尔认为，主观精神的最高阶层是"理性"，在理性中的个体性与普遍性、主体性与客体性只是初步达到了统一，但还没有真正统一。个体性想要真正实现自己，就必须到社会中去，社会是个体性与普遍性的统一。在讨论各个历史社会时，黑格尔极其推崇古希腊，认为它的民主制是真实的精神，是尚未发生异化的伦理王国。而后的社会则存在自身异化的精神，人对现实世界感到格格不入，感到世界是异己的。这种异化恰好表明了历史的发展。人为了进步就必须抛弃自己的自然存在，变成一个社会的人。精神异化的过程既是实现主体化的过程，也是个人的教养过程。一个人要教化自己，使自己成为一个有价值的人，就必须把自己当作社会的人而存在于现实社会关系中，使自在的东西成为被人承认的东西。脱离了社会关系的人不是一个有教养的人。

类型	成书时间	推荐理由
军事理论著作	公元 1832 年	军事思想史上第一部自觉运用德国古典哲学的辩证方法系统总结战争经验的划时代的军事名著。

西方近代军事理论之经典
——《战争论》

背景搜索

克劳塞维茨是德国著名的资产阶级军事理论家和军事历史学家,普鲁士军队的将军,西方近代军事理论的奠基者。

他出生于普鲁士马格德堡附近一个小镇,父亲是当地的税务官员,对儿子抱有很大的期望。在克劳塞维茨 12 岁时,他就被父亲送进了驻扎在波茨坦的第 34 步兵团,成为一名士官,开始了行伍生活。1793 年,他参加了普法战争。1801 年,进入柏林军官学校学习,在普鲁士军官学校受训期间撰写了一些军事文章,提出了自己独到的见解。

1803 年毕业后,克劳塞维茨担任了普鲁士奥古斯特亲王的副官。1806 年参加普法战争,在耶拿战役中被法军俘虏。1809 年他被调到普鲁士军队总参谋部工作,任总参谋长兼军事改革委员会主席办公室主任。1810 年任柏林军官学校战略学和战术学教官。1812 年到俄罗斯军队任职,先后出任骑兵军的军需官、步兵军司令部参谋等职,并参加了俄国抗击拿破仑入侵的战争,1814 年回国。1815 年出任普军布吕歇军团第 3 军参谋长、莱茵军团参谋长。1818 年,克劳塞维茨出任柏林军官学校校长,晋升少将,并开始潜心研究战史，撰写军事理论著作。1830 年出任普军炮兵第二监察部长。1831 年出任驻波兰边境普军格乃泽瑙军团参谋长。

1831 年 11 月因霍乱病去世。

他先后研究了 1566 年至 1815 年间所发生的 130 多个战例，总结了自己所经历的几次战争的经验，在此基础上写出了一部体系庞大、内容丰富的军事理论著作《战争论》。

推荐阅读版本：中国人民解放军军事科学院译，商务印书馆出版。

内容精要

《战争论》全书共 8 篇 124 章，内容涉及军事领域的诸多方面，例如论战争的性质、战争理论、战略、战术、军队、防御、进攻、作战计划等等，其基本的思想观点包括以下几个方面：

首先，战争是迫使敌人服从我们意志的一种暴力行为。战争的本质就是政治的延续。克劳塞维茨认为，战争就如同一条变色龙，每一次战争都有其自己的特色，千变万化，各不相同。但战争的暴烈性、战争的概然性和偶然性却是其根本属性之一。他认为战争属于社会生活领域，从战争与政治的关系看，战争绝不是独立的行为，而是从属于政治的。不仅如此，政治还是孕育战争的母体，战争的轮廓在政治中就已经隐隐形成，就好像生物的属性在胚胎中就已形成一样。

克劳塞维茨在战争与政治关系的问题上提出了一句至理名言，即"战争无非是政治通过另一种手段的继续"。他认为整个民族的战争，特别是文明民族的战争，总是在某种政治形势下发生的，而且只能是由某种政治动机引起的。因此，战争是一种政治行为。只有战争真的像按纯概念推断的那样，是一种完善的、不受限制的行为，是暴力的绝对表现时，它才会排挤政治而只服从本身的规律，然而这样纯粹的战争在人类历史上是不曾出现的。

战争不仅是一种政治行为，而且是一种真正的政治工具，是为政治服务的。军事观点必须服从于政治观点。任何企图使政治观点从属于军事观点的做法都是错误的。战争爆发之后，并未脱离政治，仍是政治交往的继续，是政治交往通过另一种手段的实现方式，是打仗的政治，是以剑代笔的政治。

其次，战争的目的就是消灭敌人。克劳塞维茨认为，战争的政治目的即是消灭敌人，而消灭敌人必然要通过武力决战，通过战斗才能达到，它是一种比其他一切手段更为优越、更为有效的手段。消灭敌人包括物质和精神两个方面。用流血的手段打击敌人是战争的主要目的，同时也要十分重视战争中的精神因素。

人的主观能动性所产生的精神力量往往是十分强大的。所谓精神力量，即人的能力和内在的力量，包括勇气和坚忍精神、理智和活动力、统帅的才能、军队的武德和民族精神等等。他认为精神力量是战争中最重要的问题之一，它贯穿在整个战争领域，并在一定的条件下（如在双方的物质损失相等时）起决定性的作用。他认为使敌人精神力量遭受损失也是摧毁敌人物质力量，从而获得利益的一种手段。现代战争中的心理战术就是从其理论而来的。

从精神因素就引发出了战争中的战略问题。战略包括精神、物质、数学、地理、统计五大要素。精神要素指精神力量及其在军事行动中的作用；物质要素指军队的数量、编成、各兵种的比例等；数学要素指战线构成的角度、向心运动和离心运动等；地理要素指制高点、山脉、江河、森林、道路等地形的影响；统计要素指一切补给手段等。克劳塞维茨认为："这些要素在军事行动中大多数是错综复杂并紧密结合在一起的。"其中精神要素占据

正如克劳塞维茨所说，战争从属于政治且以通过武力消灭敌人为目的，图中的即将走上战场的士兵也只是听命于政府而已。

实际的战争中讲究战略战术，决策的正确与否对战争的胜负有很大的影响。图为西班牙画家胡塞佩·德·里贝拉的《卡迪斯反抗英国》。

首位，影响战争的各个方面，贯穿于战争始终。"物质的原因和结果不过是刀柄，精神的原因和结果才是贵重的金属，才是真正锋利的刀刃。"

再则，战术是在战斗中使用军队的学问，战略是为了战争目的运用战术的学问。克劳塞维茨认为，数量上的优势在战略战术上都是最普遍的制胜因素。虽然在实际作战时，通常不可能处处形成优势，但必须在决定点上通过巧妙调遣部队，造成相对优势。一切军事行动或多或少地以出其不意为基础，才能取得优势地位，使敌人陷入混乱并丧失勇气，从而成倍地扩大胜利的影响。战略上最重要而又最简单的准则是集中优势兵力，最好的战略是首先要集中总兵力，其次是在决定性的地点上始终保持十分强大的力量。

对于战争中的攻防，克劳塞维茨认为，进攻和防御是战争中的两种基本作战形式，它们相互渗透、相互转化，两者都不是绝对的东西。战争中没有不带防御因素的进攻，防御中也同样包含了进攻的因素；整体为防御，局部可能为进攻；进攻中含有防御因素，防御中也含有进攻因素。

一般说来，当进攻的军队发起一次作战行动时，必须离开自己的战区，并会因此受到削弱；而防御者的军队则仍然保持着同各方面的联系，而且离自己的兵员和物资补给基地较近，因此"防御这种作战形式就其本身来说，比进攻这种作战形式要强"。他同时指出：防御其实是一种消极据守的形式，进攻则具有"占领"这一积极的目的，可以增加自己的作战手段。这体现了克劳塞维茨的辩证法思想。

最后，要重视实践对军事理论的检验作用，积极向战史学习。克劳塞维茨认为，战争理论是成长于战争经验土壤里的果实，是一种"经验科学"。战史是最好的、最有权威、最能说服人的教师。战争理论和原则的提出，应当在研究战史的基础上进行。如果过分相信理论，就容易陷于教条，成为纸上谈兵。他强调，任何军事上的决定、任何决心都不应以一种"体系"、一种成见为标准，而必须永远按照现实情况来决定方向；行动者应该不断适应"时代和一般情况的性质"和"自己处境的特点"。当然，战争理论也要随着时代和军队的变化而变化，要适应特定国家的需要，具有时代的特点。

一首灵魂的哲理诗

——《红与黑》

背景搜索

　　司汤达，原名马利·昂利·贝尔，出身于法国格勒诺布的一个小资产阶级家庭，幼年丧母。17 岁时司汤达参加了拿破仑的军队，并长期服役，去过意大利、奥地利，甚至参加了对俄国的远征。1814 年波旁王朝复辟后，他侨居意大利，后因与烧炭党人关系密切而被驱逐出境，1821 年回到巴黎。1830 年七月革命后，司汤达以法国领事的身份在教皇管辖下的一个海滨小城工作。1842 年在巴黎因中风去世。

　　推荐阅读版本：郝运译，上海译文出版社出版；闻家驷译，人民文学出版社出版。

内容精要

　　于连·索黑尔是一个锯木厂老板的儿子。他身体孱弱，面色苍白，用他父亲的话来说，他一点也不像个木锯厂老板的继承者。于连的内心和外表是截然相反的，充满着激情和狂热，向往拿破仑时代的沸腾生活，渴望挤进上层社会，将来进入军界。可是在复辟王朝时期，这条道

司汤达笔下的《红与黑》插图。

路是行不通的。于是他将自己装扮成一个虔诚的教徒，准备一步步地向上爬。

经西朗神父推荐，他出任市长德·瑞那先生的孩子们的家庭老师，开始接触上流社会。起初他对这里的一切充满了自卑式的报复，他以赢得德·瑞那夫人的爱情来满足自己的虚荣心。善良而天真的德·瑞那夫人因不满丈夫对孩子的粗暴，开始注意这位文质彬彬、具有爱心的家庭教师，并和他产生了感情。可是流言很快传遍了整个城市，德·瑞那夫人的良心因通奸行为而受到折磨，陷入到深深的悔恨之中，她变得笃信宗教。于连则被迫进入了与世隔绝的贝尚松神学院。

在神学院里，于连发现自己选择的宗教道路是行不通的，这里依然充满了伪善和斗争。不久他随彼拉院长来到巴黎，当了德·拉·木尔侯爵的私人秘书。在去巴黎前，他偷偷来到德·瑞那夫人的房间，为自己的爱情告别。

于连在贵族社会的熏陶下，很快学会了巴黎上流社会的交际艺术，但他从内心深处仍然厌恶这个地方，但能够升迁向上爬的实际利益使他隐瞒了自己的真实感情。

侯爵的女儿玛特尔一个非常美丽俊俏的姑娘，她对自己的出身非常自豪。她读过许多浪漫主义爱情小说，渴望一场轰轰烈烈的爱情。于连看到追求玛特尔所能带来的实际好处，尽管他不喜欢她，却仍然展开了热烈攻势。玛特尔明知两人身份差距悬殊，但为了表示自己的与众不同，她默许了于连的追求。为了考验于连的爱情，她让于连在月光明亮的晚上，从窗口爬进她的房间来约会。原本这只是玛特尔的一个浪漫的想法，可是于连真的冒着极大的风险爬进了她的房间，为激情所驱使，玛特尔接受了于连的爱情。

但是这场恋爱并没有持续很久，因为玛特尔很快就恢复了贵族的清高，她觉得和父亲的下等秘书恋爱实在是非常受侮辱的事情。玛特尔的前后转变深深地触到了于连内心的痛处。自尊心受到刺痛的于连决心控制她，进而控制她的家族，以报复贵族给他带来的所有侮辱。

在朋友的经验传授下，于连假装追求另一位女性，并且故意在玛特尔面前做出十分殷勤的样子。骄傲的玛特尔无法忍受，她恳求于连原谅她因为自尊犯下的错误。于连成功地实现了自己的计划，这位贵族小姐已经被他的爱情网罗了。玛特尔把一切告诉了父亲，要求侯爵答应他们两人的婚姻。侯爵虽然十分恼怒，但为了玛特尔腹中的孩子只好让步。他

图为意大利画家弗拉·菲利波·利皮的作品《埃洛特的欢宴》，描绘了当时欧洲上流社会宴尔的情景。

《红与黑》开创了"意识流小说"的先河，也为司汤达赢得了"现代小说之父"的巨大声誉。

授予于连一笔财产、一个贵族头衔和一个军官职位。

新得到的权势与财富使于连得意忘形。正当于连踌躇满志、扶摇直上，就要实现跻身上流社会的愿望时，贵族阶级和教会狼狈为奸，威逼德·瑞那夫人写了揭发信。侯爵收到信后立即拒绝了于连同女儿的婚事。于连知道自己先前所有的努力都白费了，他失去了爱情，更重要的是失去了进入上流社会的唯一机会。

恼羞成怒的于连，骑马赶到维立叶尔，在激烈情绪的驱使下，向正在教堂祷告的德·瑞那夫人连发两枪。他因此被捕入狱。

在监狱中，于连反而冷静下来。他意识到自己的野心已破灭，也意识到自己从前的所作所为是多么的荒唐可笑，对自己的过激行为感到十分悔恨。伤愈的德·瑞那夫人悄悄地前来探监，向于连忏悔自己，告诉他自己无意破坏于连的幸福，但是给她做忏悔的教士强迫她写了那封信，这一切都不是她的本意。于连意识到自己的真正感情，他和德·瑞那夫人又和好如初。可德·瑞那夫人很快就被她的丈夫带走了。于连明白在这个社会中，他的爱情也已经无望了。

玛特尔也前来探监，她为了于连的事情四处奔跑，找人求情。于连明白玛特尔其实并不是真正地爱着他，她爱的只是自己的浪漫爱情。于连拒绝了玛特尔的好意，他决定静静地等待审判的来临。

于连在审判时表示不乞求任何人的怜悯，这让那些审判官极为恼火，因为他们失去了展现自己虚伪的宽容的机会。于连坦然地走上了断头台。行刑后，玛特尔抱着于连的头来到墓地埋葬，她终于做了一件和她远房祖先同样的事情——抱着情人的受刑的头，去埋葬爱情。第二天，德·瑞那夫人在家中亲吻着自己的孩子，伤心而死。

类型	成书时间	推荐理由
哲学论著	公元 1818 年	最悲观、最忧伤的哲学家创作的关于痛苦的鸿篇巨制。

探索心灵的本质
——《作为意志和表象的世界》

背景搜索

　　叔本华于 1788 年 2 月 22 日生于但泽（即今天波兰的格但斯克），父亲是一个大银行家，精明能干、脾气暴躁，于 1805 年自杀。母亲是一个颇有才气的女作家，是那个时代最受欢迎的小说家之一，聪明美丽，且富文学才华，外国语也说得很流利。由于父母的性格不合，所以他们时常借着娱乐活动来减少相互间的摩擦，旅行就更是他们的家常便饭。就这样，叔本华从小不得不时常随着父母四处出游。

　　叔本华从小孤僻、傲慢、喜怒无常、略带神经质。他自己曾说过："我的性格遗传自父亲，而我的智慧则遗传自母亲。"这大概正是他自己特色的写照，如果确实是这样的话，那么，叔本华在先天就已经播下了"怪癖"和"天才"的种子了。

　　1793 年，但泽被波兰吞并，叔本华全家搬到了汉堡。叔本华在他 8 岁那年，随父母在法国巴黎近郊住了一段时间，父亲为了使儿子能彻底学会法文，便把他托付给一位商业上的朋友，自己则携妻返回汉堡。叔本华在此处生活、学习了差不多两年。据他自己称，这是他一生中最愉快、最值得回忆的一段欢乐时光。

之后，他回到了汉堡的父母身边，并在父亲的刻意安排下，进入到一所商业学校读书，以便将来能继承父业。由于叔本华的父亲是商界名流，母亲又与文艺界人士素有往来，所以他家中常有名人雅士来做客。也许就是因为这种环境，使得叔本华开始厌恶商业生活的庸俗和那种市侩味道，心里从此便埋下了做学问的种子，就连学校里的老师，也从这位小小年纪的孩子的身上发现出他的哲学天才来。在父亲自杀后不久，叔本华便弃商从文，但是性格中仍然保留了商业生涯的影响：讲求实际，洞悉世态炎凉。这使他与不懂实际的、学究气的哲学家截然相反。

1813年，费希特号召反抗拿破仑，为自由而战，叔本华拜倒在费希特的热诚之下，以致想到参加志愿军，并真的买了一套武器。但是谨慎从事的念头及时攫住了他，他最后意识到还是回去写一篇可以获得哲学博士学位的论文比较实际。1814年，叔本华从耶拿大学毕业，此后先后居住在魏玛、德累斯顿研究哲学。1822年担任柏林大学哲学副教授，可惜听者寥寥。人们当时都推崇以黑格尔为代表的理性派哲学家。由此叔本华一生以黑格尔为假想敌，不仅在柏林大学与黑格尔争夺听众，而且在哲学著作中也时常针锋相对。

1831年8月的一场鼠疫迫使叔本华逃离了柏林，居住在莱茵河畔法兰克福的一个小旅店中。这一沉寂便是20个春秋，直到1851年，人们在读到他的最后一部著作《附录和补充》时，才恍然大悟，认为叔本华说出了他们的心里话，于是，叔本华的形象在他们的心目中一下子高大起来，叔本华热一下子便席卷了全德的中产阶层。可是，这时候的叔本华已是一个古稀之年的老人了。1860年9月21日，他起床洗完冷水浴之后，像往常一样独自坐着吃早餐，一切都是好好的，一小时之后，当佣人再次进来时，发现他已经倚靠在沙发的一角，永远睡着了。

推荐阅读版本：石冲白译，商务印书馆出版。

内容精要

叔本华认为，人存在于这个世界上，最大的问题是认识本质，包括自我和世界的本质。他说："我们不可能从外面得到事物的真正本质。无论我们怎样进行探究，我们只能得到印象和名称。我们就像一个人绕着城堡走来走去总找不到入口，只能有时粗略描绘一下城堡的外观。""让我走进里面去。如果我们探索出我

图为叔本华像,他的哲学中包含了一种强烈的愤世嫉俗的意味,一种世态炎凉的感觉,也有一种不甘寂寞的创造精神。

们自己心灵的本质,我们也许就有了开启外部世界的钥匙。"

世界是什么,世界就是人的表象,这是一条适用于一切有生命、能认识的生物的真理。人所认识到的一切事物并不是本身存在的,而是存在于人的表象,也就是意识中的东西。世界上的事物是相对于人而存在的,是依赖于主体的。比如人看见的太阳,其实并不是太阳,而是看见太阳的眼睛,是人的意识。叔本华的这种认识论强调了人的主观意识,而否定了一切存在于人的主观意识之外的客观事物。

作为认识世界的主体的人的本质,在叔本华的哲学体系中,就是意志。人的真正存在就是意志。"意识仅仅是我们心灵的外表,我们对于心灵,正如我们对于地球一样,不认识内部,只认识外表"。潜伏在有意识的理智之下的是有意识或无意识的意志,是一种奋进而持续的生命力,是一种自发的活动,是一种欲望迫切的意志。理智有时似乎可以引导意志,但是仅仅像一个向导引导他的主人而已;意志"是一个勇猛强壮的瞎子,他背负着一个能给他指路的亮眼的瘸子"。我们并不是因为发现了欲求某个事物的种种理由才去欲求这个事物,而是因为欲求某个事物才去寻找欲求它的种种理由;我们甚至还苦心经营了种种哲学和神学以掩饰我们的种种欲望。所以逻辑是无用的:没有人靠逻辑说服过任何人,连逻辑学家也只是把逻辑作为收入的一个来源而已。要说服一个人就必须迎合他的自身利益,他的欲望,他的意志。请注意一下我们对自己的胜利记得多么久,对自己的失败忘得多么快；记忆力是意志的奴仆。一般来说，智力或由于危险，如狐狸，或由于需要，如罪犯，而发展起来；但是它似乎总是服从于欲望，是实现欲望的工具；当它要取代欲望的时候，混乱就随之而来了。最容易犯错误的莫过于仅凭思考行事的人了。

因此，意志是人的本质，也是世界的本质。作为人和宇宙之源的意志并不是一种具有某些固定性质和特征的东西，它是一种纯粹的倾向，没有任何原因，没有任何基础，也不服从于任何目的，是一种绝对自由的意愿。

世界是意志的，是一个痛苦的世界。

因为意志本身就表示欲望，它所欲求的总是大于它所能得到的。欲望的无穷和满足的短暂是矛盾的。每当一个欲望得到满足时，余下来就有十个欲望得不到满足。欲望是无穷的，而满足是有限的——"这好像投给一个乞丐的施舍一样，维护他活过今天，以便把他的痛苦拖延到明天……只要我们的意识中还充满意志，只要我们还沉溺于种种欲望以及随之而来的不断的希望和畏惧之中，只要我们还听任意愿的驱使，我们就绝不会有永久的幸福或安宁"。即使欲望得到了完全的满足，人也不能摆脱痛苦，如果一个人什么都满足了，那么他就会陷入孤寂、虚空、厌倦中，就好像世间的无敌高手总是寂寞的、厌世的。

其次，人生之所以不幸，是因为痛苦是它的基本刺激物和实体，快乐只是痛苦的消极中断。亚里士多德是对的，聪明人不求快乐，只求免去忧虑和痛苦。"人生犹如钟摆，在痛苦和无聊之间摆来摆去……自人们把一切痛苦的折磨变成地狱的概念之后，留给天堂的就只有无聊了"。我们越在自己的行动中取得成功，就意味着意志越强烈，从而也意味着更大的痛苦，人就是这样的矛盾体。好比婚姻的例子，我们结婚不幸福，不结婚也不幸福；独居不幸福，群处也不幸福；我们像一群聚在一起取暖的刺猬，挤得太近了不舒服，然而分开了又可怜。"如果我们把人作为整体来看……并且只强调它最显著的特征，那它的确是一场悲剧；但是如果我们仔细观察它的细节，它又有喜剧的性质"。

为了避免人生的痛苦，成为自由和道德的人，就应该抑制人的欲望，去除世俗的利益和要求，忘掉自己和自己的物质利益，把心灵提高到对真理的意志的沉思中去，否定人的生命意志。叔本华提出的具体的办法有，研究哲学、寻求艺术创作中的直觉以进入无我之境等等。哲学净化意志，但是哲学不能理解为单纯的阅读或被动的读书，而应该是经验和思考。艺术比科学伟大，因为科学由辛勤的积累和谨慎的推理得以进展，艺术则由直觉和表象即可达到它的目标。作为自由之物的意志本身的行动才是自由的。

类型	成书时间	推荐理由
诗体小说	公元 1830 年	普希金最著名的作品，确立了俄罗斯的语言规范。

俄罗斯生活的百科全书
——《叶甫盖尼·奥涅金》

背景搜索

俄罗斯最伟大的诗人普希金出身于莫斯科的一个贵族家庭中，父亲当过禁卫军军官，伯父瓦西里·普希金是诗人。当时的著名作家如卡拉姆津、德米特里耶夫、茹科夫斯基、维亚泽姆斯基等和普希金一家常有交往。普希金从小受到家庭的熏陶，十分热爱文学。8岁时，他就阅读了许多世界文学名著，并开始自己写诗。

1811年，普希金随伯父来到彼得堡，进入俄国最有名的皇村学校，在那里他接受了法国启蒙思想的影响，推崇自由的精神。1812年，卫国战争激起了他的爱国热情。他所结识的一些后来成为十二月党人的禁卫军军官，特别是恰达耶夫，对他有很大的影响。

1817年他从皇村学校毕业后，以十品文官衔到外交部任职。1819年参加了与十二月党人秘密组织"幸福同盟"有联系的文学团体，此后他写了不少歌颂自由、反对专制的诗歌，还针对沙皇当局写了不少讽刺诗。这些诗章以手抄本的形式流传甚广，影响很大。1820年被沙皇亚历山大一世流放到南俄。

1825年12月，俄国十二月党人起义失败，普希金的许多朋友被流放西伯利亚。新沙

图中描绘了一位少校向一个女子求婚的情景。

皇尼古拉一世为了拉拢普希金，为己所用，于是便赦免了他。尽管如此，普希金照旧写政治抒情诗和政治讽刺诗，歌颂十二月党人，谴责沙皇。

1830年5月，他和冈察罗娃订婚。9月去下诺夫哥罗德办理接受他父亲在波尔金诺村的领地的手续。正巧这时伏尔加流域瘟疫横行，交通封锁，他在波尔金诺村羁留了3个月之久。在这期间普希金写了大量的作品，包括一部小说集、一部长诗、30多首抒情诗，并完成了他的代表作、长篇诗体小说《叶甫盖尼·奥涅金》。这是他的创作高潮时期，后来被文学史家称为"波尔金诺的秋天"。

1831年2月，普希金与冈察罗娃结婚，5月迁居彼得堡，仍在外交部供职。1834年法国波旁王朝的亡命者乔治·丹特斯男爵来到彼得堡，在俄国禁卫军骑兵团供职。他很快就开始追求冈察罗娃。1836年4月普希金创办了《现代人》杂志。同年11月初他接到几封匿名信，信中对他进行了侮辱和攻击。为了维护自己的荣誉，他向丹特斯要求决斗。决斗于1837年2月8日举行，普希金身受重伤，10日逝世。报上刊出这个噩耗时说："俄罗斯诗歌的太阳陨落了。"

推荐阅读版本：吕荧译，人民文学出版社出版。

图为莫斯科庭院，有浓郁的俄罗斯风情。

内容精要

叶甫盖尼·奥涅金在贵族的传统环境中长大。虽然他没有受过多少正统的文化教育，但却机智过人，并在经济学方面知识广博。当他进入青年时期，已是一位老于世故的社交能手了。他对莫斯科充满奢华与诱惑的社交生活是如此习以为常，渐渐地感到极度厌倦。

伯父的去世使他继承了大笔的遗产，他来到乡下打理自己的产业。起初他还对乡间的田园生活充满了兴趣和新鲜感，但不久便又对什么都厌烦了。因此在邻居中获得了一个古怪人的名声。

尽管如此，他的一位叫作弗拉基米尔·连斯基的邻居仍然对他表达了友情。18岁的连斯基富有浪漫气息，对生活和爱情充满幻想。他去过德国，深受康德和席勒的影响，他的气质使他与众不同。他和奥涅金的关系愈来愈亲密。

连斯基和拉林家的小女儿奥尔加早已订婚，在探望未婚妻的时候，他邀请奥涅金一起去做客，奥涅金勉强答应了。拉林家听说此事，热情准备招待两位客人，以此希望奥涅金能看上家中沉默寡言、无意参加社交生活的大女儿达吉雅娜。

然而奥涅金对这次访问却感到极为厌烦，熟悉莫斯科社交场合的他，对乡间的一切都看不上眼，茶点过于丰盛而且太土气，交谈又如此沉闷而枯燥。他也根本没有注意到达吉

图为普希金像。普希金是俄罗斯近代文学的奠基者和俄罗斯文学语言的创建者，被称为"俄国文学的始祖"、"俄罗斯诗歌的太阳"。

雅娜。达吉雅娜却被奥涅金深深吸引，这个并不懂得如何引起男人注意的质朴女孩写了一封充满激情的袒露爱慕之心的情书。

奥涅金被她的信所感动，再次去拉林家造访。然而他却无情地粉碎了女孩的心。他以一个情场老手的口吻诉说自己不计其数的破灭的幻想，认为年轻女孩的心思总是那么善变。对达吉雅娜来说，和他共同生活是完全不值得的。姑娘没有做任何辩驳，她默默地忍受着痛苦的折磨。

此后连斯基来邀请奥涅金参加达吉雅娜的命名庆祝会。在会上，也许是为了满足自己的虚荣心，也许是为了嘲笑乡间的土气，奥涅金故意过多地邀请奥尔加和他跳舞。连斯基又嫉妒又生气，终于向叶甫盖尼提出要和他决斗。叶甫盖尼出于执拗，接受了他的挑战。

两个朋友相遇后，叶甫盖尼在射击时打中了弗拉基米尔的胸膛。叶甫盖尼终于悔恨莫及，离开了庄园，独自一人到处漫游。奥尔加不久和一个军官结了婚，并离开了家。尽管出了这桩丑闻，达吉雅娜仍然爱着叶甫盖尼。她去访问他的庄园，和他的老管家交上了朋友。她坐在他的书房里阅读他的书籍，并思索着他在书页上写下的旁注。

母亲非常担心女儿的婚事，将她带往莫斯科，参加各种社交活动。达吉雅娜学会了各种时髦的发型、温文尔雅的举止，并在母亲的安排下嫁给了一个将军。

奥涅金经过两年多的漫游以后又回到了莫斯科。他出于消遣的目的参加了一个聚会，却碰到了已经成为贵妇人的达吉雅娜，并深深地被她迷住，燃起了爱情之火。他开始狂热地追求她，写下许多热情的书信。可是达吉雅娜再也不是从前那个充满梦幻的少女了，她曾经爱过，也许仍然爱着奥涅金，但为了忠于丈夫，她拒绝了奥涅金的爱。

人类精神之梦
——《基督教的本质》

背景搜索

德国杰出的唯物主义哲学家和无神论者费尔巴哈生于巴伐利亚，父亲是著名的刑法学家。1823 年，费尔巴哈入海德堡大学神学系，由于对神学失望而转入柏林大学哲学系，系统地学习了黑格尔哲学。此后他又在埃尔兰根大学学习植物学、解剖学和心理学。1828 年获得博士学位并留校任教。在大学任职期间费尔巴哈因发表了批判基督教灵魂不死的无神论作品而被辞退。

1837 年他迁居布鲁克堡乡村，依靠妻子的微薄收入过着俭朴、孤寂的生活，坚持研究学术。1848 年德国爆发革命期间，他被激进的大学生、市民和工人看作自由思想的象征。在革命失败后，他又回到乡村埋头做学问。

1860 年费尔巴哈迁居纽伦堡。1870 年参加了德国社会民主党。1872 年因中风去世。他的主要著作有《黑格尔哲学批判》、《基督教的本质》、《未来哲学原理》等。其中《基督教的本质》在欧洲产生了重大的影响，在 7 年内出了 3 版，问世不久就被翻译成法、英、俄等多种文字。

壁画《上帝存在论》。这本《基督教的本质》
阐述了人本学唯物主义的观点，认为神根本
是不存在的，神的本质就是人的本质。

推荐阅读版本：荣震华译，商务印书馆出版。

内容精要

《基督教的本质》在序言中明确说明，本书的论题就是揭示宗教与基督教的本质，证明宗教的超自然的神秘完全是以自然的真理为基础的，从而使人类清楚地认识自己，将神学还原为人本学。

费尔巴哈驳斥了上帝创造世界的观点，他通过地质学、生物学等研究成果阐明了自然本身不断发展的原则，证明了人不是导源于天，而是导源于地，不是导源于神，而是导源于自然界；人必须从自然界开始他的生活和思维；自然界绝不是什么被造物，绝不是被制作的或无中创有的事物，而是一个独立的、只由自己可以说明的、只从自己派生出来的东西；有机物、地球、太阳等等的发生，也永远只是一种自然的过程；为了明确它们的发生，人们不应该从人、艺术家、工匠和以自己思想构造世界的思想家出发，而应该从自然界出发，像古代民族一般，他们依照其正确的自然本能，在其宗教的和哲学的世界发生说中，至少是拿一种自然过程、拿生产过程作为世界的原型和创造原理；他们认为，像植物从植物、动物从动物、人从人发生出来一般，自然界中一切东西都起源于与它同等的、素质相缘或本质相缘的自然实体；总而言之，自然界并非从精神出来，并不能拿神来解释，因为神的一切属性，显然不是属于人性的，本身都是从自然界抽象出来和派生出来的。

如果人类的保持者不是自然，而是神的话，自然就仅仅是神的一个障眼法，因而是一个多余的幻像；反过来也是一样，如果是自然在保持着我们，神就是一个多余的幻像。无可否认的是，人类置身于自然之中，生活在自然之中，如果我们不把保持我们的功绩归之于自然物的特有效果、特性和力量的话，而是归之于上帝的力量，那么这将是一个多么大的矛盾！

上帝就是人的本质，人使自己的本质对象化，然后，又使自己成为这个对象化了的、转化为主体的、人格本质的对象。这就是宗教的秘密。人是宗教的始作俑者，是宗教的中心关注点，也是宗教的终结者。

为了证明自己的观点，批判宗教中的上帝，费尔巴哈进行了详细的论证。

在宗教的理论中，上帝是宗教的对象，是全能全知的。上帝的这种本质其实来源于人的绝对本质，也就是理性、意志、爱。人将自己身上的这种有限本质分裂出去，无限扩大并集中于上帝一人身上。宗教是人和自己的分裂，通过宗教人们设置了一个上帝作为自己的对立面而存在。人是有限的存在者，而上帝是无限的；人是不完美的，而上帝是完美的；人是罪恶的，而上帝是神圣的；人是非全知全能的，而上帝是全知全能的。上帝是人的对立面、折射面。

在道德本质上，宗教追求上帝的理智，那是宗教至高无上的、最终的立足点和结合点。作为道德完善的上帝，其实就是人迫切想实现的道德理念。人在现实社会中都希望自己达到道德的完善，这种对道德完善的追求是不可能实现的，于是人们会痛苦。为了摆脱这种意识的痛苦，摆脱虚无感的苦恼，在费尔巴哈看来，只有一个办法，那就是使爱心、爱的意识成为至高的、绝对的威力和真理，也就是设定一个上帝。

从宗教所谓的心之本质的上帝来说，达到那个道德完善性的最高理念，还不是最完美的。人必须通过心和爱来调解自己和上帝的关系。爱使人成为上帝的一部分。只有血肉的爱，才能赦免血肉之身所犯的罪，而道德本质不会宽恕对道德的冒犯。因此理智的上帝是不会宽恕人的罪的，上帝的另一面是心之本质。费尔巴哈认为，心和爱是同一的，上帝之心的本质，就是人之心的本质；上帝对人的爱，就是人对人的爱，只不过这个爱被对象化、被看作是至高的真理罢了。

宗教还强调上帝的受难。费尔巴哈解开了这个秘密。他说，所谓人化了的上帝，也就是基督，他的一个本质规定，就是苦难。作为上帝的上帝，是一切人性的总和；作为基督的上帝，是一切人的不幸的总和。没有什么比受难更感动人心、更神圣化的了，基督受难纯粹是出于爱、出于自我牺牲，来拯救别人。在这个受难的历史中，不过是将人心的感受对象化了而已，离开了人心、人的感情，也就没有受难的上帝。上帝是人的镜子，对人来说，上帝是他的各种重要价值、完善品质、纯粹感情的集合体。

图为西班牙画家格列柯的《三位一体》。基督教的三位一体，即上帝集圣父、圣子和圣灵于一身，是基督教的核心思想。但费尔巴哈把这一思想理解为是人对自己整体性的意识，是人们对幸福美满的人类生活的向往，对爱和友谊的追求，代表了人的生命和本质。

对于基督教中三位一体的解释，费尔巴哈是这样分析的：人对自己整体性的意识，就是对三位一体的意识，它其实是人们对幸福美满的人类生活的向往，对爱和友谊的追求，代表了人的生命和本质。人类通过这种宗教的方式，表达了自己的理想和愿望。

通过多方论证，费尔巴哈最终要说明的就是，人才是第一性的、决定性的。应当从人的角度去理解宗教，宗教所信仰和崇拜的上帝是人的产物，是第二性的。

类型	成书时间	推荐理由
法学论著	公元 1804 年	资产阶级第一部民法典，欧陆法系的核心。

不朽的民法典
——《拿破仑法典》

背景搜索

民法在世界各个国家的法制史上无一例外地占有重要的地位。后世史学家在评价拿破仑的历史功绩时，大多对他奇迹般的军事才华倍加赞赏，而在当代法学界，则流行另外一种观点：拿破仑最不朽的贡献在于为后世留下了一部《拿破仑法典》，也就是历经修改仍沿用至今的《法国民法典》。正是这一法典，奠定了一系列流传至今的现代民法原则，创造了现代意义上的民法制度。

19世纪资本主义经济迅速发展，为巩固资产阶级革命成果，统一法律的工作就显得尤为重要，随之兴起了法典编纂运动。在马伦哥战役后，拿破仑一回国就迅速着手组织立法工作。1800年，他任命了以法学家波塔利斯、特龙谢、比戈·德·普雷阿梅讷和马尔维尔组成的四人委员会，赋予了他们起草民法典的任务。委员会以4个月的时间草成了全部民法典的初稿。参事院的立法局对草案文本进行了加工，不完善的文本悉数被退回该局。草案除了经过枢密院的仔细审议外，还送交法国各法院征询意见，然后逐步分为36部单行法（相当于该法典现有的36章），并得到法国议会的通过。1804年3月21日，《法国民法典》——资本主义社会的一部典型法典诞生了，史称《拿破仑法典》。

推荐阅读版本：李浩培等译，商务印书馆出版。

内容精要

《拿破仑法典》的体系以罗马法的《法学阶梯》为基础，把诉讼法分离出去，开创了实体法与程序法分别立法的先例。该法由总则和三编组成，共2283条。总则（1至6条）规定了法律的公布、效力及其适用范围。第一编（7至515条）内容为人，包括民事权利的享有及丧失、身份证书、住所、失踪、结婚离婚、血缘关系、收养子女、亲权、监护等。第二编（516至710条）内容为财产及对于所有权的各种变更，包括财产的分类、所有权、用益权、使用权及居住权、役权或地役权。第三编（711至2283条）内容为取得财产的各种方法，包括继承、生前赠与及遗嘱，契约或合意之债的一般规定、非因合意而发生的债、夫妻财产契约及夫妻财产制、买卖、租赁、合伙、借贷、寄托及对诉争物的寄托、委托、保证、和解、仲裁、质押、优先权及抵押权、强制执行及债权人之间的顺位、时效及占有。

第一编是人法，包含关于个人和亲属法的规定，实际上是关于民事权利主体的规定。在罗马法中，不存在现代意义上的抽象的人的概念，而只有自由人与他权人的分野、罗马市民与外邦人的分野、男人与女人的分野等。这种身份区分的目的在于保障一部分人的权利，而限制另一部分人的权利。在大革命前的法国法律中，全部的法国人分为僧侣、贵族和第三等级三种身份，三个等级各有各的法律，前两种身份意味着对后一种身份在法律上的优越地位，这种阶级压迫成为大革命的起因。古罗马和革命前法国的上述状况，是身份立法的状况，即法律缺乏普遍性的状况。对主体的法律区分意味着身份安排，除非是为了认识事情的需要，任何身份安排的目的都在于区别对待，都意味着赋予特权与被歧视，使法律不具有平等性。作为法国革命之成果的《法国民法典》在很大程度上改变了过去的身份立法的状况，其第8条规定："所有的法国人都享有民事权利"，此条不再区分等级适用法律，它就是普遍性的规定，其对平等的意义不言而喻。尽管如此，《法国民法典》仍然保留了外国人的身份，具有这种身份的人之民事权利的享有，以外交互惠为条件。从这个意义上说，法典的普遍性是不充分的。在人权与公民权利宣言中，这种普遍性达到了极致，因为人权的概念，抛弃了各种以国籍为基础的身份划分和由此而

法国画家大卫所绘的《拿破仑越过圣贝尔纳山》。

产生的特权与歧视。但法典的上述缺陷，在世界仍然划分为各个民族国家的条件下，又是国家的管理中所必不可少的。

第二编是物法，包含关于各种财产和所有权及其他物权的规定，实际上是关于在静态中的民事权利客体的规定。在人类社会发展的初期，人们对生产要素的占有只是一种事实上的占有，而非一种权利。即各个原始群落共同和直接占有自然物，天然的生产资料无须在不同的共同体间进行分配。当天然的生产资料在不同的共同体之间进行分配，并使这种占有为其他群体承认而巩固下来时，这种事实的占有便发展成为群体之间对生产资料的所有关系，即表示生产要素的归属。社会把这种经济关系用法律加以规定和保护，占有这一事实便成为一种"权利"。这种权利是最早的财产所有权，是社会赋予实际占有以法律的规定，并具有合法的性质。可见，原始的所有权实际上是指占有主体对占有对象的一种任意支配的权利，或称完全所有权。这种所有权行使的突出特征表现为所有者个人完整地、独立地对其财产行使占有、支配、使用和处分的权利。这种四权合一的所有权在最著名的古代法典《罗马法》中得到体现。四权合一的完整所有权实际上成为小生产条件下所有权的主要实现方式。直到商品经济发展到自由竞争的资本主义时代，与当时独资或合伙的企业机制相适应，所有权仍被视为四权合一的权利。《法国民法典》对所有权做了明确规定："所有权为对物完全按个人意愿使用及处分的权利，但法律及规定所禁止的使用不在此限。"这在实际上了说明了使用是以占有为前提和以收益为目的的。可见《法国民法典》给予了财产所有人广泛、充分的权利。

第三编称为"取得所有权的各种方法"编。内容颇为庞杂：首先规定了继承、赠与、遗嘱和夫妻财产制；其次规定了债法，附以质权和抵押权法；最后还规定了取得时效和消灭时效。实际上，该编是关于民事权利客体从一个权利主体转移于另一个权利主体的各种可能性的规定。

类型	成书时间	推荐理由
社会学论著	公元 1840 年	世界学术界第一部对美国社会、政治制度和民情进行社会学研究的著作，也是第一部论述民主制度的专著，19世纪最著名的社会学著作之一。

美国政治制度实考
——《论美国的民主》

背景搜索

　　1805年7月29日，托克维尔生于法国塞纳河畔的维尔内伊，他的家庭是诺曼底贵族。1823年，他由默兹的高级中学毕业后去巴黎学习法律，1827年出任凡尔赛初审法院法官。1830年七月革命后，因在效忠奥尔良王朝的问题上与拥护已被推翻的波旁复辟王朝的家庭有意见分歧，以及为避免七月革命的余波的冲击，托克维尔与好友古斯达夫德·博蒙商定，借法国酝酿改革监狱制度之机，向司法部请假，要求去美国考察颇受欧洲各国重视的新监狱制度。

　　经过一番周折和亲友的斡旋，他们的请求被获准。其实，这只是表面的目的，他们的真正目的是到这个国家去考察民主制度的实际运用。他们在1831年4月2日乘船离开法国，5月9日到达美国。在美国考察了九个多月，于1832年2月22日离美回国。

　　不久以后，博蒙因拒绝为一件政治丑案辩护而被撤职，托克维尔在气愤之余，也挂冠而去。1833年，他与博蒙写出《关于美国的监狱制度及其在法国的运用》的报告。这个报告后来被译成英、德等几国文字。1835年，托克维尔的成名之作《论美国的民主》上卷问世。1839年，他被选为人文和政治科学院院士，并当选为众议院议员。1840年，《论美国的民主》下卷出版。1841年，他被选为法兰西学院院士，1842年至1848年为芒什省议员。1848年二月革命后，托克维尔任制宪议会议员，参加了法兰西第二共和国宪法的制定工作，并被选为新宪法实施后的国民议会议员。1848年6月至10月，出任第二共和国外交部长。

1851年12月，托克维尔因反对路易·波拿巴称帝而被逮捕，但因其知名度高，次日即被释放，从此以后退出政界，专门从事写作。1851年写成的《回忆录》，详述了二月革命的内情。1856年出版了《旧制度与革命》。1859年，托克维尔在戛纳病逝。

推荐阅读版本：董果良译，商务印书馆出版。

图中美军士兵在练习枪法，北美人民为争取独立做出了积极的努力，他们为自由而英勇反抗，不懈奋斗。

内容精要

《论美国的民主》分上、下两卷。上卷讲述了美国政治制度及其产生的根源，分析了美国民主的生命力、缺点和前途；下卷以美国为背景，介绍了托克维尔的政治哲学和政治社会学思想。这部书的基本思想，在于承认贵族制度必然衰落和平等与民主的发展势不可挡。他说："平等的逐渐发展，是事所必至，天意使然。这种发展具有的主要特征是：它是普遍和持久的，它每时每刻都能摆脱人力的阻挠，所有的事和所有的人都在帮助它前进。"

首先他阐述了自己考察美国的原因和目的："我所说的这场伟大的社会革命，世界上有一个国家好像差不多接近了它的自然极限。在那里，这场革命是以简易的方式实现的；甚至可以说，这个国家没有发生我们进行的民主革命，就收到了这场革命的成果。"

"17世纪初在美洲定居下来的移民，从他们在欧洲旧社会所反对的一切原则中析出民主原则，独自把它移植到新大陆的海岸上。在这里，民主原则得到自由成长，并在同民情的一并前进中和平地发展成为法律。"

"我毫不怀疑，我们迟早也会像美国人一样，达到身份的几乎完全平等。但我并不能由此断言，我们有朝一日也会根据同样的社会情况必然得到美国人所取得的政治结果。我也绝不认为，美国人发现的统治形式是民主可能提供的唯一形式。但是，产生法制和民情的原因在两国既然相同，那么弄清这个原因在每个国家产生的后果，就是我们最关心的所在。"

"因此，我之所以考察美国，并不单纯出于满足自己的好奇心，尽管好奇心有时也很重要。我希望的是从美国找到我们可资借鉴的教训。谁要认为我想写一篇颂词，那将是大错而特错。任何人读完这本书，都会完全承认我绝没有那种想法。夸奖美国的全部统治形式，也不是我的全部目的，因为我认为任何法制都几乎不可能体现绝对的善，我甚至没有想过评论我认为不可抗拒的这场社会革命对人类有利还是有害。我认为这场革命是已经完成或即将完成的事实，我希望从经历过这场革命的国家中找出一个使这场革命发展得最完满和最和平的国家，从而辨明革命自然应当产生的结果；如有可能，再探讨一下能使革命有益于人类的方法。我自信，我在美国看到的，超过了美国自身所持有的。我所探讨的，除了民主本身的形象，还有它的意向、特性、偏见和激情。我想弄清民主的究竟，以使我们至少知道应当希望它如何和害怕它什么。"

托克维尔认为，民主社会和贵族社会相比有很大的不同。比如贵族社会的最大特点是身份的不平等，少数人拥有特权，可以有所作为，大多数人则受到阶级地位的限制，没有太大的作为，各个阶级之间的差异要远远多于共同之处。但在民主社会里，身份的平等使每个人都可以通过自己的努力改变地位，因而每个人更关心自己，这可能导致个人主义，个人对社会的关心可能会变少等等。他说："民主制度松弛了社会联系，但紧密了天然联系；它在使亲族接近的同时，却使公民彼此疏远了。"

他还认为，在贵族社会，个人自由是有保障的。因为管理国家的任务是分给贵族成员的，由于贵族是世袭的，他们借着自己的身份分配了国家权力，这样就保证了君主无法把权力集中在自己手上，独揽大权于一身。但在民主时代，由于彼此都相同，所以谁也不必信赖他人。可这种相同性却能使人们对于公众的判断怀有几乎无限的信任，公众的意见不仅成为人们思想和行为的唯一指导，而且拥有了极大的权力。因为在他们看来，如果公众的判断不与他们大家拥有的相同认识接近，绝大多数是不会承认它是真理的。因而人们越来越多地把自己的事情交给政府，而没有意识到这种做法的危险性。这样就容易形成民主

美国采取了一种新型的政治制度，即三权分立，它的民主有着不同的形式和特点。图为美国总统办公所在地白宫。

社会的弊端。在他看来，民主社会所具有的最大危险在于对平等的追求可能导致中央集权，民主社会缺乏贵族社会中贵族对王权的制约，"多数人的暴政"所带来的危害就更大了。

他在对两种制度进行比较时说："民主的法制一般趋向于照顾大多数人的利益，因为它来自公民之中的多数。公民之中的多数虽然可能犯错误，但它没有与自己对立的利益。贵族的法制与此相反，它趋向于使少数人垄断财富和权力……因此，一般可以认为民主立法的目的比贵族立法的目的更有利于人类。"托克维尔认为，"民主政府尽管还有许多缺点，但它仍然是最能使社会繁荣的政府"，"即使民主社会将不如贵族社会那样富丽堂皇，但苦难不会太多。在民主社会，享乐将不会过分，而福利将大为普及……国家将不会那么光辉和荣耀，而且可能不那么强大，但大多数公民将得到更大的幸福"。

托尔维尔比他同时代的人对社会历史发展的趋势有更清醒的认识。他在书中多次提到，他认为民主社会的到来是不可避免的时代潮流，他并不认为回到贵族社会是一个好的选择。他说："问题是不应当再保持身份的不平等给人带来的特殊好处，而是应当确保平等可能为人们提供的新好处。我们不要让自己仍与祖辈相同，而应当努力达到自己固有的那种伟大和幸福。"他对民主问题的研究的目的就是为了让人们更好地面对必然要到来的民主社会。

类型	成书时间	推荐理由
自然科学论著	公元 1859 年	提出了全新的生物进化的理论，以科学的论证否定了神创造一切的说法。

科学的胜利
——《物种起源》

背景搜索

　　1828年的一天，在伦敦郊外的一片树林里，一位大学生围着一棵老树转悠。突然，他发现在将要脱落的树皮下，有虫子在里边蠕动，便急忙剥开树皮，发现两只奇特的甲虫，正急速地向前爬去。这位大学生马上左右开弓，把甲虫抓在手里，兴奋地观看起来。正在这时，树皮里又跳出一只甲虫，大学生措手不及，迅即把手里的甲虫藏到嘴里，伸手又把第三只甲虫抓到。看着这些奇怪的甲虫，大学生真有点爱不释手，只顾得意地欣赏手中的甲虫，早把嘴里的那只给忘记了。没想到嘴里的那只甲虫憋得受不了，便放出一股辛辣的毒汁，把大学生的舌头蜇得又麻又痛。他这才想起口中的甲虫，张口把它吐到手里。然后，不顾口中的疼痛，得意洋洋地向市内的剑桥大学走去。这个大学生就是查尔斯·达尔文。后来，人们为了纪念他首先发现的这种甲虫，就把它命名为"达尔文"。这个喜欢自然生物的大学生，在自然中发现了乐趣，也从自然中得到了一生的功绩。

　　1809年2月12日，达尔文出生在英国的施鲁斯伯里。祖父和父亲都是当地的名医，家里希望他将来继承祖业，16岁时便被父亲送到爱丁堡大学学医。但达尔文从小就热爱大自然，尤其喜欢打猎、采集矿物和动植物标本。进到医学院后，他仍然经常到野外采集动植物标本。父亲认为他"游手好闲"、"不务正业"，一怒之下，于1828年又送他到剑桥大学，改学神学，希望他将来成为一个"尊贵的牧师"。

达尔文对神学院的神创论等学说并不感兴趣，他仍然把大部分时间用在听自然科学讲座和自学大量的自然科学书籍上面，达尔文热心于收集甲虫等动植物标本，对神秘的大自然充满了浓厚的兴趣。

1831年，达尔文从剑桥大学毕业。他放弃了待遇丰厚的牧师职业，依然热衷于自己的自然科学研究。这年12月，英国政府组织了"贝格尔号"军舰的环球考察，达尔文经人推荐，以博物学家的身份，自费搭船，开始了漫长而又艰苦的环球考察活动。达尔文每到一地总要进行认真的考察研究，采访当地的居民，有时请他们当向导，跋山涉水，采集矿物和动植物标本，挖掘生物化石，并发现了许多没有记载的新物种。他白天收集谷类岩石标本、动物化石，晚上则忙着记录收集的经过。

后来，达尔文又随船横渡太平洋，经过澳大利亚，越过印度洋，绕过好望角，于1836年10月回到英国。在历时5年的环球考察中，达尔文积累了大量的资料。回国之后，他一面整理这些资料，一面又深入实践，查阅了大量书籍，为他的生物进化理论寻找根据。1842年，他第一次写出《物种起源》的简要提纲。1859年11月达尔文经过20多年研究而写成的科学巨著《物种起源》终于出版了。生物进化论由此诞生。

1882年4月19日，这位伟大的科学家因病逝世，人们把他的遗体安葬在牛顿的墓旁，以表达对这位科学家的敬仰。

推荐阅读版本：周建人、叶笃庄、方宗熙译，商务印书馆出版。

内容精要

达尔文在书中写道："关于物种起源，完全可以想象的是，一位博物学者如果对生物的相互亲缘关系、胚胎关系、地理分布以及其他这类事实加以思考，那么他大概会得出如下结论：物种不是被独立创造出来的，而和变种一样，是由其他物种传下来的。尽管如此，这样一个结论即使很有根据，还不能令人满意，除非我们能够阐明这个世界的无数物种怎样发生了变异，以获得应该引起我们赞叹的如此完善的构造和相互适应性。"他以科学家的态度来分析这个千百年来的问题。

"我毫无疑虑地认为，许多博物学家直到最近还保持着的和我以前所保持过的观点——即每一物种都是独立被创造出来的观点，那是错误的。我完全相信，物种不是不变的，那些所谓同属的物种都是另一个已经绝灭的物种的直系后裔，正如任何一个物种的世所公认的变种乃是那个物种的后裔一样，而且，我还相信自然选择是变异的最重要的、虽然不是唯一的途径。"

这就是他的结论——物竞天择、适者生存。

书中具体讨论了三个方面的问题：

一、遗传和变异

达尔文通过对南美洲等地的地质、古生物考察，以及长期的家养动、植物等实验，发现一种生物经过许多世代后可以变成新的种类。他认为遗传过程中有变异发生，所以现代生物不同于古代生物，家养动物和栽培植物同它们的野生祖先也有着千差万别。遗传的现象很明显，亲代的基本特征总是强烈地传给子代。但仔细观察亲代和子代之间，又出现了各种微小的变异，轻微的变异可因多代的继续而积聚增大。遗传和变异相反，相互转化。达尔文认为主要有三个因素：第一，生活条件的作用；第二，器官的使用与否；第三，相关变异。除了上述

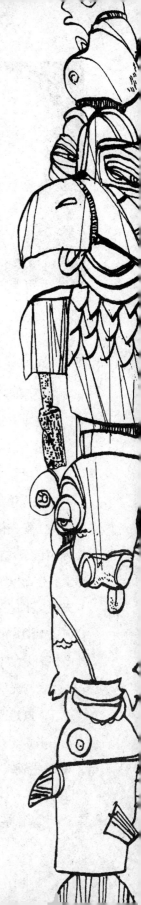

生物学家达尔文像。

三种主要原因引起生物发生变异外，达尔文叙述了其他一些影响物种变异的因素。变异丰富了遗传的内容，但变异并不是都能遗传的。

达尔文把变异区分为能遗传的变异和不能遗传的变异两类。

二、生存斗争

在遗传和变异理论的基础上，达尔文又进一步提出了生存斗争的学说。生存斗争是生物进化的重要途径。达尔文发现，一切生物都有按几何比率自然增加的趋势。如果没有死亡，那么任何一个物种的子孙，均可在短期内充塞全球。自地球上有生命以来，100多万种动物、30多万种植物、10多万种微生物生生不息，今天消失了这一种，明天又会以那一种补充。究竟是什么原因，抑制着生物界按几何比率增加的趋势呢？达尔文认为，是生存斗争。一切生物都有高速率增加的倾向，所以生存斗争是必然的结果。达尔文把生存斗争的形式主要分为三种：第一，生物与无机界的斗争；第二，种间斗争；第三，种内斗争。

三、自然选择

在家养动、植物中，人们通过长期不断地选择对人有利的变异个体，培育出了许多新品种。在自然界里，在广泛而复杂的生存斗争中，有利于生物本身的变异也不断得到保存，形成了新的物种。这一适者生存的原理，达尔文称为自然选择。自然选择是建立在变异的基础上的。达尔文着重在四个方面进行研究，描述了在自然选择下物种形成的一般过程。第一，性选择；第二，个体杂交；第三，性状分歧；第四，旧种灭绝，新种形成。自然选择的发生有两种情况：一种是由于过度繁殖的压力而发生的选择，一般说来最强的生存下来，最弱的被淘汰，但也并非绝对如此，最弱的有时也会因在某些方面有专长而生存下来；另一种情况是因环境变化而发生的选择，最适应环境的生物生存下来。

　　为了证明自己的观点，达尔文举了许多例子。例如他谈到了狼，狼捕食各种动物，有些是用狡计获取的，有些是用体力获取的，也有些是用敏捷的速度获取的。人们假设：在狼捕食最困难的季节里，最敏捷的猎物，例如鹿，由于那个地区的任何变化，增加了它们的数量，或者是其他猎物减少了它们的数量。在这样的情况下，只有速度最敏捷的和体躯最细长的狼才有最好的生存机会，因而被保存或被选择下来——假使它们在不得不捕食其他动物的这个或那个季节里，仍保持足以制服它们的猎物的力量。达尔文认为这正是自然选择的结果，正如人类通过仔细的和有计划的选择，或者通过无意识的选择，就能够改进长躯猎狗的敏捷性，但完全没有想到来改变这个品种。

类型	成书时间	推荐理由
小说	公元 1852 年	引发了美国南北战争的小说，是人们反对种族歧视的有力武器。

酿成美国内战的书
——《汤姆叔叔的小屋》

背景搜索

比彻·斯托夫人出身于美国康涅狄格州一个正统的卡尔文教派的牧师家庭，幼年时期即开始接受基督教教育。宗教典籍和司各特、拜伦、狄更斯、库柏等文学大家的著作伴着她度过了青少年时代。青年时她当过中学教师，随后嫁给了一位神学院的教员。20岁时，她全家搬往辛辛那提市，从此在那里住了18年。她的家与蓄奴的村庄只有一河之隔，有机会接触一些逃亡的奴隶。她的哥哥曾在波士顿教堂发表过激烈的废奴演讲，另一位哥哥则在布鲁克林教堂举行"特殊的黑奴拍卖"，让黑奴获得自由。1850年她来到肯塔基州的一个种植园，从此了解到黑奴悲惨的生活，她决定把自己耳闻目睹的事实都写出来。

这部小说首先于1852年在《民族时代》刊物上连载，立即引起强烈的反响，受到人们无与伦比的欢迎。同时，这部小说出版于在19世纪50年代，正是浪漫主义占文学主流的时候，它的发表对美国文学向现实主义发展产生了深刻的影响。

推荐阅读版本：蒲隆等译，三联书店出版。

内容精要

汤姆是肯塔基州庄园主谢尔比家的一个黑奴,因为他为人忠实、得力,且对人友爱、乐于帮助人,深受庄园主一家和其他奴隶的喜爱,尤其是谢尔比的儿子乔治少爷非常喜欢他,称他为汤姆叔叔。汤姆叔叔的小屋是一间木头房子,屋里挂着几幅圣经故事插图,他的妻子克洛伊婶婶是庄园的厨娘,他们有三个孩子。

谢尔比在股票市场上投机失败,为了还债,决定把两个奴隶卖掉。一个是汤姆,另一个是黑白混血种女奴伊丽莎的儿子哈利。

《汤姆叔叔的小屋》插图,图中汤姆叔叔所救的小姑娘伊娃正在给他读《圣经》。

伊丽莎不是一个俯首帖耳、死心塌地听主人摆布的奴隶,当她偶然听到主人要卖掉汤姆和自己的儿子哈利后,就决定逃跑。临走前她来到汤姆叔叔的小屋告诉他一切。汤姆叔叔想到,如果他一逃走,别的奴隶就会遭到被卖的命运,主人也要丧失所有的产业。他决定留下来,宁愿自己忍受一切痛苦。伊丽莎带着孩子奇迹般地逃脱了奴隶贩子的追捕,来到冰河对岸的自由州,在那里与获得废奴组织帮助而逃脱的丈夫会合,一家人逃往加拿大,成为了自由人。

汤姆被转卖到新奥尔良,在前往种植园的船上,他救了一个小姑娘伊娃。伊娃的父亲圣·克莱出于感激将汤姆买了过来,当作自己家的车夫。汤姆和伊娃建立了感情。两年后伊娃突然病死。圣·克莱决定按照女儿生前的愿望解放

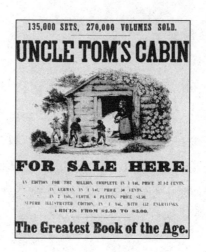

 左图为斯托夫人旧照，右为《汤姆叔叔的小屋》宣传海报。

汤姆和其他黑奴。可是他还没有来得及办妥解放的法律手续，就在一次意外事故中死去了。圣·克莱的妻子未遵从丈夫和女儿的遗愿，反而将所有黑奴送去拍卖。

新主人莱格利是个棉花种植园主，非常残暴。汤姆忍受着这非人的折磨，默默地奉行着做一个正直人的原则，将自己的内心奉献给永恒的上帝。他协助两个女奴逃跑，但自己仍然留下来，和其他可怜的黑奴在一起。莱格利暴跳如雷，把汤姆捆绑起来，鞭打得皮开肉绽，死去活来。汤姆知道生命的最后时刻即将来临，他说："我什么都知道，老爷，但是我什么也不能说，我宁愿死！"

两天后，他过去的主人的儿子乔治·谢尔比赶来赎买汤姆。但是已经太晚了，汤姆在弥留之际对乔治少爷露出了宽慰的笑容，离开了人世。乔治把汤姆葬在一个小丘上，他跪在汤姆的坟头说："我向你起誓，从现在起，我愿尽我的一切力量，把令人诅咒的奴隶制度从我们的国土上消灭掉。"

回到家乡肯塔基后，乔治就以汤姆大叔的名义解放了他名下的所有黑奴，并对他们说："你们每次看见汤姆大叔的小屋，就应该联想起你们的自由。"

慰藉心灵的良药
——《瓦尔登湖》

背景搜索

梭罗的生平十分简单，可以说简单到安静平淡的程度。

1817年7月12日梭罗生于美国康科德城。1833年至1837年在哈佛大学学习，毕业后回到家乡，做了两年教师。1841年至1843年他住在大作家、思想家拉尔夫·沃尔多·爱默生家里，当门徒，又当助手，并开始尝试写作。

到1845年，他形单影只，拿了一柄斧头，跑进了无人居住的瓦尔登湖边的山林中，独居到1847年才回到康科德城。1848年他又住在爱默生家里。1849年，他完成了一本叫作《康科德河和梅里麦克河上的一星期》的书。差不多同时，他发表了一篇名为《消极反抗》的极为著名的、很有影响的论文。

到了1854年，《瓦尔登湖》出版了，开始的时候并没有引起很大的反响，随着时间的推移，它的影响越来越大。

1859年，他支持了反对美国蓄奴制度的运动，当这个运动的领导人约翰·布朗被逮捕并且被判绞刑处死时，他发表了为布朗辩护和呼吁的演讲，并到教堂敲响钟声，举行了悼念活动。

不久他得了肺病，医治无效，于 1862 年病逝于康科德城，终年仅 44 岁。

推荐阅读版本：徐迟译，吉林人民出版社出版。

内容精要

瓦尔登的风景是卑微的，虽然很美，却并不是宏伟的，不常去游玩的人，不住在它岸边的人未必能被它吸引住。但是这一个湖以深邃和清澈著称，值得给予突出的描写。

这是一个明亮的深绿色的湖，半英里长，圆周约一英里又四分之三，面积约 61 英亩半；它是松树和橡树林中央的岁月悠久的老湖，除了雨和蒸发之外，还没有别的来龙去脉可寻。四周的山峰突然地从水上升起，到 40 至 80 英尺的高度，但在东南面高到 100 英尺，而东边更高到 150 英尺，其距离湖岸不过四分之一或三分之一英里。山上全部都是森林。

所有我们康科德地方的水波，至少有两种颜色，一种是站在远处望见的；另一种，更接近本来的颜色，是站在近处看见的。第一种更多地靠的是光，根据天色变化。在天气好的夏季里，从稍远的地方望去，它呈现出蔚蓝的颜色，特别是在水波荡漾的时候；但从很远的地方望去，却是一片深蓝。在风暴的天气下，有时它呈现出深石板色。海水的颜色则不然，据说它这天是蓝色的，另一天却又是绿色了，尽管天气连些许的可感知的变化也没有。

我们这里的水系中，我看到当白雪覆盖这一片风景时，水和冰几乎都是草绿色的。有人认为，蓝色"乃是纯洁的水的颜色，无论那是流动的水，或凝结的水"。可是，直接从一条船上俯瞰近处的湖水，它又有着非常之不同的色彩。甚至从同一个观察点，看瓦尔登也是这会儿蓝，那会儿绿。置身于天地之间，它分担了这两者的色素。从山顶上看，它反映着天空的颜色；可是走近了看，在你能看到近岸的细砂的地方，水色先是黄澄澄的，然后是淡绿色的，最后逐渐地加深起来，直到水波一律地呈现了全湖一致的深绿色。在有些时候的光线下，从一个山顶望去，靠近湖岸的水色也是碧绿得异常生动的。有人说，这是绿原的反映；可是在铁路轨道这儿的黄沙地带的衬托下，也同样是碧绿的，而且，在春天，树叶还没有长大，这也许是太空中的蔚蓝，调和了黄沙以后形成的一个单纯的效果。这是它的虹色彩圈的色素。

也是在这一个地方，春天一来，冰块被水底反射上来的太阳的热量及土地中传播的太

安静、优美的环境给了作者创作的灵感，也使作者找到了心灵的归宿，它给世人提供了一个心灵宁静的港湾。

阳的热量溶解了，这里首先溶解成一条狭窄的运河的样子，而中间还是冻冰着的。在晴朗的气候中，水波激湍地流动，波平面在九十度的直角角度里反映着天空，或者因为太光亮了，从较远处望去，它比天空更蓝些；而在这种时候，泛舟湖上，四处眺望倒影，我发现了一种无可比拟、不能描述的淡蓝色，像浸水的或变色的丝绸，还像青锋宝剑，比之天空还更接近天蓝色，它和那波光的另一面——原来的深绿色轮番地闪现，那深绿色与之相比便似乎很混浊了。这是一个玻璃似的带绿色的蓝色，照我所能记忆的，它仿佛是冬天里，日落以前，西方乌云中露出的一角晴天。

可是你举起一玻璃杯水，放在空中看，它却毫无颜色，如同装了同样数量的一杯空气一样。众所周知，一大块厚玻璃板便呈现了微绿的颜色，据制造玻璃的人说，那是"体积"的关系，同样的玻璃，少了就不会有颜色了。瓦尔登湖应该有多少的水量才能泛出这样的绿色呢，我从来都无法证明。一个直接朝下望着我们的水色的人所见到的是黑的，或深棕色的；一个到河水中游泳的人，河水像所有的湖一样，会给他染上一种黄颜色；但是这个湖水却是这样地纯洁，游泳者会白得像大理石一样，而更奇怪的是，在这

梭罗远离城市，在林中过了两年安静的隐居生活后，写出了散文集《瓦尔登湖》。

水中四肢给放大了，并且给扭曲了，形态非常夸张，值得让米开朗基罗来做一番研究。

水是这样的透明，25 至 30 英尺下面的水底都可以很清楚地看到。赤脚踏水时，你看到在水面下许多英尺的地方有成群的鲈鱼和银鱼，大约只一英寸长，连前者的横行的花纹也能看得清清楚楚，你会觉得这种鱼也是不愿意沾染红尘，才到这里来生存的。

有一次，在冬天里，好几年前了，为了钓梭鱼，我在冰上挖了几个洞，上岸之后，我把一柄斧头扔在冰上，可是好像有什么恶鬼故意要开玩笑似的，斧头在冰上滑过了四五杆远，刚好从一个窟窿中滑了下去，那里的水深 25 英尺，为了好奇，我躺在冰上，往那窟窿里望，我看到了那柄斧头，它偏在一边头向下直立着，那斧柄笔直向上，顺着湖水的脉动摇摇摆摆，要不是我后来又把它吊了起来，它可能就会这样直立下去，直到木柄烂掉为止。就在它的上面，用我带来的凿冰的凿子，我凿了一个洞，又用我的刀，割下了我看到的附近最长的一条赤杨树枝，我做了一个活结的绳圈，放在树枝的一头，小心地放下去，用它套住了斧柄凸出的地方，然后用赤杨枝旁边的绳子一拉，这样就把那柄斧头吊了起来。

伟大的信仰
——《共产党宣言》

背景搜索

　　"科学社会主义"的主要创始人卡尔·马克思于1818年诞生在德国特里尔镇的一个犹太人家庭，父亲是律师。卡尔 17 岁时进入波恩大学攻读法律，随后又转入柏林大学，最后在耶拿大学获得哲学博士学位。大学毕业后的马克思，完全可以走上大学讲坛，成为一名杰出的教授，也可以继承父业，成为一名有社会地位的律师。但是，24岁的马克思却选择了为科学献身的道路。他那激进的政治观点，不久就给自己惹出是非，他因在《莱茵报》上写文章揭露普鲁士政府，而被迫离开德国迁居巴黎，开始了长达几十年之久的政治流亡生涯。在巴黎他遇到了弗里德里希·恩格斯，相同的政治观点使两人结下了深厚的友谊，甘苦与共，直至生命的最后一天。

　　1847年在布鲁塞尔，马克思发表了第一部重要的著作《哲学的贫困》。翌年，他和恩格斯共同起草了其拥有最广泛读者的著作《共产党宣言》。在同年晚些时候，马克思返回科伦，数月后又遭驱逐。之后他迁居伦敦，在那里度过余生。从德国到法国，从法国到比利时，从比利时到英国，在残酷的政治迫害和贫穷与饥饿中，马克思全身心地投入到哲学、政治经济

共产主义的奠基人之一——卡尔·马克思在共产主义者同盟会议上。

学和科学社会主义的研究上,贫困的生活和繁重的工作严重地损害了马克思的健康,导致他过早地去世。马克思最重要的著作《资本论》第一卷于1867年问世。1883年马克思去世,另两卷还没有写完,后来恩格斯根据马克思遗留下来的笔记和手稿编辑整理出版。

弗里德里希·恩格斯出生于一个纺织工厂主的家庭,中学没毕业就被父亲强迫去经商。他性格乐观开朗,十分聪颖,异常勤奋。他在和马克思"几十年毕生创造性的合作中",不仅是志同道合的朋友,还是相得益彰的伙伴。为了帮助马克思一家摆脱困境,他甘愿承受"鬼商业"的桎梏,到曼彻斯特一家公司经商。在长达20年的时间里,他一直用自己的收入接济马克思一家的生活。他和马克思的友谊"超过了关于人类友谊的一切传说"。

推荐阅读版本:中央编译局编译,人民出版社出版。

内容精要

"一个幽灵,共产主义的幽灵,在欧洲徘徊,旧欧洲的一切势力,教皇和沙皇,梅特涅和基佐、法国的激进党人和德国的警察都为驱逐这个幽灵而结成了神圣同盟。"这是《共产党宣言》开宗明义的一段名言。它运用辩证唯物主义和历史唯物主义考察了人类社会,特别是资本主义社会及其历史进程，阐明了资本主义必然被共产主义所代替的客观规律。

首先，马克思和恩格斯运用历史唯物主义的原理，全面考察了人类历史发展的过程，系统地论述了阶级和阶级斗争的理论，提出了关于无产阶级反对资产阶级的阶级斗争的理论内容。阶级斗争是推动阶级社会发展的直接动力，这是贯穿在《共产党宣言》始终的基本原理和主线。《共产党宣言》详细考察了资产阶级的产生和发展的历史，揭示了资产阶级的灭亡和无产阶级的胜利是同样不可避免的。

接下来，《共产党宣言》分析了无产阶级的形成、发展及其历史地位，深刻论证了无产阶级作为资本主义的掘墓人和共产主义的建设者的伟大历史使命。无产阶级只有解放全人类，才能解放自己；无产阶级只有用暴力推翻资产阶级，才能建立自己的统治，进而消灭私有制，消灭阶级，实现共产主义。这就是历史赋予无产阶级的伟大使命。因此，全世界无产者要联合起来。"无产者在这个革命中失去的只是锁链，他们获得的将是整个世界"。

其次，《共产党宣言》阐述了关于无产阶级政党的理论，这是书中极其重要的思想内容。《共产党宣言》作为第一个共产主义政党的党纲，是为了向全世界公开说明共产党人的观点、目的和意图。它集中地体现了科学社会主义形成时期马克思、恩格斯的建党思想，奠定了马克思主义关于党的学说的基础。《共产党宣言》对共产党的性质、特点及基本纲领做了详细的阐明。《共产党宣言》是通过对共产党同其他工人政党关系的分析，来说明党的性质和特点的。他们指出，共产党不是同其他工人政党相对立的特殊政党，它没有任何同无产阶级的利益不同的利益。共产党是为工人阶级利益服务的政党。

最后，《共产党宣言》论述了无产阶级国际联合的必要性和可能性，指出一个国家无产阶级革命的胜利就是对国际无产阶级革命事业的巨大贡献，号召"全世界无产者，联合起来"！

类型	成书时间	推荐理由
政治经济学论著	公元 1867 年	科学社会主义政治经济学经典著作,迎来了无产阶级新的斗争历程。

马克思主义的百科全书
——《资本论》

背景搜索

卡尔·马克思是科学社会主义学说的奠基人。他在 19 世纪中期完成了马克思政治经济学理论体系的创建,写成了具有划时代意义的不朽巨著——《资本论》。

19世纪五六十年代是马克思一生中最困苦的时期,但也是其政治经济学体系日渐成熟的时期。

在从《1857~1858年经济学手稿》这个《资本论》的最初稿本中,马克思第一次提出了剩余价值理论,继唯物史观这一伟大发现之后完成了第二个伟大发现。

1858年初,马克思开始在这个手稿的基础上写了《政治经济学批判》一书。书中揭示出商品的二重性、商品的使用价值和交换价值的矛盾,发现了凝结在商品中的劳动二重性,这一发现是"理解政治经济学的枢纽"。

1867年9月14日,《资本论》第一卷在汉堡问世。第二卷和第三卷由于马克思的过早逝世未能最终完成,后经恩格斯整理和增补,分别在 1885 年和 1894 年出版。

推荐阅读版本:郭大力、王亚南译,上海三联书店出版。

1867年出版的《资本论》的封面。它的出版，是国际共产主义运动史上的一件重要大事，是科学社会主义史上的伟大事件，在政治经济学史上也完成了一个伟大的变革。

内容精要

马克思的《资本论》是一部鸿篇巨制，全书共分四卷。前三卷是理论部分，研究资本的运动，即资本的生产过程、资本的流通过程和资本的总过程、总形态。实质上也就是探讨剩余价值的生产、流通和分配的过程。这三卷构成了一个以资本和剩余价值为核心的理论体系。第四卷是历史批判的部分。在《资本论》中马克思揭示了资本剥削的秘密就在于"剩余价值"。

商品是用于交换的劳动产品，使用价值和价值是商品的基本属性，二者的关系形成了商品的内部矛盾。生产商品的劳动具有二重性，即具体劳动和抽象劳动，具体劳动创造了商品的使用价值，抽象劳动创造了商品的价值。资本主义商品交换关系实际上是人与人的关系的物的形式。

货币是一种特殊的商品，它是作为一般等价物的商品。货币的主要职责是价值尺度、流通手段、储藏手段、支付手段等等。资本是产生剩余价值的货币流通。在资本主义生产关系中，货币必须转化为资本，才能实现增值。商品流通中价值并不增值，而资本流通则是价值自身增值的运动。资本流通的关键在于劳动力成为商品，而作为其主体的货币所有者是资本家。资本家在劳动力市场上购进劳动力，在生产资料市场上购买生产资料，作为买进的商品投入生产过程。生产过程是"劳动过程"和"价值形成、价值增值过程"的二重性的统一。劳动力的价值和使用价值在资本主义生产中具有不同的作用。劳动力的使用价值在生产过程中创造了新的高于劳动力自身价值的价值，即创造了剩余价值。

资本主义生产不仅是商品的生产，它实质上是剩余价值的生产。工人不是为自己生产，而是为资本家生产。因此，工人单是进行生产已经不够了，他必须生产剩余价值。只有为资本家生产剩余价值或者为资本的自行增值服务的工人，才是生产工人。成为生产工人不是一种幸福，而是一种不幸。

根据生产方式的不同，又可以分为绝对剩余价值和相对剩余价值。在古典政治经济学中，早就提出了绝对剩余价值。在重农学派看来，剩余价值只存在于地租形式中。把工作日延长，使之超出工人只生产自己劳动力价值的等价物的那个点，并由资本占有这部分剩余劳动，这就是绝对剩余价值的生产。绝对剩余价值的生产只同工作日的长度有关。

绝对剩余价值的生产构成了资本主义体系的一般基础，并且是相对剩余价值生产的起点。相对剩余价值的生产以特殊的资本主义的生产方式为前提；这种生产方式连同它的方法、手段和条件本身，最初是劳动在形式上隶属于资本的基础上自发地产生和发展的。就剩余价值的生产来说，工作日一开始就分成必要劳动和剩余劳动这两个部分。为了延长剩余劳动，就要用各种方法缩短生产工资的等价物的时间，从而缩短必要劳动，获得剩余劳动时间，获得剩余价值。而没有这种剩余时间，就不可能有剩余劳动，从而不可能有资本家。相对剩余价值的生产使劳动的技术过程和社会组织发生了根本的革命。

 马克思和恩格斯在讨论《资本论》手稿中的问题。

　　资本主义的生产方式一旦掌握整整一个生产部门,它就不再是单纯生产相对剩余价值的手段,而一旦掌握所有决定性的生产部门,那就更是如此。

　　相对剩余价值生产是资本主义典型的生产方法,它只有通过提高劳动生产率才能实现,而在资本主义制度下,劳动生产率的提高,意味着剥削程度的提高。资本主义用提高劳动生产率来加速剩余价值的生产,有三个主要阶段:协作、手工制造业、机器大工业。资本主义制度在机器大工业的基础上确立了自己的统治,然而却使资本主义的矛盾和阶级斗争日益尖锐化,从而形成了使它必然灭亡的物质基础和阶级力量。

　　《资本论》中的剩余价值理论,具有鲜明的科学性。这个理论在劳动价值论的基础上,说明了超出投入的产出剩余的创造过程。劳动者可以创造产出剩余的事实,在封建社会是清晰可见的,但到了存在交换关系的资本主义社会却变得神秘莫测。剩余价值理论揭穿了这种神秘面纱,揭示了资本剥削的最大秘密。

类型	成书时间	推荐理由
小说	公元 1880 年	揭示人类最黑暗的心理，探讨善与恶的现代小说。

偶合家庭的爱与憎
——《卡拉马佐夫兄弟》

背景搜索

陀思妥耶夫斯基，俄国小说家。1821年诞生于莫斯科，他的一生和他所写的伟大小说一样黑暗，一样戏剧化。其父是前陆军军医，在任职期间取得贵族身份，并拥有两处田庄，后来因为酒后的暴行，被家中农奴强行灌酒，气绝而亡。

陀思妥耶夫斯基于1838年至1843年就读于彼得堡军事工程学校，毕业后开始从事文学创作。1845年完成第一部小说《穷人》，获得俄国著名文学评论家别林斯基的赞扬，被誉为第一部俄国社会小说。

1849年，陀思妥耶夫斯基被指控反对沙皇而被捕并判处死刑，就在行刑士兵的枪举起的时候，传来了沙皇的谕令，由死刑改为流放西伯利亚。从死亡边缘回来的陀思妥耶夫斯基体会到了一种前所未有的感觉，并深刻地影响了他的思想和小说。

12年的劳役生活同样令他改变了很多，一方面丰富了生活知识，积累了文学素材，同时，对社会的观察使他对人生的思考也更趋于深刻，富于哲理；另一方面，流放生活使他远离了俄国的先进阶层，当时日趋频繁发作的癫痫病也加重了他精神上的抑郁。

回到彼得堡以后，他和哥哥创办了《时代》杂志，并凭借《死屋手记》恢复了往日声誉，被托尔斯泰评为"最优秀的作品"。同时期的小说《被欺凌与被侮辱的》深受读者喜爱。随后发表的《冬日里的夏天印象》、《地下室手记》、《罪与罚》、《白痴》以及《卡拉马佐夫兄弟》则使他跻身世界最伟大的小说家之列。

1881 年 2 月 9 日，陀思妥耶夫斯基在彼得堡逝世。

推荐阅读版本：耿济之译，人民文学出版社出版。

内容精要

《卡拉马佐夫兄弟》是俄国大作家陀思妥耶夫斯基的最后一部长篇小说。它是根据一桩真实的弑父案写成的。它围绕着卡拉马佐夫和他的儿子们——德米特里、伊凡、阿历克赛以及名为奴仆实为私生子的斯麦尔佳科夫，展示了一个错综复杂的社会、家庭、道德和人性的悲剧主题。

费陀尔·巴甫洛维奇·卡拉马佐夫年轻时是一个寄人篱下的食客，常常扮演小丑的角色。为了谋求财产和地位，曾两次结婚。妻子相继去世后，他全然不顾教养三个儿子的义务，任凭他们由命运摆布。卡拉马佐夫生活糜烂，自私贪婪，甚至奸污了患有精神病的丽莎。丽莎生下了一个孩子，取名斯麦尔佳科夫，从小由家里的仆人抚养，长大后成为家里的厨子。到了晚年，卡拉马佐夫已经是外省县城里的一个富裕地主和高利贷者了。

他的长子德米特里是一个退伍军官，他和未婚妻卡捷琳娜·伊凡诺夫娜一起来到县城，向他父亲索取母亲留下的遗产。在县城，德米特里遇到了艺妓格鲁申卡，并且疯狂地爱上了她。他背叛了未婚妻。可是老卡拉马佐夫也垂涎格鲁申卡的美貌，存有非分之念。为了财产和艺妓，德米特里与父亲发生了激烈的冲突，并扬言要杀掉父亲。

自称"做梦人"的陀思妥耶夫斯基。

第二个儿子伊凡是一个接受了完整大学教育的评论家。伊凡和他哥哥不同，他崇尚理智，力求理解生活的意义，是一个无神论者。他认为现存的社会秩序不合理，但对改造世界持悲观态度。他从不相信上帝的存在，认为既然没有上帝，那么什么都可以做。他经受着没有信仰的痛苦，把人人可以为所欲为作为自己的处世原则。在父兄发生争执的时候，他充当了调解人。在调解期间，他和哥哥的未婚妻暗中互相爱慕。尽管他偶尔会调解家庭矛盾，但是他还是抱着听之任之的态度，任由父兄争执不休，把他们比作两条相互撕咬的毒蛇。

第三个儿子阿历克赛纯洁、善良，为了摆脱"世俗仇恨"和追求"爱的理想"而当了见习修士。他被大家信任和喜爱。他爱所有的人，尽力劝慰由于情欲而处于疯狂状态的父亲和哥哥。

私生子斯麦尔佳科夫长期处于卑屈的处境，郁积起对家庭和父亲的怨毒情绪，他接受了伊凡那种人人可以为所欲为的思想，公然声称为了个人利益可以背叛自己的信念。

德米特里企图向父亲索取3000卢布来偿还他欠未婚妻的一笔钱。他也知道父亲已准备了3000卢布送给格鲁申卡，但他更担心的是格鲁申卡到家里与父亲见面，这样他就不可能娶她了。一天晚上他发现格鲁申卡不在家，便跑到父亲那里去找她，可是格鲁申卡并不在。当他看到父亲时，心中燃起怒火，但克制住自己，没有伤害他。翻墙离开时，他被仆人格里戈里发现，便顺手用铜杵打昏了仆人。

德米特里以为仆人已死，便匆匆离去。他马上打听到格鲁申卡已和她过去的情人到莫克洛叶的酒馆去了，这时，他对格鲁申卡的爱情已经绝望，加上以为自己杀了人，便打算到莫克洛叶和格鲁申卡见一面后自杀。不料格鲁申卡对她过去的情人非常失望，因为他来找她不是出于爱情，而是为了钱。因此她一见德米特里便宣布将永远爱他，将自己过去的情人撵走。德米特里被她的爱情陶醉了。这时，县警察局长和法官赶到莫克洛叶，指控德米特里有杀父之罪，并逮捕了他。

原来斯麦尔佳科夫预见到德米特里和他父亲的冲突不可避免，性情暴烈的德米特里可能动武，甚至杀害父亲，这时他便可以窃取老卡拉马佐夫为格鲁申卡准备好的3000卢布，嫁祸于德米特里。为了避免被人怀疑，他在近几天佯装癫痫发作。他事先暗示伊凡家里可能出事，劝他"离罪孽远些"。伊凡对此不置可否。就在德米特里到家找格鲁申卡的那天晚上，当斯麦尔佳科夫听到格里戈里的叫声后，他立刻到老卡拉马佐夫的房里，却发现他并未受到伤害。为了偷走3000卢布，他用铁的镇纸把老卡拉马佐夫打死，回去继续装病。

案发后，伊凡起初相信杀父的是德米特里。经过痛苦的思想斗争，终于向斯麦尔佳科

图为历代沙皇的宫殿克里姆林宫，它享有"世界第八奇景"的美誉，十月革命后成为苏联党政机关所在地，现在则为俄罗斯政府的代称。

夫了解到他父亲被杀的详情。斯麦尔佳科夫说明他是根据伊凡的原则做了这件事情，并且得到了他的默许，因此杀父的主犯是伊凡，而他只是从犯。伊凡大为恼火，决定要在法庭上告发他，而斯麦尔佳科夫则在开庭前夕畏罪自杀了。

开庭时，德米特里一再声明他不是凶手。伊凡也作证：杀害老卡拉马佐夫的是斯麦尔佳科夫，并得到他的纵容，作证后他就昏倒了，医生检查他得了脑炎。伊凡的证词没有充分依据，法庭判决德米特里流放西伯利亚20年。经过一系列事件后，德米特里想到人们所受的苦难，内心涌起想为大家做些事以减轻人们痛苦的愿望，在精神上得到了"复活"，表示要"通过痛苦洗净自己"。

阿历克赛相信德米特里的清白，他暂时留在家里照顾两个哥哥，以后将根据卓西玛长老临终时的嘱咐，离开家乡，走向人间。

这一"偶合家庭"最终崩溃了，它成为分崩离析的沙皇专制社会的一个缩影。

类型	成书时间	推荐理由
昆虫学论著	公元 1879 年～1910 年	科学与文学完美结合的典范，堪称一部"昆虫的史诗"。

昆虫的史诗
——《昆虫记》

背景搜索

　　亨利·法布尔是法国著名科学家、科普作家。1823 年 12 月，法布尔降生在法国南方一个贫穷的农民家中，从小生活极其穷困。上小学时，他常跑到乡间野外，兜里装满了蜗牛、蘑菇或其他植物、虫类。从小他就对自然充满了兴趣和喜爱。

　　法布尔 15 岁考入师范学校，毕业后谋得初中数学教师的职位。一次他带学生上户外几何课，忽然在石块上发现了垒筑蜂和蜂窝，被城市生活禁锢了多年的"虫心"突然焕发。他花了一个月的工资，买了一本昆虫学著作，立志做一个为虫子写历史的人。

　　法布尔业余时间勤奋自学，在 12 年中，他靠自修，先后取得了大学物理数学学士学位和自然科学学士学位。31 岁那年，法布尔一举获得自然科学博士学位。在学习的同时，他还坚持观察研究昆虫及植物，并发表过非常出色的论文。

　　法国教育部曾以杰出教师的称号为他授勋，表彰他在教师岗位上也能从事自然科学研究。但出于保守、偏见和嫉妒，有人无端指责他是"具有颠覆性的危险人物"，宗教界的顽固派攻击他"当着姑娘的面讲植物两性繁殖"。

1875 年，法布尔带领家人迁往乡间小镇，他整理了积累 20 余年的资料而写成的《昆虫记》第一卷于 1879 年问世。

1880 年，法布尔用积攒下的钱购得一所老旧民宅，他用当地普罗旺斯语给这处居所取名为"荒石园"。这个荒石园里到处都是瓶子、罐子、石头、洋灰等等，法布尔自己则穿着农民的粗呢子外套，不时地用尖镐、平铲刨刨挖挖，建立了一座昆虫乐园。他在这里观察虫子、记录虫子的生活，完全沉浸在科学的乐趣中。他把劳动成果写进一卷又一卷的《昆虫记》中。1910 年，《昆虫学》第十卷问世。

这一年，家人以"从事《昆虫记》写作 50 周年"之名，邀集法布尔的挚友和学界好友来到荒石园。一时间法国好像重新记起了这位杰出的科学家，法布尔又重新回到了学术和新闻的中心。他并没有为此沾沾自喜，他只是非常欣慰，自己的作品在这一年中的销量是以往 20 年的总和。

人们似乎意识到以前对法布尔的忽视是多么的无知，迫不及待地把一切荣誉加在他的身上。法国文学界曾以"昆虫世界的维吉尔"的称号，推荐他为诺贝尔文学奖候选人。然而，诺贝尔奖委员们还没来得及做最后决议，这位歌颂昆虫的大诗人就去世了，时年 92 岁。尽管他没有得到诺贝尔奖，但是他从昆虫世界里得到的东西远远比诺贝尔奖要丰富。

内容精要

《昆虫记》10 大册，每册包含若干章，每章详细、深刻地描绘一种或几种昆虫的生活：蜘蛛、蜜蜂、螳螂、蝎子、蝉、甲虫、蟋蟀等等。向人们展示了奇妙美丽的昆虫世界。

丑陋的、行动缓慢的毛虫为什么会变成能飞善舞的美丽蝴蝶？柔软、白色的蛴螬，为什么会变成身着盔甲的、有色泽的甲虫？醒醒、无光泽的水生生物为什么在它蜕皮后会变成招人喜爱的蜻蜓？

原来，昆虫从卵到成虫要经过许多的变化，这些显著的、奇特而惊人的变化叫作变态。昆虫的变态可分为完全变态和不完全变态两种类型。

饲养过蚕的人都知道，蚕从卵内孵出时是蛆样的幼虫，这幼虫叫蚕，蚕取食桑叶，经过几次蜕皮就吐丝作茧，在茧里变成蛹，再经过一段时间蛹就咬破茧壳飞出成了蛾子。可以看出，家蚕的一生经过 4 个时期，即卵—幼虫—蛹—成虫。这种变态叫完全变态。

蝗虫和蚱蜢的一生和蚕不同。它们从卵里出来时就同成虫的形状差不多，只不过个体

较小，这种小蝗虫称为蝗蝻，或叫若虫。蝗蝻经过几次蜕皮长成成虫（蝗虫）。所以蝗虫的一生只经过 3 个时期，即：卵—若虫—成虫。这叫作不完全变态。

可以看出，不管哪种变态，昆虫都要蜕皮，只有经过数次蜕皮，幼虫才能长大。所以蜕皮在昆虫成长发育中极为重要。那么，昆虫怎样蜕皮呢？

将要蜕皮的幼虫不吃也不动，由于表皮细胞的剧烈增殖，皮下产生很多皱褶，同时分泌蜕皮液，将表皮内的表皮层溶化，使旧表皮与真皮细胞分离，而渐渐形成一层薄薄的新皮。这时昆虫收缩腹部肌肉以增加胸部的血压，背部拱起使旧表皮破裂。有些水生昆虫是靠吞食空气和水来增加挤破旧皮的力量。当旧表皮破裂后，幼虫以蠕动的方式渐渐把皮蜕掉。有很多昆虫蜕皮时倒挂在树上，借助重力的帮助把旧皮蜕去。昆虫把皮蜕掉后，借助吸收相当数量的空气（或水）来增加它们的体积。这时幼虫的肌肉仍保持着收缩的状态，以便于借助血压来使身体各部扩展到最大限度。所以昆虫每蜕一次皮，身体就显著增大，形态亦发生改变，并增加一个龄期。所以昆虫的幼虫和若虫是以蜕皮的次数来计算年龄（龄期）的。

昆虫的一生是很短的，一般的一年可以完成两三代，有的能完成很多代，如蚜虫一年可完成二三十代，但有的一年只完成一代，如一些金龟子。有些天牛则要两三年才完成一代。

在法布尔的笔下，每一种昆虫都极具灵性，栩栩如生、跃然纸上。他还按照昆虫的不同特征来集中介绍它们，就好像介绍某一行业的可爱的人一样。

能发出声音的昆虫的种类很多，要评选歌手，首先要从那些身配"音器"、能用不同形式和方法来拨弄"琴弦"，而且使人听来感到音韵幽雅入耳的昆虫中去挑选。

昆虫中的歌手，蟋蟀可以称"星"。蟋蟀俗称蛐蛐，是一个昆虫类群的总称，有数十种之多，可以说是个规模不小的田间合唱队。由于它们的鸣声婉转动听，惹人喜爱，人们根据不同种类的外形及颜色的深浅，给它们起了不少美妙的"艺名"，如青麻头、红麻头、关公脸、蟹壳青、大元帅、黑李逵、金琵琶、长尾梅、花翅膀等等。其实它们在昆虫学中有着各自的归属和真名实姓，它们都属于昆虫纲中的直翅目蟋蟀科。蟋蟀不但善鸣，而且更善斗，故有雄鸡斗蟋蟀的故事流传至今。

姬蟋是蟋蟀科中的优质种类。它们的鸣声多变，声音洪亮，在适宜的气候条件下，当夜幕降临时，便"唧唧唧唧……"叫个不停，可以算得上合唱队中的领唱了。

鸣虫中的螽斯，属于直翅目中的螽斯科。这个合唱队，也很有点名气，不但队员多，而且有闻名的歌手蝈蝈做台柱，人们不仅爱听它的歌声，还把它捉来关在用高粱篾儿编的小笼中，挂在凉台或葡萄架下，观赏它那翠绿的衣冠以及用前足梳头洗脸的滑稽动作。

织螽，俗名纺织娘，顾名思义，它们常发出像是老式木制织布机织布时发出来的"唧扎、唧扎"声。似织蟋蟀的发音，像是有意与纺织娘的音调互相搭配，而发出穿梭般的"似织、似织"声。草螽斯、树螽斯、绿螽斯等发出"吱里、吱里"，"卡扎、卡扎"各种声调。属于直翅目金钟科的金钟儿，虽然在大自然中的个体数量较少，但也常以它那铜铃般的"钟声"，旁敲侧击地为螽斯合唱队伴奏。

蝉，俗名知了。在昆虫纲中属于同翅目蝉科，现记载的约百余种。蝉儿总爱攀登高枝，自命不凡，只有在绿树成荫的"剧场"，它们才肯亮相激昂高歌。蝉类合唱队，常常随着季节的变化轮换演员登台，同时也传递给人们转换季节的信号。

蟪蛄是最早登场的歌唱演员。春末夏初，麦穗稍黄，它们就发出尖锐的"吱吱……唧唧……"的叫声，好像运麦大车轴瓦的摩擦声。也许是由于这些演员体小力薄，总喜欢在低矮的树干上演唱，而且时间也短，整个演唱会只有半月余。

黑蚱蝉鸣声响亮，震耳欲聋，偏偏它们又喜欢同时登台，当群蝉齐鸣时，常常使人感到烦躁。不过它们可起到天气预报的作用，谚语说："群蝉齐鸣天必晴"，"晴天蝉眠天要阴"。黑蚱蝉在蝉的种群中，称得上黑大个，声音又是那样"咋咋咋"地叫个不停。

鸣鸣蝉性情孤独，只有半山区才能听到它们那"鸣鸣鸣……哇"的"喊冤声"，像是为被赶出了合唱队而鸣不平。鸣鸣蝉的仪表装饰要胜黑蚱蝉一筹，粉绿色的身体，夹杂着些黑色条纹，表面不均匀地涂着一层自身分泌出来起着保护作用的蜡粉。

《昆虫记》详细而深刻地记录了昆虫的生活，向人们展示了丰富的昆虫世界。

　　伏了蝉，每逢夏至时节才登台献艺。它们像是有点未卜先知，伏天刚到，它们便"伏了伏了"地叫个不停，也像是告诉人们，伏天过完，气候将变凉，应该提早准备御寒的棉衣了。伏了蝉体形略小于鸣鸣蝉，体态端庄，黄绿色的外衣上点缀着星星黑斑。由于它们的发音器官较大，鸣叫时腹部总是不停地起伏着，也起着调节音量和频率的作用。

　　寒蝉和茅蜩蝉始终是音乐会的压轴，入秋时才开始发出鸣声，声音显得那么凄惨急躁，好像在唱寒冬将至性命难保的悲调。红娘子蝉，声音最小，但由于身着鲜艳红装，却成了舞台上的佼佼者。

　　在自然界中能从发音器官发出声音来的昆虫都是雄虫。

　　除上述这些鸣声响亮、持续时间长、有特殊构造的发音器官的昆虫种类外，属于鞘翅中的天牛、金龟子、锹形虫，属于鳞翅目中的天蛾、枯叶蛾、箩纹蛾等，当它们的成虫或幼虫被捉住，或受到惊扰时，也能靠身体节间的挤压和摩擦，发出尖锐的"吱吱"声来。直翅目中的蝗科昆虫，也有不少种类可发声。膜翅目中的蜂类，双翅目中的蝇、蚊、虻等昆虫，由于在飞行中翅膀与空气的互振作用，也能发出"嗡嗡"的声音来，可是它们不具有特殊的"乐器"发音器官，无疑没有登台表演的资格。

类型	成书时间	推荐理由
小说	公元 1869 年	再现了一个波澜壮阔时代的巨著，被誉为世界上最伟大的小说。

生活的海洋
——《战争与和平》

背景搜索

  托尔斯泰出身于俄国图拉省克拉皮文县的名门贵族，家庭谱系可以追溯到16世纪，远祖从彼得一世时获得封爵。父亲尼古拉·伊里奇伯爵参加过1812年卫国战争。托尔斯泰一岁半丧母，9岁丧父，由姑母抚养长大。

  16岁时托尔斯泰考入喀山大学东方系，攻读土耳其、阿拉伯语，准备当外交官。后来又转到法律系。在大学期间，他对哲学产生兴趣，并广泛阅读了文学作品。在法国启蒙思想的影响下，他对沙皇专制制度产生不满，退学回乡经营田庄。1851年去高加索服役并开始创作，1856年以中尉衔退役。次年去法国、瑞士、意大利和德国游历，不仅扩大了文学视野，也增强了他对俄国现状的认识。

  1862年9月，他同御医、八品文官安·叶·别尔斯的女儿索菲亚·安德列耶夫娜结婚。在他一生中，他的夫人很好地充当着贤妻良母的职责，不仅操持家务，还为他誊写手稿，例如《战争与和平》就抄过多次。但由于两人的思想不同，因此多有分歧，最终造成了家庭的悲剧。

● 正在耕地的托尔斯泰。

　　托尔斯泰晚年放弃了贵族的生活方式，像普通农民一样挑水、耕地、种菜，但遭到夫人的反对。托尔斯泰曾两次想离家出走未成，最后于1910年11月10日从亚斯纳亚·波利亚纳秘密出走，途中患肺炎，20日在阿斯塔波沃车站逝世。遵照他的遗言，遗体被安葬在亚斯纳亚·波利亚纳的森林中，坟上没有树立墓碑和十字架。

　　推荐阅读版本：刘辽逸译，人民文学出版社出版。

内容精要

　　1805年，在拿破仑率兵征服欧洲之后，法国和俄国之间也发生了战争。青年公爵安德烈·保尔康斯基在把怀孕的妻子交给退隐于领地"秃山"的父亲及妹妹玛莉亚之后，就担任库图佐夫将军的副官，向前线出发了，他期望这次战争能为自己的事业带来辉煌与荣耀。

　　安德烈所属的俄军在奥斯特里茨之役中战败。当他在战场上抬头看见蓝天时，他意识到一切名誉都是虚空的，生活才是真实的。他历尽种种艰难后，回到秃山。可是妻子在产下儿子后死去，安德烈陷入孤独和绝望中，他觉得自己的人生已告结束，便下定决心终老于领地。

　　安德烈的刚留学归来的好友彼埃尔，是别竺豪夫伯爵的私生子，由于继承了伯爵身后的全部遗产，因此，他摇身一变成为莫斯科数一数二的资本家，成为社交界的宠儿。居心叵测的监护人库拉金公爵看到这一点，便把美貌但品行不端的小姐爱伦嫁给他。婚后不久，彼埃尔就发现了爱伦与别人的暧昧关系，他与情敌决斗，取得了胜利，却陷入了善恶和生死问题的困扰中。不久，彼埃尔加入了共济会，得出了一套生活的哲学，他又宽宏大量地接回了妻子。

鲁本斯的油画《战争与和平》。

　　1807年6月，拿破仑与沙皇签署了和平协定，暂时的和平生活开始了。

　　1809年春天，安德烈在罗斯托夫公爵家里见到了年轻美丽的公爵女儿娜达莎。他被深深地吸引，向她求婚。但安德烈的父亲认为娜达莎不够富有，年龄太轻而表示反对。最后双方相约，一年后成婚，不久，安德烈出国了。

　　娜达莎在寂寞中等待了一年，她结识了爱伦的兄弟阿纳托尔。在他的诱惑下，二人决定私奔。至此，她与安德烈的婚约宣告无效。虽然这件事情对安德烈打击很大，但在繁忙的军务中他渐渐地淡忘了。

1812年，拿破仑率先撕毁了原来的和平协定，俄法两国再度交战。俄法军队在波罗金诺展开了一场异常激烈的争夺战。安德烈在这场战役中身受重伤，恰巧坐上了罗斯托夫家运送伤兵的马车。娜达莎意外地在伤员中发现了奄奄一息的安德烈。她向他谢罪，并悉心看护他。安德烈在娜达莎的爱情中死去。

▲ 图为托尔斯泰的墓地。没有墓碑，没有十字架，仅是一个长方形的土堆。

彼埃尔留在莫斯科，决定伺机刺杀拿破仑，却为解救遭受法国士兵凌辱的俄国妇女而被俘。爱伦在战火中，仍然不改放荡本性，最后，因误食堕胎药而死亡。

拿破仑的军队在空城莫斯科分崩离析，沙皇并没有和他签订和平协定。在法军撤退的途中，哥萨克人不断侵袭，大量俄国战俘被解救，彼埃尔也重获自由。俄国终于赢得了战争的胜利。

彼埃尔回到莫斯科，恢复了同罗斯托夫和保尔康斯基一家的友谊。他和已经长大成熟的娜达莎结婚，生活幸福，养育了4个聪敏可爱的孩子。娜达莎完全把自己的一切献给了丈夫和孩子们。他们发现彼此在生活中实现了他们过去的梦想。

娜达莎的哥哥尼古拉也娶了安德烈的妹妹玛丽娅，他们收养了安德烈的儿子，幸福最终来到每个人的身边。

类型	成书时间	推荐理由
小说	公元 1873 年	一个从未出门旅行的作家，完全基于科学知识写就的科学幻想小说。

轰动全世界的旅行
——《八十天环游地球》

背景搜索

凡尔纳，法国作家，现代科幻小说的奠基人，被誉为"科学幻想小说的鼻祖"。

凡尔纳生于法国西部海港南特，父亲是位颇为成功的律师，一心希望子承父业。凡尔纳在市区一个小岛上的中学学习，面对海洋，他产生了无限的向往，渴望出航冒险。11 岁时，凡尔纳背着家人，偷偷地溜上一艘开往印度的大船当见习水手，准备开始他梦寐以求的冒险生涯。但是家里及时发现了这一情况，父亲在下一个港口将他追了回来，极其严厉地惩罚了他。梦想被打碎的凡尔纳流着泪向父亲许下诺言："以后保证只躺在床上在幻想中旅行。"他彻底丧失了成为冒险家的可能性。也许正是由于这一童年的经历，客观上促使凡尔纳一生驰骋于幻想之中，创作出如此众多的著名科幻作品。

18 岁时，他遵从父亲的安排，去巴黎攻读法律，可是他对法律毫无兴趣，却爱上了文学和戏剧。一次意外的机会他结识了大仲马，开始了文学创作之路。毕业后，他更是一门心思投入诗歌和戏剧的创作，为此不仅受到父亲的严厉训斥，而且失去了父亲的经济资助。他不得不在贫困中奋斗，以读书为乐，决心创作地理方面的文学作品。

1856年，凡尔纳在亚眠旅游，遇到一名带着两个孩子的漂亮寡妇，两人一见钟情并结婚。接着凡尔纳定居亚眠，从此开始认真创作。

凡尔纳的第一部著作《气球上的五星期》曾经向15家出版社投稿都被退回，他失望地将稿件扔进了壁炉，如果不是他的妻子抢了出来，并且鼓励他，也许后来的人们就会失去阅读这部精彩小说的机会。凡尔纳的这部作品在第16家出版社才受到赏识。小说出版后成为一部最畅销的书，并被译成多国文字。1862年，34岁的凡尔纳已是一位名作家了。他和出版商签订了一项合同，每年写出两部科幻小说。他的创作逐渐进入成熟期，随着声望的提高，凡尔纳的财富也在迅速增长。

他买了一条当时最大的游艇，还造了一所有高塔的楼房，塔上有一间像船舱一样的小屋。这间屋里摆满了书籍和地图，他就在这间屋里度过了他一生中的后40年。1892年凡尔纳获得了荣誉勋位勋章。

凡尔纳晚年患了糖尿病，生活不是十分幸福，创作减少并进入衰弱期，1905年3月因病去世。全世界都来参加他的葬礼，包括那些过去看不起他、背后议论他的法国科学院院士、外交使节团和许多国王及总统的特派代表。当时一家巴黎报纸的报道中是这样评论的："这位讲故事的老人死去了，这就和飞驰而过的圣诞老人一样。"

他的科学幻想冒险小说总名称为《在已知和未知世界里的奇异漫游》，代表作为三部曲《格兰特船长的儿女》、《海底两万里》、《神秘岛》，主要作品还有《气球上的五星期》、《地心游记》、《机器岛》、《漂逝的半岛》、《八十天环游地球》等20多部长篇科幻历险小说。他的小说在世界各地广泛流传，家喻户晓，特别是《八十天环游地球》带有逼真的现实主义色彩，当它在《时报》上连载时曾一度轰动全世界，至今仍是一部广受欢迎的作品。

推荐阅读版本：沙地译，中国青年出版社出版。

内容精要

斐利亚·福克是一位英国绅士，住在伦敦的赛乐微街。他家境富有，是一个温文尔雅的单身汉，生活悠闲而有规律。每天他都会去宝马街的改良俱乐部，在那里用过早饭后，就阅读《泰晤士报》、《标准报》、《每日晨报》等等。一天中午，在改良俱乐部里，许多绅士都在谈论一桩刚刚发生的银行抢劫案。他们都是和福克一起玩纸牌的老伙伴，其中安得鲁·斯图阿特是工程师，约翰·苏里万和撒木耳·法郎丹是银行家，多玛斯·弗拉纳刚是

科学幻想之父儒勒·凡尔纳。

啤酒商，高杰·若夫是英国国家银行董事会董事。这些人既有金钱，又有声望，在俱乐部的会员中，也都称得上是金融工商界拔尖的人物。

他们对发生在三天以前的案件各抒己见。那天是9月29日，5.5万镑的巨款，竟从英国国家银行总出纳员的小柜台上被人偷走了。警察经过初步调查，肯定了作案者绝非英国现有的任何盗贼帮会的成员，而是一位衣冠楚楚、气派文雅的绅士，他曾经出现于付款大厅即盗窃案的发生现场，并徘徊良久。一批最干练的警员和密探被派到了各个主要的港口，谁能破案谁就将获得2000英镑的奖金，而且还外加追回赃款的百分之五作为报酬。

绅士们讨论这个盗贼能不能迅速地从警察的监视中逃跑，并由此探讨到了环游地球的问题，对于环游地球一圈的时间，他们发生了激烈的争论，有人认为需要用三个月的时间。

这时，福克说："只要80天。"

约翰·苏里万也同意他的说法，"事实上也是这样，先生们，"他说，"自从大印度半岛铁路的柔佐到阿拉哈巴德段通车以来，80天足够了。"他还用《每日晨报》上刊登的一张时间表来证明：自伦敦至苏伊士途经悉尼山与布林迪西（火车、船），7天；自苏伊士至孟买（船），13天；自孟买至加尔各答（火车），3天；自加尔各答至中国香港（船），13天；自香港至日本横滨（船），6天；自横滨至旧金山（船），22天；自旧金山至纽约（火车），7天；自纽约至伦敦（船、火车），9天；总计80天。

安得鲁·斯图阿特也同意，但是他认为坏天气、顶头风、海船出事、火车出轨等等事故都不计算在内。

福克却坚持这些全都算进去，环游地球80天也够了。激动的斯图阿特举例说印度的土人，或者美洲的印第安人会把铁路钢轨撬掉呢，他们会截住火车，抢劫行李，还要剥下旅客的头皮！在种种危险的可能性中，福克仍然坚持不管发生什么事情，反正80天都够了。斯图阿特用4000英镑来打赌，福克同意了。

他说："一个体面的英国人，打赌也像干正经事一样，是绝不开玩笑的，我准在80天内，甚至不用80天就绕地球一周，也就是说，花1920小时或者说花11.52万分钟绕地球一周，谁愿意来打赌，我就跟他赌两万英镑。你们来吗？"

斯图阿特、法郎丹、苏里万、弗拉纳刚和若夫这几位先生商量了一会儿之后，同意了。福克决定当天晚上就走，按照计划，他应该在12月21号星期六晚上8点45分回到伦敦，仍然回到俱乐部这个大厅里。要是他不如期回来，那么存在巴林银行里的两万英镑，不论在法律上，或是在事实上就都归他们了。

于是，这位勇敢的福克先生和他的法国仆人路路通一起上路了。他们一路向东，经历了许多事情，他在印度从焚身殉夫的柴堆上救出了一个夫人，名叫艾娥达，福克和她产生了爱情，并且为了她几乎耽误了旅程，他们一起度过了剩下的路程。在穿过美国大陆时受到印第安人的袭击。更为糟糕的是，他被一个名叫费克斯的警察盯上了，这个警察坚定地认为福克就是偷了英国国家银行5.5万镑的小偷，因为他有钱，又是个绅士，而且还匆匆赶路。于是费克斯一路追来，并且在美国将福克投进了监狱。当一切真相大白时，可怜的费克斯不但没有拿到2000英镑的悬赏，还狠狠地挨了福克的一记勾拳。

当福克好容易赶到纽约时，他所要搭乘的那条驶往英国的轮船已是天边外的一个小黑点了。于是他自己租了一条船，这条船中途燃料用尽，靠着烧甲板木料和舱内家具完成了航程。这时，他以为自己已经错过了最后的期限。

当他从失败的痛苦中振奋起来，决定和艾娥达结婚时，路路通发现这天的日期是12月21日。福克在他的旅程中"不自觉地"占了24小时的便宜。实际上，福克在向东走的路上一直是迎着太阳升起的方向前进，所以每当他这样走过一条经度线，他就会提前4分钟看见日出。整个地球一共分作360度，用四分钟乘360，结果正好等于24小时。这就是时差给他的幸运。当一直向东走的福克在旅途中看到第80次日出的时候，他那些住在伦敦的会友们才只看到第79次。

在最后的时刻，他跳上了一辆马车，许给马车夫100英镑的奖金，一路上轧死了两条狗，撞坏了5辆马车，才到了改良俱乐部。在第57秒时，客厅的门开开了；就在钟摆摆动第60下之前，福克先生出现在他的会友们的面前，以沉着的声音说："先生们，我回来了。"

斐利亚·福克就是这样赢了这一场赌注。他用80天的时间做了环游地球一周的旅行！他一路上利用了各种各样的交通工具：轮船、火车、马车、游艇、商船、雪橇和大象。这位性情古怪的绅士，在这次旅行中显示了他那种惊人的沉着和冷静的性格，并且赢得了爱情。

类型	成书时间	推荐理由
童话故事	公元 1865 年	一部迷住了孩子和英国女王的童话故事，让每个人都拥有放飞的童心。

童年的梦想
——《爱丽丝漫游奇境》

背景搜索

刘易斯·卡洛尔其实是一个笔名，作者真名叫查尔斯·道奇生。他出身于英国柴郡一个乡间牧师的家庭，年轻时就读于约克郡的里满学校和拉格比公学，1850年被牛津大学基督学院录取，在学院学习期间，他的数学成绩十分优异，因此在1854年毕业后留校做数学讲师，直至1891年退休。他是一位生性腼腆、患有口吃病、不善与人交往的数学家。他多才多艺，兴趣广泛，在小说、诗歌、逻辑学等方面都有很深的造诣。他创作的《爱丽丝镜中漫游记》、《爱丽丝漫游奇境》与《伊索寓言》、《水孩子》、《木偶奇遇记》、《格列佛游记》等名著一样，都是世界儿童文学史上的经典作品。

推荐阅读版本：王永年译，中央编译出版社出版。

内容精要

爱丽丝靠着姐姐坐在河岸边很久了，由于没有什么事情可做，她开始感到厌倦，一次又一次地瞧瞧姐姐正在读的那本书，可是书里没有图画，也没有对话，爱丽丝想："要是一本书里没有图画和对话，那还有什么意思呢？"天热得使她非常困，甚至迷糊了，但是爱丽丝还是认真地盘算着，做一只雏菊花环的乐趣，能不能抵得上摘雏菊的麻烦呢？就在这时，突然一只粉红眼睛的白兔，贴着她身子跑了过去。爱丽丝并没有感到奇怪，甚至于她听到兔子自言自语地说："哦，亲爱的，哦，亲爱的，我太迟了。"爱丽丝也没有感到离奇。虽然事后她再想起来的时候，她认为这事应该奇怪，可当时她的确感到很自然。

但是兔子竟然从背心口袋里掏出一块怀表看了看，然后又匆匆忙忙跑了。这时，爱丽丝跳了起来，她突然想到：从来没有见过穿着有口袋背心的兔子，更没有见到过兔子还能从口袋里拿出一块表来，她好奇地穿过田野，紧紧地追赶那只兔子，刚好看见兔子跳进了矮树下面的一个大洞。爱丽丝也紧跟着跳了进去，根本没考虑怎么再出来。这个兔子洞开始像走廊一样，笔直地向前，后来就突然向下了，爱丽丝还没有来得及站住，就掉进了一个深井里。

她一直往下掉，也不知道过了多久，她想起了自己那只可爱的名叫黛娜的小猫，还看见了井壁边的许多柜子，里面放了好多小罐子。她以为自己已经掉到了地球的中心并且穿越了地球将要到达另一面，在那里她将会看见头朝下走路的相反人。正当她浮想联翩的时候，她摔在了一堆树叶上，爱丽丝一点儿也没摔坏，她立即站起来，朝前一看，是个很长的走廊，她又看见了那只白兔正急急忙忙地朝前跑。爱丽丝像一阵风似地追了过去，她听到兔子在拐弯时说："哎呀，我的耳朵和胡子呀，现在太迟了！"这时爱丽丝已经离兔子很近了，但是当她也赶到拐角时，兔子却不见了。

她发现自己是在一个很长很低的大厅里，屋顶上悬挂着一串灯，把大厅照亮了。大厅四周都是门，全都锁着，爱丽丝从这边走到那边，推一推，拉一拉，每扇门都打不开，她伤心地走到大厅中间，琢磨着该怎么出去。突然，她发现了一张三条腿的小桌，桌子是玻璃做的。桌上除了一把很小的金钥匙，什么也没有，爱丽丝一下就想到这钥匙可能是哪个门上的。可是，她试了所有的门，不是锁太大，就是钥匙太大。但是，当她绕第二圈时，突然发现刚才没注意到的一个低帐幕后面，有一扇约15英寸高的小门。她用这个小金钥匙往小门的锁眼里一插，正合适。

爱丽丝打开了门，发现门外是一条小走廊，比老鼠洞还小，她跪下来，顺着走廊望出去，见到一个从没见过的美丽花园。她多想离开这个封闭的大厅，到那些美丽的花圃和清凉的喷泉中去玩呀！可是那门框连脑袋都过不去，可怜的爱丽丝想："哎，就算头能过去，肩膀不跟着过去也没用。"她多么希望缩成望远镜里的小人呀。

爱丽丝知道在这里望门兴叹是没有用的，于是，她回到桌子边，看看能不能再找到点什么东西。哪怕是一把更小的钥匙或者魔法书也好。这次，她发现桌上有一只小瓶。她可以肯定刚才桌子上除了钥匙什么都没有，瓶口上系着一张小纸条，上面印着两个很漂亮的大字："喝我。"

事到如今，爱丽丝也顾不了这么多了。她冒险地尝了尝，感到非常好吃，它混合着樱桃馅饼、奶油蛋糕、菠萝、烤火鸡、牛奶糖、热奶油面包的味道。爱丽丝一口气就把一瓶喝光了。喝完后，如她所愿，她的身体开始缩小了。

现在她只有10英寸高了，已经可以到那个可爱的花园里去了。可是，当她走到门口，发觉忘了那把小金钥匙。当她回到桌子前准备再拿的时候，却发现自己已经够不着钥匙了，她只能通过玻璃桌面清楚地看到它，她尽力攀着桌腿向上爬，可是桌腿太滑了，她一次又一次地溜了下来，弄得她精疲力竭。于是，这个可怜的小家伙坐在地上哭了起来。不

神话般的水边城堡。

一会儿，她的眼光落在桌子下面的一个小玻璃盒子上。打开一看，里面有块很小的点心，点心上用葡萄干精致地嵌着"吃我"两个字。于是，她又吃了，很快就把一块点心吃完了。和刚才相反，她变成了一个巨人，连自己的脚都看不见了。对于突然发生的变化，她感到十分担心害怕，似乎根本弄不明白自己到底是谁。她又开始不停地哭，足足掉了一桶眼泪。她还继续哭，直到身边成了个大池塘，有 4 英尺深，半个大厅都变成池塘了。

正在这时候，那只小白兔又回来了，打扮得漂漂亮亮的，一只手里拿着一双白羊羔皮手套，另一只手里拿着一把大扇子，正急急忙忙地小跑着过来。小白兔一边走一边喃喃自语地说："哦，公爵夫人，公爵夫人！唉！假如我害她久等了，她可别生气呵！"

爱丽丝非常高兴白兔又回来了，她想也许白兔能够带她离开这个糟糕的地方，并且弄明白所有奇怪的事情。当爱丽丝怯生生地小声说："劳驾，先生……"兔子吓了一跳，扔掉了白羔皮手套和扇子，拼命地跑进暗处去了。爱丽丝捡起了扇子，她的身体又发生变化了，开始变小，当她发现自己快被池塘淹没时，赶紧扔掉了扇子，以免自己变得太小了。这回爱丽丝必须在自己眼泪的池塘里游泳，她碰到了一只非常害怕猫的老鼠，老鼠甚至连"猫"这个单词的第一个发音都不能听。爱丽丝跟着老鼠一起游泳，她发现刚才的大厅已经变成了田野，池塘里也忽然多了很多的动物，例如鸭子、渡渡鸟、鹦鹉、螃蟹、牡蛎等等。爱丽丝和他们一起上了岸。

大家都湿淋淋的，可怜的小鸟们身上的羽毛都沾在了一起。老鼠似乎在动物中特别有权威，他建议大家比赛跑步，一方面可以让身上尽快干起来，另一方面还可以决出优胜者。渡渡鸟在地上画了一个不规则的圆形，于是热闹的比赛就开始了。也不知道跑了多久，大家都气喘吁吁的，也分不出谁是优胜者了，最后渡渡鸟很果断地说：每个人都赢了，都有奖品，爱丽丝最重，所以奖品应该她来发。还搞不清楚情况的爱丽丝掏出了口袋里的糖果作为奖品，她又想起了自己的小猫，没等她兴致勃勃地讲完自己的猫，小动物们都四散跑了。

爱丽丝又剩一个人了，每当这个时候，白兔总会出现。这次，白兔低着脑袋似乎在寻找什么东西，他把爱丽丝当成了自己的女仆，指使她去拿手套和扇子。爱丽丝为了弥补自己的过错，就跑进了白兔说的房子里。

此后，爱丽丝的奇遇更是让人眼花缭乱，她碰到了各种奇怪的东西，例如抽烟斗的毛毛虫、和厨娘大打出手的公爵夫人、要砍她脑袋的扑克王后等等。她的身体也一会儿变大，一会儿变小。这个可怜可爱的小姑娘最终必须弄明白自己到底是谁。如果你想知道答案，就进入爱丽丝的奇境漫游吧！

促使日本崛起之书
——《文明论概略》

背景搜索

福泽谕吉于1834年出生于中津藩的属城大阪。父亲是藩内的下级官吏，精通财务，并热心于汉学，有较高的经诗素养。这种家庭环境对福泽谕吉的影响是非常深远的。

父亲在福泽3岁时去世。之后，福泽一家便回到了中津。由于已经习惯了大阪的商业气息和生活习惯，福泽对城内的一切都感到非常陌生，并产生了很深的隔膜。同时，对于上级武士子弟们骄奢粗野的举止言谈也相当不屑。从那时起，福泽便开始自觉不自觉地走上了一条反叛的道路。

1854年，他20岁的时候，随兄长赴长崎学习。此后，他先后在大阪和江户等地学习，内容涉及医学、物理、外语等方面。1858年10月，他奉藩命上京，设立了庆应学塾。

1860年，幕府决定遣舰访美，福泽担任了幕府的翻译官。2月，他来到美国考察，大大开拓了眼界和知识面。此后，他又在1861和1867年两次远渡。这三次出国经历丰富了福泽的见闻，使他深刻感受到日本与欧美强国之间巨大的差异，更坚定了他"日本必须开国"的信念。

1868 年明治政府成立后，他将学塾迁往东京，专心从事教育和著述工作。1873 年，他与神田孝平、加藤弘之、津田真道等当时第一流的洋学者一起组织了"明六社"，出版了《明六》杂志，积极传播启蒙思想。

福泽谕吉于 1901 年在东京去世。

推荐阅读版本：北京编译社译，九州出版社出版。

内容精要

作者认为，"文明"一词内容至大至广，凡人类社会的一切物质和精神财富都可纳入这一概念中。但他特别指出，文明不仅是指物质文明，更是指精神文明，并强调了"智"与"德"的重要性，认为一国文明程度之高低，完全可以用人民的"智"、"德"水准来衡量，因此，要促进文明，必须首先提高人民的智慧和道德水准。福泽通过对西洋文明和日本文明的来源和特点进行比较，得出结论：西洋文明先进，日本文明落后，并指出"权力偏重"是日本社会风气的主要表现，这是导致自由空气稀薄的主要原因。福泽认为，文明既然有先进和落后之分，那么，先进文明总要压制落后文明，故而力主日本文明必须以西洋文明为目标并赶超之，才能达到国家富强、自由和独立。

首先，福泽谕吉回答了日本为什么要学习欧洲文明这一问题。他系统地分析了西方文明在当时历史背景下的优越性，又将世界上的国家分为三类：以欧洲各国和美国为最文明的国家，土耳其、中国、日本等亚洲国家为半开化的国家，而非洲和澳洲算是野蛮的国家。文明、半开化和野蛮是人类发展的必经阶段。同时他也认为："文明并不是死的东西，而是不断变化发展着的。变化发展着的东西就必然要经过一定的顺序和阶段，即从野蛮进入半开化，从半开化进入文明。现在的文明也正在不断地发展进步着。欧洲目前的文明也是经过这些阶段演变而来的。现在的欧洲文明，仅仅是以现在人类的智慧所能达到的最高程度而已。所以，现在世界各国，即使处于野蛮状态或是处于半开化地位，如果想使本国文明进步，就必须以欧洲文明为目标，确定它为一切的标准，并以这个标准来衡量事物的利害得失。"虽然现在称西洋各国为文明国家，但这不过是在目前这个时代说的，如果认真加以分析，它们的缺陷还非常多。但是，不能因此就否定西洋文明的先进性。这样，福泽既驳斥了拒绝一切西方文明的攘夷论，也批评了全盘西化的洋学派思想倾向。他根据国情，当取则取、当舍则舍、调和适宜。这也是福泽氏贯穿《文明论概略》一书的立论之所在。

其次，福泽谕吉又回答了日本应该怎样学习欧洲文明这一问题。他说："汲取欧洲文明，必须先其难者而后其易者，首先变革人心，然后改变政令，最后达到有形的物质。按照这个顺序做，虽然有困难，但是没有真正的障碍，可以顺利达到目的。倘若次序颠倒，看来似乎容易，实际上此路不通，恰如立于墙壁之前寸步难行，不是踌躇不前，就是想前进一寸，反而后退一尺。"福泽谕吉阐明日本学习欧洲文明应循次序的道理依然是那样的

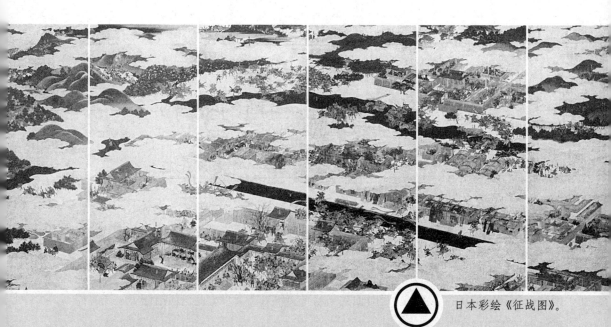

日本彩绘《征战图》。

浅显，而日本100多年来的发展也正是因为遵循了这一次序而获得成功的。福泽谕吉说的没错，有了先进文明的观念思想、先进文明的体制法律等，先进文明的物质是不难获得的。

福泽谕吉革命性地提出了国体、政统、血统三分的观点。他认为国体是指同一种族的人民在一起同安乐、共患难，而与外国人形成彼此区别的阶级本质。国体并非始终如一，而是可以发生巨大变化的；而国体的存亡，只在于这个国家的人民是否丧失了政权。政统则仅指在国内所施行的并为人民所普遍承认的政治的正统，它的变革，并不影响国体的存亡。而血统是君主父子相传血统不绝的意思。国体，政统和血统三者完全可以不相抵触，与现代的文明长期共存。其中国体是国家的根本，政统和血统，只是随着国体的盛衰而共同盛衰。换言之，即要将绝对主义天皇制改变为资产阶级天皇制。

多元的世界
——《亨利·亚当斯的教育》

背景搜索

　　亚当斯出生于波士顿，从小在这个东部城市长大，并在哈佛大学和德国接受过教育。南北战争期间他居住在英国，当时他的父亲是美国驻英公使，亚当斯担任了父亲的秘书，接触到了那个时代政治权力的中心。

　　他在写过几篇规规矩矩的论文以后，放弃了对政治生涯模糊的志向，离开了华盛顿。1870 年到 1877 年，他在哈佛大学做了 7 年历史教授，并任《北美评论》编辑。1872 年与玛丽安·胡珀结婚后又回到华盛顿居住。

　　其妻于 1885 年自杀，他坐卧不安，便到世界各地旅行，间或回华盛顿居住，通过大批信件与朋友保持联系。

　　1918 年，亚当斯在华盛顿去世。

　　作为一个历史学家，他留下了九卷本的《美国史》；作为一个时代的精神代言者，他留下了《亨利·亚当斯的教育》。

　　推荐阅读版本：周荣胜、严平译，中国社会科学出版社出版。

内容精要

　　这是一个教育故事，而不是历险记。它想要帮助年轻人，帮助那些想寻求帮助的聪明人，而不是为了逗人开心。一旦领悟了这个故事的真谛，一个人在教育上应该做什么，不应该做什么的问题，就不会再困扰他。绝大多数精明的评论家都倾向于认为，在一百人当中，几乎只有一个人拥有这样的头脑。这种头脑有能力反抗来自周围环境的、基于各种目的强加在个人身上的强制力量，而且在这些反应当中，至少有一半的反抗是不适当的。对于这种头脑进行教育的目的，就是使它在做出反抗的时候充满活力与效率。毫无疑问，大致来说，世界上并不总是有那么多灵敏的头脑，能够从容应付突然来临的外在世界的惰性，比如像亚当斯所遇到的那种惰性。然而教育应该试图减少障碍、减少阻力、激发人的精神，应该训练人们的头脑能够做出反抗，它不是随意的反抗，而是有选择的反抗，抗拒那些攫住他们人生的那些强制力量。一个人在年少的时候应该知道哪些具体的东西并不重要，他应当明白的是懂得如何去学习。纵观人类的历史，人们白白浪费掉的精神资源，达到了骇人听闻的程度。而且正如这个传记所展现的，社会造成了这种浪费。毫无疑问，教师正是罪魁祸首，然而这个世界在为他撑腰，并从他的课堂上选择学生。道德具有使人不得不服从的巨大力量。只有那些精力充沛、适应力强、天赋最好的人才能克服阻力，或者惰性，并且需要用三四个月的时间来达到这个目标。

　　不管适当还是不适当，亨利·亚当斯于1871年结束了对自身的教育，并像他的邻居一样，开始把自己所学的知识应用于实际中。20年后，他发现自己走到了路的尽头，已经可以总结果了。他不抱怨任何人，因为每个人都对他很和善；他从来不曾碰到过敌意、坏脾气或是不礼貌之举。他发觉年轻人能够对建议做出迅速的反应，这对他来说，是始料未及的。由于他一贯对世界满腹牢骚，他不明白他为什么没有可抱怨的。

　　在这20年里，他埋头苦干，干完了人们意想不到的工作，超过了自己应该分担的那一部分。仅仅是他的出版物的卷数加在一起的数字，就是极其惊人的。他觉得这些东西还能在公共图书馆中的书架上找到。他不知道他是否在从事一项有意义的事业。他勤奋地工作，他的大多数朋友甚至艺术家也是如此，他们中没有任何人会自以为是地认为，他们成功地提升了社会的水准，或者感觉到特别看重他们那个时代的方法与风格。实际上，无论在国内还是国外，他们都在某种程度上提升了社会的水准。

课堂上的书本教育，其最终目的是能够学以致用，所以在读书的同时应多投入社会进行实践，将学习到的知识应用于实际中。

　　老一辈人对于这种努力已经殚精竭虑，这点从亨利家族的努力中就能看出来。但是1870年以后出生的那一代人却更为引人注目。这不是因为公共财富增多或者人口增多，而是他们一意孤行。30年代出生的人中，相当多的已经功成名就——菲利普·布鲁克斯、亨利·詹姆斯、约翰·拉法吉等等。但是他们的学校冒出了一批新秀，许多40年代出生的人，都可以算作新的力量。

　　在所有这些人当中，亨利·亚当斯过着一种平平淡淡的生活，他和其他人一样努力去消除阶层的隔阂。这种弥合没有取得什么辉煌的成就，但是他们20年以来一直孜孜以求，耗费了极大的耐心和努力，就好像这种追求可以给他们带来名望或权力似的。直到最后，亨利·亚当斯认为他已经充分尽到了自己的责任，他已经对社会有所付出。他本来无比惊讶地发现他享受了美好的人生，而且或许会乐此不疲。他想他应该满足了，但由于不能从中受到任何教益，他厌倦了，他开始懒得动了。就像一匹筋疲力尽的老马，他退出了赛跑，离开了马厩，去寻找在遥远的过去曾经去过的草原。1871年，教育终止；1890年，生活结束。其余的一切都无关紧要。

类型	成书时间	推荐理由
经济学论著	公元 1890 年	新古典经济学的开山之作，继《国富论》后最伟大的经济学著作。

经济学划时代的著作
——《经济学原理》

背景搜索

英国著名的经济学家、剑桥经济学派的代表人物马歇尔，出身于英国西部克拉芬的一个中产阶级家庭，父亲是英格兰银行职员。他曾经就读于牛津大学，但是在 1861 年他放弃了牛津的奖学金和将来得到教会职务的机会，进入剑桥大学圣约翰学院学习数学。1865 年，他以优异的成绩毕业，并留校担任研究员，在教授数学课的同时还兼修物理。

不久，他参加了剑桥大学道德哲学讲座教授格洛特的晚餐沙龙，研究的范围扩大到英国政治、经济、社会等领域。1868 年至 1877 年，他担任圣约翰学院道德哲学特别讲座的讲师，主讲经济学。此间，他还赴德国专门研究黑格尔和康德的哲学，也去过美国考察。学术兴趣逐渐从数学、哲学转向经济学。

1877 年，马歇尔离开剑桥大学到布里斯托尔大学担任院长兼经济学教授，后来因病离职去意大利休养。1883 年，他在牛津大学巴里奥学院主讲经济史。1885 年又回到了剑桥大学担任经济学教授，一直到 1908 年退休，时间长达 23 年。在这段时间中，他不仅在经济学研究方面做出了巨大贡献，同时还积极参加社会活动，在1891年至1895年供职于皇家劳工委员会，大力促成了皇家经济学会的成立。

马歇尔于1924年去世。

推荐阅读版本：朱志泰、陈良璧译，商务印书馆出版。

内容精要

马歇尔在《经济学原理》中提出了需求理论、供给理论、均衡价格理论、分配理论等等，其理论体系是建立在需求和供给两者关系的基础上的。

在古希腊，商品贸易的方式已十分盛行，
古希腊瓶画，描绘了当时的交易情景。

首先，他的需求理论的出发点是人的欲望。需求是欲望的满足，人生活在世界上，有各种生存的基本欲望，最简单的是温饱问题。从这种根本性的欲望中产生了人类的经济活动。人的欲望是通过效用来满足的，所谓效用，就是一件事物给人带来的愉悦或者其他利益，也就是实现欲望后的结果。人有各种各样的欲望，欲望是无止境的，但是从每一个欲望来说，又是有个别的限度的。这就存在一个全部和部分的关系了。由这种关系出发，可以通过经济学上的边际效用递减规律来说明需求理论。

244

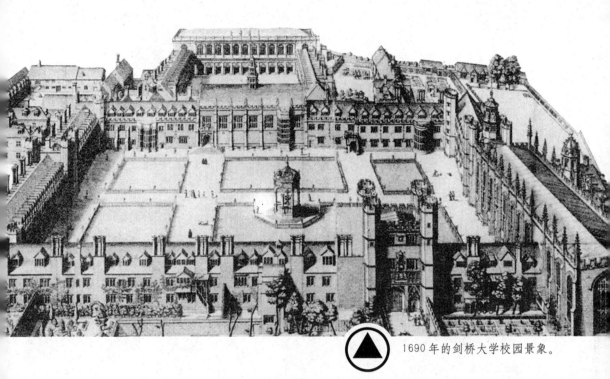

　　一个人要购买一件东西时，他刚刚被吸引购买的那一部分，称为他的边际购买量，因为是否值得花钱购买它，他还处于犹豫不决的边缘。他的边际购买量的效用，称为这样东西的边际效用。一件东西对任何人的全部效用，随着他对这件东西拥有量的增加而增加，但是效用的增加要滞后于拥有量的增加。如果他对这件东西的拥有量是按照同一比率增加的，那么他由此而得的利益则以递减的比率增加。任何一件东西对任何人的边际效用，都是随着他已有物数量的每一次增加而递减。也就是拥有同一件事物越多，那么吸引他下次购买这件事物的边际购买量越少，边际效用越低。

　　马歇尔由此得出的需求一般规律是：要出售的商品数量越大，为了寻求购买者，这个商品的售价就必然越小。也就是说，需求的数量随着价格的下跌而增大，随着价格的上涨而减少。商品的价格和需求量之间形成了彼此消长的关系。但是这种增加或减少，是根据不同商品的性质和不同消费者的情况而不同的，其中就存在一个衡量价格与需求量之间变化比率的需求弹性。柴米油盐等生活必需品，需求弹性小；奢侈品或高价商品，需求弹性大。

　　此后，他通过相同的论证方法阐明了他的供给理论：和需求一般规律正好相反，价格高则供给多，价格低则供给少。

　　在论述了需求和供给规律的基础上，马歇尔提出了核心理论，即均衡价格说，也就是

经济交易由来已久，货币反映了经济交易的发展程度。图为4世纪的东罗马金币。

他的价值理论。马歇尔在其经济体系中使用了价值这个概念。他说的价值，就是指价格。价值是一物的交换价值，是一物在任何时间和任何地点可以换取它物的数量。因此，价值这个名词是相对的，表示在某个时间、某个地点的两样东西之间的关系。

按照他的均衡价格论，均衡是需求和供给这两种相反的力量所形成的均势。反映在价格问题上，就是同一市场内买方和卖方的均势，某一商品的价格决定于买卖双方力量的相互冲击和相互制约，最终形成均衡而实现商品交易。再扩大到普遍性的层面，均衡价格是一种商品的需求价格与供给价格相一致时的价格，或供给与需求的价格在市场上达到均衡状态时的价格。这时，商品的产量就没有增加或减少的趋势。在这种均衡下，一个单位时间内生产的商品数量称为均衡产量，它的售价称为均衡价格。

如果某一产量使需求价格大于供给价格，买者就会增加供给量，供给量的增加就会趋于压低需求价格，提高供给价格，使两者达到一致；反之也是如此。均衡价格就好像钟摆一样，虽然左右摆动，但始终有一个平衡点。

马歇尔用需求、价格和供给三者之间的函数关系来论证他的均衡价格论。这种均衡价格说，建立在需求和供给理论的基础上，同时在研究分配问题时又得以延伸。通过这个中心理论，将其他经济理论联系起来，从而构成了他的整个折中主义经济理论体系。

类型	成书时间	推荐理由
精神分析学论著	公元 1900 年	精神分析学的奠基之作，洞察人类心灵的书籍。

推开梦的大门
——《梦的解析》

背景搜索

1939 年 9 月 23 日凌晨，以对潜意识的发现与分析影响了 20 世纪人类人文思想的弗洛伊德在伦敦去世。临终前，他的医生问："这是最后一场战争吗？"弗洛伊德平静地回答："至少对我是这样。"

西蒙·弗洛伊德作为精神分析学的创始人，生前因其学说的反传统性，受到了学术界和舆论界的攻击，但他在历史上的影响却是不可抹杀的。

弗洛伊德生于摩拉维亚的弗莱堡，当时那里是奥地利帝国境内，现在属于捷克斯洛伐克。他的父亲是一个犹太籍羊毛商。弗洛伊德三岁时，他全家迁居维也纳。弗洛伊德读书时成绩优异，一直做学生班长，毕业时不仅德文、希伯来文名列前茅，拉丁文、希腊文、法文、英文和意大利文也成绩突出。1873 年，弗洛伊德进入维也纳大学攻读医学，1881 年成为医生，在随后的 10 年中，他在一个精神病诊所行医，治疗神经病，同时致力于生理学的研究。他在巴黎与杰出的精神病专家让·夏尔科共事，还曾与维也纳内科专家约瑟夫·布鲁尔共过事。

1895 年，他与布罗伊尔合作发表了《歇斯底里研究》，这被看成是弗洛伊德精神分

法国画家布鲁叶的油画《临床授课图》。

析学的处女作。1900 年，他的杰作《梦的解析》出版，弗洛伊德声称他发现了三大真理：梦是无意识欲望和儿时欲望的伪装的满足；俄狄浦斯情结是人类普遍的心理情结；儿童具有性爱意识和动机。这些发现为精神分析学奠定了基础。1905 年，他的《性欲理论三讲》发表。此后在不到 20 年的时间里，他写作了约 80 篇论文和 9 本著作，继续阐述、发扬和宣传他的精神分析理论，在《日常生活的精神分析》中提出了一切日常生活中的失误都是由无意识动机所支配的；在《图腾与禁忌》中用俄狄浦斯情结来解释人类的原始文化；在《精神分析引论》中则用讲演稿的形式对精神分析理论做了全面的总结和介绍。

弗洛伊德不仅著书立说，而且毕生都在以极大的社会热情创立和发展精神分析运动。1908 年，在"心理学星期三聚会"的基础上，他创立了维也纳精神分析学会，1910 年发展为国际精神分析学会，1919 年创建了国际精神分析学出版社。在这期间，弗洛伊德迅速蜚声世界，经常应邀在欧洲和美国讲学，并培养了一批学术继承者，如后来也具有世界性影响的荣格、阿德勒等。精神分析运动从此也成为遍布世界各地的国际性运动。

弗洛伊德晚年的工作主要是修正、完善、扩展他的理论学说。1923 年，弗洛伊德被诊断患了口腔癌，自那时到 1939 年，他总共做了 33 次手术，但他始终以坚强的意志坚持工作，继续写出了一些重要论著。1938 年纳粹分子入侵奥地利，弗洛伊德被迫避难伦敦。翌年在那里不幸去世。

248

推荐阅读版本：孙名之译，商务印书馆出版。

内容精要

弗洛伊德是精神分析论的开山鼻祖，《梦的解析》更是研究梦的系统理论之起始。从本质上来说，这是一本带有临床医疗性质的书，是一位精神分析家对自己的病例进行治疗后归纳总结的理论，但是该理论却对人类历史产生了重大影响。

其要点可归纳为四点：一、梦是失去记忆的再现，儿童时不复记得的事情，可能成为梦的内涵，最典型的例证是"俄狄浦斯情结"。二、在失去的记忆中，多数是痛苦或失意的，因为人不愿意记住而将其排除在意识之外，从而压抑在潜意识里。三、梦的内容不合逻辑，大多带有幼稚和幻想色彩。四、梦的起因大多与本能性的性欲冲动有关。五、梦是以伪装形式出现的被隐藏欲望的实现。

弗洛伊德的基本思想很简单：人类的意识可分为意识和无意识两种类型，意识是行为的绝对统治者，但是那些永远处于无意识中的不为人所接受的愿望却在伺机寻求表现。梦是人的无意识欲望改头换面的表达和实现，是受到抑制的无意识冲动与自我监督力量之间的一种妥协，因而对梦的分析也就是人们通向人的无意识的最好途径。所有的人，不论是否患有精神病，都有一些为我们意识所不容的欲望。事实上，我们有意将这些欲望隐藏或压抑起来。尽管如此，这些欲望恰恰因遭到压抑而不再受到意识的监视或记忆衰退的影响，从而保持了其积极的活力。它们不断挤入意识，以此控制行为。人们在清醒时，自我或有意识的自我压抑着这些欲望。但在睡眠时，意识程度下降，压抑力量减小。被压抑的欲望一旦完全摆脱了压抑，人就会醒来，重新对它们施加控制。做梦是维护睡眠的一种妥协方式，因为梦以幻觉的伪装形式表现出被压抑的观念，它使不为人承认的愿望获得部分满足，这样，这种方式便不会打搅意识和睡眠。

所以弗洛伊德说，如果我们能够解释梦，找出它的隐义，我们就能够恢复一部分无意识的心理生活，并能够将它们置于理性的照耀之下。因此，弗洛伊德在分析完梦的性质之后，将它与癔病治疗联系在一起。

弗洛伊德在书中提出了许多名词，这些名词不仅成为理解他学说的关键，而且常常为后人所引用：

俄狄浦斯情结

弗洛伊德1905年摄于维也纳贝热塞19号的照片。

在人类所羞于启齿的儿童性生活中，最重要的事件是对母亲的性欲和对父亲的愤恨。幼儿情欲的第一个对象是其母亲，幼儿从诞生之初就对母亲充满着性欲。母亲给孩子哺乳、洗澡、排便对幼儿来说都弥漫着性的色彩。这个小俄狄浦斯欲望的情敌是他的父亲。这样，家庭的乱伦意愿和情感及观念都不可避免。

力比多

在弗洛伊德看来，欲望的刺激不是来自外部世界，而是来自机体内部。不能得到满足的欲望被压抑到"原我"中，他把这种被压抑的性本能叫作"力比多"，认为它是生命和艺术的一种驱动力。对本能的控制被称为"力比多抑制"，它是游走不定的，在正常情况下，它可以在正当的性欲活动中得到发泄，但在性生活失调时，它可以附加到别的活动中去，比如从白日梦和艺术创作及鉴赏中寻求性的发泄。

无意识论

无意识在弗洛伊德看来是被欲望控制的潜在冲动，它比有意识的心理过程更为复杂，所以他创立的精神分析学被称为"深度心理学"。他把人分三个部分，即"原我"、"自我"、"超我"。"原我"又称为"伊德"，是本能冲动的根源，指原始的、非人格化的而完全无意识的精神层面；"自我"是人格的核心，受现实原则支配，一方面管制"原我"的原始冲动，另一方面帮助"原我"使其需要得到满足；"超我"为精神的主要成分，是受伦理原则支配的道德化了的"自我"。大半无意识，少半有意识，产生于"自我"，对父母、老师或其他权威的劝告、威胁、警告或惩罚表现出顺从或抑制，从而反映出了父母的良心和社会准则，有助于性格形成和保护"自我"来克服过盛的"原我"冲动。弗洛伊德的名言："正常人比他自己所想象的要不道德得多，但他比'自我'估计的要道德得多。""自我"中潜意识的最高领域称为"理想的自我"，它首先是检察员，它将过滤"原我"中不道德的东西，使自己的人格升华到人类的道德境界。

类型	成书时间	推荐理由
医学论著	公元 1933 年	揭示人类最原始奥秘的书，在西方奠定了人类两性之学的基础。

性的解读
——《性心理学》

背景搜索

　　蔼理士，英国科学家、思想家、作家和文学评论家。蔼理士于1859年2月2日出生于英格兰东部的萨里郡，祖先几代都以航海业为生，他的父亲是一位远洋轮船的船长，在海上漂泊生活了整整50年。蔼理士7岁的时候，就跟随父亲出海了，17岁时经历了远航。

　　蔼理士9岁进了当地的法德书院，学习法语、拉丁语。三年后，由于学费昂贵，他进入了一所寄宿学校，在那里，他不仅学习了多种外语，而且接触了不少英国诗人、小说家的作品，同时开始涉猎地质学、化学等自然学科。

　　1875年，他跟随父亲的轮船前往澳大利亚、印度。在澳大利亚时，他暂时留了下来，成为悉尼附近一所学校的见习老师。此后几年，他都在南半球的这块大陆上从事教师工作，曾经当过家庭老师，也担任过私立学校的校长，过着平淡寂寞的生活。在此期间，蔼理士阅读了大量的书籍，并对人类学产生了浓厚的兴趣。

　　1879年，他离开澳大利亚，回到英国，进入圣·托马斯医学院学习。在学校学习专业知识的同时，他还参加了许多科学社团的活动，比如讲座、展览之类。1889年他成为英国人类学会和德国人类学会的会员。此外，他还积极从事文学创作，于1889年主编了《现代科学丛书》，其中第一卷就是《性的进化》。蔼理士的主编工作一直持续到1915年，出版了50卷之多，他本人也因为这套丛书而闻名遐迩。1890年他发表了第一部散文作品《新精神》，表达了弘扬科学、解放妇女和传播民主的理想。这一年，他通过了医学院的毕业考试，获得医学博士学位。

1887年，他结识了伊迪丝·李，他被她精明能干的工作作风所吸引，两人情投意合，于1891年12月结婚。婚后不久，他发现妻子是个同性恋。他以宽容的态度接受了这个现实，并开始着手研究同性恋问题。

1894年，他撰写的《男与女》作为丛书的一卷出版，从人类学和心理学的角度研究和评价了男女之间在第二性征上的差别和含义，其中包含的许多思想成为了《性心理学》的引子。

1896年，《性逆转》一书出版，专门讨论现代同性恋问题。由于英国当时对同性恋问题仍然持有道德上的责难，因此1898年蔼理士被卷进了一场保守势力发动的官司中。官司结束后他来到非洲摩洛哥北部的港口城市丹吉尔，专心从事性科学研究。

1933年，蔼理士发表了《性心理学》，引起了巨大轰动。

1939年，蔼理士在伦敦的寓所去世。

推荐阅读版本：潘光旦译，商务印书馆出版。

内容精要

蔼理士的《性心理学》可以被看作一本医学专业书籍，因为他以极其客观、严谨的态度分析了人类的性的各个方面，尽管长久以来人们一直在有意无意地回避这个问题。如果读者想把这本书作为一个两性知识的入门书来看待，那就犯了一个错误。因为蔼理士写作的目的并不是要教会人们什么，而是通过从科学研究者到艺术提倡者的身份转变，来引导人们将人的本性升华为一种美好的品质。他想要让人们明白，最本质的事物，也是最值得珍惜的事物。

人们对于"婚姻"可以有许多的看法。如果就它那不加粉饰而抽象的基本方式来看，婚姻是"合法的同居关系"。在文明状况之下，婚姻成为一国风俗或道德习惯的一部分，由此而成为一种契约关系。克瑞斯夫说："婚姻之所以为一种契约，不止是为了性关系的

亨利·哈弗列克·蔼理士照片。

运用与维持，并且是为了经营一个真正的共同生活。所谓真正，指的是一方面有经济与精神的条件做基础，一方面以社会的责任与义务做结构。"不过，从进入婚姻关系的人的生活方面看，婚姻也是两个人因志同道合而自由选择的一种结合，其目的，是在替恋爱的各种形色的表现中寻找一个不受阻挠的用武之地。

我们应该对恋爱持一种什么样的态度？"恋爱"是一个很普通而悦耳的婉词，人们说到恋爱，大抵都会把性冲动的表现方式包括在内。这是不正确的。我们必须把"欲"和"爱"分别来看，"欲"只是生理的性冲动，而"爱"是性冲动和其他种冲动之和。确切地说，我们应当把恋爱升华到艺术的高度。

在以前，在心理学与伦理学的书本里，恋爱是找不到地位的。只有在诗歌里，我们可以发现一些恋爱的艺术，而就是诗人，也大都承认，他们即使在谈到这种艺术时，也认为这是一种不大合法而有所禁忌的艺术，所以谈尽管谈，只要许他谈，他就心满意足，但他并不觉得这是应当谈的，或值得谈的。15世纪以前，罗马诗人奥维德的许多关于恋爱艺术的诗词，就是在这种心境下写的。而对于这种诗，有的人以为是合乎艺术原则的，而加以歌颂；有的人以为是诲淫的，而加以诅咒。一直到近世的基督教化的欧美国家，大家的看法始终如此。一般的态度，总以为性爱至多是一种人生的责任，一种无可奈何的责任，因此，把它在众人面前提出来讨论，或在文艺里加以描绘，是不正当、不冠冕的，甚至是不道德的。有人说过，就近代而论，恋爱的艺术的萌蘖，是在12世纪的法国发现的，但其作为一种艺术却始终是不合法的，只能在暗中发展。

到了今日，情境才起了变化。把恋爱当作艺术的看法如今已渐渐地得到一般人的公认。他们觉得这种看法终究是对的，并且道德学家与伦理学家也接受并主张这种看法。他们承认，只是责任的观念，已经不够成为维持婚姻永久关系的动力，我们如果确实能用艺术的方法，把恋爱的基础开拓出来，把夫妇间相慕与互爱的动力增多到不止一个，那也就等于把婚姻的基础更深一步地巩固起来，把婚姻中道德的地位进一步地稳定起来。

就生命来说，它的一切都是艺术，一切活动、一切行为都有艺术的性质。不但人类自觉的活动是这样，而且自然界中一切不自觉的活动也可以有些艺术的意味。说生命是艺术，实际上也不过是一种老生常谈，在这里作者想真正说的其实是：如果人生是艺术的话，那大部分不是美好的艺术，而是丑陋的艺术。

在《圣经》中，人类的始祖亚当与夏娃因偷吃禁果而有了智慧，被上帝逐出伊甸园，从此，世界上渐渐有了人类的繁衍，到了现在，"禁果"也隐喻为年轻男女之间的性行为。

我们说人生大部分是丑陋的艺术，指的是一般的人生，但若就性爱的人生领域而论，我们似乎更忍不住地要这样说。因为人们常常用特别的标准来衡量两性之间的关系，仿佛和它有关系的都是非道德的、肮脏的，但是作者在这里却要反对这种传统的观念。从客观的角度来看待性的问题，它确实是缺乏艺术性的，但是人是有理性、有精神层面的，用人类美好的精神来正确对待性的问题，把两性关系升华到一个艺术的高度，那么丑陋的事物也会因为人性而变成美好的事物。

恋爱这个现象，若从性关系中精神的方面看，实际上等于生命，至少是生命的姿态，要是没有了它，至少就我们目前的立场来说，生命就要消失、断裂。保有人类生活中美好的事物，就应当从最本质的部分开始，这就是恋爱。不要把它视为动物一样的性关系的前奏，而是将它视为感情的交流融合，纯粹为性而性的恋爱是没有任何高贵品质可言的。

类型	成书时间	推荐理由
小说	公元 1929 年	第一个纳入正统文学体系的、最伟大的侦探小说。

最伟大的侦探小说
——《福尔摩斯探案全集》

背景搜索

　　1859年，柯南道尔生于苏格兰爱丁堡附近的皮卡地普拉斯，父亲是政府建工部的一名普通公务员。柯南道尔的青少年时代是在教会学校里度过的，后来他在爱丁堡大学攻读医学。1885 年，柯南道尔 26 岁时获得医学博士学位。

　　他先在海船上当医生，后来到伦敦一个名叫索思西的地方行医。19世纪，英国医生的待遇很差，柯南道尔的诊所门可罗雀，收入仅仅能够维持生活。于是，他找到了"第二职业"——写作。他在工作和学习之余经常阅读素有侦探小说之父之称的埃德加·爱伦坡的作品，同时他还注意阅读了著名侦探小说家威尔基·柯林斯和法国著名侦探小说家加波利奥的作品。在他们的影响下，柯南道尔梦想自己能成为一名侦探小说作家。

　　另外，柯南道尔的老师、爱丁堡大学医院的大夫约瑟夫·贝尔博士对他撰写侦探小说有很大的影响。贝尔博士又高又瘦，皮肤黝黑，有一对锐利无比的灰色眼睛，一个鹰钩鼻子，他只要把对方看上几眼，就能判断其职业与爱好。有一次他对柯南道尔说："那个病人穿了一条右膝磨损的灯芯绒裤子，他是一个鞋匠，而且是左撇子；只有左撇子鞋匠的裤

了的纸，一把老式铜钥匙，一只缠着线球的木钉和三个生锈的旧金属圆板。这些都是他留下来回忆马斯格雷夫礼典一案的，这件案子不仅在英国犯罪记载中非常独特，而且他相信，在国外也极为罕见。

雷金纳德·马斯格雷夫是一个古老贵族家庭的子弟，他很瘦，高鼻子，大眼睛，慢条斯理、温文尔雅，定居在苏塞克斯西部的赫尔斯通庄园，或许这个庄园是那一地区至今还有人居住的最古老的建筑了。最近，他在自己的庄园里碰到了许多怪事，但警察未能查出任何头绪。他和福尔摩斯曾经在同一个学校学习，于是他来找福尔摩斯帮忙。

雷金纳德虽然是一个单身汉，但是在赫尔斯通庄园仍然拥有相当多的仆人，因为那是一座偏僻凌乱的旧庄园，需要很多人照料。他共有八个女仆，一个厨师，一个管家，两个男仆和一个小听差。花园和马厩当然另有一班子人。

仆人中当差时间最久的是管家布伦顿。他身材适中，眉目清秀，非常讨女孩喜欢。他精力旺盛，聪明伶俐，也很受主人的器重。他能说几国语言，几乎能演奏所有乐器。几个月以前他已经与二等使女雷切尔·豪厄尔斯订了婚，可是他又把雷切尔抛弃了，与猎场看守班头的女儿珍妮特·特雷杰丽丝搅在一起。

一天晚上两点，雷金纳德失眠去弹子房拿一本小说，在走廊的尽头，通往藏书室的方向，他看见一道微弱的亮光从藏书室敞开的门内射出，以为是小偷，没想到是管家布伦顿正在从写字台里取出文件，并聚精会神地研究起来。雷金纳德非常生气，闯进房间，当场把他解雇了。管家没想到主人会发现，他吓得脸发青，连忙把刚才研究的那张像海图一样的文件塞进怀中。

雷金纳德检查了管家偷看的文件，那文件根本无关紧要，只是一份奇异的古老仪式中的问答词抄件而已。这种仪式叫"马斯格雷夫礼典"，是他们家族的特有仪式。过去几世纪以来，凡是马斯格雷夫家族的人，一到成年就要举行这种仪式，但是毫无实际用处。

这时，管家又回来了，他要求雷金纳德允许他在一个月内

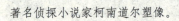
著名侦探小说家柯南道尔塑像。

自动辞职离开，而不是现在把他赶走。雷金纳德没有同意，在布伦顿的再三要求下，给了他一个星期的时间。

可是到了第三天，布伦顿就失踪了，女仆雷切尔则歇斯底里地突然发作，狂喊"他走了"。人们在这所像迷宫一样的老宅邸里，把整个庄园从地下室到阁楼都搜索了一遍，可是连他的影子都没有。

雷切尔在布伦顿失踪后的第三个夜晚，也失踪了。人们沿着她从窗户底下留下的足迹一直来到小湖边，在这里，足迹就在石子路附近消失了，而这条石子路是通往宅旁园地的。大家开始打捞遗体，但是连尸体的影子也没能找到，却捞上来一个亚麻布口袋，里面装着一堆陈旧生锈和失去光泽的金属件，以及一些暗淡无光的水晶和玻璃制品。

福尔摩斯仔细看了马斯格雷夫礼典的问答词。"它是谁的？是那个走了的人的。谁应该得到它？那个即将来到的人。太阳在哪里？在橡树上面。阴影在哪里？在榆树下面。怎样测到它？向北十步又十步，向东五步又五步，向南两步又两步，向西一步又一步，就在下面。我们该拿什么去换取它？我们所有的一切。为什么我们该拿出去呢？因为要守信。"

福尔摩斯认为在这份问答词中，马斯格雷夫的先人保留了一个秘密。他们来到庄园，根据雷金纳德童年的记忆，找到了橡树和榆树，又按照礼典指示的地点，找到了一个古老的地下室。在石板下面的地窖里，他们发现了一个箍着黄铜箍的已经腐烂的矮木箱，箱盖已经打开了，锁孔上插着一把形状古怪的老式钥匙。地上散落着旧硬币。在木箱旁边则是可怜的布伦顿的尸体。

福尔摩斯的推理是这样的，单凭布伦顿一个人的力量是搬不动石板的，于是他找到了雷切尔——曾经一度爱过他的女孩来帮忙。当布伦顿下到地窖里，把珍宝递上去后，这个失意的女孩也许心中腾起了复仇的火焰，或者是支撑的木头偶然滑倒，石板自己落下，把布伦顿关死在这个石墓之中。总之布伦顿陷入了地窖中，而女孩则发狂了。

从湖里捞上来的口袋中，隐藏着一个更大的秘密，那些黑色的金属和灰暗的石块看起来毫不起眼，然而福尔摩斯拿起一块用袖子擦了擦，那东西竟然像火星一样闪闪发光。原来这些就是查理一世时期留下的珍宝。在英王查理一世死后，保皇党仍然在英国进行武装反抗，而当他们终于逃亡时，他们把许多极贵重的财宝埋藏起来，准备在太平时期回国挖取。

雷金纳德的祖先拉尔夫·马斯格雷夫爵士，在查理一世时代是著名的保皇党党员，在查理二世亡命途中，是查理二世的得力助手。他所保留的正是英国古代的一顶王冠，这顶破旧得不成样子的王冠曾经是斯图亚特帝王戴过的。

犹太的建国方案
——《犹太国》

背景搜索

1860 年，赫茨尔生于匈牙利布达佩斯，父亲是匈牙利银行经理。

赫茨尔青年时代在维也纳学习法律，1884 年成为律师，后改行为驻巴黎的新闻记者。他作为一个犹太人，在法国目睹了犹太同胞的艰难处境，并接触到在法国的著名犹太人士，逐渐他由犹太人的"同情者"变为"当事人"，投身于犹太人复国的事业。

1896 年，他写的《犹太国》一书出版，书中号召世界上的犹太人共同努力建立一个民族的国家。

在赫茨尔的组织下，1897 年 8 月 29 日，第一届世界犹太人代表大会在瑞士巴塞尔（Basel）召开，正式成立"世界犹太复国组织"。

赫茨尔因积劳成疾，于 1904 年 7 月 3 日在维也纳病逝，终年 44 岁。

以色列建国的第二年，即 1949 年，他的遗骸被移葬到耶路撒冷最高的山顶上，即今天的赫茨尔山。

世界上唯一以犹太人为主体的国家——以色列于1948年宣布独立建国，图中为其圣城耶路撒冷。

推荐阅读版本：肖宪译，商务印书馆出版。

内容精要

他认定，犹太人的问题不是一个宗教问题和民族问题，而是一个社会问题和国际政治问题。怎么办？1896年，他出版了反映其新的政治信念的《犹太国》。针对到处可以听到的"犹太人滚出去"的口号，他这样写道："我现在要以最简单的形式提出这个问题：我们现在要'出去'吗？到哪里去呢？"他于是郑重提出："把地球的某一部分的主权授予我们，其面积足以满足一个民族的正常需要；其余的事情将由我们自己设法来做。"《犹太国》不是一部文学作品，更多的是一部政治小册子，以及带有实践意义的行动书。在书中，赫茨尔详细设计了一个建国的方案，或者说计划。

从根本上来说，整个计划是极为简单的，因为如果要使人人都能理解它，它就必须非常简单。这一计划制订起来简单，但实施起来很复杂，它将由两个机构来执行：犹太人协会和犹太公司。犹太人协会将在科学和政治领域进行准备工作，然后由犹太公司付诸实施。犹太公司将作为外移犹太人在商务方面的清算代理机构，并且将组织和建立新国家中的商业和贸易。

他设想犹太人的外移不是一种突然的离去，而是逐渐的、持续不断的，将要用数十年

19世纪以及20世纪时，犹太人在欧洲的地位是十分低下的，图为波兰的一处犹太人隔离区。

的时间。最穷的人们将首先离开，去开垦土地。按照事先订好的计划，他们将修筑道路、桥梁、铁道和电报设施；他们将整修河道，并建设他们自己的住宅。他们的劳动将会创造出贸易，贸易将创造出市场，市场又将会吸引新的定居者；因为每个人都是自愿去的，自己负担费用，自己承担风险。在土地上付出的劳动将使得它的价值升高，犹太人很快就会感觉到，这里正在出现一种可以发挥他们开拓精神的永久的新环境，而他们的这种开拓精神从前遇到的却只是仇视和咒骂。

赫茨尔提到，如果今天人们希望建立一个国家，那么将不会采用那种1000年以前唯一可能采取的办法。要返回文明的过去阶段是愚蠢的，许多犹太复国主义者却还想这样做。建立一个国家必须运用这个时代的方法来完成，就好像现在的人们如果驱除野兽，必定是组织一支庞大的、活跃的狩猎队，把炸弹投到它们中间，而不是以5世纪欧洲人的方式，拿着梭镖和长矛，单枪匹马去追逐野熊。正如他们想要进行建筑活动，肯定不会在某个湖的岸边打下许许多多的木桩子，而是按照现在人们的建筑方式去建造。而且，他们还会建造得比过去任何时候所建造的更具有特色，更加宏伟，因为他们现在已经掌握了前人所不曾掌握的方法。

在经济上处于最底层的人们外移以后，随之慢慢离开的将是经济状况稍好一些的人们。此刻生活在绝望之中的那些人将先走，首先是他们当中那些才智平庸的人，我们中间产生出了大量这样的人，他们在到处受到迫害。

在国家土地问题上，赫茨尔也考虑得非常仔细。他认为，如果大国宣布它们愿意承认犹太人对一块适当的土地的主权，那么，犹太人协会将进一步对拥有这块土地进行谈判。这里有两个地区可以考虑：巴勒斯坦和阿根廷。在这两个地方都进行过重要的移民垦殖试验。犹太人协会将与土地当前的主人进行商谈；如果欧洲大国证明它们对此计划持友好态度，协会还将取得它们的保护。赫茨尔主张他们可以向土地目前的拥有者提供巨大的好处，承担一部分公共债务，修建新的交通道路，以及做其他许多事情。建立我们的国家对相邻的国家也有好处，因为开垦一片狭长的土地会在许多方面使其周围地区的价值提高。

赫茨尔的计划是如此详细，以至于他连商业、住宅、劳动救济、土地购买、筹集资金的办法等细节都一一考虑过了。

在二战中被纳粹驱逐往集中营的犹太人。

这本小册子引导人们对犹太人问题展开了一次全面的讨论，但这并不意味着要对这个问题进行投票表决。那样的结果将会从一开始就毁掉这项事业。赫茨尔没有乐观地认为所有的人都会同意他的看法，他告诉那些持有不同意见的人，忠于和反对都完全是自觉自愿的。不愿意跟他们走的人就应当留下来。赞成他们建立一个国家的犹太人都要加入犹太人协会，协会将因此被授权代表我们的人民与各国政府会谈和签订条约。这样,在与各国政府的关系中,犹太人协会将被承认为一个筹建国家的权力机构。这种承认实际上将创造出我们的国家。

"让所有愿意加入我们的人都集合到我们的旗帜下，用声音、用笔、用行动来为我们的事业战斗。"

类型	成书时间	推荐理由
文化比较专著	公元 1906 年	对现代理性资本主义精神进行详细分析的伟大著述。

信仰的作用
——《新教伦理与资本主义精神》

背景搜索

　　1864 年，韦伯生于德国埃尔福特，出身于一个经营麻纺织工业的富有的中产阶级家庭。父亲是一位法学家，活跃在当时的政界。母亲是一个正统加尔文宗教信徒，具有深厚的文化修养，对韦伯的成长影响极大。儿时的韦伯体弱多病，但智力过人。青少年时代的韦伯才高气盛，颇为自负。

　　1881 年韦伯进入海德堡大学学习法律，1883 年在斯特拉斯堡服兵役一年，之后转入柏林大学完成学业。1889 年获法学博士学位，并取得开业律师资格。1891 年任柏林大学法学讲师，1892 年升为副教授，学术重心从法学转向经济学。受"社会政策研究会"委托，韦伯开始分析德国东部农业社会结构变迁及其对德国资本主义发展的影响，并以此为基础发表了多篇文章，对德国的政治经济转型进行了分析。1894 年至 1896 年先后任弗莱堡大学和海德堡大学经济学教授。

　　1897 年韦伯因父亲去世，受到很大刺激，第二年得了神经衰弱症，在 5 年之间反复病发住院，研究工作一度中断。1903 年，他的健康状况稍稍好转，就恢复了研究工作。由于

社会学奠基人——马克斯·韦伯。

严重的神经疾病，他在1898年至1917年整整20年间不得不脱离教职，1918年，韦伯重新执教维也纳大学，任教授。

一战爆发时，韦伯报名参军不成，在海德堡一个后备野战医院管委会任预备军官，义务组织9所战时医院。韦伯还曾以专家身份作为德国政府代表团成员出席巴黎和会，在会上反对签署《凡尔赛和约》。

1920年6月14日，年仅56岁的韦伯因患肺炎在慕尼黑去世。

推荐阅读版本：于晓、陈维纲等译，三联书店出版。

内容精要

韦伯在该书中论述了宗教观念（新教伦理）与隐藏在资本主义发展背后的某种心理驱力（资本主义精神）之间的生成关系。全书正文分上、下两篇，共七章。

韦伯力图使用分析统计数字确立一个事实，即资本主义兴业兴趣和成功率与基督教新教背景存在着某种相互关系。韦伯指出："在任何一个宗教成分混杂的国家，只要稍稍看一下其职业情况的统计数字，几乎没有什么例外地可以发现这样一种状况：工商界领导人、资本占有者、近代企业中的高级技术工人，尤其是受过高等技术培训和商业培训的管理人员，绝大多数都是新教徒……资本主义愈加放手，这一状况亦愈加明显。"对这种现象，韦伯举了许多例子分析其中的原因，他指出，从表面看似乎是由于天主教专修来世，新教着重现在的物质享乐，但同时却又存在既苦修来世又腰缠万贯、极度的虔诚和毫不逊色的经商手腕的惊人结合。这种结合使人们可以推测出："在以苦修来世、禁欲主义、宗教虔诚为一方，以身体力行资本主义的获取为另一方的所谓冲突中，最终将表明，双方实际上具有极其密切的关系。"因此，问题只能是"艰苦劳动精神、积极进取精神（或不管将其称为什么精神）的觉醒往往被归功于新教，不必像流行的看法那样将其理解为对生活乐趣的享受……如果旧日的新教精神和现代的资本主义文化之间有什么内在联系的话，我们无论如何也不应在所谓多少带点唯物主义色彩或至少反禁欲色彩的声色享乐中寻找，而应在其纯粹的宗教品性中去寻找"。

韦伯引证了美国独立战争时期的政治家、科学家、作家本杰明·富兰克林的话来分析资本主义精神。韦伯认为，虽然很难说资本主义精神已全部包含在他所引证的本杰明·富兰克林的话里，但这些话确实以近乎于典型的纯粹性保存着我们正在寻找的资本主义精神。这就是"认为个人有增加自己的资本的责任，而增加资本本身就是目的……违犯其规范被认为是忘记责任"这样一种观念、一种奇特的伦理、一种精神气质。就是说韦伯所谓的资本主义精神，是指个人把努力增加自己的资本并以此为目的的活动视为一种尽责尽职的行动，把赚钱本身当作一种目的、一种职业责任、一种美德和能力的表现。韦伯说："一个人对天职负有责任乃是资产阶级文化的社会伦理中最具代表性的东西，而且在某种意义上说，它是资产阶级文化的根本基础。"

韦伯所定义的理想资本主义是有严格限制的，不是通过抢劫、掠夺等暴力手段获得原始积累，而是以合理地计算收支、有条理地安排生产经营活动为特征。这种现代理性资本主义的经济行为，与新教徒那种井井有条、系统安排的入世禁欲主义生活方式是完全相一致的。新教入世禁欲主义伦理为资本主义企业家提供了一种心理驱动力和道德能量，从而成为现代理性资本主义兴起的精神动力，也是现代资本主义得以产生的重要条件之一。

理性资本主义与新教伦理都只出现在西方文明中，而且，在韦伯看来，几乎所有与理性资本主义有关的种种因素也都是西方文明独有的。上自古希腊时代延续至今的民主代议制度，下至体现理性化灵魂的股票、支票、债券等商业化手段，无不反映了理性主义的特点。西方文明不同于其他文明的一般特征，就是理性主义，其源头一直可以追溯到整个西方文明传统。不同的文明形式产生了各自独有的精神核心，宗教在其中发挥了巨大的影响。发生在西欧的新教改革原本是出自宗教动机，但新教伦理所表现出的现世禁欲精神和合理安排的伦理生活却无意中促进了经济活动的开展，新教伦理赋予了经商逐利行为以合理的世俗目的。而印度教、佛教、儒教、道教、伊斯兰教、犹太教等没有经过宗教改革的各大宗教，其古老宗教伦理精神对于这些民族的资本主义发展起了严重的阻碍作用。

记忆的博物馆

——《追忆似水年华》

背景搜索

　　1871 年 7 月 10 日，马塞尔·普鲁斯特生于法国巴黎位于布洛尼林园与塞纳河之间的奥德伊市。父亲是医学院教授，母亲是犹太富商的女儿，温柔优雅。普鲁斯特是家中的长子，深受父母的宠爱。他自小体弱，患有哮喘病。

　　1882 年到 1889 年，普鲁斯特在巴黎富家子弟学校贡多塞中学读书，成绩优良，特别喜爱文学和哲学课程，由于健康的关系，他缺课颇多。1889 年 11 月，普鲁斯特自愿在奥尔良步兵第 76 团入伍，一年后作为二等兵退伍。

　　此后他顺从父母意愿，在法学院及政治科学自由学院求学，但他的兴趣仍然在文学和哲学方面。后来他得到父母同意，又到巴黎大学继续学习。1893 年他开始为《白色评论》撰稿。1895 年他获得文学学士学位，经考试被马扎然图书馆录用为馆员，两个月后暂时调到国民教育部。由于他严重的哮喘，同年 12 月他获批长假，普鲁斯特从此不再担任公务员。

　　1898 年法国发生了著名的德雷福斯案件，普鲁斯特作为一个犹太血统的青年，力主重审，与左拉等进步作家站在一起。

"唯一真实的乐园是人们已失去的乐园，唯一幸福的岁月是失去的岁月。"回忆就像一扇门，在普鲁斯特面前突然打开，他一生的幸福之谜，他全部生命的光辉都因这扇门的打开而改变。

1905年9月普鲁斯特的母亲去世，他深受刺激，不得不在塞纳河上的布洛尼住院6周。

从1897年开始，普鲁斯特的哮喘病日益严重，于是他改变生活习惯，白天休息，晚上工作。后来他的身体状况越来越坏，哮喘发作频繁，感觉器官变得极其敏感，他不得不请人将他卧室的墙壁全部加上软木贴面，终日蜷缩在房间内写作。这样的生活一直持续到他去世。

1922年5月，在网球场博物馆参观荷兰画展时，普鲁斯特突感不适。11月18日马塞尔·普鲁斯特与世长辞。

推荐阅读版本：李恒基、徐继曾、袁树仁、潘丽珍等译，译林出版社出版。

内容精要

《追忆似水年华》是一部与传统小说不同的长篇小说，小说的主人公就是"我"，就是普鲁斯特，他的小说完全建立在对自己生活的回忆上，将自己的所见、所闻、所思、所想融合在一起，既是对社会生活、人情世态的真实描写，也是一份作者自我追求、自我认识的内心历程。除了叙事以外，还包含了大量的感想和议论。整部小说没有中心人物，没有完整的故事，没有波澜起伏、贯穿始终的情节主线，可以说是一部交织着多个主题曲的巨大交响乐。

马塞尔从小体弱多病，富裕的家境让他过着一种悠闲的生活。他常常无所事事地躺在床上，思绪飘来飘去。当他睡着时，周围萦绕着时间的游丝，岁岁年年，年年岁岁，有序地排列在他身边，记忆如同潮水向他涌来。那些过去的情景不断地变幻，他想到了自己的童年，想到了以往的岁月。比如，在还是一个孩子时，他住在贡布雷姑妈家中，吃着一种叫小玛娜莱娜的甜点心；在巴尔贝克同他慈蔼的祖母一起度过的一个假日；他的好朋友罗伯特·德·圣洛普所在的城市里驻扎了军队；还有在巴黎看戏剧的生活经历，有一回母亲带他去了威尼斯；或者，他跟着家人在开满了花的园子里散步。

他能够清楚地记得，那时他还是一个孩子，临睡前的每一晚都要母亲在额头一吻。在贡布雷的一个夜晚，邻居斯万先生来拜访他母亲，他则被早早地打发上床睡觉。母亲匆匆地安顿好小马塞尔就去客厅了，可怜的他却一直烦躁不安地等待着母亲临睡前的一吻，一直到斯万先生离去，他才能够安静下来。

尽管每年夏季他都要和家人一道在贡布雷度过一段时间，但在很长一段时间里，他对贡布雷的唯一印象，就只是这个晚上。然而记忆就像不速之客会突然来到身边，多年以后，当他和母亲一起喝茶，吃一种叫小玛娜莱娜点心时，他从点心那异常熟悉的味道中回忆起了过去的日子，关于贡布雷的所有印象都在他面前完全展现。

他记起了在贡布雷生活时周围的邻人。他的住处有两条路，一条通向斯万家，斯万先生花园的外墙上，紫丁香和山楂花竞相开放，他就是在那条花径上初识初恋情人希尔贝尔的。另一条通往盖尔芒特家，路程虽然很长，但是极具魅力，一路上维福纳河蜿蜒相随。他还记起了曾在路上遇到的人们。比如医生和牧师，以及一位名叫万托维尔的老作曲家等等。在所有的人当中，他记得最清楚的是斯万先生，他是从家人闲时的谈话和街谈巷议中慢慢地形成对斯万先生的完整印象的。他开始渴望和斯万先生一家交往，时常幻想参与他们的生活。

斯万先生是个犹太人，十分富有，在上层社会左右逢源。但是因为他妻子的身份，斯万先生经常被人在背后鄙夷。他的妻子叫奥黛特，是巴黎的一名高级妓女，她有着足以让人神魂颠倒的美貌，类似于歌剧《洛痕格林》的某些片段，还类似于卡帕契奥的某几幅油画。斯万的爱情从一开始就很不幸，他们刚刚认识的时候，奥黛特把斯万介绍给维尔迪兰一家，这是一个低俗的家庭,他们声称对盖尔芒特家那彬彬有礼的作风不屑一顾。在维尔迪兰家的一次演奏会上,斯万听到了维尔迪兰先生演奏的钢琴曲,他听出了音乐中维尔迪兰先生对奥黛特毫无希望的热情。斯万不能忍受嫉妒的折磨。他想忘记奥黛特,可当他在圣尼韦尔特夫人举行的招待会上再一次听到同样的曲子时,他听懂了其中真实的含义。他决定不管付出多少代价,也要得到奥黛特。他们结婚之后,斯万越来越陷入维尔迪兰家的圈子里,当他回去看望贡布雷上流社会中的老朋友时,大家觉得他又可笑又可悲。

斯万的女儿希尔贝尔逐渐长成妙龄姑娘,在巴黎,马塞尔和她相恋。同时,马塞尔对奥黛特夫人充满了男孩子式的依恋和热情。这使他有意无意地经常拜访斯万家。不久,他放纵的习性和飘忽不定的性格使希尔贝尔厌倦,她逐渐地疏远他。随着岁月的流逝,他也忘却了她。然而,这一次无结果的恋爱使他的自尊心受到了极度的损伤。

 普鲁斯特在伊利埃的卧室。

由于马塞尔的身体状况不佳，家里人安排他和祖母去疗养地巴尔贝克海滩。在那里，马塞尔被一群妙龄女郎吸引，特别是其中一个叫阿尔贝蒂娜的女孩，他想尽办法结识了她们。他认识了祖母的老朋友维尔帕里西斯夫人，她是盖尔芒特家族的一个亲戚。维尔帕里西斯夫人把他介绍给自己的外甥圣洛普和查尔路斯，马塞尔和圣洛普很快成为了亲密朋友。后来，他又结识了圣洛普的情妇，一个名叫拉谢尔的年轻犹太女演员。查尔路斯对于马塞尔一直怀着混合妒忌与憎恨的情感，马塞尔最终认识到他恶魔般的天性。

马塞尔回巴黎后被介绍到盖尔芒特的时髦圈子里，他在那里熟悉了圣日耳曼城乡大贵族的私生活。他对沙龙产生了兴趣，特别是对维尔迪兰夫人家抱有浓厚的向往。不久，他回到巴尔贝克海滩，祖母在一天散步时突然中风去世。这个心地善良而无私的老妇人的死去，使马塞尔第一次意识到生活的空虚，那些表面华丽无比的贵族生活其实什么都没有留下。为了寻求慰藉，他去找阿尔贝蒂娜。可是两人在一起并不快乐，马塞尔常常以自己的意志为主，阿尔贝蒂娜也无法忍受他那略带神经质的想法，两人终于分手。失去了阿尔贝蒂娜，马塞尔十分苦恼。不久，阿尔贝蒂娜从马上跌下来摔死的消息传到马塞尔这里，同时，他收到她生前的一封信，信里说她一定要回到他身边。

马塞尔想找旧朋友谈谈心，可他很快发现，随着时间的流逝，旧日的朋友都发生了一些意想不到的变化。斯万先生患重病即将死去，希尔贝尔嫁给了圣洛普，维尔迪兰夫人继承了一笔遗产，正在结交新贵。

马塞尔感慨时光的流逝和人事的变迁。由于健康日愈恶化，战争期间，他在疗养地度过了漫长的一段时光。当他回到巴黎时，看到了时光更大的魔力：圣洛普战死了，他的情妇拉谢尔成为名演员，斯万死了，斯万夫人再嫁，成为各种时髦场合的名女人。盖尔芒特王子丢了财产，因此与维尔迪兰夫人结婚。

马塞尔最后一次去盖尔芒特公主的豪华住宅参加招待会时，见到了希尔贝尔与圣洛普的女儿。在盖尔芒特的书房，他无意中取下乔治·桑的一本小说，恍惚间，他似乎回到了多年前贡布雷的那个晚上，母亲为他读了这本小说。这时，他脑海里又响起了斯万先生去世时的钟声。他明白了一切从斯万先生拜访的那个夜晚开始，又终结于这个回忆的夜晚。他意识到时光飞逝如电，往昔如同一场幻梦。他发现周围的人都或多或少地虚度了年华，自己也不例外。

为了那已经逝去的岁月，他沉浸在无边无际的回忆中，试图用记忆追回那已失去的一切。

类型	成书时间	推荐理由
哲学论著	公元 1945 年	既具有思想深度又具有文学才情的哲学史。

深入浅出的哲学史
——《西方哲学史》

背景搜索

　　罗素，英国哲学家，同时又是著名的数学家、散文作家和社会活动家，出身于英国威尔士曼摩兹郡一个贵族世家。4岁时父母双亡，由祖母抚养长大，接受了良好的家庭教育。

　　1890年入剑桥大学三一学院并获得数学奖学金，三年级时他转学哲学，并于1894年取得学位。1908年成为剑桥大学讲师，这一年，他与人合作开始写作著名的《数学原理》。一战期间，因为反对征兵及宣传和平主义被监禁。1916年重新在三一学院任教。

　　1920年至1921年，罗素来中国讲学，在北京大学担任客座教授。罗素回国后写了《中国的问题》一书，书中讨论了中国将在20世纪历史中发挥的作用。

　　此后罗素又先后访问了俄国、美国，并在芝加哥大学、加利福尼亚大学任教。1931年他继承为第三世罗素勋爵。1944年回到剑桥担任研究员。1949年获荣誉勋章，1950年，由于他"多产而重要的哲学著作，并以此成为人道主义与自由思想的代言人"而获得了该年度的诺贝尔文学奖。50年代因积极参加世界和平运动，反对核战争而获得世界和平奖。1964年创立罗素和平基金会。

罗素是20世纪具有影响力的哲学家之一，他不但是分析学的主要创始人，还是世界和平运动的倡导者和组织者。图为其侧面照。

1970年2月2日去世。

推荐阅读版本：何兆武、李约瑟等译，商务印书馆出版。

内容精要

《西方哲学史》全面考察了从古希腊罗马时期到20世纪中叶西方哲学思潮的发展历程。罗素将哲学看作某种介乎于神学和宗教之间的东西，基于对哲学的这种理解，他认为西方哲学在发展过程中始终受到来自科学和宗教两方面的影响，并据此把西方哲学发展史划分为古代哲学、天主教哲学和近代哲学三个时期，揭示了在哲学的发展历程中，科学与宗教、社会团结和个人自由是如何错综复杂地交织在一起与哲学交互作用的。罗素在绪论中首先表明了自己对哲学的理解，阐述了自己的哲学观，读起来让人耳目一新。

罗素认为，人们通常所说的"哲学的"人生观与世界观其实是两种因素的产物：一种是传统的宗教与伦理观念，另一种则是被称之为"科学的"那种研究。在这里，他是就科学这个词语最广泛的意义而言的。在每个哲学家的体系中，这两种因素也许所占的比例不尽相同，也许在柏拉图哲学中前一种更多，在赫拉克里特哲学中后一种更多。但是可以肯定的是，只有两种因素在某种程度上同时存在，才能构成哲学的特征。

罗素对哲学的理解，是建立在广泛意义的基础上的。"哲学，就我对这个词的理解来说，乃是某种介乎于神学与科学之间的东西。它和神学一样，包含着人类已有知识所不能肯定的事物的思考；但是它又像科学一样是诉之于人类的理性而不是诉之于权威的，不管是传统的

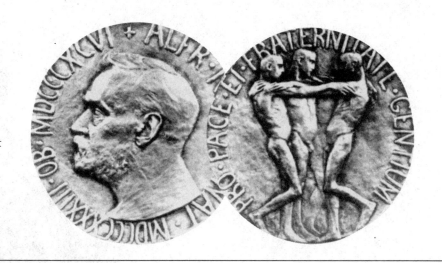

诺贝尔和平奖奖章
的正面和反面。

权威还是启示的权威。我是这样主张的，一切确切的知识都属于科学；一切涉及确切知识之外的教条都属于神学。但是介乎神学与科学之间的还有一片受到双方攻击的无人之域，这片无人之域就是哲学。思辨的心灵所最感兴趣的一切问题，几乎都是科学所不能回答的问题；而神学家们那信心百倍的答案，也已不再像它们在过去的世纪里那么令人信服了。"

那么从古到今，哲学思考的一些基本问题包括，世界是否分为心和物，如果是这样划分的，那么心是什么，物又是什么，两者之间的从属关系又是如何？人们所生存的宇宙是否存在某种统一性或者目的，宇宙是否在朝着某个目标演进，演进过程中是否有自然规律？对于人本身的解释，到底是天文学家所观察到的，生活在一个渺小又充满生机的行星上、完全由碳水化合物组成的，还是哈姆雷特所看到的样子呢？智慧是否确实存在，还是看起来仿佛是智慧的东西，其实是极其精炼的愚蠢呢？对于真、善、美这些所谓人类美好的品质，哪怕宇宙坚定不移地走向灭亡，它们是否也是值得人类永远追求的呢？

对于这些问题，在实验室里是找不到答案的。各派神学都宣称能够做出极其确切的答案，但正是它们的这种确切性才使近代人满腹狐疑地去观察它们。研究这些问题，而不是解答这些问题，就是哲学的任务了。

这看起来似乎是一项浪费时间的任务，既然不能解决为什么还要持续地研究？无论是历史学家还是渺小的个人都会给出不同的答案。

从历史学家的观点来说，自从人类能够自由思考以来，他们的行动在许多重要的方面都依赖于他们对于世界和人生的各种理论，克尔凯郭尔曾经说：你信仰什么，那么你就如何生活。也就是说在很大程度上，人类是按照自己的信仰在生活。要了解一个时代或者民

诺贝尔是一位炸药发明家，他将自己的大部分遗产都捐献给科学事业，设立了后来成为国际最高荣誉的奖金——诺贝尔奖金，即和平、文学、物理学、化学、医学共5项奖金。

族，就必须了解他们的哲学，要了解他们的哲学，自己首先应当是一定程度上的哲学家。这其中就存在一个互为因果的关系。人们生活的环境在决定他们的哲学上起了很大作用，反过来，他们的哲学又在影响他们改造环境的行为。因此，哲学研究是人类所不可缺少的。

从面临宇宙孤寂感的个人来说，哲学也是必需的。毕竟科学告诉我们的是我们能够知道的事情，但是我们所知道的其实只是很小一部分。如果因此我们忘记了自己所不能知道的是如何之多，那么我们就会对许多极其重要的事情变得麻木不仁。从最简单的"我是谁"的问题，就可以引出无数的问题和答案，我们愿意自己是一个化合物还是精神思考载体？我们真的确切地清楚自己是谁吗，这究竟是一个抛给专业的哲学家思考的问题，还是一个值得每个人深思的问题？

科学告诉我们一些知识，神学给我们一些武断的信念，让我们相信自己对于那些无知的事物有着丰富的知识。这样人类就对宇宙产生了一种狂妄的傲慢。在鲜明的希望与恐惧之间摇摆不定，这样的犹豫没有几个人能承受。人类必须享有科学研究所得出的确切的知识，以明白自己的认识范围，对于目前无法探索明白的领域，其中的空虚只能借助神话来填补。哲学却在科学和宗教所没有涉及的领域中直指人心的空白。无论是想把哲学提出的问题忘记，还是自称我们已经找到了问题的答案，都是无益的。教导人们在不能确定时继续生活又不为犹豫所困扰，也许这就是哲学在我们的时代仍然能慰藉那些向学者的主要功能了。

类型	成书时间	推荐理由
小说	公元 1924 年	21世纪的全面预言，浓缩了西方精神生活的作品。

21 世纪的预言
——《魔山》

背景搜索

托马斯·曼，德国作家。1875年生于德国北部吕贝克的一个望族家庭里，父亲曾任该市参议员和副市长。1891年托马斯·曼的父亲去世，母亲带着他的弟弟、妹妹迁往慕尼黑，他自己则继续留在吕贝克读中学。

1894年中学毕业后，他也去了慕尼黑，在一家保险公司当实习生，并在慕尼黑几所大学旁听历史和文学史课程，还参与编辑了《二十世纪》和《痴儿》杂志。托马斯·曼的处女作中篇小说《沦落》于1894年发表，1901年发表成名作《布登勃洛克一家》，此后便专事创作，1924年发表了长篇哲理小说《魔山》，进一步奠定了他在国际文坛上的地位。

托马斯·曼在祖国德国的名声于20世纪20年代达到了最高峰，1929年，他以小说《布登勃洛克一家》获得诺贝尔文学奖。这之后，他担任了很有影响的德国文学艺术院的院长，虽然他对种种缠身的公务感到不满，但他意识到，这一职位使他在帮助其他作家方面有了更大的自由，也使他有了避开纳粹舆论攻击的威望。

1933年希特勒上台，他撰文谴责法西斯对德国文化的歪曲和破坏，被迫流亡国外，于1938

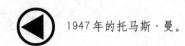
1947 年的托马斯·曼。

年移居美国，1944 年加入美国籍。第二次世界大战期间，托马斯·曼发表了大量广播演说，反对希特勒和法西斯主义，并创作了大量作品，1933 年至 1943 年他完成了颂扬犹太人、反对纳粹种族主义的四部曲《约瑟和他的兄弟们》，包括《雅各的故事》、《约瑟的青年时代》、《约瑟在埃及》和《赡养者约瑟》。托马斯·曼坚持写作直至生命的最后一息。他一生写下了大量的评论文章和书信，在他漫长的文学生涯中总共写了 2 万多封信。1955 年，他在瑞士苏黎士附近的基尔希贝格逝世。

推荐阅读版本：钱鸿嘉译，上海译文出版社出版。

内容精要

汉斯·卡斯托普刚刚大学毕业，从汉堡来到了瑞士阿尔卑斯山达沃斯村的一所肺结核疗养院，探望他的表兄阿希姆·齐姆森。他打算在山上只停留三个星期，但是医生诊断出他患有肺结核病，于是他就在人们称之为"魔山"的疗养院居住了下来。从 1907 年到 1914 年，一住就是 7 年。时间成了疗养院里最没有意义的东西，它根本就没有前进。

在这 7 年里，汉斯接触了疗养院里形形色色的人物，他们没有工作，没有职业，没有婚姻，没有孩子，没有任何经济、政治活动，只靠股息和年金度日，怀着醉生梦死的病态心理，百无聊赖，无所事事。他们沉醉在疗养院的病态环境里，谁要是落进这个世界，就会被病魔所侵袭，很难摆脱。汉斯最后领悟到人为了善和爱就不应该让死亡统治自己，终于抛弃了等待死亡的思想，离开了疗养院。这时，第一次世界大战的炮声已经打响，汉斯和其他青年一样，被驱赶上硝烟弥漫的战场。

科学史上的伟大变革
——《狭义与广义相对论浅说》

背景搜索

爱因斯坦，理论物理学家、数学家、相对论的创始人，于 1879 年 3 月 14 日出生在德国的乌尔姆城的一个犹太家庭里。他受家庭的影响，从小对德国的启蒙思想非常感兴趣，而对当时流行的军国主义教育很不以为然，在中学期间就阅读了大量的科学书籍。1895年，爱因斯坦就读于瑞士苏黎世联邦工业大学。1900年毕业后，爱因斯坦并没有马上找到工作，两年后他才开始在伯尔尼的瑞士专利局担任技术审查员。

爱因斯坦于 1905 年提出了相对论的思想，发表了狭义相对论、光电效应和布朗运动等方面的论文。这些论文，特别是狭义相对论那篇，在几年之内就使他享有世界上最杰出、最富有创造性的科学家的盛名。他的学说引起了激烈的争论，除达尔文外，没有哪位现代科学家像爱因斯坦那样引起如此多的争论。尽管如此，他仍被任命为柏林大学教授，同时还担任威廉物理研究所所长和普鲁士科学院院士。

1915 年爱因斯坦又提出了广义相对论原理。爱因斯坦的相对论思想发表并在 1919 年得到证实以后，他获得了极大的声誉。1921 年他获得了诺贝尔奖。

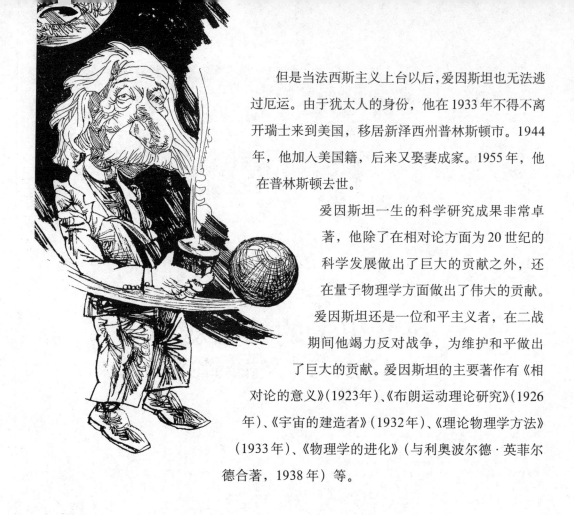

但是当法西斯主义上台以后，爱因斯坦也无法逃过厄运。由于犹太人的身份，他在1933年不得不离开瑞士来到美国，移居新泽西州普林斯顿市。1944年，他加入美国籍，后来又娶妻成家。1955年，他在普林斯顿去世。

爱因斯坦一生的科学研究成果非常卓著，他除了在相对论方面为20世纪的科学发展做出了巨大的贡献之外，还在量子物理学方面做出了伟大的贡献。爱因斯坦还是一位和平主义者，在二战期间他竭力反对战争，为维护和平做出了巨大的贡献。爱因斯坦的主要著作有《相对论的意义》(1923年)、《布朗运动理论研究》(1926年)、《宇宙的建造者》(1932年)、《理论物理学方法》(1933年)、《物理学的进化》(与利奥波尔德·英菲尔德合著，1938年) 等。

内容精要

爱因斯坦作为一个著名的科学家，不仅创造了深奥的相对论理论，而且试图把这种深奥的科学理论让更多的人了解，于是他写作了《狭义与广义相对论浅说》。这本书分为两部分：《狭义相对论》(1905年发表)，《广义相对论》(1915年发表)。《狭义与广义相对论浅说》是物理学科中的重要经典著作之一，也是爱因斯坦亲自对他的相对论所做的大众化解释。

爱因斯坦根据自然科学和几何学的发展状况，批判了欧几里得几何，接受和运用了非欧几何，并运用非欧几何来建立和论证他的相对论理论。

狭义相对论有两个基本原理：第一个原理是相对性原理，即物理学定律在所有惯性系中是相同的，不存在一种特殊的惯性系。时间与空间的观念都具有相对性。一个观察者看来是同时发生的事件，另一个向他做相对运动的观察者看来便不是同时发生的。两个这样

 爱因斯坦与罗伯特·奥本海默在交谈。

的观察者对两个事件之间的时间间隔的估计将会不一致，同时他们对距离的衡量也会不一致。假定两个相对匀速运动的观察者所得到的光速相同，那么只要他们对时间与空间运用不同的量度，就能对于现象得到相同的自然规律，并能精确地说明这种差别有多少。换句话说，每个观察者都有自己一套时间—空间的框架，对于一切观察者全都相同的绝对空间时间是不存在的。

　　第二个原理是光速不变原理，即在所有的惯性系中，真空中光的速度具有相同的值。假定一个观察者 B 带着一把码尺和一只座钟，并把码尺指向他运动的方向。当他从观察者 A 旁边走过时，在 A 看来他的尺子不足一码长，他的钟也慢了。B 相对于 A 的速度愈大，这个差额也就愈大。假如 B 用光速在 A 的旁边通过，我们得到的结果是惊人的，这时 B 的码尺长度将等于 0，他的钟也完全不走了。这就是说光速是速度的极限，宇宙间没有任何东西能以大于光速的速度运动。运动尺子的缩短和运动时钟的变慢效应，都是相对论时空的基本属性，与物体内部结构无关。如果物体速度比光速小得多，相对论力学就可解释牛顿力学。

在相对论之前，物理学中承认两条极重要的守恒定律，一条是能量守恒定律，一条是质量守恒定律，两条基本定律似乎彼此独立。但通过相对论它们便可结合成一条定律，质量和能量可以变成互换的项目。一个物体如果放射出能量就会损失质量，如果接受能量就会增加质量，当一物体加快运动时，它的能量和质量都会增加，在光速的情况下，它的质量将变成无穷大。这个质量与能量的关系可以通过数学上的推导，写成一个表达式：$E = mc^2$（E 为能量，m 为质量，c 为光速）。

建立狭义相对论后，爱因斯坦看到了这个理论的局限性，因为它把相对性原理限制在两个做相对匀速运动的惯性系里。它否定了静止的以太阳作为特殊的坐标系是一大进步，但实际上还没有真正解决经典力学中的古老难题。

早在 200 年前，伽利略就发现，所有的惯性系对于表述力学定律都是同样有效的、平等的，不存在任何特殊的惯性系，这就是说，任何力学实验都无法辨别惯性系本身的运动状态。这种运动的相对性，在古典力学中普遍存在，但在麦克思韦电动力学中不能成立，因为它只适用于静止的坐标系。经典力学是无法回到惯性系在物理学中的优越性的，因此爱因斯坦意识到要进一步探明这个问题，就必须扩大相对性原理的应用范围。他将自己的研究领域从惯性系拓展到了非惯性系。

在古典力学中，物质有两种质量。一是牛顿第二定律中的惯性质量，二是万有引力定律中的引力质量。地球表面上的任何一个物体都要受到地球对它的引力，并因此会产生加速度。实验告诉人们，一切自由落体在引力作用下都具有同样的加速度。由此可以推算，引力质量与惯性质量是相等的。牛顿曾经研究过这个问题，但没有得到理论上的解释。长期以来，物理学家一直认为两种质量相等是理所当然的，无需从理论上再加以研究。爱因斯坦经过一段时间的认真思索，认识到惯性质量与引力质量相等是解决引力问题的关键。以两种质量相等为基础，他提出了著名的等效原理：一个加速系统所看到的运动与存在引力场的惯性系统所看到的运动完全相同。在"等效原理"的基础上，他又进一步提出了"广义协变原理"：在任何参照系中，物理学规律的数学形式是相同的。就这样，他把相对性原理从惯性系推广到非惯性系。正因为"广义协变原理"是狭义相对论的相对性原理的一种推广，所以爱因斯坦把这种引力理论称为"广义相对论"。

广义相对论实质上是一种引力理论，在有引力场的区域，空间的性质不再服从欧几里

爱因斯坦的关于物体的质量和能量相对论的推论，为以后原子弹的制造、核能的和平利用打下了理论基础。

得几何，而遵循着非欧几何。比如19世纪德国数学家黎曼所建立的黎曼几何学就是非欧几何学的一种，它描述了非平直空间的性质。爱因斯坦最终选择了黎曼的严格非欧几何作为广义相对论的时空模型。他认为，现实的物质空间不是平直的欧几里得空间，而是弯曲的黎曼空间。空间的弯曲程度取决于物质的质量及其在空间的几何分布情况。物质密度大的地方，则引力场的强度也大，时空就弯曲得厉害。所以把绝对真空看作一个物理实体是毫无意义的。很显然，广义相对论所揭示的物质同时空的关系，比起狭义相对论来更为深刻。因为时空的性质不仅取决于物质的运动，而且更重要的是取决于物质本身的分布。这就从新的高度彻底否定了牛顿的绝对时空观。

广义相对论把几何学与物理学统一起来，用空间结构的几何性质来表述引力场。它同牛顿的引力论有本质的不同，但在日常人们接触到的现象中却分辨不出两者结果的差异。爱因斯坦提供了三个可供实验验证的推论：第一是水星轨道近日点的进动；第二是光线在引力场中的偏转；第三是在强引力场中，时钟要走得慢些，因此从巨大质量的星体表面射到地球上的光的谱线，必定显得要向光谱的红端移动，这在1925年得到了观测验证。

类型	成书时间	推荐理由
医学论者	公元 1931 年 全部七卷出版完整	影响人类节育运动的书籍，本书的作者玛格丽特·桑格也由此被称为计划生育事业的开拓者。

影响人类节育运动的书籍
——《我的节育奋斗史》

背景搜索

　　玛格丽特·格桑，1879 年 9 月 14 日出生于美国纽约州的科宁，在全家 7 个孩子中排行第六。她的父亲是一名石匠，是无神论者。桑格曾在贫困的纽约市下东区当护士，亲眼目睹了当地母亲和婴儿高死亡率的悲惨情景，感受到过度生育给母亲和孩子带来的痛苦。1914 年，桑格创办了《妇女反抗报》，后来更名为《节育周刊》，并且出版了提倡节育的小册子《家庭人口限制》。在当时印发或传播这种信息是非法的，所以 1915 年她被指控用邮寄方式散布肮脏的思想（指提倡妇女节育），经过几个月的争论，纽约地方检察官搁置了她的案子。

　　1916 年 10 月，桑格在纽约州布鲁克林开办了美国第一家计划生育诊所，随后以"妨害公共罪"被政府监禁 30 天。1921 年，桑格创办了美国节育联合会，后来又创立了国际计划生育联盟。

　　1950 年，她和 75 岁的凯瑟琳·麦考米克携手合作，向科学界提出口服避孕药这个大胆的念头。不到十年梦想成真，避孕药后来正式成为具体产品，效能和安全都经过临床试验，且经政府核准，得以合法上市。自此，这个药品大大地改变了人类的行为。

1966 年 9 月 6 日在亚利桑那州的图森去世。

目前尚无中文译本。

内容精要

1916 年 10 月 16 日清晨，秋高气爽，在纽约市的布鲁克林，我打开了美国第一所节育诊所的大门。我当时相信，现在仍然相信，这是一件对美国妇女界意义深远的重大事件。

三年以前，我作为一名专业护士，在陪同一位医生去纽约下东区出诊时，曾亲眼看到一位母亲因私自堕胎而惨死。在此之前，医生拒绝向她传授避孕知识。这个妇女只是千百名受这种苦难的美国妇女之一，仅在纽约一地，我听说每年就有 10 万次堕胎发生。

那天晚上，我认识到，我绝不能再当一名无所作为的护士，眼看母亲们受苦和死亡了。

我曾在荷兰学医，那儿的节育诊所已有 38 年历史。这段学习生涯，使我有足够的知识进行节育指导。我的妹妹也是个护士，她可以当我的助手，但是纽约州的刑法规定，只有医生才可以传授节育知识，而且只有在防治某种疾病时才可以这样做。这里所谓的疾病，就是指性病。我希望能把这条法律条文的解释放宽一些，一方面是为了保护妇女免于因生育过多而导致健康状况恶化；另一个重要的目的，是为了让妇女有权控制自己的命运。因为我不是医生，对任何人传授节育知识都是非法的。但我觉得，如果让妇女掌握生儿育女的科学知识也算违法的话，那么这条法律本身便是应该违反的。

在布鲁克林，我选择了布朗斯维尔区。那儿又脏又穷，拥挤不堪，居民都是辛劳的男女工人，他们的贫穷使他们有充分的理由获得节育知识。有一位热心的年轻人与我志同道合，从芝加哥赶来帮助我。

我们总算在安波依街 46 号找到了一位好心的房东拉宾诺维兹先生，他底层的两间房愿以每月 50 美元的价格租给我们。我们买了些廉价的家具，拉宾诺维兹亲自动手，花了两个小时，把房间漆得雪白，一尘不染。他说："有点像医院了。"

我们散发了大约 5000 份传单，上面用英语、意大利语和意第绪语（系犹太人使用的一种语言）写着：母亲们！您养得起一个大家庭吗？您还想再要孩子吗？如果不想要，何必再养呢？别杀害小生命，别冒生命危险，但事先预防要了解安全可靠的知识，请上布鲁克林安波依街 46 号，找受过专门训练的护士。请转告您的朋友和邻居们。欢迎诸位母亲光临，人们会来吗？当然会来！什么也阻挡不住她们！

第一天开张，门前就站着一排妇女。当天，就接待了100多人，以后从早到晚，来人不断，既有犹太人，也有基督徒。妇女们从老远的地方赶来（报纸的报道，为我们做了宣传），为了要来听一听生育的"奥秘"，她们本来以为这种知识只有有钱人才可以掌握，而穷人是无缘与闻的。

我和妹妹每次向8名妇女讲授避孕技术。病史都记录在案，如果我们的工作将来有点成绩的话，这些记录将具有很高的科学价值。这些妇女每人都有一段辛酸的往事。有一个说她养了15胎，只有6个活着。"我今年37岁，可您瞧瞧我的模样，就像有50岁了！"还有一个已生了8个孩子的妇女又怀孕了，她已经堕胎两次、流产多次。她家务劳累，还要到那种挣钱很少的小作坊里去制帽子谋生，她筋疲力尽，神情沮丧，有点神经质。我对她们满怀同情。

不过碰到的也不尽是伤心事儿，也经常遇见兴高采烈的采访者。一位杂货商的老婆顺道走进来祝我们好运气，一位德国面包商给我们送来炸面饼圈，他老婆把我们的传单散发给每个经过他们铺子门口的过路人。当我们忙于工作，没时间出去吃饭时，拉宾诺兹太太便会走过来，说："如果我现在拿点热茶来，您能不能叫她们等一会儿？"

到第十天，一个衣着整齐、脸色铁青的女人穿过等候着的人群，走进我房间，盛气凌人地说："玛格丽特·桑格，你被捕了。我是警察局的。"三名警察缉捕队员（缉捕队的主要职责是取缔卖淫和赌博等非法活动）立即出现了。他们把来就诊的妇女们赶在一起，叫她们排好队，把她们当成妓女似的对待。妇女们哭了起来，她们手中的孩子也哭了。诊所里一片混乱，像个疯人院。"袭击者"还没收了我们四百多份病史和一些宣传材料。我据理力争了半个小时，才说服他们放走了这些可怜的母亲们。这时，一传十、十传百，闻讯赶来的人们挤满了大街，报馆记者和摄影师也挤在人群中。出于自尊心，我拒绝坐进囚车，坚持步行一英里到法院去。我走在"袭击者"前边，后面跟着一大群围观者。

当天晚上，我在雷芒德监狱过了一夜。牢房之污秽，令我终生难忘。被褥又脏又臭，我只得用大衣把身子裹紧。蟑螂在四周乱爬，一只老鼠从地上穿过，吓得我大叫起来。直到第二天下午，我的保释手续才算办妥。我走出监门时，看到那个生了8个孩子的妇人，她一直守候在那儿。

我马上重开了诊所。可是这一回，警察局逼着拉宾诺兹写了收回租赁的文件，理由是我"蛊惑人心"。我再次被捕。这次坐进了囚车，当车开走时，我听到一声尖叫——一位妇女一面推着童车，一面哭喊着："回来呀！回来救救我呀！"正当我陷入失望和屈辱的深渊时，四面八方都伸出了援助和同情的手。有人向我提供法律帮助，医生们也群起支

玛格丽特·桑格和她的儿子在一起。

持我们。同情者们甚至还在卡内基大厅举行了一次声援大会。

对我的审讯于 1917 年 1 月 29 日在布鲁克林举行，约有 50 名母亲来法院旁听。她们对着我微笑、点头，设法鼓舞我。起诉书言词激烈，咄咄逼人，使我十分惊奇。因为在我看来，法院是荒唐透顶、毫无理由的。我绝不会否认我曾传授节育知识，我的确是故意违反这条法律的。来自布朗斯维尔的母亲们一个接一个被传作证。地方检察官问道："你以前见过桑格夫人么？""见过，在诊所里。""你为什么到那儿去？""求她帮我别生娃娃。""你得到这方面的知识了么？""得到了，谢谢。那挺管用的。"法庭辩论进行了好几天。

最后在一个冬日，法官约翰·富雷希用拳头猛击了一下桌子，大声说："我们所关心的，是维护法律，依法办事。现在，既然这条法律条文依然存在，"他转向我的律师，"这位夫人愿不愿意在此做出承诺，保证遵守这条法律？"

他转而问我道："你怎样答复，桑格夫人？愿，还是不愿？"顿时，整个法庭变得鸦雀无声。我尽量一字一顿地说："我不能保证遵守我所不尊重的法律条文。"紧张肃穆的气氛一下子被冲破了。妇女们鼓掌欢呼。法官要大家安静下来。然后，他宣布："本庭裁决，监禁你 30 天。"从法庭的一角，传来了一声尖叫："可耻！"

第二天，我被移送到州监狱。狱中的囚犯——妓女、扒手和窃贼们——都曾经或多或少地听说过我的名字和关于节育的事。有一个女人要我向她们讲讲"性生活的卫生常识"。于是我坚持进行宣传，还教几个年轻姑娘读书写字，并坚持写作，为推进节育运动做筹划。3 月 6 日我获释。我一生中再没经历过如此激动人心的场面了，当我走过宽阔的装着铁栅栏的门厅时，门外热烈的气氛扑面而来。在门前，站着我的朋友们与同事们，他们齐声高唱着气势磅礴的《马赛曲》。在我身后，那监狱的铁窗后面，是我新结识的朋友们，她们也在为我放声歌唱。

与黑暗抗争的生命之歌
——《假如给我三天光明——海伦·凯勒自传》

背景搜索

海伦·凯勒1880年诞生于美国亚拉巴马州的一个小镇——特斯开姆比亚。在她1岁零7个月的时候，一场突然来临的猩红热使小海伦连续几天高烧不退。当她病愈后，妈妈给她洗澡时惊讶地发现，她的小眼睛一眨也不眨。眼科医生的检查表明小海伦双目失明。紧接着妈妈又发现小海伦失去了听力。3岁时，海伦连话都不会说了，从此陷入了无声无息的黑暗世界。

1887年3月，毕业于柏金斯盲人学校的安妮·莎莉文老师来到海伦身边，开始教她认字学习。开始的过程是艰难的，但是海伦以坚强的毅力，在老师的悉心教育下学会了写字。此后，海伦陆续学习并掌握了法语、德语、拉丁语、希腊语。聋盲却能掌握五门语言，海伦的成功被称为"教育史上最伟大的成就"。

海伦的"哑"是因为丧失听力而造成，声带并没有受损。10岁那年，海伦开始学习说话，因听不到别人和自己的声音，只能用手去感受老师发音时喉咙、嘴唇的运动，然后进行成千上万次的模仿和纠音。当首次像正常人那样说出"天气真热"这句话时，惊喜之余，她和莎莉文老师都意识到，在她们顽强的毅力面前，再没有克服不了的困难。

几年后，海伦上了学，在移居英国的拉德克利夫后，她就读于剑桥的吉尔曼女子中学。上课时，莎莉文老师总是坐在海伦身旁，把老师讲的内容写在她的手上。

　　1900年，海伦考进了剑桥大学的拉德克利夫学院，成为有史以来第一个进入高等学府的盲聋哑人。但是大学生活使海伦感到失望。她觉得没有独立思考的时间，上课时无法记笔记，因为她的手在忙着"听讲"。回到宿舍后再匆匆地把脑子记下的东西写下来。她从德国等地弄到了一些盲文书籍，海伦贪婪地读着，直到手指磨起了血泡。

海伦·凯勒以其独特而勇敢的生命个体震撼了世界。图为她和莎莉文老师在一起。

　　从1902年4月开始，她又在莎莉文老师的帮助下，开始在美国的一家杂志上连载她的自传《我生活的故事》，结集出版后轰动了美国文坛。

　　海伦毕业了，此时，她在英语方面取得了优异的成绩。她一毕业，欧美各主要报刊的约稿信就像雪片般涌来。同年，海伦应邀参加了圣路易斯博览会，呼吁全世界关心聋哑人的教育问题。1919年，海伦的故事被好莱坞搬上银幕，由她本人出任主演。

　　20世纪30年代，海伦不断访问欧亚各国，为聋哑盲人发出呼吁和发动募捐。向全社会呼吁关心聋哑盲人，成了海伦一生的主要事业。1955年，她荣获哈佛大学的荣誉学位，成为历史上第一个受此殊荣的妇女。1959年，联合国在全球发起以她的名字命名的"海伦·凯勒"运动，以资助世界各地的聋盲儿童。1960年，描写她成长经历的剧本《奇迹的创造者》获普利策奖，并被拍成电影。同年，美国海外盲人基金会在海伦80岁生日那天，宣布颁发"国际海伦·凯勒奖金"，以奖励那些为盲人公共事业做出杰出贡献的人。从海伦童年时起，每一任美国总统都邀请她到白宫做客，她还被政府称为全美30名为国家做出突出贡献的杰出人士之一，荣获过美国总统亲自颁发的"自由奖"，并被誉为美国的高级公民。

1968年6月1日，88岁高龄的海伦走完了传奇般的一生。

推荐阅读版本：李汉昭译，华文出版社出版。

内容精要

老师安妮·莎莉文来到我家的这一天，是我一生中最重要的一天。这是1887年3月3日，当时我才6岁零9个月。回想此前和此后截然不同的生活，我不能不感叹万分。

那天下午，我默默地站在走廊上。从母亲的手势以及家人匆匆忙忙的样子中，猜想到一定有什么不寻常的事要发生。因此，我安静地走到门口，站在台阶上等待着。

下午的阳光穿透遮满阳台的金银花叶子，照射到我仰着的脸上。我的手指搓捻着花叶，抚弄着那些为迎接南方春天而绽开的花朵。我不知道未来将有什么奇迹会发生，当时的我，经过数个星期的愤怒、苦恼，已经疲倦不堪了。

朋友，你可曾在茫茫大雾中航行过，在雾中神情紧张地驾驶着一条大船，小心翼翼地缓慢地向对岸驶去？你的心怦怦直跳，唯恐意外发生。在未受教育之前，我正像大雾中的航船，既没有指南针也没有探测仪，无从知道海港已经非常临近。我心里无声地呼喊着："光明！光明！快给我光明！"恰恰正在此时，爱的光明照在了我的身上。

我觉得有脚步向我走来，以为是母亲，我立刻伸出双手。一个人握住了我的手，把我紧紧地抱在怀中。我似乎能感觉得到，她就是那个来对我启示世间的真理、给我深切的爱的人——安妮·莎莉文老师。

第二天早晨，莎莉文老师带我到她的房间，给了我一个洋娃娃。后来我才知道，那是柏金斯盲人学校的学生赠送的，衣服是由年老的萝拉亲手缝制的。我玩了一会儿洋娃娃，莎莉文老师拉起我的手，在手掌上慢慢地拼写"DOLL"这个词，这个举动让我对手指游戏产生了兴趣，并且模仿在她手上画。当我最后能正确地拼写这个词时，我自豪极了，高兴得脸都涨红了，立即跑下楼去，找到母亲，拼写给她看。

我并不知道这就是在写字，甚至也不知道世界上有文字这种东西。我不过是依样画葫芦模仿莎莉文老师的动作而已。从此以后，以这种不求甚解的方式，我学会了拼写"针"（PIN）、"杯子"（CUP）以及"坐"（SIT）、"站"（STAND）、"行"（WALK）这些词。世间万物都有自己的名字，是在老师教了我几个星期以后，我才领悟到的。

有一天，莎莉文小姐给我一个更大的新洋娃娃，同时也把原来那个洋娃娃拿来放在我的膝上，然后在我手上拼写"DOLL"这个词，用意在于告诉我这个大的洋娃娃和小洋娃娃一样都叫作"DOLL"。

这天上午，我和莎莉文老师为"杯"和"水"这两个字发生了争执。她想让我懂得"杯"是"杯"，"水"是"水"，而我却把两者混为一谈，"杯"也是"水"，"水"也是"杯"。她没有办法，只好暂时丢开这个问题，重新练习布娃娃这个词。我实在有些不耐烦了，抓起新洋娃娃就往地上摔，把它摔碎了，心中觉得特别痛快。发这种脾气，我既不惭愧，也不悔恨，我对洋娃娃并没有爱。在我的那个寂静而又黑暗的世界里，根本就不会有温柔和同情。莎莉文小姐把可怜的洋娃娃的碎片扫到炉子边，然后把我的帽子递给我，我知道又可以到外面暖和的阳光里去了。

我们沿着小路散步到井房，房顶上盛开的金银花芬芳扑鼻。莎莉文老师把我的一只手放在喷水口下，一股清凉的水在我手上流过。她在我的另一只手上拼写"水"字，起先写得很慢，第二遍就写得快一些。我静静地站着，注意她手指的动作。突然间，我恍然大悟，有股神奇的感觉在我脑中激荡，我一下子理解了语言文字的奥秘了，知道了"水"这个字就是正在我手上流过的这种清凉而奇妙的东西。

水唤醒了我的灵魂，并给予我光明、希望、快乐和自由。

井房的经历使我求知的欲望油然而生。啊！原来宇宙万物都各有名称，每个名称都能启发我新的思想。我开始以充满新奇的眼光看待每一样东西。回到屋里，碰到的东西似乎都有了生命。我想起了那个被我摔碎的洋娃娃，摸索着来到炉子跟前，捡起碎片，想把它们拼凑起来，但怎么也拼不好。想起刚才的所作所为，我悔恨交加，两眼浸满了泪水，这是生平第一次。

那一天，我学会了不少字，譬如"父亲"、"母亲"、"妹妹"、"老师"等。这些字使整个世界在我面前变得花团锦簇，美不胜收。记得那个美好的夜晚，我独自躺在床上，心中充满了喜悦，企盼着新的一天快些来到。啊！世界上还有比我更幸福的孩子吗？

类型	成书时间	推荐理由
小说	公元 1922 年	20世纪文学中小说的最大贡献，代表了意识流文学的最高峰，被称为"现代派的圣经"。

记录现代人的史诗
——《尤利西斯》

背景搜索

　　詹姆斯·乔伊斯，1882年3月2日生于都柏林南郊拉斯马因兹一个信天主教的家庭中，父亲约翰·乔伊斯是税务专员，家中有四男六女，乔伊斯为长子。乔伊斯6岁进入基德尔县沙林斯市的克朗戈伍斯森林公学，是学生中年龄最小的。三年后他因父亲失业而退学，经神父介绍，就读于耶稣会所创办的贝尔维迪尔公学。受到爱尔兰民族独立运动思想的影响，乔伊斯对宗教信仰产生了怀疑。1897年获全爱尔兰最佳作文奖。1898年入皇家大学都柏林学院，专攻哲学和语言。在校期间乔伊斯博览群书，为了读他最钦佩的作家易卜生的原著，他还学习了丹麦文和挪威文。1900年乔伊斯在英国文学杂志《半月评论》发表评论《易卜生的新戏剧》，获得了年过七旬的易卜生的称许，这使乔伊斯深受鼓舞，从而坚定了他走上文学道路的决心。

　　1903年他来到巴黎，靠写书和教英语糊口。1904年在波拉的伯利兹语言学校任教。1909年在都柏林开设电影院，但由于经营不善而转让了。1915年，乔伊斯移居苏黎世，继续教授英语。经庞德、叶芝等人奔走相助，他获得了皇家文学基金的津贴。此后他又移居

乔伊斯的所有作品都以伯林为背景，以爱尔兰生活为素材，图为正在聊天的乔伊斯（右）。

巴黎，与艾略特等人交往，继续从事文学创作活动，出版了《都柏林人》以及《年青艺术家的肖像》等作品，并在杂志上连载小说《尤利西斯》。1941 年 1 月，乔伊斯因腹部痉挛住院，查明系十二指肠溃疡穿孔，13 日凌晨去世，埋葬于苏黎世。

推荐阅读版本：萧乾、文洁若译，译林出版社出版。

内容精要

《尤利西斯》小说的主人公是青年艺术家斯蒂芬·代达罗、广告经纪人利奥波尔德·布卢姆及他的妻子莫莉，小说讲述了他们在 1904 年 6 月 16 日一天中的生活经历和情感活动。

上午 8 点，青年诗人斯蒂芬起床了。斯蒂芬因母亲病危，从巴黎返回都柏林。丧母后，他无法忍受成天酗酒的父亲，搬出来租住在一座圆形炮塔中，靠教书谋生。下课后他来到海滨漫步，思索历史和哲学问题。

匈牙利裔犹太人布卢姆也在 8 点起床了。他的妻子莫莉是个小有名气的歌手，但生活不检点，她正准备下午与情人博伊兰约会。布卢姆整天为此事烦恼，但在挣钱比自己多的老婆面前又抬不起头来。

10 点，布卢姆来到邮局取信。他化名弗洛尔，与一名女打字员交换情书。他拐进无人的墙边看信，看完信不禁飘飘然起来。走到大桥底下，他把信撕成碎片丢了，然后到教堂去做弥撒。

11 点，布卢姆乘马车去墓地参加朋友的葬礼。布卢姆突然看见妻子的情人博伊兰潇洒的身影，他想除了魅力之外，他妻子还能从他身上看到什么呢？"魅力"是都柏林最坏的家伙，博伊兰却凭借它活得很快乐。灵柩下葬后，他仍在坟丛中徜徉，他回想起夭折的儿子和自杀的父亲，他对死亡进行反思，由生死问题又联想到自己目前的处境，心里无限凄凉。但又很快自我解嘲，回到现实中来。

中午，布卢姆到《自由报》去向主编说明自己揽来的广告图案，随后又赶到《电讯晚报》报馆，碰巧斯蒂芬也在这儿，他想向该报推荐校长的文章，主编却对文稿嗤之以鼻。

下午1点，布卢姆走进一家廉价的小饭馆，看到脏乱的环境和狼吞虎咽的用餐者，他赶紧换了一家好一些的饭馆，并在那里遇到了熟人，谈话中他想起妻子和情人的约会，心里非常烦躁。出门时偏偏又碰到情敌博伊兰迎面走来，便赶紧躲进图书馆。

下午2点，斯蒂芬在图书馆里对评论家和学者发表关于莎士比亚的议论。布卢姆巧妙地躲过了讨论，又在大街小巷漫步。看到形形色色的人们正在忙碌着，看到喜怒哀乐的社会百态。

下午5点，布卢姆约一个朋友在酒吧见面。一个无赖大肆攻击犹太人，身为犹太人的布卢姆实在忍无可忍，他反驳道："门德尔松是犹太人，还有卡尔·马克思、斯宾诺莎也是犹太人。救世主耶稣也是个犹太人……你的天主也跟我的一样，也是个犹太人。"无赖气得抓起一只饼干罐就往布卢姆身上扔，但未能击中。布卢姆和朋友赶忙逃之夭夭。

晚上8点，太阳的余晖洒在海滩上，布卢姆与少女格蒂不期而遇。两人在暂时的忘我境界中眉目传情。当格蒂离开海滩时，布卢姆才发现她原来是个瘸子，不禁失声叹道："可怜的姑娘。"

晚上10点，布卢姆到妇产医院去探望难产的麦娜夫人，出来后碰到醉酒的斯蒂芬。在布卢姆不放心斯蒂芬而跟随他的时候，一路上他的眼前出现了许多幻像。在幻想中他当了国王，并且错把斯蒂芬当成夭折的儿子，而喝醉的斯蒂芬则以为布卢姆是父亲。两人在彼此身上找到了各自精神上所缺乏的东西，一起回到了布卢姆的家里。

斯蒂芬离开后，布卢姆反省了自己和妻子的关系，准备和她重修于好。

莫莉处于半睡半醒之中，在莫莉的梦中出现了丈夫布卢姆、博伊兰、初恋情人和丈夫刚刚说过的斯蒂芬，她又开始幻想和这位年轻人谈情说爱了。她朦胧地感到一种母性的满足和对一个青年男子的冲动。不过，她想得最多的还是丈夫，想到10年来夫妻生活的冷漠，想到他的许多可笑的事情，她觉得他还是个有教养，有礼貌，有丰富知识，有艺术修养的人，实在是个难得的好丈夫，她决心再给他一次机会。

类型	成书时间	推荐理由
小说	公元 1927 年	现代小说创始人之一的女作家的代表作。

婉约的意识流小说
——《到灯塔去》

背景搜索

1941 年 3 月 28 日，现代小说高贵的缪斯女神弗吉尼亚·伍尔夫自溺于英国罗德梅尔附近的乌斯河，终年 59 岁。她曾经在小说中反复地描写沉没在水中的意象，最终也以此作为结束自己生命的方式。

弗吉尼亚 1882 年 1 月 25 日生于英国伦敦的书香门第。父亲莱斯利·斯蒂芬是英国 19 世纪后半期"维多利亚时代"一位著名的评论家和传记作家，曾主编《国家名人传记大辞典》，写过许多评论、传记和哲学文章。他的原配夫人是小说家萨克雷之女。弗吉尼亚是他的续弦夫人朱丽亚·德克华斯所生。弗吉尼亚的家庭生活优裕又富有文化教养。由于健康关系，她从未上过正规的学校，但她从父母那里接受了关于拉丁文、法文、历史、数学等基础知识后，就在父亲藏书丰厚的书房里自由自在地广泛阅读，形成了高度的文化素养和审美观念，为她一生的文学事业奠定了基础。此外，她父亲与当时许多著名学者、作家都有来往，哈代、梅瑞狄斯、亨利·詹姆斯、埃德蒙·戈斯等都是她家的座上客。弗吉尼亚自小耳濡目染，受益匪浅，她后来的卓然成绩，也与家学渊源有相当大的关系。

类型	成书时间	推荐理由
经济学论著	公元 1936 年	现代西方宏观经济学的开山之作，经济学领域因此产生了一个新名词"凯恩斯主义"。

挽救资本主义经济的"药方"
——《就业、利息和货币通论》

背景搜索

约翰·梅纳德·凯恩斯，英国经济学家、当代宏观经济学的奠基人。

他出身于英国剑桥的一个学者家庭，先后就读于著名的伊顿公学和剑桥大学皇家学院。1904 年获得硕士学位，1906 年通过文官考试，进入统治印度的机关，1908 年起在剑桥大学长期任教，后来成为剑桥大学皇家学院研究员。1912 年至 1946 年担任《经济学杂志》主编。一战后曾以英国财政部首席代表身份参加了巴黎和会，此后还兼任过英国财政部顾问和英格兰银行董事等职位。1942 年被晋封为勋爵。1944 年凯恩斯率领英国代表团参加了在美国布雷顿森林召开的联合国货币金融会议，为创立国际货币基金组织以及世界复兴和开发银行做出了贡献。

除了公众事务方面，他在私有企业经营方面也取得了不少成绩。他是英国国家互助人寿保险公司的董事长，还兼营一家投资公司，这些经营使他获得了巨额财产。

他的经济学著作闻名于世，比如《货币改革论》、《印度的通货和金融》、《就业、利息和货币通论》等。他的研究方向主要是从货币量的变化来解释经济现象的变化，主张实行管理通货以稳定资本主义经济。

推荐阅读版本：徐毓楠译，商务印书馆出版。

内容精要

《就业、利息和货币通论》的主要理论内容就是探讨总需求问题和就业问题。本书的写作有极其明显的实用目的，即从社会总需求入手来解决就业问题，以缓解20世纪30年代的资本主义经济危机。

凯恩斯提出了一国总产量和就业量取决于"有效需求"的理论，也就是对失业原因的分析。《通论》的一个基本观点，就是有效需求的大小决定就业量的高低。所谓有效需求，是预期可给资本家带来最大利润的社会总需求，资本家按此社会总需求决定他们的产量并提供就业机会。

失业的直接原因就是：当社会对企业生产产品的需求不断减少时，资本家也就不再增加投资（需求）了，这时就业量就会减少，以致造成工人失业。

失业的终极原因是资产所有者的货币愿望过强所造成的。如果中央银行的货币供应量减少，而资产所有者的货币愿望过强，企业家为了自身的最大利润，就不会进行充分的投资；如

△ 1929—1933年间，美国发生了经济危机，凯恩斯的经济学说在这样一个背景下应运而生。图中，人们正注视着华尔街的金融动向。

果投资少，有效需求就不能充分实现，国民收入和就业量也就会呈较低水平，这时即产生失业。

凯恩斯提出的解决办法是，实行国家干预经济的政策，刺激消费和投资，从而扩大有效需求，消除失业。其具体措施包括：

首先，应当考虑降低过高的利率。凯恩斯主张运用政府权力，先由中央银行作用于商业银行，具体做法比如降低存款准备金率、降低再贴现率等等，再由商业银行作用于企业和消费者。

其次，提倡公共投资政策，比如举办公共工程等，通过鼓励公众投资来扩大社会总需求量。本书对二战后普遍采取的积极财政政策的效用，做了理论上的阐述。

再则，凯恩斯对传统的消费观念，尤其是传统的节约观念进行了严厉的批判。他认为，节约的观念限制了人们的消费，从而制约了社会的总需求，不利于扩大社会生产和提高国民收入水平。积极消费不仅对个人有利，同时对整个社会也是非常必要的。

类型	成书时间	推荐理由
小说	公元 1926 年	永远无法进入的城堡，就好像卡夫卡从未敞开的心灵。

无法克服的孤独荒诞
——《城堡》

背景搜索

卡夫卡身于在布拉格的一个犹太商人家庭，沿袭了纯种犹太人聪明的血统。父亲是一个半行乞的屠夫的儿子，白手起家，在家中专横如暴君，任意虐待妻儿，他对卡夫卡的学习、生活不闻不问，只是偶尔指手画脚地训斥一通——他想把儿子培养成为性格坚强而又能干的年轻人，但结果却适得其反。卡夫卡心中一直对父亲存有无法消除的畏惧心理，自小心里充满恐惧，十分敏感。加上他作为布拉格讲德语的少数人的一分子，更造就了他那无边无际的孤独。

迫于父亲的压力，他学习了法律，后进入一家私人保险公司任低薪职员，一直湮没在人群之中。他一生三次订婚，又三次解除婚约，其中原因之一就是卡夫卡怕结婚会破坏他已经习惯的孤独生活。后来他患上肺结核病，更使他远离热闹的尘世生活，沉浸在自己孤独的内心世界中。

这个孤僻的小职员的最大爱好就是写作，他那敏感、怯懦的性格和孤僻、忧郁的气质确实适合做一个作家。卡夫卡业余创作的大部分作品在他生前一直锁在抽屉里，少量面世的短篇小说还不足以让他一鸣惊人，而且对于他同时代的人来说，他的小说太超前

了，当时的人们远未有能力体验卡夫卡独特而奇怪的荒谬感。他病逝后遗留下了大量的手稿。

二战之后，世界在废墟上重建，战争所带来的阴影，使人们不约而同地把目光转向了30年前死去的无名作家卡夫卡，他及其作品在西方世界掀起了一股热潮，人们像投票选举政界要员一样，把他列为现代派小说家的第一候选人。

推荐阅读版本：汤永宽译，武汉大学出版社出版。

内容精要

一个寒冷冬天的夜晚，土地测量员K来到了一个村子，他的目的是要前往村子附近的那座城堡去执行公务。当K在村口遥望城堡时，他感到笼罩在夜色之中的城堡，如同一片空洞虚无的幻景，这样的感觉似乎预示着他的任务不是那么容易完成的。

他前往客店投宿，可是客店老板对他的到来有点不知所措。他告诉K已经客满了，只能把K勉强安顿下来。客店里的人得知K要去城堡，都用特别的眼神看他。一位年轻人告诉K，每个进入城堡的人都必须得有一张许可证，而要想得到许可证，就必须去找城堡里的伯爵。

第二天，K走向城堡，可是耗费了一整天的时间他也无法靠近城堡一步。天色暗下来，他只好先去找栖身之处。找来找去，又回到了昨天晚上的那家客店。在搭雪橇前往客店的途中，他遇到了两个自称是他的助手的人。他们非常热情地帮助K，并且用电话联络城堡里的办事机构，询问具体何时能上城堡去，对方回答："任何时候都不能来。"

这时，来了一位叫巴纳巴斯的人，他是城堡的信使，K对他的来到十分兴奋，认为他可以成为自己和城堡联系的中间人。巴纳巴斯给他带来了城堡的信，信里既没有对K的到来表示欢迎，也没有暗示他赶快离开。事情依旧毫无转机。K和信使一道去了他家，信使的妹妹又表示她可以帮助K，于是把K送进了一家旅馆，她告诉K，城堡的头面人物克拉姆住在那里，可以借机找克拉姆打通关节。

在旅馆的酒吧里，K认识了克拉姆的情妇弗丽达，K顿时使出浑身解数试图靠近弗丽达，然而旅馆里的人不停地添乱，助手们也在一边添乱，使他无法和弗丽达亲密地谈一谈克拉姆。他甚至用与弗丽达结婚的许诺想换得跟克拉姆谈一次话的机会。但K最终发现弗丽达这条路是走不通的，因为她和信使一样，是个无关紧要的小人物，她早已失宠。

K去见村长，村长告诉他，K来到村子完全是个错误，因为这里根本用不着土地测量员。城堡里的不同部门彼此封闭，造成了一些差错，所以K才会收到公文，然而这份公文是早已无效的。村长承认他在几年前收到过一个招聘一位土地测量员的公文，然而他无论如何找不到那张可以证明K合法身份的薄纸片。村长表达了自己对这件事情的看法，他觉得K收到的公文其实是一封某个主管，比如克拉姆，对他表示私人关心的信，不能代表城堡的意见，因此K应当趁早回去。

K感到受骗上当了，但他坚持要求得到他应得的权利，那就是找一个住处，安顿他和弗丽达的新家。客栈老板一心想赶走K，K临走前，又从老板娘那里听到了

图为卡夫卡像，他的小说都揭示了一种荒诞的充满非理性色彩的景象，用象征的手法表现了个人式的、忧郁孤独的情绪。

图为北波西米亚的弗里德城堡，这里是小说《城堡》的背景，卡夫卡就是在这里得到了创作灵感。

关于她和克拉姆旧情的回忆，这使K感到很不舒服，因为他不由自主地想到了自己的未婚妻。

这时村里学校的教师奉村长之命前来，允许K带家眷住进学校，任看门人，同时他也强调，学校其实并不需要一个看门人，他完全是遵从了村长的命令。K感到受到了侮辱，他拒绝了这份工作。可弗丽达坚持让K接受它，她说如果K不接受，连个安身之处都没有，那么这对K、对她自己都是十分羞愧的事情。

K对于进入城堡仍然抱着最后的希望，这已经不单纯是执行公务，而是有关个人尊严的问题。他冒雪来到克拉姆的旅馆，女招待说这会儿克拉姆正准备离开旅馆，雪橇已在院子里等着他，K二话没话，守到雪橇边，喝着白兰地等克拉姆出来。和以前一样，克拉姆本人永远不会出现，他的秘书摩麦斯出来告诉K："不管你跟我走或者留在这里，你都不会见到他。"K反而陷入了进退两难的地步，如果他离开，周围人的神色举止里就表明克拉姆就此脱身了；如果他坚持等下去，显然也是没有结果的。秘书拿出一份会谈记录，向K指出这是引K走向克拉姆的唯一道路，但首先K必须接受一番苛刻的审查，K觉得不可忍受，于是他们两人大笑着分别了。

信使巴纳巴斯又带来了克拉姆的一封信，克拉姆赞赏了K及其助手的测量工作，这使K困惑不已，他至今为止从未干什么测量工作，每天做的事情就是在等待争取城堡的许可。K开始怀疑信使的可靠，但他仍托巴纳巴斯带去一个回音，表达了自己焦灼地渴盼见到克拉姆一面的心情。

之后，K回到他和弗丽达的新家，那是学校里的一间大教室，可是K和弗丽达的生活并不安宁。两个助手不停地淘气，争食物，瞅准机会就睡到唯一的稻草垫子上去。第二天，学校的女教师来了，她十分吃惊，继而不断地责骂K，K几乎像个劣等动物一样被欺辱，可他决不接受校方的解职通知。他迁怒于两位无用的助手，宣布辞退他们，助手们使出浑身气力哀求K。弗丽达反对K的决定，她说一旦辞退助手，K就永远没有机会见到克拉姆了。弗丽达鼓励K不要丧失信心。

K来到信使家等待回音，信使的姐妹奥尔伽和阿玛丽亚总向K暗示她们的倾慕之情，并且在闲聊中，暗示K，她们的哥哥巴纳巴斯可能从未见过克拉姆，他总是给K带来那些耽误了很久、失去时效的信。就连克拉姆本人，也是可疑的，关于克拉姆的种种情况，很大程度上是村里人想象出来的。奥尔伽又告诉K，城堡里的官员如同暴君，他们可以随时瞧上村里的任何姑娘，给她们写下流无比的信。他们的谈话离正题越来越远，奥尔伽讲起了阿玛丽亚因为拒绝城堡里另一位大官员索尔蒂尼的求爱而遭受的不幸，他们全家都被迫接受了一种几乎整天无所事事的刑罚，城堡强制他们退出社会生活。奥尔伽提醒K，不要指望任何一位有同情心的官员为他说话。巴纳巴斯为K送信，其实不过是想让自己一家人不露痕迹地再受恩宠，对于K来说，没有任何意义。这场繁冗而推心置腹的谈话被K的一位助手打断了，K很快意识到弗丽达和另一位助手待在家里，他赶紧回家了。

到家里，K发现弗丽达不见了。原来她以为K跑去勾搭巴纳巴斯的姐妹，于是和另一个助手达成协议，背叛K。这时，巴纳巴斯又跑来找K，兴冲冲地通知他，克拉姆的主要秘书之一艾朗格要和K当面谈一谈。K和一群人等候在漆黑的旅馆门口，K最先被领了进去，但艾朗格却睡着了，K只好等着。在等待的时候，他又重新见到了弗丽达，他们激烈争论了忠实与不忠实的问题。弗丽达坦然地告诉K，她已经和那位助手同居了。K则十分平静地回敬她：自从你相继失去了克拉姆的情妇以及我的未婚妻这两种身份之后，你早已经没有了魅力。听完此话后，弗丽达似乎被触动了。但是当她见到助手时，马上又改变了主意。她说，她再也不想回到K身边接受他的折磨。

小说就在此处戛然而止，卡夫卡未写完它，他原来打算的结尾是K将精疲力竭而死。后世及研究者预计的结局是：K弥留之际，城堡终于来了通知，允许K留在村子里，但不许进入城堡，K永远不可能到达那里，一直到死。

类型	成书时间	推荐理由
哲学论著	公元 1906 年出版	充满创造力以至于可以用狂妄来形容的哲学思想，对20世纪社会政治活动产生出深远影响。

疯狂的哲学思想
——《权力意志》

背景搜索

尼采出身于德国勒肯的一个乡村牧师家庭，他的父亲虽然社会地位不高，但是非常善于社交，与普鲁士国王等当权贵族有密切关系。尼采自幼接受贵族特权阶级的熏陶，特别推崇优越感；另一方面他从小性情孤僻，而且多愁善感，纤弱的身体使他总是有一种自卑感。因此，他一生都在追寻一种强有力的人生哲学来弥补自己内心深处的自卑。

尼采先后在波恩大学和莱比锡大学学习语言学，在巴塞尔大学讲授古典语言学。普法战争期间他参加了医疗救护队，不幸在战场上受伤，又回到了巴塞尔大学。1879年因病辞职。在此后的 10 年，他到过瑞士、意大利和德国的许多地方，寻求医疗，并从事写作。

1888 年，尼采得了精神病，1889 年完全疯狂，被送进了疯人院，并辗转到魏玛等地休养，直到去世。

尼采一生命运不济，且疾病缠身。他曾经向自己的意中人求婚而被拒绝，从此对女性产生憎恶感，终生未婚。

推荐阅读版本：张念东、凌素心译，商务印书馆出版。

内容精要

　　尼采的学说是一种基于对自然生命的肯定的、超越于善恶之上的生命道德。它强调，自然是生命的本性，自主是生命的作用方式，自我则是生命的表现方式。这种新道德以自然生命为基础，以权力意志为价值标准，以每一个个体"成为你自己"为价值理想。

　　尼采的哲学充满了无限的创造力，以及豪迈的超人欲望。在他的眼中，以往哲学的基本概念，诸如主体、对象、意识、认识、真理等等，都是虚构和谬误的。为了达到真理的境界，必须用反理性主义重新估计一切价值。在受理性支配的历史和文化中，古往今来的人们都被限制了创造力，不敢开拓，不能看到真正的前景，为此就要寻求人的真正本质，并且解放这种本质。

　　尼采认为，生命不是别的，它就是人生本身，就是人们从中真切地感受到自己的血肉存在的现实生存。活着，就是生命现实的涌流状态，是生命的原义和权利，它表征了生命的现实性，生命只要具有其合法性，它就必定是"活着"的。

　　作为"活着"的生命，在本质上就是权力意志。尼采说："什么叫生命？这就必须给生命的要领下一个新的、确切的定义了。我给它开列的公式如下：生命就是权力意志。"尼采提出权力意志的两个主要根据是：第一，对生命性质的估计：生命的总体方面究竟是匮乏还是丰富？权力意志是以自然界中生命的丰富为前提的。第二，对生命意义的认识：生命的意义在于自我保存，还是在于力量的增强和扩展？在尼采看来，真正的强者不求自我保存，而求强力，为强力而不惜将生命孤注一掷，恰恰体现了生命意义的所在。

　　尼采认为，人的本质就是权力意志，这是一种高级的生命意志，它不只是单纯地求生存，而是渴望统治、渴望权力。人生的本质就在于不断地表现自己、创造自己、扩张自己，用一句话来概括，就是发挥自己的权力。正是这种权力意志派生并决定了人生命过程中所有的一切，从各种肉体活动到精神活动都是权力意志的表现。

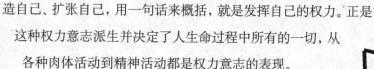

仔细分来，权力意志又分为追求食物的意志、追求财产的意志、追求工具的意志、同化的意志等等。不仅具有生命力的有机物的本质是权力意志，就连一切自然事物和自然过程也都反映了权力意志。例如物理学中物质相互吸引和相互排斥的现象其实就是不同权力意志的争夺，生物学中有机体摄取营养物质就是生物作为权力意志去占有、吞噬环境。从人到动物、从动物到植物、从生物到物质，一切都是权力意志的体现，它们之间的关系是抗强欺弱的竞争性，在竞争中构成了世界发展的过程。

就"权力"本身而言，有表现于外在的，如政治权力，和表现于生命之内在的生存权力。尼采认为，外在的政治权力并不等于价值，在这里，权力量并不与价值量成正比。实际上，尼采对外在的权力是持否定态度的。尼采特别欣赏希腊人，这并不在于希腊人拥有强大的外在权力，因为就外在权力而言，希腊远赶不上波斯、罗马。在一定意义上，尼采是把希腊人看作拥有内在权力的典型，而把罗马人当作拥有外在权力的典型。在尼采眼里，希腊人远比罗马人有力量，因为希腊人是真正的"立法者"，而罗马人则只不过是"统治者"。立法源于生命的内在强力，生命通过立法而取得了"给事物命名的权力"，即给事物规定价值、设置意义的权力；而统治则只不过是维系一种表面的权力形式，并不意味着生命力自身的昌盛。

权力意志在世界历史中发挥着重要作用，历史就是它的永恒轮转，它永远生生不息，自我创造，自我破坏。尼采说："你们知道世界在我看来是什么吗？我可以在我的镜子里把它指给你们看。世界就是一种巨大的力量，它无可匹敌，无始无终，恒久不变。如果它变化，那只是形态的万千不同，而非本质的改变。它就像一片奔腾泛滥的海洋，岁月的洪流永远在其中轮回，从最简单到最复杂，从最低级到最高级，从最平静到最狂野。它在不停的变化中肯定自己，知道自己是必将恢复自我的东西，是一种永不满足、不知疲倦的迁化。"

在这种过程中，尼采始终强调个人的力量，社会不过是一群人的集体，而每个人的权力意志都体现在社会中，利己主义是毫无疑问的。生命的原则就是使用暴力，掠夺、征服和践踏异己者、弱者。把他们当作自己成长、获得优越地位的工具。从这个层面上来说，人对人的剥削、压迫就不是什么不道德的行为，而是合乎人的本质、体现权力意志的行为。强者的权力意志表现为统治弱者，使弱者成为自己的工具、奴仆，它使历史具有生气，并向前发展；弱者的权力意志表现为对强者的憎恨、妒忌，要求消灭差别，而这将导致否定生活。

《价值体系的束缚》，尼采认为，传统价值以道德之名束缚了创造者，这幅画形象地反映了这一思想。

那些具有天生的强有力的权力意志者，就是超人。尼采的超人哲学是他关于人类历史的一种极其独特的理论。尼采的自我超越性学说集中体现在他的"超人"这一隐喻中。作为一个隐喻，"超人"将酒神精神、强力意志的内容融于一身，表征着尼采的善恶彼岸道德的价值理想追求。"超人"不是英雄崇拜，而是个人和人类的自我超越。在尼采看来，"超人"不是理想的典型，而是上升的生命类型。因为生命的本质是强力意志，而强力意志是有等级之分的，由此生命也就有旺盛和衰弱之别，而"超人"就是个体生命最为强力旺盛的人。

尼采认为，社会历史总要毁灭，总要堕落、退化，为了摆脱这种退化和毁灭的命运，为了摆脱权力意志的永恒轮回，只有等待"超人"出现。当"超人"出现的时候，人类才有远景。具体分析来说，"超人"是上等人中的优秀者，是权力意志、天才达到了顶峰的人，他们之于普通人，就像人类之于猿猴。普通人身上还带着进化过程中遗留的这样或那样的缺陷，但"超人"却是完美的，他好像大海，掀起巨浪吞没一切浊世的芜秽，他颠覆一切原有的价值，重新确立尺度，他是自然和社会的立法者，本身不受任何法律的约束，他是道德和真理的准绳，本身不受任何伦理的限制。

尼采正是从他对生命的性质和意义的认识中推出权力意志，又反过来用权力意志来界定生命本身，并用生命的强力来说明价值的。在尼采看来，作为权力意志的生命是新的价值表的基础，是价值的估定者。

尼采鼓吹"超人"理论，其实是为了给具有种种缺陷的现实的人提出一种完美的人的理想，但其负面效应是，这种理论却成了极端主义者的工具。

现代派诗歌的里程碑
——《荒原》

背景搜索

　　托马斯·史登斯·艾略特，英国现代派诗人、新批评派评论家，出生于美国密苏里州圣路易斯。先祖是英国萨默塞特郡东科克地方的鞋匠，1670年移居美洲波士顿。他的祖父后迁至圣路易斯，并创办了华盛顿大学，于1872年任校长。艾略特的父亲是个商人，母亲是诗人，他的家庭一直保持着新英格兰加尔文教派的传统。

　　1906年至1910年，艾略特在哈佛大学攻读哲学和英法文学，并受到了新人文主义者巴比特的影响。后来他去了法国，在巴黎索尔大学研究哲学和文学，接触到波德莱尔、拉弗格、马拉梅等象征派诗歌。1913年，艾略特回到美国，任哈佛大学哲学系助教。1914年，赴伦敦入牛津大学学习希腊哲学。此后又到德国学习，但因战争中辍。这时他写完了关于英国新黑格尔派哲学家布拉德莱的博士论文。1915年至1916年，艾略特在伦敦海格特学校教授拉丁文和法文。1917至1920年，在劳埃德银行当职员。1922年创办文学评论季刊《标准》，并任主编，直至1939年。这是当时一种很有影响的高质量的国际性刊物，并以书评著称。1926年，艾略特任牛津大学讲师。1927年，加入英国国籍和国教。1952年，任伦敦图书馆馆长。1948年以《四个四重奏》获诺贝尔文学奖。

推荐阅读版本：赵萝蕤、张子清译，人民日报出版社出版。

内容精要

全诗分5章。在第一章《死者葬仪》里，诗人以荒原象征战后的欧洲文明，它需要水的滋润，需要春天，需要生命，而现实则充满了庸俗和低级的欲念，既不生也不死。第二章《对弈》对比了上流社会妇女和酒吧间里下层男女市民的生活，它们显得同样低级和毫无意义。第三章《火诫》写情欲之火造成的庸俗猥亵，是一种空虚而不真实的爱。第四章《水里的死亡》最短，暗示死是不可避免的，人们渴望的生命之水也拯救不了人类。第五章《雷霆的话》又回到欧洲是一片干旱的荒原这一主题，但对革命浪潮又感到恐惧，宣扬宗教的"给予、同情、克制"。艾略特利用人类学关于神话传说的研究成果，大量引用或更改欧洲文学中的情节、典故和名句，用六种语言，以鲜明的形象并借助暗示和联想、严密的结构，构成了一部思想和情调一致的完整诗篇。

《荒原》诗的开头几句借鉴了乔叟《坎特伯雷故事集》序诗中最开头的几行诗："当四月的甘露渗透了三月枯竭的根须，沐灌了丝丝茎络，触动了生机，使枝头涌现出花蕾。"四月是人间最美好的季节，然而在艾略特的笔下，四月是最无望的季节。

"四月是最残酷的月份，在死地上养育出丁香，搅混了回忆和欲望，用春雨惊醒迟钝的根。冬天使我们温暖，用健忘的雪把大地覆盖，用干瘪的根茎喂养微弱的生命。"

《荒原》中多处描绘生活在废墟中，丧失信仰的芸芸众生的精神状态："山那边是座什么城市，在紫色的暮气中开裂，重建，爆炸，尖塔倒倾，耶路撒冷、雅典、亚历山大、维也纳、伦敦，虚幻。"这些曾经驰名世界的历史文化名城如今却被工业化、商业化社会的污浊和瘴气的侵蚀失去了往日的神圣和光彩，只有混乱留存，而芸芸众生在遭受战争劫难后已彻底丧失了信仰。诗人感叹说："虚幻的城市，冬晨的棕色烟雾下，人群涌过伦敦桥，那么多人，我想不到死神毁了那么多人，时

艾略特的诗歌充满了对西方工业文明的批判，揭示了文明背后的溃散，弥漫着一种寻求人生意义的味道。

而吐出短促的叹息，每个人眼睛看定脚前……钟敲九点，最后的一声死气沉沉。"

艾略特在诗中用大量的笔墨描写了濒临死亡的一幕幕场景，然而他并非在宣告世界的末日。他想告诉人们，信仰的丧失、精神的死亡是多么的可怕。他通过一系列自然界的意象表现出自己对世界的焦虑和担忧。在这茫茫漠漠的"荒原"，"这里没有水，只有岩石"，"树枝从石头垃圾中长出"，"那里赤日炎炎，死树下没有荫凉，虫鸣不让人轻松，干石头上没有淙淙泉音"。一切都令人感到燥热、烦闷、焦虑和不安。"河的帐篷已破；树叶临终的手指揪紧着，陷入潮湿的河岸"。"恒河干瘪了，萎软的叶子在等着雨"。诗人通过这些富有象征意蕴的自然界意象来表现枯竭的荒原，这与前面现实世界中人们精神上的荒原相互呼应。

世界是轮回的，生命也是生生不息的。"去年你在花园里种下的尸体开始抽芽了吗？今年能开花吗？来得突然的寒霜没有冻毁它的床吗？"触目惊心的意象带给人们极大的震撼，也带给人们春雷般的轰鸣。

水是万物生长不可缺少的要素，它滋润大地，养育生命，带来生机。尽管荒原凄凉、郁闷、枯燥无力，但是诗人在诗中最后一节，仍然对未来充满了渴望："春雷在遥远的山那边回荡"，"乌云在远方，在喜马万特山聚集"，"电光一闪，然后一阵潮湿的风带来了雨"。那雷霆的三声炸响就是现代精神世界复苏的希望，那代表生命源泉的雨水，使荒原透出了生机和光明，使生命复苏、精神复活、春回大地。

类型	成书时间	推荐理由
历史学论著	公元 1939 年～公元 1961 年	研究人类历史文明的鸿篇巨著，汤因比也由此被称为"我们时代最杰出的智者"。

研究人类历史文明的鸿篇巨著

——《历史研究》

背景搜索

汤因比，英国著名历史学家，出生在伦敦一个中产阶级家庭，从小受到良好教育。他的母亲是英国第一代女大学生，也是一位历史学家，在母亲的影响下，汤因比从小就喜爱历史。他 7 岁学习拉丁语，8 岁学习希腊语，曾先后就读于温契斯特公学和牛津大学。一战期间，他在英国外交部情报局工作，1918 年作为英国代表团的顾问参加了巴黎和会；1919 年担任伦敦大学教授；1920 年开始主编《国际事务概览》；1937 年被选为英国皇家科学院研究员。二战期间，汤因比曾担任英国外交部研究司司长；1947 年赴美国讲学；1955 年，牛津大学和伯明翰大学同时授予他荣誉文学博士。1975 年，汤因比因病去世。

推荐阅读版本：刘北成、郭小凌译，上海人民出版社出版。

内容精要

汤因比的宏伟计划是要比较各种文明的历史，从大历史的角度来发现它们兴衰的原因和过程。他反对把民族国家当作历史研究的基本单位，而认为应当从文明的角度去考察历史。因为国家正是在文明的怀抱中诞生和消亡的。

什么是文明？汤因比认为，文明是指有一定的时间与空间的某一群人所构成的社会整体，这个整体包括若干同样类型的国家。据此，他从人类近6000年的历史发展中，划分出26个文明形态，其中21种得到了发展。它们是：西方基督教文明、东正教文明、伊朗文明、阿拉伯文明、印度文明、远东文明、古希腊文明、古叙利亚文明、古印度文明、古中国文明、米诺斯文明、苏美尔文明、赫梯文明、巴比伦文明、古埃及

 图为集中了秦代文明最高成就的秦始皇陵兵马俑。

文明、安第斯文明、墨西哥文明、于加丹文明和玛雅文明。另外五个停滞发展的是：波斯尼亚文明、爱斯基摩文明、游牧文明、奥斯曼文明和斯巴达文明。每一种文明都有某个占统治地位的倾向，如古希腊文明的倾向是美学，古印度文明的倾向是宗教，古中国文明的倾向是伦理道德。各个文明之间的交流与碰撞形成互动。

同时，汤因比采用了文明模式来研究历史，他十分重视中国文明，在他的系统中，就有中国模式和希腊模式，首先他谈到了中国统一文字的问题。

在中华世界，秦始皇用一种特有的激烈方式解决语言问题。这位中华大一统国家的开创者把自己发祥地秦国的官方汉字规定为唯一通用的文字，从而成功地遏制住战国群雄各自发展本地文字的倾向（那些地方性文字外人只能看懂一部分）。因为汉字是表意文字，不是拼音文字，秦始皇的功绩就是使中华社会有了统一的视觉语言。哪怕口头语言分裂成相互听不懂的方言，这种统一的文字也使士大夫阶层拥有了一个共同交流的手段。但是，如果中华世界没有其他既有助于文字统一、也有助于口语统一的因素起作用，这种"书同文"也不能使中华世界摆脱各种语言不通的悲惨局面。

仍然从秦始皇时代出发，汤因比谈到了国家统治思想对经济的影响。他认为，在中国，地方诸侯国秦国于公元前221年战胜了自己的最后竞争者，首次建立起一个统一的国家。它在公元前4世纪系统地革新了社会经济结构，目的在于提高人们的生产力，将增加的产品置于政府的控制之下，这使秦国在各竞争对手当中崭露头角。但同样具有意义的是，当这个统一国家的奠基人秦始皇将统治扩及整个中国时，引起了激烈的反抗。秦始皇死后，秦朝的统治很快被推翻，无论是他本人，还是哲学上的"法家"（其理论曾是秦政权行事的依据）流派，都受到了后来确立的中国传统的排斥。由汉武帝正式尊崇并直到1911年，断断续续保持垄断地位的哲学流派不是法家思想，而是儒家思想。儒学虽然懂得水利对农业和交通的价值，但对农业之外的经济事业不感兴趣。

这种经济结构的缺陷不仅可以用来解释中国这样的统一国家不断崩溃的原因，而且也适用于其他建立在同样经济和社会基础之上的国家。譬如，它可以解释埃及古王国的覆灭，可解释公元5世纪罗马帝国的统治在其西部行省的垮台，可解释在同一地区的罗马帝国化身——加洛林王朝于9世纪的崩溃，以及11世纪

孔子是我国古代伟大的思想家、教育家,是儒家学派创始人,在治国方面,他主张用道德和礼教来治理国家。图为其向襄子请教学琴。

在安纳托利亚的罗马帝国化身——拜占庭帝国的覆亡。所有这四个案例都发生在与中国相对的旧世界的另一端,这些统一国家的经济基础几乎无一例外都是农业。

汤因比极大地赞扬了中国自公元前221年政治统一以来的史实,并且认为从汉代上溯到中华文明的初起时期,中国史的结构类似于希腊模式。中国最初拥有清晰的历史记载的时间,不早于公元前9世纪或者公元前8世纪。在这个时期,中国是以地方列国政治分立的局面出现的,秦汉王朝最终实现的政治统一,则是列国之间旷日持久的痛苦战争的结果。但在公元前221年政治统一之前,中国早已实现了文化统一。在这方面,中国最伟大、最富创造性的思想文化运动发生在兵连祸结的春秋战国时代,即完成政治统一前。这是包括孔子在内的几乎所有中国哲学学派奠基人所在的时代,儒学最终被推崇为经典。孔子是位保守主义者,他从未梦想过中国会实现有效的政治统一。秦始皇的事业或许让他震惊,汉高祖刘邦修复统一一事也不见得会使他多么高兴。孔夫子如同柏拉图和亚里士多德,视政治分立为正常现象。中国早期史的这种可靠的构成,包括政治分裂与思想文化成就的共时性,与早期希腊史的结构雷同,完全不同于接踵而来的中国历史形态,其思想僵化和政治统一的轮廓不断被非正常与暂时的分裂动乱所打断。

尽管他的结论是中国的未来是难以捉摸的,但是他已经从中国灿烂的古文明中看到了未来的希望。

类型	成书时间	推荐理由
小说	公元 1954 年	一个关于正义与邪恶的最老套也最吸引人的故事，带你进入奇幻世界。

上个世纪的销量之王

——《魔戒》

背景搜索

托尔金于 1892 年 1 月 3 日生于南非布雷姆亨廷。他的父亲是一个银行家，因为工作的关系举家来到南非。由于母亲无法忍受南非炎热的天气，于是她在 1894 年带着两个儿子回到了英国伯明翰。托尔金从小在英国长大，在母亲的影响下喜爱文学。

1915 年托尔金毕业于牛津大学，之后参加了第一次世界大战。战争结束后他到利兹大学任教，1925 年又回到牛津大学，担任英国语言与文学教授职务，成为该校最年轻的教授之一。他专门研究盎格鲁撒克逊的历史语言，并醉心于中世纪语言，曾经自创了 15 种语言，包括《魔戒》中的精灵语言。托尔金于 1959 年退休，1973 年病逝于英国波茅斯。

推荐阅读版本：丁棣、汤定九等译，译林出版社出版。

内容精要

《魔戒》系列由《护戒使者》、《双塔记》与《国王归来》三部曲所构成。故事的起源就是一只拥有无限能力的戒指。

多年前,霍比特人比尔博在一个偶然的机会从地洞中的怪物格鲁姆那里得到了这只戒指,在他生日那天,他决定退隐,并将戒指传给侄子弗罗多。就在他举行生日晚会的那天,他的好朋友、巫师甘达尔夫前来拜访,并透露出这个戒指另有奥秘。比尔博在众目睽睽之下悄然隐身,踏上了旅途。甘达尔夫则将戒指的来龙去脉告知弗罗多,戒指原来是黑暗魔王索罗之物,在多年前,人类和精灵同盟联合起来打败索罗的时候,存有私心的人类并没有毁灭它,反而据为己有。这枚戒指给拥有者带来了不幸,凡是拥有它的人都遭到了命运的诅咒,下场悲惨。它似乎拥有自主的意识,在不停地寻找机会回到索罗身边。它虽然具有让人隐身的神秘力量,拥有戒指的主人,寿命也会愈来愈长,但却不能永葆青春,只是永远不中止地活在人间。但如果常利用魔戒的法力使自己隐形,人就会逐渐淡化,到头来变得无形无迹,最后受控于魔戒的主人黑暗之君。这枚魔戒不仅具有隐身的作用,更具有掌管另外19枚魔戒的能力。

如今索罗的力量正在逐渐恢复,他迫切希望魔戒回到自己身边,魔戒也感受到主人的召唤,蠢蠢欲动。一旦魔戒复归原主,中土世界将毁于一旦。因此必须有人前往黑暗势力的中心———一个名为火焰山的火山口将这枚戒指摧毁。甘达尔夫将毁灭戒指的重任交给了弗罗多,因为他知道霍比特人是一个时常让人惊讶、拥有无限潜能的种族。他们喜好和平,享受宁静的生活,人长得非常矮小,大约在二英尺到四英尺。虽然他们长得并不漂亮,但是面目和善,有着宽广的脸颊,明亮的眼睛,红红的双颊以及爱笑、爱吃的嘴巴。他们吃喝的时候,总喜欢一边吃一边说着简单的笑话。如果有东西可吃的话,他们一天能吃六餐。他们好客,喜欢派对和礼物,喜欢送礼物给别人,也喜欢别人送礼物给自己。平常生活上最喜欢做的是抽烟斗。于是一个最平凡的小人物担当起了重任。

弗罗多上路了,他离开自己熟悉的家乡,踏上未知的旅途。他忠心耿耿的园丁山姆始终陪伴在身边,还有两个调皮捣蛋却聪明机智的霍比特人梅利、皮平也撞入了这支队伍。一路上,他们遇到了当初打败

托尔金描绘的巫师甘达尔夫睿智热心，颇受人尊敬，而在现实中，中世纪的欧洲在天主教的影响下，开始了庞大的猎巫行动，无数巫师尤其是女巫被烧死、绞死，不过到了文艺复兴后，男巫成为了饱学之士的代名词。

索罗的人的后裔、现在却丧失家族信仰的阿拉贡，长着尖耳朵、精于箭术的精灵莱格斯利，一脸蓬松大胡子、挥舞巨斧的矮人国王等等。他们成为护戒使者，伴随弗罗多一起完成这项艰苦而伟大的使命。一路上，邪恶黑暗的力量，不时地趁机打击他们，企图夺回魔戒。于是有人壮烈阵亡，有人悲观灰心，有人因故离开，但无论发生什么，弗罗多与他忠心的仆人山姆始终坚持到底，在故事的最后终于到达火焰山，完成任务摧毁了黑暗邪恶的魔戒，并且拯救了所有的生灵与人类。

　　《魔戒》可以说是一个典型的善与恶对抗的故事，是关于一个人凭着他英勇的个性最后拯救整个世界的英雄式的历险故事，它将人性的爱恨情仇加载于一个魔幻神奇的遥远世界，并且以磅礴的气势描述出这个关于生存与勇气、友谊与自我牺牲的故事。在这个故事里，托尔金完整地创造出一个极其真实的"中土世界"，这个世界有完整的谱系，其中的种族如精灵、矮人、人类等都有着翔实的令人惊叹的起源、历史、家族谱系、语言文字与地理描述。从故事中，人们仿佛可以看见散发着柔和光芒的精灵女王在眼前颔首，矮人们在地底凿出一座座巍峨的宫殿并勤奋不懈地打造精致的黄金工艺品，精灵们穿梭在宛若仙境的神秘森林里轻声歌唱……而他笔下最受欢迎的巫师甘达尔夫，也成了日后所有巫师的原型：尖帽、长须长袍、手持法杖、睿智、威严、古道热肠、喜欢谜语、偶尔流露出幽默感，并总是心系着中土世界的和平而不停奔走。

类型	成书时间	推荐理由
社会科学论著	公元 1955 年	建立在对西方最发达国家的深刻观察基础之上的批判著作。

批判资本主义的武器
——《爱欲与文明》

背景搜索

赫伯特·马尔库塞，德国社会理论家、哲学家，是法兰克福学派批判理论的主要创始人之一。

马尔库塞出身于柏林一个有教养的犹太家庭，早年在哲学、历史方面受过典型的德国文化熏陶。1917年至1919年参加了德国社会民主党左翼。1919年至1922年在弗莱堡大学学哲学，受业于著名的哲学家胡塞尔和海德格尔，获得哲学博士学位。由于对哲学和政治之间的内在关系发生兴趣，马尔库塞在1933年加入了法兰克福社会研究所，之后成为法兰克福学派的中坚人物。

希特勒上台后，马尔库塞经巴黎、日内瓦来到美国。战后，他未与同学霍克海默、阿多诺一道返回德国重建研究所，而是留在美国，1940年加入了美国国籍。二战期间，在美国国务院情报研究所工作。1951年后先后执教于哥伦比亚大学、哈佛大学、加利福尼亚大学圣地亚哥分校等。

1966年他回到柏林，获得自由大学荣誉教授的头衔。1979年7月在德国去世。

马尔库塞一生著作很多。据初步统计，从1922年他作为博士学位提交的第一篇论文《论德国艺术小说》起，到1979年在逝世前出版的《无产阶级的物化》，其中共出版论著、论文、论集、谈话录近百种之多。影响较大的有：《历史唯物论的现象学导引》、《辩证法的课题》、《黑格尔本体论与历史性理论的基础》、《理性与革命》、《爱欲与文明》、《单面人》、《论解放》等。

推荐阅读版本：黄勇、薛民译，上海译文出版社出版。

内容精要

为西方社会诊断疾病并开出药方，是这本书的任务。马尔库塞将西方极其重要的两种理论——马克思主义和弗洛伊德主义结合起来，对西方文明进行了剖析。

在科技成就得到广泛扩展的发达工业社会，人们与统治制度的协调、同化已经达到了前所未有的程度。然而文化的发展是以压抑人性为代价的。人的历史就是人被压抑的历史。文化不仅压制了人的社会存在，还压制了人的生物存在；不仅压制了人的一般方面，还压制了人的本能结构。这样的压制却恰恰是进步的前提。从人类历史来看，生存斗争其实是在一个很贫穷的世界上发生的，人类的需要，如果不加以限制、节制和延迟，就无法得到完全的满足。换个角度来说，要得到基本完全的满足就必须工作，必须为获得满足需要的技能而从事颇为痛苦的劳动。由于工作具有持久性，快乐受到阻碍，痛苦得以盛行。而且，由于基本本能所追求的是快乐的放纵和痛苦的消失，那么快乐原则就和现实发生了冲突，本能被迫接受一种压抑性管制，人的身心都成了劳动的工具。

马尔库塞反复强调后工业文明时期中的异化现象以及人的单向度。在后工业文明时期，生产成为流水线和机械化作业，人成为了生产线上的一个零件，而非管理者。装配线上的整套技巧、政府机关的日常事务以及买卖仪式，都已和人的潜能无关。在这个世界上，人类生存不过是一种材料、物品和原料而已，全然丧失了自己的运动原则，丧失了最原始、最具创造力的本性，而服从于机器。这种统治人类的机器恰是人类现代化文明的产物。弗洛伊德哲学中的"力比多"已经在现代文明面前消失殆尽，那个曾经拥有巨大能量的性、爱欲、原始冲动，都被禁锢在文明中。人类失去了自我，已经异化。

马尔库塞认为，在工业发达的时代，人类已成为一种材料、物品和原料，是服从于现代文明的产物机器。

西方今天的文明已经发展到了极点，然而文明进步的加速也伴随着不自由的加剧。集中营、大屠杀、世界大战和核武器都是现代文明的产物，人对人最有效的统治和摧残恰恰发生在人类的物质和精神成就高度发达到仿佛能建立一个真正自由的世界的时刻。可见高度文明的昂贵代价是人的不自由和对生命本能、对自我升华了的性欲——爱欲的压抑。所以，反抗现代西方文明首先必须消除对人的本性的压抑，解放爱欲。

爱欲解放的前提是劳动的解放。马尔库塞认为，弗洛伊德没有区分异化劳动和非异化劳动，前者是压抑人的潜能的，就是现今西方社会中存在的劳动现象；后者则是出于本质的需要，它并不是为了维持生活，正如马克思主义所主张的那样，劳动是人的本质。决定人类生存内容的，不是劳动时间，而是自由时间。

最有趣、最哀伤的书
——《洛丽塔》

背景搜索

纳博科夫，俄裔美国作家，出身于圣彼得堡一个贵族家庭，1919 年随父亲离开俄国，途经土耳其流亡西欧。在大学攻读过俄罗斯语言文学和法国文学，并获得学位。1922 年毕业后在柏林当过家庭教师、网球教练和电影配角演员，后从事俄语文学创作。1922 年至 1937 年间他一直居住在柏林，1937 年去了巴黎，1940 年纳粹德国入侵法国前移居美国，并于 1945 年加入美国国籍。由于他的家庭是个亲英派，纳博科夫从 6 岁起就能说一口流利的英语，而且从 1939 年开始就改用英语写作。从 1940 年开始，纳博科夫曾先后在美国的斯坦福大学、康奈尔大学、哈佛大学等讲授俄罗斯和欧洲文学以及文学创作。他业余爱好收集蝴蝶等鳞翅目昆虫，还曾担任过哈佛大学比较动物博物馆研究员，并发表过数篇学术论文。1959 年他辞去了大学教职，移居瑞士直至 1977 年去世。

纳博科夫在英国剑桥读书，在柏林娶妻生子，在美国一举成名，在瑞士度过最后的时光。他自己也开玩笑说自己："谁也不能断定我究竟算一个中年美国作家，还是一位老年俄国作家——或者是一个没有年龄的国际怪物。"

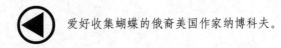
爱好收集蝴蝶的俄裔美国作家纳博科夫。

其代表作即《洛丽塔》，其他作品有《微暗的火》（1962年），是他最著名的实验小说，以诗人约翰·沙德写的999行诗为骨架，配有前言、诠释性脚注和俄国流亡者金伯特的生平；《阿迪》（1969年）是他的鸿篇巨著，叙述的是一部家史，涉及其终生感到困惑不解的问题；短篇小说集《纳博科夫的一打小说》（1958年）收有13个短篇故事；《瞧瞧那些光怪陆离的角色》（1973年）以第一人称的口吻写一个作家的回忆。

推荐阅读版本：于晓丹译，译林出版社出版。

内容精要

"洛丽塔，我生命之光，我欲念之火，我的罪恶，我的灵魂。"

洛——丽——塔：舌尖向上，分三步，从上颚往下轻轻落在牙齿上。洛——丽——塔。

在早晨，她就是洛，普普通通的洛，穿一只袜子，身高四尺十寸。穿上宽松裤时，她是洛拉。在学校里她是多丽。

正式签名时她是多洛雷斯。可在我的怀里，她永远是洛丽塔。

在她之前还有过别人吗？有的，确实有的。事实上，可能从来也没有什么洛丽塔，要不是我在一个夏天曾爱上了一个女童。在海边一片王子的领地。在什么时候？就是那一年，洛丽塔还有多少年才降临世间，我的岁数就有多少。你放心，杀人犯总能写出一手妙文。

汉勃特出身于巴黎的一个富裕家庭，自幼就死了母亲，在其父亲、姨妈及众多女性的宠爱下长大。少年时他遇到并爱上了其姨妈一个老朋友的女儿安娜贝尔，在刚偷偷地品尝到爱情的甜蜜后，安娜贝尔却不幸死于伤寒。这刻骨铭心的初恋使他始终不能释怀，以致使他始终痴迷于 9 岁到 14 岁的少女。

汉勃特在伦敦和巴黎的大学生活始于对精神病学学位的向往，结束于闲适的英国文学。离开大学后他虽在不同的中学教过书，也在进行写作，但足够的遗产一直能使一表人才的他不为生活所迫地过着懒散的追花逐柳的日子。其后他与一个姿色平庸的女子瓦莱莉娅结了婚，随后又因妻子不愿离开情人跟他一起去美国定居继承姨夫的遗产而分手。到了美国后，汉勃特以写作和学术研究为职业，生活安定，但是对成年女性的厌恶和对少女们的强烈欲望却导致他精神崩溃而进了疗养院。

出院后他来到一个小镇拉姆斯戴尔，寄住在海兹夫人的家里。海兹夫人时年三十五六岁，带着一个 12 岁的女儿洛丽塔独自过活。汉勃特第一眼看见洛丽塔时，就知道他一生中最重要的人出现了。他隐藏了自己对洛丽塔的莫名的感情，为了洛丽塔，他不仅滞留在这个乏味的小镇，开始寻找一切机会观赏、接近这个小女孩，而且为了更亲近地和洛丽塔生活在一起，他接受了海兹夫人的爱情，尽管汉勃特一点都不爱她，甚至心怀厌恶。

为了不向海兹夫人履行丈夫的职责，汉勃特经常给她服用安眠药，在日复一日的生活中，甚至梦想谋杀她。不料海兹夫人无意中从他的日记上发现了他的隐秘，对汉勃特的感情极其震怒。海兹夫人大声喊着要和他离婚，并且带着洛丽塔永远地离开。在海兹夫人激动地冲出门去，在奔向洛丽塔学校的路上，她不幸被疾驶而来的汽车当场撞死。在草率地料理了丧事之后，汉勃特就以继父的身份从寄宿学校带出了洛丽塔，并且以各种手段诱奸了这个情窦初开的小女孩。

从那以后，汉勃特就驾车带着洛丽塔在全国各地漫游。为了能长久地占有洛丽塔，他施展各种手腕制服她，又限制她与同龄人和别的男性交往。为了不使他的这种邪恶暴露，他费尽心机地避免引起旁人和警察的注意。最后，汉勃特在比尔兹利安顿下来，把洛丽塔送进了比尔兹利私立女子学校，相对安稳地享受着他那种罪恶的乐趣。然而好景不长，汉勃特发现他对洛丽塔的占有受到了威胁，于是匆匆地编造了一个借口又离开了比尔兹利，再度开始了公路上的漂泊生活。

在两人的关系中，汉勃特一开始处于控制地位，但是异乎寻常的感觉和疯狂的想象力使他对每一个身边的男性都疑心重重，他已经从最初的主导者变成了洛丽塔的囚徒。

洛丽塔开始还觉得这种漂泊生活异常浪漫，但是渐渐地她对汉勃特神经质般的控制欲萌生出了逃脱的想法。一次，他们在一家旅店遇到了剧作家克赖尔·奎尔梯，洛丽塔借助他的力量趁着汉勃特生病之机逃跑了。

一幅由瑞士画家所绘的来自普罗希的年轻女孩肖像。

　　自此以后,汉勃特的生活就完全跟着洛丽塔的踪迹,他被强烈的报复心所主宰,他一定
要找回属于自己的小女孩。但是多年过去了,洛丽塔杳无踪影。一天,汉勃特接到一封信,
正是洛丽塔写来的。她已经结婚并且怀了孕,可是她迫切需要汉勃特的经济帮助。汉勃特终
于见到了洛丽塔,一个身材臃肿、面容憔悴的小妇人,安于自己平常的生活,不愿意再跟着
他走。他知道当年的女孩已经不会再回来了,也知道了夺走自己最宝贵东西的人是谁。

　　离开洛丽塔以后,处于迷狂状态的汉勃特找到了剧作家的家,在发表了一大通追忆往
事的言论后枪杀了剧作家。汉勃特自己也被警察投进了监狱。

　　汉勃特在审判前病死于狱中。同一天,洛丽塔因难产去世。

类型	成书时间	推荐理由
小说	公元 1927 年	"迷惘的一代"的代表作,是海明威第一部、也可能是他最完美的小说。

迷惘的一代
——《太阳照样升起》

背景搜索

　　海明威于 1899 年 7 月 21 日生于伊利诺州芝加哥附近的奥克帕克村。他的父亲是个医生,同时也是一位体育爱好者,有时带海明威一起出诊,培养他对于钓鱼、打猎等户外活动的兴趣。他的母亲从事音乐教育,因而他从小也爱好音乐与绘画。1917 年中学毕业前夕,美国参加第一次世界大战,海明威因患眼病未能入伍。同年 10 月,他进堪萨斯市《星报》担任见习记者。

　　1918 年 5 月,海明威参加志愿救护队,担任红十字会车队的司机,在意大利前线身受重伤。1919 年初回到家乡,练习写作。1921 年去多伦多,担任特写记者;数月后去欧洲担任《星报》驻欧记者,撰写关于日内瓦与洛桑国际会议的报道以及希土战争的电讯。1924 至 1927 年担任赫斯特报系的驻欧记者。

　　1922 年,他开始在报刊上发表作品,包括寓言、诗歌和短篇小说。1923 年出版了第一个集子《三个短篇和十首诗》。1924 年在巴黎出版了另一个集子《在我们的时代里》,1926年发表了长篇小说《春潮》,并以其独特的风格引起了批评界的重视。

1927 年，海明威回到美国。1929 年，海明威发表了长篇小说《永别了，武器》显示出他在艺术上的成熟表现。

30 年代初，他到非洲旅行和狩猎。1937 年，海明威以北美报业联盟记者的身份去西班牙报道战事，并于 1939 年发表了以内战为背景的《丧钟为谁而鸣》。西班牙内战结束后，40 年代初，海明威来中国报道抗日战争。二战结束后他客居古巴，潜心写作，卡斯特罗掌权后他又返回美国。

1952 年他凭借《老人与海》获得普利策文学奖。1954 年，瑞典皇家科学院授予海明威诺贝尔文学奖。海明威晚年患有高血压、糖尿病、铁质代谢紊乱等病，精神抑郁症十分严重，多次医治无效。1961 年 7 月 2 日的早晨，海明威用猎枪自杀。

推荐阅读版本：赵静男译，上海译文出版社出版。

内容精要

杰克·巴恩斯是一名美国记者，战争毁掉了他的性能力。他爱上了一名英国护士勃莱特·艾希利，后者也倾心于他，但他们无法结合。一个美国作家罗伯特·柯恩——一个对生活颇具虚妄与浪漫幻想的人也爱上了勃莱特，但她并不喜欢他。这一群历经沧桑的青年，战后浪迹欧洲大陆，整日无所事事，聚饮、争吵或殴斗。战争夺去了他们的亲人，给他们留下了肉体上和精神上的创伤，他们对战争极度厌恶，对公理、传统价值观产生了怀疑，对人生感到厌倦、迷惘和懊丧。

"汽车登上小山，驶过明亮的广场，进入一片黑暗之中，继续上坡，然后开上平地，来到圣埃蒂内多蒙教堂后面的一条黑黝黝的街道上，顺着柏油路平稳地开下来，经过一片树林和康特雷斯卡普广场上停着的公共汽车，最后拐上鹅卵石路面的莫弗塔德大街。街道两旁，闪烁着酒吧间和夜市商店的灯光。我们分开坐着，车子在古老的路面上一路颠簸，使得我们紧靠在一起。勃莱特摘下帽子，头向后仰着。在夜市商店的灯光下，我看见她的脸，随后车子里又暗了，等我们开上戈贝林大街，我才看清楚她的整个脸庞。这条街路面给翻开了，人们借助电石灯的亮光在电车轨道上干活。勃莱特脸色苍白，通亮的灯火照出她脖子的修长线条，街道又暗下来了，我吻她。我们的嘴唇紧紧贴在一起，接着她转过身去，紧靠在车座的一角，尽量离我远些。她低着头。"别碰我，"她说，"请你别碰我。""怎么啦？""我受不了。""啊，勃莱特。""别这样。你应该明白。我只是受不了。啊，亲爱的，请你谅解！"

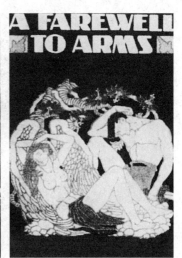

 海明威像。
美国首版《老人与海》封面。
首版《永别了，武器》封面。

"你难道不爱我？"

"不爱你？你一碰我，我的整个身体简直就成了果子冻。"

"难道我们就无能为力了？"

她直起身来。我用一只胳臂搂住她，她背靠在我的身上，我们俩十分安详。她正用她那惯常的神情盯着我的眼睛，使人纳闷，她是否真正在用自己的眼睛观看。似乎等到世界上别人的眼睛都停止了注视，她那双眼睛还会一直看个不止。她是那样看着我，仿佛世界上没有一样东西她不是用这种眼神看的，可是实际上，有很多东西她都不敢正视。

"那么我们只能到此为止了。"我说。

"不知道，"她说，"我不愿意再受折磨了。"

"那么我们还是分手的好。"

"可是，亲爱的，我看不到你可不行。你并不完全明白。"

"我不明白，不过在一起总得这样。"

"这是我的过错。不过，难道我们不在为我们这一切行为付出代价？"

她一直盯着我的眼睛。她眼睛里的景象时时不同，有时看来平板一片。这会儿，你可以在她眼睛里一直望到她的内心深处。

类型	成书时间	推荐理由
小说	公元 1941 年	一本让人陷入迷宫但又不得不读的书。

人生就是迷宫
——《交叉小径的花园》

背景搜索

　　豪尔赫·路易斯·博尔赫斯，出生于阿根廷的布宜诺斯艾利斯，父亲是一位心理学教授。从小受家庭教育的影响，博尔赫斯对英美文学有很大的兴趣。一战前，他的全家移居瑞士日内瓦。他曾经在英国、瑞士求学。

　　1921 年博尔赫斯回到阿根廷，历任各个公共图书馆的职员和馆长。1946 年庇隆上台后，博尔赫斯因为在反对宣言上签名而被革除了图书馆长的职务。

　　1950 年至 1953 年，他担任了阿根廷作家协会主席。1955 年庇隆政权被推翻后，任国立图书馆馆长，并在英、法、西班牙等国讲学。

　　1986 年 6 月博尔赫斯因肝癌去世。

　　1963 年以来，博尔赫斯屡次被提名为诺贝尔文学奖候选人，但是从未选中。他于1956 年获得阿根廷国家文学奖，1961 年获西班牙福门托奖，1979 年获西班牙塞万提斯奖。

　　推荐阅读版本：《博尔赫斯短篇小说集》，王央乐译，上海译文出版社出版。

内容精要

一个名叫俞琛的中国人在战争中为德国人当间谍，他的同伙身份暴露了，被英军间谍理查·马登击毙，俞琛不得不乘火车到他的朋友阿尔贝家避难。不料马登跟踪他来到阿尔贝家。正当马登冲进客厅时，俞琛趁阿尔贝转身从抽屉取信那一瞬间，开枪打死了他，结果俞琛被捕并被处以绞刑。在同一天报纸上登载了阿尔贝被暗杀和英军袭击法国市镇的消息。俞琛袭击阿尔贝显然不是出于报私仇，而是蓄意制造一件谋杀案，以便通过报纸的报道，向柏林暗示英军所要袭击的目标，而阿尔贝被杀，纯属偶然。

博尔赫斯作品的独特之处就在于把时间和空间当作作品里的主角。在《交叉小径的花园》中，主人公不是俞琛，不是阿贝尔，而是时间，他们都陷入了时间的迷雾中，就好像小径的分岔似乎蜿蜒通向每个不同的可能性，你不清楚它究竟是把你带向出口，还是更巨大的纠缠中。这篇小说很典型地表现了博尔赫斯的人生哲学，其中心思想就是：时间和空间都是不可穷尽的，时间和空间都是无限的。世界一团混乱，时间是循环交叉的，空间是同时并存的，充满着无穷无尽的偶然性和可能性。

图为正在阅读的博尔赫斯，他认
为作家应当凌驾于时间和空间之
上，否则就会拘泥于现实，文学创
作和文献记录也就没有区别了。

类型	成书时间	推荐理由
小说	公元 1933 年	让每个西方人心里都有一个关于香格里拉梦的书。

寻找香格里拉
——《失去的地平线》

背景搜索

詹姆斯·希尔顿于 1900 年 9 月 9 日出生于英格兰，他在剑桥读书，离开学校后在伦敦的一家报社当记者，不久移民美国，在好莱坞从事电视编剧工作。他是一位敬业、多产的编剧者，他的作品《失去的地平线》、《再见，薯片先生》、《随意的丰收》等都被好莱坞改编成电影，获得成功。1954 年 12 月 20 日，詹姆斯·希尔顿在美国去世。

推荐阅读版本：中甸县人民政府外事办公室翻译，云南人民出版社出版。

内容精要

20 世纪 30 年代初，南亚次大陆某国巴斯库市发生暴乱。英国领事馆领事康威、副领事马里森、美国人巴纳德和传教士布琳克洛小姐于 5 月 20 日乘坐一架小型飞机撤离巴斯库，准备飞往巴基斯坦的白沙瓦。飞行途中，他们发现飞机离开了原定航线，已沿着喜马拉雅山脉由西向东偏北方向飞行；飞行员也不是平时的芬纳，而是一个带武器的陌生人。

飞机被劫持了，他们手无寸铁，对此无可奈何。入夜，飞机因故障被迫降在荒无人烟的雪原上，飞行员受了重伤，四乘客安然无恙。第二天清晨，飞行员在临死前断断续续地说，这里是中国藏区，附近有一座叫香格里拉的喇嘛寺，他们只有到那儿去才能找到食宿。

求生的欲望使他们艰难地向香格里拉跋涉。在一个长长的山谷中，他们遇到一位由十几个藏民簇拥着的、能讲一口纯正英语的汉族老人。这位姓张的老人告诉他们，这里叫蓝月山谷，是进出香格里拉的唯一通道。山谷前端的那座形如金字塔、高耸入云的雪山叫卡拉卡尔，海拔2.8万英尺以上。老人带着他们爬山攀岩，几乎走了一天，最后穿过一片云雾缭绕的林海，终于来到一座喇嘛寺——香格里拉的中心。

喇嘛寺是整个山谷的精神核心，在它的领导下形成了香格里拉社会。香格里拉居住着以藏民族为主的数千居民，居民的信仰和习俗不相同，有儒、道、佛等教派，但彼此团结友爱，幸福安康。在香格里拉的所有领域，处理各教教派、各民族、人与人、人与自然的关系时都遵守着"适度"的美德。认为人的行为有过度、不及和适度三种状态，过度和不

 布达拉宫最初是松赞干布为迎娶文成公主而建，后来成为历代达赖喇嘛的冬宫，且供奉达赖喇嘛的灵塔。

及是罪恶的根源，只有适度是完美的。这使得香格里拉社会祥和安宁。

在香格里拉有许多神秘、奇妙的事情。最令人惊奇的是，这里居民都十分长寿，许多超过了百岁还显得很年轻。长期修藏传密宗瑜伽的最高喇嘛有250多岁，管理香格里拉的政事已经100多岁。然而，香格里拉的居民如果离开了山谷，便会失去他们的青春。

在香格里拉，康威和老人以及最高喇嘛进行了多次交谈，探讨了一系列宗教、哲学问题。康威是一个"精神和肉体"两方面都很优秀的年轻人。通过交谈，他和最高喇嘛建立了某种程度的"心灵感应"，而最高喇嘛也有意选康威做他的继承人。事实上，这也正是他们飞机降在香格里拉的真正原因。

经过一段时间的体验和观察，他们4个人都认为香格里拉是他们所见过的最幸福的社会。康威迷恋香格里拉的优美恬静，巴纳德舍不下这里的金矿，布琳克洛小姐则准备在香格里拉传播她所信仰的宗教教义，他们都不愿离开香格里拉。只有马里森因为结婚的日期马上就要到了，所以急切盼望回到英国，但是路途遥远，他孤身一人无法回去。

马里森找到了一个机会。最高喇嘛辞世了，为了他的葬礼，马里森帮脚夫专门送货到香格里拉来。趁这个时机，马里森胁迫康威和他一起离开了香格里拉。他们一路翻山越岭，穿过无人区，途经藏汉边界的大兴府。可是不幸的事情发生了，马里森身染重疾，在没有到达汉族地区前就病死了。康威也突然失去了记忆。

康威在坐船回英国的途中，在听到船上演奏的肖邦的钢琴曲时，音乐的触动让他恢复了记忆。这时，他的脸上流露出一种难于形容的悲哀，一种"宇宙的，遥远而非个人的"悲哀。当天夜里，他便独自一人悄然离去，不知去向。

类型	成书时间	推荐理由
小说	公元1934年	影响了一代革命青年的小说，鼓舞千百万青年去战胜各种困难。

时代的精神
——《钢铁是怎样炼成的》

背景搜索

尼古拉·阿历克塞耶维奇·奥斯特洛夫斯基（1904年～1936年），坚定的共产主义战士，苏联著名的无产阶级革命作家。

奥斯特洛夫斯基出身于乌克兰一个贫穷的酿酒工人家庭，由于家境贫寒，他只念过3年书，此后一直在做杂工。1919年参加了共青团，参加了红军，他积极投身于保卫苏维埃政权的斗争，成为骑兵团的一名战士。

后来在一次战争中奥斯特洛夫斯基负了重伤，遂改任共青团基层领导工作。不久，在与洪水的搏斗中，奥斯特洛夫斯基得了伤寒和风湿症。23岁时全身瘫痪。瘫痪后，他以顽强的毅力，克服着常人难以想象的困难，开始了文学创作。

24岁时，他的健康状况进一步恶化，双目失明，脊椎硬化，但他依然克服种种困难，请人代笔，于1933年写成了第一部长篇小说《钢铁是怎样炼成的》。1934年，奥斯特洛夫斯基加入苏联作家协会，1935年获列宁勋章。

推荐阅读版本：曹缦西、王志棣译，译林出版社出版。

图为奥斯特洛夫斯基像，他的精神成为一种时代的精神，他的名字也成为那个时代共青团的象征。

内容精要

保尔·柯察金，出身于贫困的铁路工人家庭，早年丧父，全凭母亲替人洗衣养家糊口。他当过学徒工人，受过神父的侮辱和老板的压迫。他憎恨周围那些花天酒地的有钱人，厌恶老板及吃客们荒淫无度的生活。

十月革命爆发后，帝国主义和反动派迅速联合起来，妄图扼杀新生的苏维埃政权。保尔的家乡乌克兰谢别托夫卡镇也和其他地方一样，经历了外国武装干涉和内战的岁月。先是法国入侵，接着是波兰的武装干涉，同时还有国内的彼得留拉和哥萨克匪徒的反革命暴乱。

红军解放了谢别托夫卡镇，但很快就撤走了，只留下老布尔什维克朱赫来在镇上做地下工作。朱赫来住在保尔家的时候，给保尔讲了许多关于革命、工人阶级和阶级斗争的道理。朱赫来的启发和教育对保尔的思想成长起着决定性的作用。

朱赫来不幸被白匪抓住，在押送途中，被保尔所救。但保尔却被维克多出卖，遭到白匪的关押。在狱中，保尔受尽拷打，但坚贞不屈。为迎接白匪头子彼得留拉到小城视察，一个二级军官错把保尔当作普通犯人给放了。

出来的保尔慌不择路，情急中跳进了一家人的花园，那正是保尔在一次钓鱼时结识的女孩冬妮娅的家。由于上次钓鱼时，保尔解救过冬妮娅，所以冬妮娅很喜欢他"热情和倔强"的性格，保尔也觉得冬妮娅"跟别的富家女孩不一样"。这次保尔在冬妮娅家藏了好几天，他们产生了爱情。后来冬妮娅找到保尔的哥哥阿尔青，阿尔青把弟弟送到喀查丁参加了红军。保尔参军后当过侦察兵，后来又当了骑兵。保尔在战斗中浴血杀敌，十分勇敢，而且还是一名优秀的共青团员和出色的政治宣传员。保尔很喜欢读书，特别爱读《牛虻》、《斯巴达克思》等作品，他一有空就给战士们朗读或讲故事。在一次激战中，保尔头部负了重伤，但他用顽强的毅力战胜了死亡。保尔出院后，住在冬妮娅居住的亲戚家里。保尔的身体已不能再回前线，他立即投入了地方上的各项艰巨的工作。他做团的工作和肃反工作，并直接参加艰苦的体力劳动。在兴建铁路的工作中，保尔表现了高度的政治热情和忘我的劳动态度。兴建铁路的工作极端艰难：秋雨、泥泞、大雪、冻土，大家缺吃少穿，露天住宿，还有武装土匪的骚扰，疾病的威胁。这时已升为省委委员的朱赫来看到他们的劳动热情，感动地说："他们真是无价之宝，钢铁就是这样炼成的。"在冬妮娅亲戚家一块居住时，保尔和冬妮娅之间的感情产生了裂痕，保尔对冬妮娅那种庸俗的个人主义越来越不能容忍，感情的破裂已不可避免。在修筑铁路时，保尔又见到了冬妮娅，这时她已与另一个阔工程师结婚。保尔在铁路工厂任团委书记时，与团委委员丽达在工作上经常接触，两人逐渐产生了感情。但在丽达的哥哥来看丽达时，保尔产生了误会，错把她哥哥当成了丽达的恋人，从而错过了与丽达相爱的机会。

 俄军在进行联合防空训练。

《钢铁是怎样炼成的》电视剧照。

在筑路工作快要结束时，保尔得了伤寒并引发了肺炎，组织上不得不将保尔送回家乡小城去休养，半路上误传出保尔已经死去的消息。保尔第四次跨过死亡回到人间，但医生发现他脊柱有一个深坑，那是战斗中炸弹为他留下的伤残。医生掩饰不住对保尔身体前景的忧虑。在家乡养病时，保尔到烈士墓凭吊了牺牲的战友，此时此景，他抒发了那段著名的内心独白："人最宝贵的东西是生命……"

保尔病愈后又回到了工作岗位。他参加了工业建设和边防战线的建设，并且入了党。但是，由于保尔在战争中受过多次重伤和暗伤，后来又生过几次重病，在一次车祸中，保尔不幸伤了右膝，又做了手术，加上他忘我的工作和劳动，所以体质越来越坏。从1924年起，他就已经丧失了工作的能力，党组织不得不解除了他的工作，让他长期住院治疗。在海滨疗养时，保尔住在母亲的一位老友家，逐渐与其小女儿达雅产生了感情。这时他开始顽强地学习，提高写作的能力，保尔不断地帮助达雅进步。后来达雅当了市苏维埃代表，入了党。

1927年，保尔已完全瘫痪，接着又双目失明。严重的疾病终于把这个火热的青年束缚在病榻上。在这种难以忍受的折磨下，保尔也曾一度产生过消极的自杀念头。然而，保尔毕竟是一个坚强的无产阶级革命战士，他很快从低谷中走了出来。这时的保尔也终于认识到，他不爱惜身体的行为不能称之为英勇行为，而是一种任性和不负责任。对他来说"左派"幼稚病是一个主要的危险。保尔终于在肉体和精神都忍受着难以想象的痛苦的情况下又找到了"归队"的力量。他决定开始文学创作。一个全身瘫痪、双目失明并且没有丝毫写作经验的人，开始了他的伟大工程。他克服一切困难，先是用硬纸板做成框子写，后来是自己叙述，请他人记录。在母亲和妻子的支持和帮助下，1934年，优秀的长篇小说《钢铁是怎样炼成的》终于出版了！保尔又开始了新的生活。

类型	成书时间	推荐理由
自然科学论著	公元 1943 年	法国存在主义运动的奠基之作，萨特最负盛名的作品。

做自己的主宰
——《存在与虚无》

背景搜索

　　萨特出身于法国巴黎一个海军军官家庭，两岁时丧父，由外祖父抚养长大。外祖父是一位语言学教授，家中拥有大量藏书，儿童时代的萨特受到了良好教育，也获得了大量丰富的知识。1915 年，他考入亨利中学，学习成绩优异，期间他受到了叔本华、尼采等人哲学思想的影响。

　　1924 年，萨特进入巴黎高等师范学校学习哲学，这所学校被誉为现代法兰西思想家的摇篮，萨特在这里汲取了大量的知识。1929 年，他在全国大中学教师资格考试中获得第一名，并结识了一同应试、获得第二名的西蒙娜·德·波伏娃。此后的岁月中，波伏娃成为萨特的终身伴侣与战友，是萨特后 50 年生活和思想历程中的见证人。

　　1933 年至 1935 年萨特在德国进修，悉心研读德国哲学家胡塞尔和海德格尔等人的哲学，接受了存在主义观点，并在此基础上形成了他的存在主义哲学思想体系。同时，他开始从事文学创作。

　　二战爆发后，萨特应征入伍，次年在洛林地区被德军俘虏，随后在战俘营中度过了 10 个

图为萨特照片，他认为人是自由的，每
个人都应该自由地选择自己的道路，
为自己的生活创造独特的价值。

月的铁窗生涯。战争与现实使萨特的思想发生了巨大的变化，他从战前的个人主义
转向了对社会现实的关注，开始用文学干预生活。1941年获释后，他继续从事教学
和创作活动。40年代是萨特创作的黄金时期，有大量作品问世。1945年，他与他人
合作创办了《现代杂志》，评论当时国内外的重大事件，并从此成为职业作家。

　　萨特自1953年起担任世界和平理事会理事。1964年获诺贝尔文学奖，但他
拒绝接受。

　　1980年4月15日，萨特病逝于巴黎，数万群众特别是青年人为他送葬，表
达对他的深切悼念之情。

　　推荐阅读版本：陈宣良译，商务印书馆出版。

内容精要

　　虽然萨特的思想一生都在变化，但他始终以"人"作为他的思考焦点。因此
萨特把他的存在主义称作"人学"。在萨特看来，自由是人存在的基础，人之所
以比物高贵，正是因为人可以自由地决定自己的存在，自由地选择自己的本质。
因此萨特提出来：存在先于本质。弄清楚"存在"、"虚无"、"自由"和"他人"
的关系，就基本理出了《存在与虚无》的精神脉络。

1964年，萨特被授予诺贝尔奖，但他拒绝接受，并解释说："我一向谢绝来自官方的荣誉。"

《存在与虚无》分四个部分：第一部分论述虚无问题；第二部分论述自身的存在；第三部分论述他人；第四部分论述有、做和存在。

传统哲学对物质世界的认识是以区分认识的主体和客体为前提的，萨特却要用现象一元论来取代原先的二元论。在他看来，现象本身就是存在，超越本质、超越现象的本质是没有的。研究人的本质就必须从现象入手。

通过这种现象本质一元论，萨特将存在分为"自在的存在"和"自为的存在"两种。一块石头是一块石头，一点也不多，一点也不少。就石头来说，它是其所是，这件事物的存在总与它本身相合，这就是"自在的存在"。这样的存在就是物质世界的存在，是完满的、充实的、无知觉的。它不被创作，也不创造任何东西。它对人的自我意识来说是无法理解的、荒谬的，让人感到恶心。

与此对比，"自为的存在"实际是指人的存在，是作为人的意识的自我存在。它永远不是什么东西，但总想成为什么东西，它是一种要求"存在"的愿望。自为的存在是虚无的。尽管如此，它却具有主动性、活动性，不断超越自身又否定自身。

两种存在相互区别又相互联系，没有"自在"，"自为"就是某种抽象的东西，一个无物的意识；没有"自为"，"自在"就是不可说明的东西。

由于人总不能忍受人本质的不固定性，所以，人要努力寻找使自己由"自为的存在"变为"自在的存在"，变得像那磐石一般有不可动摇的坚实性。但是人的意识使人总处于摇摆之境。只要人活着，他就找不到他的坚实性。世界对他来说是一片虚无。这种个人意识既是人存在的条件，也是人的自由源泉。没有自由，人则变为虚无。人的自由不受任何理由的支配，它是绝对的。一个人要对自己的存在负完全的责任，要自己主宰自己。这样的理论在遭受法西斯摧残的法国大地上，无疑是自由女神的呼唤。

"他人即地狱"是萨特流传深广的思想。个体有了自由，必须面对他人。我们两个人不能成为一个人，其根源就在于我们意识的多样性。你想的和我想的不一样，这使我常常觉得恐慌，因为我看见我所设定的世界突然间从我的手指尖逃脱了，逃向另一个人的设计之中，这个人不断地注视着我，因为我也是世界的一部分，所以他也企图设计我，于是我被迫要变成他者的存在，我原始的堕落就是因为他者的存在造成的。

与自由理论相联系的，是萨特的行动哲学。他认为，存在主义崇尚人的自我意识、人的自由和自由选择，是乐观的，是主张行动的。它告诉人们，不要怯于行动，行动是使人活下去的唯一事情，是人的希望。因此，萨特积极主张作家应该介入生活，知识分子应该关注社会。

类型	成书时间	推荐理由
自然科学论著	公元 1949 年	有史以来探讨妇女最完整、最理性、最智慧的书，一本让妇女独立的书。

让妇女独立的书
——《第二性》

背景搜索

　　波伏娃 1908 年 1 月 9 日出生于巴黎，父母均是天主教徒。波伏娃的少女时代是在枯燥闭锁的家庭环境中度过的，她酷爱读书，性格沉稳，14 岁时突然对神失去了虔诚的信仰。波伏娃生活和创作的核心建立在令人惊骇的反叛性上。在当时法国的第一高等学府巴黎高师读书时，她与萨特、梅洛·庞蒂、列维·斯特劳斯这些影响战后整个思想界的才子们结为文友。在通过令人望而生畏的教师资格综合考试时，波伏娃的名次紧随萨特排在第二。以后她便在马赛、巴黎、里昂教书并和萨特同居。但是，这两个有志于写作的人并没有结婚，而是彼此维护着自己的自由和独立，一起工作，一同参加政治活动。他们住在不同的地方，保持着一定程度的隐私权，但每天都见面，经常共同工作或是边喝威士忌边交换意见，而且常常一起外出旅行。纵观波伏娃的一生，萨特可以说是她最深爱、最尊重的人物，不过，两人也都有被其他异性吸引的时期。1955 年 9 月，她和萨特接受我国政府的邀请，联袂来到中国访问了两个月，两年后发表了《长征》一书。

　　推荐阅读版本：陶铁柱译，中国书籍出版社出版。

内容精要

波伏娃从生物学、心理学、宗教、神话、文学、历史等各个方面来分析女性，得出了一个振聋发聩的结论：女人，不是生而为女人的，是被变成女人的。她明确地提出了女性主义的观点。在第二十一章女人的处境与特性中，波伏娃以优美的文字论述了下列观点：

"如果说女人是世俗的、平庸的、基本上是功利主义的，那是因为她被迫把自己的生存奉献给做饭和洗尿布——她无法取得一种崇高感！承担单调重复的生活，处在无知觉的实在性之中，这是她的义务。自然，女人要重复，要永无创新地重新开始，要觉得时间仿佛是漫无目的地转来转去。她忙忙碌碌却永远没有做成什么，所以她认同于她既有的物。这种对物的依附性是男人让她保持的那种依附性的结果，它也解释了她的吝啬和

《第二性》的作者波伏娃在工作中。

贪婪。她的生活没有目的：她的心全用于生育或料理诸如食物、衣服和住所等只不过是一种手段的物上面。这些物是动物生活与自由生存之间的次要中介。和次要手段唯一有关的价值是实用性，主妇就是生活在这种实用性的层面上，她没有奢望自己并不仅仅是一个对家人有用的人。但是，任何生存者都不可能满足于次要角色，因为那样手段会立刻变成目的（例如这种情况我们在政治家当中就可以看到），并且手段的价值会成为绝对价值。于是，实用性就超乎于真、美和自由之上，统治着主妇的天堂，她正是从这种前景出发展望整个世界的。也正是因为如此，她才采纳了亚里士多德的中庸至上，亦即平庸的道德观。人们怎么可以期望她表现得大胆、热情、无私和崇高呢？这些品质只有在自由人奋勇地穿过开放的未来、远远地超越了一切既定现实时才可以出现。女人被关在厨房或闺房里，人们却对她的视野之狭窄表示惊讶。

"她的双翼已被剪掉，人们却在叹息她不会飞翔。让未来向她开放吧，那样她将不会再被迫徘徊于现在。"

类型	成书时间	推荐理由
小说	公元 1942 年	存在主义文学的代表作品，一本于平淡中见深度、从枯涩中出哲学的书。

关于荒诞和反对荒诞的书

——《局外人》

背景搜索

　　阿尔伯特·加缪，法国存在主义小说家、戏剧家、评论家，出生于阿尔及利亚的蒙多维城。他 10 个月大时，父亲在第一次世界大战中负伤身亡。母亲带他移居阿尔及尔贫民区，生活极为艰难。加缪靠奖学金读完中学，1933 年起以半工半读的方式在阿尔及尔大学攻读哲学。

　　加缪从 1932 年起发表作品，1942 年因发表《局外人》而成名。同年，加缪离开阿尔及利亚前往巴黎，开始为《巴黎晚报》工作，后在伽里马出版社做编辑，秘密地活跃于抵抗运动中，并主编地下刊物《战斗报》。抵抗精神给他带来了光环，战后他成了一名年轻的英雄。在战后的年代里，他办的《战斗报》是呼唤改革的那一代人的精神向导。此间他陆续发表了许多重要作品，如小说《鼠疫》、哲学随笔《西西弗神话》和长篇论著《反抗者》等，为他赢得了越来越高的声誉。

　　1957 年 12 月 10 日，瑞典文学院将诺贝尔文学奖授予加缪，因为他"作为一个艺术家和道德家，通过一个存在主义者对世界荒诞性的透视，形象地体现了现代人的道德良知，戏剧性地表现了自由、正义和死亡等有关人类存在的最基本的问题"。

 加缪的这部经典小说的名称，"局外人"是目前为止最贴切的译法。

加缪曾说："在我看来，没有什么比死在路上更蠢的了。"命运之神却跟他开了个玩笑。1960年1月4日，他坐在米歇尔·伽里马的汽车上，由于下雨路滑，汽车撞在了路边的树上，加缪被抛向后窗，脑袋穿过玻璃，颅骨破裂，脖子折断，当场死亡。他罹难的消息迅速传遍了世界，尽管法国广播电台当时正在闹罢工，罢工委员会仍同意播放5分钟的哀乐以悼念加缪。世界各国的报纸也纷纷在头版头条刊登加了缪车祸身亡的消息。

推荐阅读版本：郭宏安译，译林出版社出版。

加缪是与文学沙龙、文学名人、荣誉、勋章保持距离的"局外人",但他的思想却深入到了现代社会的腹地。

内容精要

　　《局外人》以"今天,妈妈死了,也许是昨天,我不知道"开始,以"我还希望处决我的那一天有很多人来观看,希望他们对我报以仇恨的喊叫声"结束。小说以这种不动声色而又蕴含内在力量的平静语调为我们塑造了一个惊世骇俗的"荒谬的人":对一切都漠然置之的默尔索。

　　全书分为两个部分,第一部分从默尔索的母亲去世开始,到他在海滩上杀死阿拉伯人为止,是按时间顺序叙述的故事。

　　默尔索不仅在接到通知母亲去世的电报时没有哭,而且在母亲下葬时也没有哭,他没有要求打开棺材再看母亲最后一眼,反而在母亲的棺材面前抽烟、喝咖啡……人们不禁要愤然了:一个人在母亲下葬时不哭,他还算得是人吗?更有甚者,他竟在此后的第二天,就去海滨游泳,和女友一起去看滑稽影片,并且和她一起回到自己的住处。默尔索的行为越来越让人惊讶愕然,名声不好的邻居要惩罚自己的情妇,求他帮助写一封信,他竟答应了，觉得"没有理由不让他满意"。老板建议他去巴黎开设一个办事处，他竟没有表示什么热情，虽然他"并不愿意使他不快"。对于人人向往的巴黎，他竟有这样的评价："很脏，有鸽子，有黑乎乎的院子……"玛丽要跟他结婚，他说随便怎么样都行。玛丽坚持问默尔索是否真的爱她，她原来指望听到肯定的回答，可是他竟说"大概是不爱她"。

这种叙述毫无抒情的意味，而只是默尔索内心自发意识的流露，因而他叙述的接二连三的事件、对话、姿势和感觉之间似乎没有必然的联系，给人以一种不连贯的荒谬之感，因为别人的姿势和语言在他看来都是没有意义的，是不可理解的。唯一确实的存在便是大海、阳光，而大自然却压倒了他，使他莫名其妙地杀了人："我只觉得铙钹似的太阳扣在我的头上……我感到天旋地转。海上泛起一阵闷热的狂风，我觉得天门洞开，向下倾泻大火。我全身都绷紧了，手紧紧握住枪，枪机扳动了……"

在第二部分里，牢房代替了大海，社会的意识代替了默尔索自发的意识。司法机构以其固有的逻辑，利用被告过去偶然发生的一些事件把被告虚构成一种他自己都认不出来的形象：即把始终认为自己无罪、对一切都毫不在乎的默尔索硬说成一个冷酷无情、蓄意杀人的魔鬼。因为审讯几乎从不调查杀人案件，而是千方百计把杀人和他母亲之死及他和玛丽的关系联系在一起。

迷迷糊糊地杀了人的默尔索，对法庭上的辩论漠然置之，却非常有兴趣断定自己辩护律师的才华大大不如检察官。就在行刑的前夜，他觉醒了，"面对着充满信息和星斗的夜"，他"第一次向这个世界的动人的冷漠敞开了心扉"。他居然感到他"过去曾经是幸福的"，"现在仍然是幸福的"。他似乎还嫌人们惊讶得不够，接着又说："为了使我感到不那么孤独，我还希望处决我的那一天有很多人来观看，希望他们对我报以仇恨的喊叫声。"

默尔索因为感受到这个现代社会人际关系的冷漠，而毫不迟疑地远离社会、抛弃社会，可是社会也抛弃了他，他最终成为了一个远离生活中心的局外人。

类型	成书时间	推荐理由
小说	公元 1980 年	魔幻现实主义的代表作，马尔克斯因此获得了诺贝尔奖，且成为拉美小说界的"掌门人"。

古老神秘的家族故事
——《百年孤独》

背景搜索

马尔克斯于 1928 年出生于哥伦比亚，父亲是个电报报务员。小时候他住在外祖父家里，在一个沿海小镇长大。童年生活留给他最大的影响莫过于外祖父母的故事。他的外祖父常谈论拉美内战时期的往事，他那擅长口头文学的外祖母，则经常在夜间为他讲叙民间传说和印第安人的神话，那些流传已久的妖魔鬼怪的形象，就像壁炉中的火焰一样在他的脑海中摇曳。他日后所形成的魔幻现实主义文风，受到了童年故事的深刻影响。

在两位老人的熏陶下，马尔克斯从小就酷爱文学，7 岁开始阅读《一千零一夜》和其他作品。他长大成人以后，从事了很长一段时间的新闻记者工作，游历了欧美诸国，增长了不少见识，不仅为他的文学创作打下了坚实的基础，而且让他积累了不少素材。

马尔克斯从 1950 年开始从事文学创作，他初期的文学作品如《枯枝败叶》、《没有人给他写信的上校》等并没有引起人们的注意。1962 年，他发表了短篇小说集《格兰德大妈的婚礼》，初步显示出他的独特文风。当《百年孤独》发表后，立刻在文坛引起了巨大轰动，小说所张扬的那种集拉美魔幻色彩和社会现实于一体的风格也成为了独一无二的"马尔克斯式"。

被英国《泰晤士报》评论为"一位理想主义者和伟大的小说家"的马尔克斯。

凭借《百年孤独》，马尔克斯获得了 1982 年的诺贝尔文学奖。

推荐阅读版本：黄锦炎译，上海译文出版社出版。

内容精要

故事的背景是拉美一个叫作马孔多的地方，这里有着拉美所有其他地方的共同特点：贫穷却生机勃勃，混乱却另有秩序，现实又不乏神秘主义。故事的主人公是布恩迪亚家族的第七代人。他们家族每一代人的名字都是按照祖先的名字来取的，因此，他们都是同名同姓，但做着不一样的事情。小说就这样展开了它的情节。

何塞·阿卡迪奥·布恩迪亚是西班牙人的后裔，他与表妹乌苏拉结婚时，乌苏拉由于害怕像姨母与叔父结婚那样生出长尾巴的孩子来，每夜都会穿上特制的紧身衣，拒绝与他同房。他因此遭到了邻居阿吉拉尔的耻笑，后来他杀死了阿吉拉尔。从此，死者的鬼魂经常出现在他眼前，鬼魂那痛苦而凄凉的眼神，使他日夜不得安宁。于是他们只好离开村子，外出谋安身之所。他们跋涉了两年多，由于受到梦的启示，他们来到一片滩地上，定居下来。后来又有许多人迁移至此，这地方被命名为马孔多。布恩迪亚家族在马孔多的百年兴废史由此开始。

何塞·阿卡迪奥·布恩迪亚是个富有创造精神的人，他从吉卜赛人那里看到磁铁，便想用它来开采金子。看到放大镜可以聚焦太阳光，便试图以此研制一种威力无比的武器。他通过吉卜赛人送给他的航海用的观象仪和六分仪，便通过实验认识到"地球是圆的，像橙子"。他不满于自己贫穷而落后的村落生活，因为马孔多隐没在宽广的沼泽地中，与世

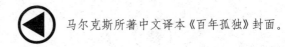

马尔克斯所著中文译本《百年孤独》封面。

隔绝。他决心要开辟一条道路，把马孔多与外界的伟大发明连接起来。可他带着一帮人披荆斩棘干了两个多星期，却以失败告终。后来他又研究炼金术，整日沉迷不休。由于他的精神世界与马孔多狭隘的现实格格不入，他陷入了孤独的天井中，以至于精神失常，被家人绑在一棵大树上，几十年后才在那棵树上死去。

布恩迪亚家族的第二代有两男一女。老大何塞·阿卡迪奥是在来马孔多的路上出生的。他在那里长大，和一个叫皮拉·苔列娜的女人私通，有了孩子。他十分害怕，后来与家里的养女蕾蓓卡结了婚。但他一直对人们怀着戒心，渴望浪迹天涯。后来，他果然随吉卜赛人出走，回来后变得放荡不羁，最后奇怪地被人暗杀了。老二奥雷良诺生于马孔多，在娘肚里就会哭，睁着眼睛出世，从小就赋有预见事物的本领，长大后爱上镇长千金雷梅苔丝。在此之前，他与哥哥的情人生有一子名叫奥雷良诺·何塞。妻子暴病而亡后，他参加了内战，当上上校。他一生遭遇过14次暗杀，73次埋伏和一次枪决，均幸免于难；与17个外地女子姘居，生下17个男孩。这些男孩以后均不约而同回马孔多寻根，却在一星期内全被打死。奥雷良诺年老归家，和父亲一样对炼金术痴迷不已，每日炼金子做小金鱼，一直到死。他们的妹妹阿玛兰塔爱上了意大利技师，后又与侄子乱伦，爱情的不如意使她终日把自己关在房中缝制殓衣，孤独万分。

第三代人只有两个堂兄弟：阿卡迪奥和奥雷良诺·何塞。前者不知生母为谁，竟狂热地爱上生母，几乎酿成大错。后者成为马孔多的军队长官，贪赃枉法，最后被保守派军队枪毙。生前他与一女人未婚便生了一女两男。其堂弟热恋姑妈阿玛兰塔，因无法与她成婚，故而参军，去找妓女寻求安慰，最终也死于乱军之中。

第四代即是阿卡迪奥与人私通生下的一女两男。女儿俏姑娘雷梅苔丝楚楚动人，她身上散发着令人不安的气味，曾因此置几个男人于死地。她总愿意裸体，把时间耗费在反复洗澡上面，后来在晾床单时，被一阵风刮上天不见了，从此永远消失在空中。她的孪生弟弟——阿卡迪奥第二，在美国人办的香蕉公司里当监工，鼓动工人罢工。后来，3000多工人全被镇压遭难，只他一人幸免。他目击政府用火车把工人们的尸体运往海边丢弃，后又四处诉说这场大屠杀，被别人认为神志不清。他无比恐惧失望，最后把自己关在房子里潜心研究吉卜赛人留下的羊皮手稿。另一个奥雷良诺第二终日纵情酒色，弃妻子于不顾，在情妇家中厮混。奇怪的是，这使他家中的牲畜迅速地繁殖，给他带来了财富。他与妻子生有二女一男，后在病痛中死去。因此，人们一直没认清他们兄弟俩谁是谁。

布恩迪亚家族的第五代是奥雷良诺第二的一男二女，长子何塞·阿卡迪奥小时便被送往罗马神学院去学习。母亲希望他日后能当主教，但他对此毫无兴趣，只是为了那假想中的遗产，才欺骗母亲。母亲死后，他回家靠变卖家业为生。后为保住乌苏拉藏在地窖里的7000多个金币，被歹徒杀死。女儿梅·雷梅苔丝与香蕉公司学徒相好，母亲禁止他们见面，他们只好暗中在浴室相会，母亲发现后以偷鸡贼为名打死了学徒。梅万念俱灰，怀着身孕被送往修道院。小女儿阿玛兰塔·乌苏娜早年在布鲁塞尔上学，在那里成婚后归来，见到马孔多一片凋敝，决心重整家园。她朝气蓬勃，充满活力，她的到来，使马孔多出现了一个最特别的人。她的情绪比这家族的人都好，也就是说，她想把一切陈规陋习打入十八层地狱。因此，她订出长远计划，准备定居下来，拯救这个灾难深重的村镇。

布恩迪亚家族的第六代是梅送回的私生子奥雷良诺·布恩迪亚。他出生后一直在孤独中长大。他唯一的嗜好是躲在吉卜赛人梅尔加德斯的房间里研究各种神秘的书籍和手稿。他甚至能与死去多年的老吉卜赛人对话，并受到指示学习梵文。他对周围的世界既不关心也不过问，但对中世纪的学问却了如指掌。自从姨母阿玛兰塔·乌苏娜回乡之后，他不知不觉地对她产生了难以克制的恋情，两人发生了乱伦关系，但他们认为，尽管他们受到孤独与爱情的折磨，但他们毕竟是人世间唯一一对最幸福的人。后来阿玛兰塔·乌苏娜生下了一个健壮的男孩，"他是百年里诞生的布恩迪亚当中唯一由于爱情而受胎的婴儿"。然而，他身上竟长着一条猪尾巴。阿玛兰塔·乌苏娜产后大出血而亡。

那个长猪尾巴的男孩就是这延续百年的家族中第七代继承人。他被一群蚂蚁围攻并被吃掉。就在这时，奥雷良诺·布恩迪亚终于破译出了梅尔加德斯的手稿。手稿卷首的题词是："家族中的第一个人将被绑在树上，家族中的最后一个人将被蚂蚁吃掉。"原来，这手稿记载的正是布恩迪亚家族的历史。在他译完最后一章的瞬间，一场突如其来的飓风把整个马孔多镇从地球上刮走，从此这个镇不复存在了。

类型	成书时间	推荐理由
日记	公元 1947 年	一段记录密室生活的文字，一个15岁女孩对纳粹阴影生活的感受。

全世界最畅销的日记
——《安妮日记》

背景搜索

　　安妮1929年出身于德国法兰克福的一个犹太人家庭，她的父亲奥托是一位商人，也是摄影爱好者。安妮4岁时，希特勒上台，掀起了反犹太浪潮。奥托带着一家人避难荷兰阿姆斯特丹。在那里和友人丹恩一起开了个营业所。他们在荷兰过了几年平静的日子，但灾难再次降临。1940年5月，德国纳粹占领了荷兰。

　　1942年5月，占领荷兰的德军要求所有6岁以上的犹太人必须在左前胸缝上八角星的标志，一场大迫害就要开始了。不久奥托被勒令立即出境。同年7月6日，安妮一家和丹恩一家藏进了普林森格拉赫特街263号楼后的"密室"，开始了2年零8个月的"黑人"生活。

　　1944年8月4日，由于别人告密，纳粹警察突然搜查并逮捕了密室中的8位居民。安妮和她的姐姐、妈妈于9月被送往奥斯维辛附近的波肯奥集中营。那个集中营中当时有3.9万多名犹太妇女。她们到那里的当天就被剃去头发，在胳膊上烙上了号码。一个多月后，纳粹又将安妮和姐姐与她们的母亲强行分开，送到了德国汉诺威附近的波根—贝尔森集中营。

《安妮日记》出版后成为世界最畅销的日记，它是安妮从1942年6月12日收到作为生日礼物的笔记本起开始写的。图为海南出版社出版的《安妮日记》的封面。

1945年3月的一天，安妮的姐姐因斑疹伤寒而死，几天后安妮也因同样的病离开了这个世界。安妮被埋葬在贝尔森集中营的万人坑。几周后，英国军队解放了这座集中营。

推荐阅读版本：彭淮栋译，海南出版社出版。

内容精要

1943年6月15日 "收音机是我与世界的唯一联系，真的！周围的气氛很糟，但有这来自太空的神奇之声相助，给我鼓劲：振作起来，形势定会好转！"

1944年6月6日 "今天是D日（指1944年6月6日盟军在法国北部登陆击退德军，大举进攻之日），12点英国电台广播。说得好！确实如此！登陆进攻已经开始，背街的屋在摇晃，盼望已久的解放果真临近？这太美了，太不可思议了，真的吗？1944年能给我们带来胜利？对这我还不太清楚，但愿我们能振作起来，再次鼓足勇气，使我们变得坚强。"

1944年6月27日 "形势很好，一切顺利。今天攻占了瑟堡、威特斯克和斯洛宾，缴获了许多德军装备，抓获了许多俘虏。五名德军将领在瑟堡丧命，两名被俘。神奇武器（WUWA）全用上了，但这些火箭又能怎样？德国佬在报上大肆吹嘘，但对英军造成的损失是微不足道的。"

1944年7月21日 "形势终于转好，我们有望了！一点不假，形势很好！还有条特大新闻，有人行刺希特勒，不是犹太共产党人干的，也不是英国资本家干的，而是一名正统的德国将军，是个伯爵，还挺年轻的呢！元首算是命大没死，真遗憾！只有些皮肉之伤和几处灼伤。他身边的几名军官倒是死的死，伤的伤。行凶主谋遭枪杀。这也许是最好的证明：许多军官和将领对这场战争已深恶痛绝。"

类型	成书时间	推荐理由
物理学著作	公元 1988 年	一部写给普通人看的物理学著作，用最简单的语言阐述最深奥的宇宙原理。

探索宇宙的奥秘
——《时间简史》

背景搜索

霍金于 1942 年 1 月 8 日（这天刚好是伽利略逝世 300 周年纪念日）出生于英国牛津。他的父母本来住在伦敦北部，但是在第二次世界大战期间，牛津是一个生养孩子的好地方，因此他们来到了牛津。霍金 8 岁的时候，全家搬到了伦敦以北 20 英里外一个叫圣奥尔本斯的小镇上。11 岁时，霍金上了圣奥尔本斯学校，后来去了牛津大学，这也是他父亲的母校。霍金想学习物理学，他父亲则希望他学医，最后父亲还是尊重了他的选择，霍金进入了牛津大学物理系就读。

在三年工作量并不巨大的学习之后，他获得了一等自然科学荣誉学位，之后进入剑桥大学研究宇宙学，当时牛津大学还没有宇宙学这个专业。在获得博士学位之后，他成为一名研究员，后来成为冈维尔和凯厄斯学院的教授。

霍金上大学的时候患了卢伽雷氏症，肌肉萎缩性脊髓侧索硬化使他永远成为轮椅的囚徒。他不能发声，只能靠一种语音合成器以正常人十分之一的速度与人"交谈"；看书必须依赖于一种翻书页的机器。然而庆幸的是，他的脆弱的脖颈正好能够支持起他的天才头脑。

1973 年霍金离开了天文研究所，来到了应用数学和理论物理系。

1974 年霍金发现了黑洞放射。他与彭罗斯一道证明了著名的奇性定理，并获得了 1988 年的沃尔夫物理奖。此后他出版了许多书籍，包括与艾里司合著的《空时的大型结构》，与伊斯瑞尔合著的《广义相对论述评：纪念爱因斯坦百年诞辰》和《引力 300 年》。他还出版了两本通俗读物：最为畅销的《时间简史》，还有后来的《"黑洞和婴儿宇宙"及其他论文》。

鉴于他的卓越成就，从 1979 年开始，他担任了剑桥大学卢卡斯数学教授一职。这个职位是 1663 年根据亨利·卢卡斯的遗嘱和遗赠所设的，第一个担任此职位的人是伊萨克·巴柔，1669 年伊萨克·牛顿也曾担任过这个职位。

霍金共有 12 个名誉学位，在 1982 年获得了高英帝勋爵士头衔，并在 1989 年获得了大英帝国荣誉爵士头衔。他拥有众多奖章和荣誉头衔，是皇家学会成员以及美国国家科学院院士。

现在，斯蒂芬·霍金享受着充实的家庭生活（他有三个孩子），继续着对理论物理学的研究，同时周游世界发表演讲。

推荐阅读版本：许明贤、吴忠超译，湖南科学技术出版社出版。

内容精要

是先有鸡，还是先有蛋？宇宙有开端吗？如果宇宙有开端的话，在此之前还发生过什么事情？宇宙从何处来，又向何处去？时间的本质是什么？它会有终结吗？过去与将来之间的差别从何而来？为什么我们记住的是过去而不是将来？这是我们很多人都曾经思考过的问题，同时又深深地被困惑，无法解答。对自己置身于其中的宇宙神秘感却永远潜存在我们每一个人的心中。这也就是为什么当斯蒂芬·霍金的《时间简史》出版后，会在全世界造成如此巨大影响的原因——这本书至今累计发行量已达 2500 万册，被译成近 40 种语言，也就是说，世界上每 500 个人中就有一个人读过这部关于时间与空间的科学著作。霍金的名字凭借《时间简史》这本书为世人所熟知。

《时间简史》是一部讲述宇宙奥秘的科普读物，试图解答人类最古老的命题：时间是有始有终的吗？宇宙是无限的吗？霍金认为，宇宙的不断膨胀表明，宇宙

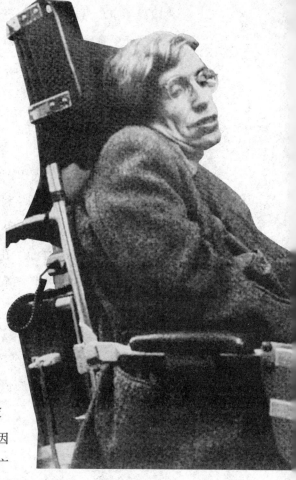

霍金因卢伽雷氏症只能被禁锢在轮椅上，只有三根手指可以活动。

在存在之前有一个诞生的起点，宇宙诞生的那一刻叫做"宇宙大爆炸"。"时间—空间在大爆炸奇点处开始，并会在大挤压奇点处或黑洞的一个奇点处结束。任何抛进黑洞的东西都会在奇点处被毁灭。"在霍金展示给人们的新的宇宙图景中，他在经典物理学的框架内，证明了黑洞和大爆炸奇点的不可避免性；而在量子物理学的框架内，他研究的黑洞辐射理论证明，大爆炸的奇点不但被量子效应所抹平，而且宇宙正是起始于此。因此，霍金当之无愧地被赞誉为本世纪最重要的广义相对论学者和宇宙学家。

一、时间起始点——宇宙大爆炸奇点

人们曾一直相信宇宙以静止不变的状态存在了无穷长的时间，并将以这种状态无限地存在下去。但1929年埃德温·哈勃的具有里程碑式的观测使这种观念寿终正寝，并将宇宙开端的探索带进科学王国。哈勃发现无论在哪个方向观测，远处的星系都是远离我们急速而去。也就是说，宇宙在不断膨胀着，它在最初时应该为一点，这一时刻被称为宇宙大爆炸时刻。宇宙在这一点的密度无穷大，这一点即为数学上所称的奇点。所有的科学定理在此奇点处均告失效。这意味着，所有在此时刻之前发生的事件都不能对此时刻之后的事件产生任何影响，之后发生的事件亦不可能通过科学定理由之前的事件推导而来。换言之，大爆炸时刻之前与之后的事件之间不存在任何意义上的因果关系。这样，从时间的物理意义上来说，时间在宇宙大爆炸的奇点处开始。

二、时间终结——黑洞

恒星由于引力作用会不断收缩，向自身坍缩。当恒星的质量大于某个极限时，泡利不相容原理产生的排斥力不能平衡引力，于是恒星将继续坍塌下去，形成一个我们称之为"黑洞"的无限致密的区域。黑洞表面的引力如此之强，以致在黑洞这个区域之内不可能有任何东西，包括光线从该区域内逃逸而到达远处的观察者。这意味着，如果有一个无畏的航天员和恒星一起向内坍塌，并每一秒钟向环绕该恒星的宇宙飞船发一个信号。如果在11点整恒星刚好坍塌到临界半径而形成黑洞，那么，宇宙飞船上的同伴们在收到恒星上的航天员在10点59分59秒发出的最后一个信号后将再收不到任何信号。时间在此终止。人们可以将诗人但丁针对地狱入口所说的话恰到好处地用于黑洞："从这进去的人必须抛弃一切希望。"

三、上帝是如何启动宇宙的——宇宙的起源和命运

尽管对于宇宙大爆炸后的演化图景有了一定的了解，但依然有些问题始终困扰着人们。比如，为何在空间和时间的所有地方和方向上表现一致？为何宇宙以这样接近于介于坍塌和永远膨胀模型之间的临界膨胀速率开始并膨胀下去？在大尺度上宇宙是如此一致和均匀，为何在局部又存在无规则性？或者我们可以问，在宇宙大爆炸的一瞬间是谁决定了宇宙以这种模式演化至今？霍金在此书中描述了人们在追溯宇宙起源的道路上艰辛的脚步。一种是以人择原理来解释的，叫作紊乱边界条件的宇宙起源。就像著名的一大群猴子敲打打字机，大部分敲出来的必是废话，但纯粹的偶然也许会使它们敲出一行莎士比亚的短诗。类似地，在宇宙开端的多种无规则可能中，我们刚好生活在这样一个光滑一致的区域里，才有可能使我们这样复杂的人类存在。另一种解释称为"暴涨模型"，它认为宇宙在开始的一瞬间是以加速度膨胀，在远小于1秒的时间里，宇宙的半径增大了100万亿亿亿倍（10的30次方）。这些理论在不同程度上虽可以解答人们的某些疑惑，但最终不能确定宇宙最根本的内在秩序。现在人们开始转向寻求一种将量子力学和引力结合起来的完整而协调的理论，在这种理论指导下，人们找到了另一种描述宇宙起源及命运的模式，即空间—时间只有有限的尺度，却没有奇点作为它的边界或边缘。空间—时间就像表面积有限而无边界的地球，只不过多了两维。宇宙的开端曾使人们想象出一个造物主来启动这个世界，但是，如果宇宙是完全自足的，没有边界或边缘，那就意味着它既没有开端也没有终结——它就是存在。那么，还有上帝的存身之处么？

四、物理学的统一——终极理论

人类在寻求建立一个适用于宇宙中每一事件的、完整的、协调的统一理论，在这理论中不需要选取特定的常数去符合事实。寻找这样的一个理论被称之为"物理学的统一"，是当代物理学的首要目标。爱因斯坦用晚年的大部分时间进行这项工作，但没有成功。人们将力分为四种，即引力、电磁力、弱核力和强核力，并已通过所谓的"大统一理论"（GUT）将后三种力统一起来，而将引力也包括进来的工作正在进行之中。这一工作的难度在于广义相对论是一个"经典"理论，它没有包含量子理论的不确定性原理，而其他的部分理论又非常基本地依赖于量子力学。所以必须将广义相对论和量子力学结合起来。虽然还存在着一些未解决的问题，但从目前人们研究的"弦理论"中已看到成功的希望。

作者在书中指出："无论如何，科学的力量在于，凡是未经实验验证的东西就不能被认为是真实的存在。"所以，在任何一种理论被实验或观测事实多次重复地证明之前，它是不可能为科学界所承认和接受为一种科学理论的，不管提出这种理论的是何许人。就宇宙学来说，说"宇宙在空间和时间上是无限的"，这对哲学家们来说可能一般是正确的，但在现代自然科学中，科学家们往往避免使用或者根本就不使用这种说法。因为任何科学理论只能以实验和观测证据为基础，而任何实验和观测只能作用于有限的客体。所以对于现代天文学家、宇宙学家，他们所能研究和讨论的只能是可实验、可观测的具体而有限的宇宙，而对于望远镜看不到的更遥远的宇宙深处，他们将会老老实实地告诉你"这还是一个未解之谜"。这就是科学。科学永远不会标榜自己"无所不知"。重要的是，人类必须思考，必须继续不停地思考。人类必须努力拓展知识领域，但有时人们确实不知道该从何处入手。我们不知道知识的边界在哪儿，是不是？因为你不知道起点在哪里。

如果我们发现了完整的宇宙理论，我们应当及时地让所有的人都能理解它的基本原理，而不仅仅只限于少数科学家。到那时，我们所有的人——哲学家、科学家，以及普通大众，都能够参与关于我们和宇宙为什么存在的问题的讨论。如果我们找到了这一问题的答案，人类的理智将奏起终极胜利的凯歌，因为人类获得了最后的胜利。

类型	成书时间	推荐理由
法律论著	公元 1945 年 6 月 26 日	有史以来人类第一次建立了一个联合体，来保障全球所有国家的平等权利。

保障世界和平发展之法
——《联合国宪章》

背景搜索

　　1945 年 4 月 25 日，参加反法西斯阵营的国家在旧金山隆重举行了联合国家国际组织会议，出席会议的各国代表共有 282 人，还有 1700 名顾问、专家、秘书和随行人员。这是世界外交史上一次规模空前的会议，史称"旧金山会议"。

　　在为期 63 天的议事日程上充满了激烈的争论和交锋。6 月 25 日，与会代表在旧金山歌剧院召开全体会议，一致通过了《联合国宪章》和作为其构成部分的《国际法院公约》。6 月 26 日，50 个国家的代表们在旧金山退伍军人纪念礼堂举行签字仪式。中国代表团第一个在《联合国宪章》上签字。当时在宪章上签字的有 50 个国家的 153 名代表，加上共有中、法、俄、英及西班牙文 5 种文字，因此签字仪式整整持续了 8 小时。

　　1945 年 10 月 24 日，常任理事国中最后一个会员国苏联将批准书交存美国政府。同一天，乌克兰、白俄罗斯也交存了批准书，使得交存批准书的非常任理事国达到 24 国，超过除常任理事国外的 46 位创始会员的近半数。《联合国宪章》就从这一天生效。联合国也在这一天正式诞生。

　　推荐阅读版本：《联合国宪章诠释》，许光建主编，山西教育出版社出版。

内容精要

《联合国宪章》是联合国的基本法，是当代国际关系史上一部划时代的文献。宪章全面、完整地确定了联合国的体制和目标，是联合国一切活动所依据的准绳和指南。它由序言和十九章共一百一十一款条文构成。

宪章中的第一章的第一条和第二条，即联合国的宗旨和原则，是全部宪章的核心。其主要内容如下：

第一条：联合国之宗旨为：

一、维持国际和平及安全；并为此目的采取有效集体办法，以防止且消除对于和平之威胁，制止侵略行为或其他和平被破坏；并以和平方法及依照正义、国际法的原则，调整或解决足以破坏和平的国际争端或情势。

二、发展国际间以尊重人民平等权利和自决原则为依据的友好关系，并采取其他适当办法，以增强普遍和平。

三、促成国际合作，以解决国际间属于经济、社会、文化及全人类利益性质的国际问题；不分种族、性别、语言或宗教，增进并激励对全人类的人权和基本自由的尊重。

四、组成一个协调各国行动的中心机构，以达成上述共同目的。

第二条：为实现第一条所述的各项宗旨，本组织及其会员国应遵行下列原则：

一、本组织系基于各会员国主权平等之原则。

二、各会员国应秉承良好的原则，履行宪章所规定的各项基本义务，保证全体会员国由加入本组织而拥有的各项权利。

三、各会员国应以和平方式解决其国际争端，避免危及国际间的和平、安全和正义。

四、各会员国在国际关系上不得使用威胁或武力，以及其他与联合国宗旨不相符合的任何方法，侵害任何会员国的国家领土完整及政治独立。

五、各会员国对于联合国依照本宪章规定而采取的行动，应当尽力予以协助。联合国对于任何国家正在采取预防或强制措施时，各会员国不得对该国给予协助。

六、联合国在维持国际和平及安全之必要范围内，应保证非联合会员国遵行上述原则。

七、本宪章不得认为授权联合国干涉在本质上属于任何国家国内管辖之事件，且不要求会员国将该项事件依本宪章提请解决，但此项原则不妨碍第七章内执行办法之适用。

类型	成书时间	推荐理由
小说	公元 1976 年	美国黑人的苦难史，引发寻根热、重审自我的小说。

美国黑人的苦难史
——《根》

背景搜索

阿历克斯·哈利出生于 1921 年，接受了正规的大学教育。他曾经在美国海岸警卫队服役 20 年，由于他是一个黑人，只能在军舰上当厨师。但是他自强不息，通过多年勤学苦练，成为一名记者兼作家，为《读者文摘》等杂志撰写稿件，还为 60 年代主张暴力斗争的黑人穆斯林运动领袖马尔科姆·艾克斯写过传记。1976 年出版的《根》使他一跃成为世界知名的作家。

推荐阅读版本：郑惠丹译，译林出版社出版。

内容精要

"我"是生长在美国的一个黑人，在这块新大陆上始终找不到归属感。对于从遥远的非洲过来的祖先，我只是从外祖母的口中断断续续地了解一些，于是我开始寻找自己的"根"，沿着祖先的足迹去追寻那家族发展的漫漫长路。

美国内战前，美国南方的种植园主可以进行黑奴贸易。

　　在西非冈比亚河边的一个偏僻的小村里，我遇到了一个史官，他饶有兴趣地向我讲述了整个祖谱。他说金特家族起源于一个叫作古马里的国家。当时金特家族世代都是以铁匠为业——史官以"他们征服了火"来解释——妇女们大多制陶或纺纱。后来，家族中有一支子弟迁移到一个叫作毛里塔尼亚的国家。接着，这个家族中的一个儿子卡拉巴·康达·金特旅行到一个叫作冈比亚的国家。他首先抵达到一个叫作巴卡里纳的村落，在那里待了一阵子后，再迁徙至一个叫作吉法荣的村子，最后才定居在嘉福村。卡拉巴·康达·金特在嘉福村娶了第一位妻子，她是一名曼丁喀族女子，名叫瑟媛。她生下了两个儿子约尼和索罗。之后，他又续弦，第二位妻子名叫爱莎，生了一子叫欧玛若。

　　这三个儿子都在嘉福村长大成人。然后较年长的两位——约尼和索罗，离开该村到别处自建了一个村落叫金特·康达·约尼·亚。而最小的儿子欧玛若则留在该村，30岁时娶了一名曼丁喀族女子嫔塔·卡巴。大约在1750年至1760年之间，嫔塔·卡巴为欧玛若生了四个儿子，长幼顺序是康达、拉明、苏瓦杜和马地。

至此，史官已连续讲了将近两个小时，而在他所提到的这些人名当中至少已提了50件与他们有关的事件。接着，在提了欧玛若那四个儿子的名字后，他又补述了一个细节——"大约在国王军队抵达的那年"——史官的另一个参考年代——"欧玛若的长子康达外出去砍木头后，就没有人再看到他了……"史官继续他的讲述。

　　当时的我宛若尊石雕僵在那里，血液似乎也冻结了。他刚才提到的名字对我来说是多么的熟悉。从小时候起，我就在田纳西州汉宁镇外婆家的前廊上一直听到的名字——"那位非洲人一直坚持他的名字叫'金塔'，他把吉他叫作'可'，把弗吉尼亚州内的一条河叫作'肯必·波隆河'。而当他外出去砍木头准备做个鼓时，被俘虏成为奴隶"。

　　在我伸手从随身的帆布袋里乱搜并抓出一本记事簿后，我把记载着外婆所讲的故事的前几页给翻译看。在快速地略读过去后，他显然相当震惊，于是立刻对史官说明，并把记事簿给他看，史官也变得非常激奋。他意识到一位长久漂泊的人终于找到了他的归属。我意识到自己是多么的幸运，也想到了在美国有许许多多像我一样渴望追寻祖先脚步的人，还在茫然四顾。于是我决定把自己的家族写下来，让那条根，清晰地显露于繁杂的历史中。

　　我自己祖先的故事无疑是所有非洲人后代在美国的象征家族史——他们毫无例外地是有位跟康达一样在非洲某个村土生土长的祖先，后来被俘虏、上链拖进奴隶船内，远渡重洋经历了无数的农场与转卖，一生中一直为自由在挣扎与奋斗。

　　小说从1750年黑人昆塔降生写起，描述了当时非洲黑人部落的奇特风俗和自由生活，以及昆塔被"白鬼子"抓走贩卖到美洲为奴的经过。第二代是昆塔的女儿吉西，她是个千百万遭受蹂躏的黑人妇女的代表。第三代是吉西的儿子乔治。他聪明机灵，能驯养斗鸡，想以此取得报酬来赎出自己的妻子，但贪婪的主人（也即他的生父）背信，他最后用酒灌醉了主人，砸开保险箱，才取得"自由证书"。第四代汤姆经历了南北战争，残酷的现实粉碎了他的幻想，他终于带领全家出去寻求自由的居处。从第五代开始，这个黑人家庭逐渐变为有产者而进入了黑人的上层社会。作为这个家族的后裔，"我"开始寻根。

类型	成书时间	推荐理由
小说	公元1984年	20世纪最伟大的小说之一，昆德拉以此奠定了他世界上最伟大的在世作家的地位。

生命只是一个过程
——《不能承受的生命之轻》

背景搜索

米兰·昆德拉，1929年生于捷克布尔诺市。

父亲为钢琴家，音乐艺术学院的教授。受家庭熏陶，米兰·昆德拉童年时代便学习作曲，少年时开始广泛阅读世界名著，青年时从事写作、画画、音乐和电影创作，三十岁左右发表第一篇短篇小说，从此走上文学创作之路。

1967年，他的第一部长篇小说《玩笑》在捷克出版，获得巨大成功，奠定了他在文坛上的地位。1968年，苏联入侵捷克后，《玩笑》不但被列为禁书，而且昆德拉的工作也丢掉了。1975年他与家人离开捷克，来到法国。

移居法国后，昆德拉迅速走红，成为法国读者最喜爱的外国作家之一。他的绝大多数作品，如《笑忘录》、《不能承受的生命之轻》、《不朽》等都是首先在法国走红，然后才引起世界文坛的瞩目。他曾多次获得国际文学奖，并多次被提名为诺贝尔文学奖的候选人。

推荐阅读版本：许钧译，上海译文出版社出版。

捷克首都布拉格的一位外科医生托马斯是个固执地拒绝"媚俗"的人,他背叛父母的意愿离了婚,有着众多的情人,其中最为亲密的情人是画家萨宾娜。有一次他到郊外的一个小镇上出诊,认识了那里的女招待特丽莎。朴素而美丽的特丽莎让托马斯一见钟情,而特丽莎对风度翩翩的托马斯也颇有好感。

不久特丽莎到城里找托马斯,他们同居在一起。在萨宾娜的帮助下,爱好摄影的特丽莎在某杂志社谋到一份工作。托马斯虽然爱特丽莎,但是却不愿做家庭责任的附庸,更不愿像别人那样甘于平淡地生活,仍然与别的女人胡混。特丽莎虽然出身下层,但她内心渴望高尚的精神生活。特丽莎深爱着托马斯却不能接受他这种生活方式,然而又不能左右他,只有痛苦地与他维护着一个家庭的外壳。

 米兰·昆德拉在巴黎的书屋中。

1968年8月,前苏联领导人所指挥的坦克,在"主权有限论"的旗号下,以突然袭击的方式,一夜之间攻占了布拉格,扣押了捷克党政领导人。"布拉格之春"强烈地震动了这个家庭,特丽莎立刻找到了自己的意义,她热心地充当着一个爱国记者的角色,拍下了大量苏军入侵的照片。与特丽莎不同,不愿媚俗的托马斯虽然憎恨入侵者,同情反抗者,却不愿用行动支持他们,不愿为他们签名,也不愿签名帮助政府,托马斯认为,为谁签名都是一种媚俗行为,他不愿替别人充当制造声势的工具。

后来,托马斯和特丽莎为了逃避当局的迫害去了中立国瑞士。令特丽莎没有想到的是萨宾娜也流亡到此,且与托马斯重修旧好。特丽莎无法继续忍受下去,愤然返回了布拉格。在离开特丽莎最初的几天里,托马斯确实感到了自由,但很快这种轻飘飘的失落感又让他难以

《不能承受的生命之轻》封面。
《不能承受的生命之轻》海报。

忍受，于是他也重回布拉格寻找特丽莎。在布拉格，托马斯因一篇文章得罪了有关当局，并因拒绝在收回自己文章的声明上签字而受到迫害。最后托马斯与特丽莎二人移居乡下，不幸在一次车祸中双双意外身亡。

和托马斯一样，萨宾娜也是一个坚决的反"媚俗"者，不过她却从人们的"媚俗"中得到了好处。在瑞士，人们由于同情她的祖国而愿意掏钱买她的画，这让她发了一大笔财。在一次宴会上，萨宾娜和瑞士的一名大学教师弗兰茨相恋。弗兰茨是一个相貌英俊的男士，事业有成，所有这些成功以后的感觉都让他觉得"轻"。他渴望反抗，渴望激情，于是他加入了声援捷克人民的游行示威大军。后来在越南入侵柬埔寨期间加入了赴柬医疗队，但他这种堂吉诃德式的行动并没有产生任何实际成果，后来因受到歹徒的袭击而丧生。

《不能承受的生命之轻》以医生托马斯、摄影爱好者特丽莎、画家萨宾娜、大学教师弗兰茨等人的生活为线索，通过他们之间的感情纠葛，散文化地展现了苏军入侵后，捷克各阶层人民的生活和情绪，富于哲理地探讨了人类天性中的"媚俗"本质，从而具备了从一个民族走向全人类的深广内涵。

在这部小说中，米兰·昆德拉围绕着几个人物的不同经历，通过他们对生命的选择，将小说引入哲学层面，对诸如回归、媚俗、遗忘、时间、偶然性与必然性等多个范畴进行了思考，作者对人生的命运与价值的关注是该书的主题。任何人都无法逃避生命的存在与价值的问题，生命只是一个过程而已。在他看来，人生是一种痛苦，这种痛苦来自于我们对生活目标的错误选择，对生命价值的错误判断，世人都在为自己的目标而孜孜追求，殊不知，目标本身就是一种空虚。生命因"追求"而变得庸俗，人类成了被"追求"所役使的奴隶，在"追求"的名义下，我们不论是放浪形骸，还是循规蹈矩，最终只是无休止地重复前人。因此，人类的历史最终将只剩下两个字——"媚俗"。